선율을 취하다

선율을 취하다

1판 1쇄 찍음 2020년 7월 23일
1판 1쇄 펴냄 2020년 7월 30일

지은이 | 훈
펴낸이 | 고운숙
펴낸곳 | 봄 미디어

기획 · 편집 | 김민지, 김지우
표지 디자인 | 우물

출판등록 | 2014년 08월 25일 (제387-2014-000040호)
주소 | 경기도 부천시 길주로 64, 1303(굿모닝 오피스텔)
영업부 | 070-5015-0818 편집부 | 070-5015-0817 팩스 | 032-712-2815
E-mail | bommedia@naver.com
소식창 | http://blog.naver.com/bommedia

값 9,000원

ISBN 979-11-5810-977-6 03810

※파본은 구입하신 서점에서 교환하여 드립니다.

선율을 취하다

※ “”는 한국어, 「」는 영어입니다.

Contents

비창.

슬픔의 노래. 지독하게 아프고 쓸쓸한 비애(悲哀).

프롤로그

비창 소나타

"지우야, 너무 예쁘다."

"웨딩드레스가 네 미모를 따라가지 못하네."

"여신이 따로 없구나."

신부를 둘러싼 여자들이 한마디씩 하며 그녀를 훑어보았다. 하얗고 작은 얼굴에 커다란 눈동자, 오뚝한 콧날, 붉은 입술, 가늘고 기다란 목선이 웨딩드레스와 잘 어울렸다. 단아하게 올린 머리에는 티아라가 장식되어 있어 물결처럼 반짝이는 면사포가 그녀의 아름다움을 돋보이게 만들었다.

지우의 촉촉한 눈망울은 뭇 남성들의 시선을 사로잡았다. 그게 그녀의 의도와 다를지라도 남성들은 자신도 모르게 지우에게서 눈을 떼지 못했다. 그런 신부의 눈망울이 오늘은 물기를 담고 일렁였다.

"왜 그렇게 표정이 굳었어. 웃어 봐."

"떨리겠지. 지금 대한민국에서 제일 핫한 결혼식 아니니?"

"하긴, 네 아버지는 JK그룹과 사돈을 맺는 여당 대표가 되는 거잖아."

"JK그룹 입장에서도 연무신 대표와 한편이면 기업 운영하기 편하지. 판사 출신 국회의원이라 뒷배도 든든해지겠네."

"그거뿐이야? 남편은 JK전자 전무고 아내는 세계적인 피아니스트잖아. 둘 다 톱 오브 톱이구나."

"어휴, 부러워 죽겠네."

"그런데 괜찮을까? 김태하 씨 소문이 좀 그렇잖아."

"무슨 소문? 아! 한주희랑 그렇고 그런 사이라는 거?"

"에이, 그냥 헛소문이겠지. 지우를 두고 다른 여자를 만날 리 없어."

"태하 씨 원래 사생활이 좀……."

"쉿! 지우 표정 자꾸 굳는다. 그럼 우린 나가 있을게."

여자들은 부러움에 한껏 시샘을 하다가 마지막엔 태하에 관한 폭탄 발언을 하며 지우의 신경을 자극하고는 신부 대기실을 나갔다.

마침내 혼자 있게 되자 지우는 옅은 숨을 내쉬며 허리를 숙였다.

"JK그룹 아들들은 무조건 잡아야 해! 네가 애비를 돕는 길은 그거 하나다."

아버지 연무신 대표는 법조계 집안에서 태어나 엘리트 코스를 밟으며 판사 생활을 했고 15년 전 정치에 발을 들였다. 지금도 여당 대표로 승승장구하지만 그는 딸의 결혼으로 자신의 정치적 입지를 더욱 확고히 다지길 원했다. 그리고 더 큰 뜻을 품었다.

그래서 JK그룹 첫째 태주와 결혼을 추진했고 여의치 않자 그에게 반감을 주는 기사를 요청하기도 했다. 태주는 결코 무신의 뜻대로 움직여 주지 않았다. 그럴 때마다 무신은 뜻대로 되지 않는 태주에게 분노했고, 지우는 그의 화풀이 대상이 되었다.

"남자 하나 제대로 유혹하지 못해서 거절이나 당하고. 딸이라고 하나 있는 게 이리도 쓸모가 없어서야."

어릴 때부터 정해진 JK그룹 황태자 김태주와의 정략결혼. 무신은 태주와 태하 중에서 특히 태주를 마음에 두고 있었다. JK그룹의 후계자는 누가 봐도 태주였기 때문에 아버지로서는 그를 놓치기 싫었을 것이다.

생각에 잠겨 있던 지우는 제 앞에 와 서는 인기척에 허리를 들었다. 순간 그녀의 호흡이 가빠지며 눈빛이 흔들렸다.

남편이 될 남자. 김태하.

그는 바지 주머니에 손을 넣었다. 그리고 그녀를 삐딱하게 바라봤다.

"형이 아니라 미안하군. 너희 부녀의 야망을 꺾었으니."

"아주버님이 아니라도 괜찮아요."

"그렇지. 그 양반은 우리 집안의 이름이 필요한 거니까. 근데 너, 우리 형 좋아하잖아."

태하의 무심한 말이 지우의 심장을 툭툭 건드렸다. 단단히 마음을 다잡고 준비를 했지만 그의 입에서 나오는 말들은 그녀를 아프게 했다. 그녀는 숨을 길게 내쉬었다.

"말했잖아요. 난 당신이 필요하다고."

"아, 내가 잠시 잊었군. 네가 어떤 여자인지."

태하가 싸늘하게 웃었다. 그건 비웃음에 가까웠다.

"목표를 위해서라면 마음쯤이야 언제든 쉽게 내다 버릴 수 있는 여자가 연지우, 너지. 감정이야 어떻든 목표가 중요하니까. 그래서 내가 필요한 거고."

태하의 시선이 지우를 무섭게 노려보았다.

"정말 지독하다. 대단해 아주."

지우는 눈을 들어 태하를 보았다. 그는 지우를 경멸스럽게 바라보다가 몸을 돌렸다. 문가로 가던 태하는 아, 하고 탄성을 내뱉으며 고개를 돌렸다.

"계약서에 쓴 대로 이 결혼 생활은 2년이라는 걸 잊지 마. 네 아버지의 대선까지."

태하가 나간 곳을 바라보던 지우의 눈동자가 다시금 흔들렸다. 오래전에 억누르고 묻어 두었던 속마음이 불현듯 가슴을 치며 떠올랐다. 그를 마음 깊이 간직하고 애달아했던 소녀의 연정이 불쑥, 예고도 없이 흘러나와 욱신거리게 했다. 촉촉했던 눈망울이 더없이 일렁였다. 곧 눈물이 떨어질 것 같은데 꾹 참은 덕분에 흘러내리지 않았다.

수많은 기업 오너들과 그 자제들, 전현직 국회의원, 법관 시절의 동료들이 한자리에 모이는 결혼식. 하객들의 사회 경제적 위치가 이 결혼의 가치를 말해 주었다. 두 집안이 만나는 것만으로도 최상의 시너지를 발휘하는 완벽한 조합이었다. 언론은 두 집안의 결합을 최대 이슈로 생각하는 듯 연일 기사를 써 내려갔다.

무신의 손을 잡고 버진 로드를 걷는 지우는 주례석 앞에 서 있는 태하를 바라봤다. 가까이 다가와 그의 손을 건네 잡은 지우는 손끝이 떨려서 시선을 앞으로 돌렸다. 태하의 손을 잡은 건 오래전 중학생 때 이후 처음이었다. 여전히 그의 손은 크고 따뜻했다.

"신랑 김태하 군은 연지우 양을 아내로 맞아 평생 사랑하고 아껴 줄 것을 맹세합니까?"

"네."

거침없이 말하는 태하의 목소리에 지우의 심장이 두근거렸다. 그것이 거짓일지라도 그녀에겐 굳건한 맹세였다.

"신부 연지우 양은 김태하 군을 남편으로 맞아 평생 사랑하고 존경할 것을 맹세합니까?"

"네."

태하와 지우의 성혼 선언문으로 두 사람은 만인 앞에서 부부가 되었다. 2년 동안의 계약 결혼이.

그들은 결혼식을 치르고 곧바로 신혼집인 저택으로 들어왔다. 집에서 하루 쉬고 내일 신혼여행을 떠나는 일정이었다.

두 사람이 머물 공간인데도 으리으리한 저택의 크기에 지우는 한참이나 외관을 바라봤다. 정문부터 현관까지 잔디가 깔린 정원과 조경수가 멋스럽게 어우러졌고 한쪽엔 야외 풀장도 있었다.

현관문을 열고 안으로 들어간 지우는 넓은 실내 공간에 다시 한번 두리번거렸다. 2층으로 되어 있는 집 구조는 집 안 풍경이 한눈에 들어올 정도로 개방되었고 심플했다. 거실의 창은 정원이 오롯이 들어와 탁 트인 느낌을 주었고, 화이트와 연한 파스텔 톤의 인테리어는 깔끔함을 넘어 무결함까지 느끼게 했다.

"우리 망나니랑 결혼해 주는데 당연히 이 정도는 해야지."

김석윤 회장을 만났을 때 그가 지우에게 건넨 말이었다.

현관문 오른쪽으로 주방과 다이닝룸이 마련되어 있고 그 옆엔 바 형식의 테이블도 있었다. 젊은이의 취향에 맞는 할로겐 조명과 곡선 모양의 하이글로시 테이블이 시선을 끌었다.

김 회장이 직접 인테리어를 손봐 주면서 지은 것이라고 했다. 한눈에도 시아버지의 세심함이 돋보이는 실내 구성이었다.

주방에서 나와 걷다 보니 대리석 계단이 놓여 있었다. 계단 너머엔 아마도 침실이 있을 것이다.

차마 들어가지 못하고 서 있던 지우는 드레스룸 안에서 나오는 태하를 보았다. 그의 옷차림은 예복을 벗어 던진 캐주얼한 슈트 차림이었다. 다크블루 셔츠와 검은색 재킷이 그의 깨끗한 피부를 한층 돋보이게 만들었다.

계단 옆에 서 있는 지우를 힐끔 보던 태하가 천천히 다가왔다.

"첫날밤까지 기대하는 건……."

태하의 얼굴이 가까이 다가와 그녀의 귓가로 향했다.

"욕심."

가까운 곳에서 두 사람의 눈이 마주쳤다. 차갑고 서늘한 눈동자와 마주한 지우는 제 손을 꼭 쥐며 무너지지 않기 위해 노력했다.

"넌 참 좋겠어. 든든한 아버지에, 무한한 사랑을 주는 시아버지를 두어서. 이건 뭐……."

그는 실내를 눈으로 쭉 훑으며 헛웃음을 지었다.

"역겨워서 정말."

그러고는 거실을 지나쳐 현관으로 갔다. 그가 멀어지자 지우의 입에서 참았던 숨이 한꺼번에 흘러나왔다.

"내일 아침까지 공항으로 와요."

태하가 뒤를 돌아보았다.

"누구 명령인데 어기겠어."

문이 쾅 소리를 내며 닫히자 지우는 다리에 힘이 풀려 주저앉았다. 경멸 어린 시선을 받는 게 그다지 편한 일은 아니었다. 각오했지만 태하의 눈빛을 정면으로 마주 보는 건 매우 고통스러웠다. 지우는 그녀가 이럴 수밖에 없었던 결정을 회상했다.

"아버지께 태하 오빠랑 결혼하겠다고 말씀드렸어요. 이제 더는 결혼 문제로 오빠를 불편하게 하시지 않을 거예요."

태주를 불러낸 지우는 그가 아버지 때문에 곤혹을 치르고 있는 걸 보며 마음이 불편했다.

"죄송해요. 저 때문에 오빠를 난처하게 했어요."

"너는 무슨 죄야. 매번 네 의지도 없이 끌려다니는 거 지겹지도 않아?"

지우의 앞에 앉은 태주는 고개를 숙이고 앉아 있는 그녀를 안타깝게 바라봤다.

"제 말이 통하는 분이 아닌 거 오빠도 잘 알잖아요."

"그래도 계약서가 뭐냐. 결혼이 장난도 아니고."

온전히 사업적으로 태하와 결혼 계약서를 작성하였다. 거의 반강제적인 결혼을 하게 된 태하는 지우의 눈도 마주치지 않고 차갑게 일관했다.

1. 결혼은 결혼식을 올린 날부터 2년으로 한다.
2. 2년 후엔 합의 이혼을 한다.
3. 이혼 후 상호 간의 위자료는 없는 것으로 한다.
4. 공식적인 일정엔 참석하는 것으로 한다.
5. 상호 간의 사생활은 간섭하지 않는다.
6. 오로지 법적 부부로서의 의무를 다하며, 이외엔 따르지 않는다.
7. 위의 사항은 법적 효력을 갖고 있으며 둘 중 한 명이라도 위반 시 상대방에게 책임을 물을 수 있다.

변호사 대동하에 공증 받고 법적으로 묶인 서류는 김석윤 회장과 연무신 대표 몰래 체결되었다.

"그랬으니까 태하 오빠가 수긍한 거죠. 안 그랬으면 죽어도 받아들이지 않았을 거예요."

태주와의 결혼이 순조롭게 이루어지지 않아 분노하는 무신을 잠재우기 위해 지우는 태주의 동생 태하와 결혼하겠다고 말했다. 공공연히 알려진 바람둥이 김태하를. 매일 여자가 바꿰어 김석윤 회장도 포기한 그 남자를.

어차피 그 집안의 힘이 필요한 거니 무신에게 딸이 누구와 결혼하는지는 그다지 중요하지 않았다. 망나니랑 결혼한다고 해도 관심 밖의 일이었다.

"태하가 계속 오해하도록 놔둘 건가?"

"사실인데요 뭐. 전 그저 필요에 따라 제 결혼도 계약으로 이용하는 나쁜 여자예요."

"나 때문이잖아. 결국 네가 이러는 것도 내게 피해 주지 않으려고 희생하는 거잖아."

다정한 그의 말에 지우의 눈망울이 촉촉이 젖었다. 그녀는 태주를 보며 살짝 웃었다.

"희생은 태하 오빠가 하는 거죠. 회장님이 결혼하라고 협박한 것도 있지만 오빠를 위한 일이란 말이 그 사람 마음을 움직였어요. 오빠는 그 사람이 말을 듣는 유일한 사람이니까."

"그 자식은 내게 빚진 게 많아서 나와 관련된 일에는 토를 달 수가 없지."

"태하 오빠 입장에선 마른하늘에 날벼락일 거예요. 거절하면 그만인데……. 그러니까 희생을 하는 사람은 태하 오빠예요."

지우를 안타깝게 바라보던 태주는 깊은 한숨을 내쉬었다.

"미안하다. 그런데 나는 너보다 세나가 훨씬 더 소중해. 그래서 네가 힘들 거 알면서도 이기적일 수밖에 없어. 태하와 네게는 미안한데 세나를 놓치는 것보다 힘겹진 않아."

지우는 잔잔한 미소를 지으며 고개를 끄덕였다.

"당연히 그래야죠. 이기적인 거 아니에요."
"그렇게 생각해 주면 고맙고."
"그분께 죄송하다고 꼭 전해 주세요. 제 아버지 때문에 놀랐을 텐데."
"난 너도 네 인생을 살았으면 했어. 정략결혼에 묶이지 않고 자유로워지길 바랐다고. 이건 네가 너무 아프잖아."
"오래전부터 그랬어요. 그래서 이젠 아무렇지도 않아요."

아무렇지도 않다고 말하는 그녀의 표정이 괜찮지 않아 보였다.

"지우야."
"그 사람과 결혼하는 것으로 충분해요. 전 정말 만족해요. 이것 또한 제 선택이니까."

침대 시트를 쓸며 가볍게 앉은 지우는 흔들리는 시선을 거

두었다.

결혼, 첫날밤, 신혼여행. 여자라면 꿈꾸는 것들이지만 그녀에겐 먼 이야기였다. 더욱이 첫날밤 같은 건 기대하지도 않았다. 그것마저 원하는 건 정말로 욕심이란 걸 안다.

지우는 허탈한 웃음을 짓다가 서서히 입꼬리를 내렸다.

제 사랑은 오래전에 가슴에 묻고 다시는 꺼낼 수도 없지만 단 한 번만이라도 그의 품에 안겨 보고 싶다. 그의 따뜻한 온기와 손길을 느껴 보고 싶다.

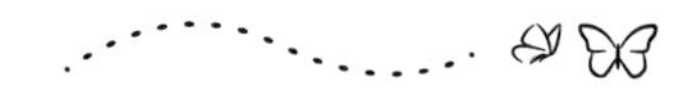

태하는 술잔이 비워지기 무섭게 술을 채웠다. 아무 말 없이 술만 마시는 그의 심기가 좋지 않아 보여 남자들은 눈치만 보고 있었다.

"연지우를 손에 넣었으면서 왜 그렇게 화가 나셨을까."

"너무 긴장되어서 다가가지 못하겠어?"

"태하가 긴장을 왜 하겠냐. 가만히 있어도 여자들이 알아서 다가올 텐데."

"우리는 보고만 있어도 녹아내릴 것 같던데. 아니, 그런 여자를 놔두고 여길 오다니. 장난 좀 치려고 불러냈지만 너도 참 대단하다."

"태주 형님이 데리고 놀다 버린 여자라 찜찜한 거 아냐?"

한 남자의 말에 태하의 눈빛이 차가워지더니 순식간에 그의 머리를 잡아 테이블 위로 내리치며 눌렀다.

"이규혁. 뚫린 입이라고 마음대로 나불대면 어떻게 되는지 가르쳐 줘?"

"태, 태하야. 이거 좀 놓고……."

태하에게 목이 눌린 규혁은 숨을 컥컥대며 얼굴이 붉어졌다.

"야야, 좋은 날 뭐 하는 짓이야. 그만해."

주변에서 태하를 말리지 않았다면 규혁의 얼굴이 날아가든 목숨이 날아가든 둘 중 하나는 무사하지 못했을 것이다.

"내 앞에서 연지우 이름 부르지 마. 어느 누구도. 니들 입에 오르내릴 이름 아니다."

태하는 주변을 둘러보며 차갑게 내뱉고 소파에 걸쳐 두었던 재킷을 낚아채고 룸 밖으로 나갔다.

"어? 태하 씨!"

마침 룸으로 들어오던 여자가 태하를 보며 반가운 목소리로 불렀다. 그는 여자에게 눈길도 주지 않고 밖으로 나갔다.

"벌써 가요? 태하 씨!"

여자가 다급히 태하를 쫓아 나가자 그제야 숨을 거칠게 내쉬던 규혁이 소리쳤다.

"지가 JK그룹 아들이면 다야! 아주 무서운 게 없는 놈이지!"

"이규혁, 그만해. 너도 강성민 꼴 나고 싶어?"

"맞아. JK그룹 송년의 밤 자선 행사에서 그 자식이 태주 형님 애인에게 손댔다가 회사 주가가 순식간에 곤두박질치는 바람에 강성민 그 녀석, 본부장직 내놓고 근신 중이잖아.”

규혁은 목이 졸렸던 제 목을 매만지며 큼큼 거렸다.

“솔직히 태주 형님이야 워낙 소문도 없고 깔끔하니까 화낼 만했다 쳐도 김태하 저 자식은 아니지. 지금까지 만나던 여자만 몇 명인데.”

“태하 주변에 여자가 많긴 하지.”

“지금만 해도 봐. 김태하 온다니까 저 도도한 한주희가 냉큼 달려오는 거. 둘이 그렇고 그런 사이라니까.”

“그런가? 내가 보기엔 저 여자가 쫓아다니는 것 같던데.”

“스캔들 기사만 안 났지 만나는 거 본 사람이 한둘이 아냐.”

“아, 그래서 한주희가 JK전자 모델을 하는 건가?”

“당연하지. JK전자는 예전부터 남자 모델만 썼잖아. 그런데 여자로 바뀐 이유가 뭐겠어.”

“이야, 예쁜 여자는 전부 제 것으로 만드는구나.”

“하여튼 마음에 안 들어. 손도 안 대고 매번 저렇게 쉽게 차지하는 꼬라지가. 저 자식, 진짜 재수 없어.”

규혁은 씩씩대며 제 앞에 놓인 위스키를 들이켰다.

“꼬우면 네가 JK그룹 아들이 되든가. 그전엔 어림없지. 그 집 아들들을 무슨 수로 이기겠어.”

“저 자식은 연지우에게 아무런 마음도 없으니까 그렇지! 내가 얼마나 좋아했는데…….”

옆에 있던 친구가 규혁의 어깨를 톡톡 두드리며 안타까운 마음을 대신했다. 연지우에게 흔들리지 않은 남자들이 어디 있겠는가.

누구나 한 번씩 마음을 품었던 여자. 하지만 마음을 드러내면 안 되는 여자. 아주 오래 전부터 JK그룹의 며느리로 낙점이 되어 접근조차 쉽지 않은 여자. 빼어난 아름다움과 고고한 분위기를 자아내는 여자. 그녀의 피아노 선율을 들으면 누구나 사랑에 빠질 수밖에 없다는 천재 피아니스트.

"태하 씨, 이렇게 가는 거예요?"

뒷좌석에 탄 태하를 붙잡는 주희의 손길이 다급했다. 순간 자신의 팔에 닿은 그녀의 손길에 태하의 눈빛이 사납게 번졌다.

"손대지 마."

"저 태하 씨 보려고 왔어요. 잠시만 있다가 가요."

주희의 애절한 목소리에 인상을 쓰며 태하는 차 문을 닫았다.

"김태하 씨!"

여자의 목소리가 두통을 일으키는지 태하는 시트에 몸을 기대고 팔을 이마에 댔다.

"돌겠군."

운전석에 앉아 있던 대리 기사가 눈치를 보며 말했다.

"출발하겠습니다."

신혼집으로 들어온 태하는 방문을 열어젖혔다. 자신도 모르게 발이 이 집으로 향했다. 침대에 누워 자는 지우를 보자 태하의 얼굴이 무섭게 굳었다. 태하는 안으로 성큼성큼 걸어 들어갔다.

"태하 오빠는 이용하기 좋은 사람이야. 감정 쓰레기통처럼."

태하의 뇌리를 훑고 떠오른 기억에 그의 미간이 구겨졌다. 인기척에 몸을 일으키는 지우를 그대로 잡아 눕히고 태하는 입술을 집어삼켰다.

그녀의 손을 결박하고 거칠게 입술을 탐하는 태하를 놀란 눈으로 바라보던 지우가 그의 몸을 밀어냈다. 하지만 그는 꿈적도 하지 않았다.

정신을 빼놓을 정도로 깊은 키스를 하던 태하의 입술이 그녀의 목덜미로 향했다. 나이트가운의 얇은 천은 그의 손길에 너무도 쉽게 벗겨졌다. 매끄럽고 실크처럼 부드러운 살결을 커다랗고 기다란 손길이 훑고 지나갔다. 그녀의 예쁜 가슴을 매만지던 태하가 입술을 점점 아래로 끌고 갔다.

잠결에 갑자기 들이닥친 남자의 몸을 받아 주는 게 힘겨웠지만 지우는 움직임을 멈췄다. 거부하지 않았다. 그럴 이유가 없었고 그러고 싶지 않았다. 그의 품에 안긴다면 여한이 없었다.

한참 지우의 몸을 탐하던 태하는 갑자기 침대에서 벌떡 일어섰다. 몸을 무겁게 누르던 힘이 사라지자 허전함을 느낀 지우가 제 가운을 더듬거리며 둘러 덮었다. 그리고 일어나 앉으며 태하를 보았다.

그는 셔츠 단추가 몇 개 풀어졌을 뿐 전혀 흐트러짐 없었다. 머리를 쓸어 올리던 손을 이마로 가져가 짚으며 숨을 거칠게 내쉬었다. 그리고 그녀를 노려보았다.

"형이 아니면 누가 널 가지든 상관없다는 건가."

"네?"

"아니면 아무에게나 몸을 내줘?"

지우는 가만히 태하를 바라봤다. 그의 눈빛이 매섭게 자신을 보고 있었다. 또 무언가 오해를 했구나. 저 남자의 마음속은 나에 대한 불신으로 엉망이구나.

감정의 골이 생각보다 깊다는 것을 느낀 지우는 옅은 숨을 내쉬며 헝클어진 머리를 손으로 매만졌다.

"아무에게나 몸을 내주진 않아요."

"그럼 잘 들어. 네가 원하지 않을 땐 발로 걷어차든 뺨을 때리든 거부 의사 확실히 밝혀."

"다짜고짜 몸을 파고들던 걸 무슨 힘으로 거부해요."

"앞으론 나도 네 몸에 손대는 일 없어. 방금 전 일은…… 실수야."

실수. 지우는 실소를 지으며 고개를 숙였다. 태하는 그대로 침실을 나가 버렸다. 곧 2층 계단으로 올라가는 소리가 들렸다.

"당신에겐 내가 그저 고통인가 보네."

지우는 욱신거리는 심장을 손으로 두드리며 제 무릎을 세워 끌어안았다. 잠시나마 그의 손이 닿았던 몸이 뜨겁게 달아올랐다. 그의 손길에 온몸이 녹아내릴 것 같은 느낌이 들어 애달팠다. 조금 더 손길을 느끼고 싶었는데 태하는 순식간에 벗어났다.

갑자기 지독한 슬픔과 씁쓸함이 몰려왔다. 태하가 닿았던 감각이 사라지자 급격히 허전해졌다. 하나 자신은 계속 그런 감정을 안고 살아가야 했다. 그게 이 결혼의 대가였다.

인천공항 출국장. 집안사람들의 배웅을 받으며 출국장 안으로 들어온 지우는 태하를 돌아봤다. 그의 표정은 여전히 굳어 있었다.

'혹시 미안해서 그러나.'

터무니없는 생각이 들었다. 태하가 그런 마음을 가질 리 없는데. 그저 스스로의 위안이었다. 지우는 잠시 머뭇거리다가 태하에게 제 비행기 티켓을 보여 주었다.

"난 미국으로 가요."

태하가 눈을 돌려 제 티켓을 보았다. 그의 손에 들려 있는 티켓의 목적지는 분명 이탈리아였다.

"나와 내 아버지 때문에 마음에도 없는 결혼을 했는데 신혼여행까지 억지로 갈 필요 없어요."

"너 뭐 하자는 거야!"

"사람들 눈엔 철저히 부부로 보여야 하니까 출국장까진 함께 들어온 거예요. 처음부터 이러려고 했어요. 당신, 오래 붙잡지 않을 생각이었으니까."

"그러니까 넌 미국으로 간다?"

"네. 회장님도 허락하셨어요. 난 미국에 가서 공부 더 하며 학기 끝마칠 거예요. 원래 하고 있었던 일이었고 마지막 학기라 중간에 멈출 수 없어요. 한국엔…… 아마 내년에 아버지 선거 때 들어올 거 같아요. 아니면 독주회가 잡히면……."

"정말 끝까지 네 멋대로군."

지우는 눈을 들어 태하를 보았다. 얼음처럼 차가운 눈동자가 자신을 시리게 노려보았다. 돌연 그가 피식 웃었다.

"일은 다 벌려 놓고 마음 편하게 공부나 하겠다고? 참 세상 편하게 살아서 좋겠네. 넌 뭐가 그렇게 쉽고 당당해."

"당당한 게 아니라 서로의 합의점을 찾은 거예요. 당신도 내가 안 보이면 편할 테고 나도 불편한 마음으로 계속 얼굴 맞댈 수 없으니까요."

"그래. 잘됐군. 생각보다 2년이 빠르게 지나가겠네."

태하는 차갑게 웃었다.

"알아서 사라져 주니 고마울 지경이야."

지우는 돌아서 가는 남자의 뒷모습을 바라보다가 서서히 고개를 떨궜다.

"미안해요……. 자꾸만 이기적이고 제멋대로인 여자가 되어서. 내가 안 보이면 나 때문에 거슬릴 일 없으니까 부디 오빠만이라도 편안해졌으면 좋겠어."

지우는 물기 어린 눈망울로 고개를 돌렸다. 미련을 가득 안고 뉴욕으로 향하는 비행기에 올랐다.

1
사랑의 슬픔

1년 후.

"사모님, 기다리고 있었습니다."

지우가 캐리어를 끌고 나오자 미리 대기하고 있던 범주가 그녀에게 와서 인사했다.

"잘 지내셨어요, 정 실장님. 제가 보낸 짐들은 잘 도착했죠?"

"네. 정돈까지 마친 상태입니다. 상자 하나는 어떻게 해야 할지 모르겠다며 박 집사님이 사모님 연습실에 놓았습니다."

"감사해요."

지우는 예쁘게 웃으며 대기하고 있던 차에 탔다. 차는 공항을 매끄럽게 빠져나갔다.

"아주버님 결혼식 날짜가 정확히 어떻게 되죠?"

"2주 뒤입니다. 5월 23일."

"참 좋을 때 결혼하네요. 그동안 아주버님이 많이 힘들어했는데 두 분이 다시 이어져서 정말 다행이에요."

지우는 태주가 헤어진 그녀와 운명적으로 다시 만나 드디어 결혼을 하게 되었다는 소식을 듣고 원래 일정보다 빠르게 귀국했다. 결혼식 참석 겸 독주회가 예정되어 있었다.

한국은 정확히 1년 만이었다. 결혼식을 치르고 도망치듯 미국으로 유학을 떠났다. 그 뒤 오케스트라와 협연 무대 등에 오르며 차분히 경력을 쌓았다.

그리고 음대 대학원을 다니고 논문을 준비하며 바쁘게 보냈다. 거창한 욕심이 있었던 것은 아니었다. 그저 자신이 제일 잘할 수 있는 일이기에 했고, 이것마저 하지 않으면 외로움과 쓸쓸함을 견딜 수 없었다.

그러는 동안 태하에게서는 연락 한 번이 없었다. 그저 간간이 집안사람들과 통화하거나 신문 기사를 통해 그의 소식을 접하는 게 전부였다.

그는 1년 새 JK전자 전무에서 사장으로 올라섰다. 반도체 시장의 경기 침체로 위기를 직면하는 국제 정세 속에서도 JK반도체는 굳건했다. JK반도체의 세계적 위상도 있지만 태하의 사업적 수완이 탁월하기 때문이었다.

좋아하는 것과 정반대의 삶을 살고 있는 그는 그 생활이 매우 싫었을 테지만 아이러니하게도 사업 능력은 뛰어났다. 그러니 김석윤 회장이 태하를 포기할 수 없는 것도 이해가 갔다.

미국으로 유학을 간 그녀를 보고 사람들은 김태하를 홀로 두었다며 간도 크다고 했다. 어디다 눈을 돌릴지 몰라 항상 감시하고 있어도 모자랄 판에 아예 집까지 비워 주었으니 그곳이 아방궁이 될지 어떻게 아느냐며 입방아를 찧어 댔다.

나름 지우를 위한다고 하는 말이었지만 그 속에는 그녀에 대한 질투와 어서 헤어지길 바라는 간절함도 담고 있었다. 그걸 모르지 않기에 그녀는 그저 웃으며 들어주었다.

정말로 그가 이혼장을 들고 와도 자신은 거절하지 못했다. 이 결혼은 대통령 선거가 끝나면 자동으로 끝나는 한시적인 계약 관계일 뿐이었다.

"도착했습니다."

생각에 잠겼던 지우가 상념에서 벗어나 차에서 내렸다. 결혼식 후 두 번째로 본 그녀의 신혼집은 여전히 거대했다.

범주는 대문을 열고 지우를 기다렸다. 안으로 들어온 지우는 천천히 정원을 거닐며 활짝 핀 색색의 꽃들을 보았다.

"정원사님 솜씨가 좋으시네요."

"사장님께서 손수 가꾸시는 겁니다. 사장님이 보기와는 다르게 조경에 관심이 많습니다."

놀란 얼굴로 범주를 보던 지우는 어린 시절 태하가 떠올라 살며시 미소를 지으며 고개를 끄덕였다.

"그러네요."

어릴 때 그 집의 넓은 정원을 구경하러 다니면 태하는 식물과 꽃 이름을 지우에게 알려 주곤 했다. 그 집에 놀러갔을 때 태하를 찾으면 언제나 '정원에서 또 뭘 열심히 심고 있다'는 말을 들었다. 몰래 다가가 보면 태하는 옆에서 안절부절못하고 서 있는 집사들을 내버려 둔 채 이마에 땀을 흘리며 한 평 넘게 꽃씨나 꽃을 심었다. 어쩔 땐 묘목을 심기도 했다.

태하가 심은 건 언제나 오래 갔다. 그가 관심을 두는 건 밝은 자태를 유지했다. 그래서 그 집의 정원엔 알록달록한 꽃밭과 불균형한 크기로 자란 나무들이 빼곡했다.

무릎을 꿇은 채 손으로 흙을 만지다가 지우를 발견하고 환하게 웃던 태하가 그녀는 참 좋았다. 한참 흙을 만지던 손으로 다가오면 그의 몸에서 진한 흙냄새가 났는데 그게 어떤 향보다 향긋하게 느껴졌다.

"땅에 뭐 심은 줄 알아?"

"모르겠어."

"나중에 직접 와서 봐. 꽃 피면 너 줄게."

그 꽃이 뭐였을까. 그 꽃의 정체는 끝내 모른 채 지나갔다.

"태하 도련님, 어서 씻으세요. 옷이 그게 뭐예요!"

안에서 집사가 태하의 옷차림을 보고 쫓아오자 그는 뜨끔한 얼굴로 뛰어갔다. 깨끗이 씻고 멀쩡한 차림으로 다가오는 태하에게선 흙냄새와는 전혀 다른 도시적인 향이 났다. 그건 그의 고귀함과 예쁜 외모를 아주 잘 드러내는 향기였다.

태하의 향에 취한 지우는 그날 그에게 두 번이나 반했다. 전혀 다른 모습이 찰떡같이 어울리며 그녀의 시선을 사로잡았다. 열한 살 때의 일이었다.

생각을 갈무리하고 집 안으로 들어가자 박 집사가 허리를 숙이며 인사했다.

"처음 뵙겠습니다."

"안녕하세요."

지우도 예쁘게 웃으며 인사했다. 50대 중반으로 보이는 여성이 지우를 보며 부드럽게 웃었다.

"전 음식과 하우스키핑 일을 중심적으로 합니다. 아, 가끔 전등도 갈아 끼우고 쓰레기도 날짜 맞춰 버리고……. 그러고 보니 이 집의 모든 일을 도맡아 하고 있습니다."

가만히 그녀의 말을 듣고 있던 지우가 풋 하고 웃음을 터트렸다.

"이 집에 없어서는 안 될 분이시네요."

"하지만 출퇴근은 철저히 지키고 있습니다."

"이 집 주인이 그런 건 잘 보장해 주나 봐요."

"당연하죠. 그렇게 안 하면 회장님께 맞아 죽습니다. 전 어릴 때부터 태하 도련님을 모시던 사람이니까요."

"그러고 보니 저 예전에 뵈었던 것 같아요. 회장님 댁에 방문하면 태하 씨 쫓아다니며 고생하시던 분, 맞으시죠?"

"잘 알고 계시네요. 사실 저도 사모님 뵙고 어릴 때 봤던 아가씨인 줄 알았습니다."

"정말 오랫동안 태하 씨를 보셨네요. 그럼 저한테도 선생님이세요. 저야말로 잘 부탁드려요."

지우가 허리를 숙여 인사하자 살짝 당황한 박 집사는 눈을 이리저리 굴렸다.

"혹시 시키실 일이 있으면 시간 안에 말씀해 주시면 됩니다."

시원스럽게 응답하는 박 집사를 미소 띤 얼굴로 보던 지우는 그래도 이 집에서 홀로 외롭지는 않겠단 생각을 했다.

"사모님 개인 짐들은 주로 2층 연습실 공간과 서재에 두었습니다. 피아노가 아주 멋집니다."

"네. 어릴 때부터 쓰던 피아노예요. 아버지가 처음으로 제게 사 준……."

"굉장히 고급스럽게 보이던데요."

"이 세상에 하나밖에 없는 거예요. 피아노 장인이 직접 국내에 와서 손수 만든 거거든요."

"아, 그렇군요. 어쩐지 좋아 보였습니다. 때마다 조율시키며 먼지 안 쌓이게 청소했는데 참 궁금했어요. 직접 듣는 소리는 어떨지. 언제 한번 들어 봐도 되겠습니까?"

"당연하죠. 언제든 가능해요."

박 집사는 지우의 촉촉한 눈망울을 한동안 바라보다가 고개를 살짝 숙이며 웃었다. 박 집사가 멀어지고 대리석 계단을 올려다보던 지우는 천천히 발을 옮겼다. 결혼식 날 1층만 둘러보고 2층엔 올라오지 않아서 피아노가 여기 있는 줄도 몰랐다.

2층으로 올라선 지우는 오른쪽으로 걸었다. 방문을 여니 책장에 책이 빼곡하게 꽂힌 서재가 눈에 들어왔다. 어릴 때 태하의 서재에 들어갔던 느낌이었다. 집에 있는 책을 모조리 이 방으로 옮겨 놓은 것 같았다.

책장을 손으로 훑으며 걷던 지우는 한쪽 라인을 차지하고 있는 연주곡들을 발견했다. 제 것인가 하고 살짝 빼던 지우는 곧 그의 악보라는 것을 알고 다시 넣었다. 아직도 피아노 연주를 하나. 잠시 생각하던 지우는 이내 고개를 젓고 서재를 나왔다.

서재 옆엔 침실이었다. 1층 침실보단 작지만 아늑하고 정원이 잘 보이는 테라스가 있어서 운치 있었다. 침실을 나온 지우는 계단의 왼편으로 있는 방문으로 가서 손잡이를 돌렸다.

가운데 피아노를 중심으로 한쪽 벽면엔 그녀의 피아노 악보가 가지런히 꽂혀 있었다. 벽면 옆엔 데스크와 컴퓨터가 놓여 있어 사무적인 일을 보기에도 적합했다.

방음 시설을 갖춘 내벽을 손끝으로 만지던 지우는 맞은편으로 눈을 돌렸다. 거기엔 그녀가 어릴 때부터 콩쿠르에서 받은 상과 트로피, 오케스트라 협연 연주회 사진들이 한쪽 벽면 가득 전시되어 있었다.

"언제 이혼할지도 모르는데 이렇게 다 가져와도 되는 건가."

잠시 상들을 둘러보던 지우는 씁쓸한 미소를 지으며 몸을 돌렸다. 여기 두지 않으면 어디다 두려고. 어차피 여기가 아니면 갈 곳도 없었다.

지우는 피아노 머리를 손끝으로 쓸었다. 아주 오래전부터 함께해 온 피아노. 사물에도 영이 있다면 피아노와 자신은 절친이자 자매였을 것이다.

습관처럼 피아노에 앉은 지우는 천천히 건반을 눌렀다. 프리스타일로 연주하던 피아노의 흐름이 한 방향으로 흘렀다.

크라이슬러의 바이올린 곡을 라흐마니노프가 편곡한 '사랑의 슬픔'을 연주했다. 오랜만에 울리는 제 피아노 선율에 기뻐하며 자유로운 손놀림으로 건반을 쳤다.

감미로운 슬픔과 봄의 밤을 장식하는 감상적인 눈물의 선율이라는 이 곡은 마치 지우와 피아노 사이의 애잔하면서도 따뜻한 관계를 느끼게 해 주었다.

피아노 음은 여전했다. 조율을 했기에 상태가 좋은 것도 있지만 피아노 자체가 좋은 소리를 내도록 최고의 자재와 비율로 만든 것이기 때문에 음색이 나쁠 수 없었다. 친구이자 자매, 오랜 시간 함께해 온 영혼의 동반자를 만나 그녀의 마음도 반가웠다.

"사모님, 그럼 전 내일 출근하겠습니다. 사장님은 집에서 식사를 하시는 경우가 거의 없어서 음식은 1인분만 준비했습니다."

"잘 먹을게요."

"입맛에 어떨지 모르겠습니다. 드셔 보시고 맛과 간에 대해서 말씀해 주세요."

"네. 그럴게요."

지우는 박 집사가 나가는 문까지 따라 나와 그녀를 배웅했다. 두 손을 맞잡아 가운데 모으고 현관문 밖에 서서 그녀가 대문으로 나갈 때까지 지켜보았다. 그러던 지우의 눈이 조금씩 커졌다. 대문으로 들어오는 남자와 마주친 박 집사가 인사를 하고 밖으로 나갈 때까지 지우는 눈도 깜빡이지 않고 바라봤다.

남자의 고개가 현관문 밖에 서 있는 지우에게 돌아갔다. 그리고 발을 옮겨 안으로 걸어왔다.

그가 다가온다. 더 멋있고 냉혹한 모습으로. 얼굴에 드리운 차가움만 걷어 내면 더할 나위 없이 완벽한 그가 다가온다. 지우는 괜스레 침을 꿀꺽 삼키고 두 손을 꼭 잡았다. 가까이 다가온 태하가 바지 주머니에 손을 넣고 지우의 앞에 섰다.

"잘 다녀왔어요."

태하는 말없이 지우를 훑어보았다. 그의 눈빛에 그녀는 제대로 서 있기도 힘들었다. 그의 앞에 서면 언제나 똑바로 보는 게 어려웠다.

"박 집사님이 제 짐을 잘 정돈해 줘서 정리할 일이 별로 없었어요."

무슨 말이라도 해 주면 좋으련만 태하는 말 한마디 없이 지우를 보기만 했다. 아무런 표정도 짓지 않는 무채색의 얼굴로 그녀를 훑었다. 그러다 피식 웃었다. 그 웃음이 깨끗하진 않았다.

"역시 대단해. 천연덕스럽게 말하는 거 보면, 배짱이 좋은 건가."

"배짱이 아니라 용기예요."

"그럼 나도 용기 내서 말하지. 앞으로 공식적인 스케줄 이외엔 너와 마주치는 일이 없었으면 좋겠다. 이 집이든 어디든."

지우의 촉촉한 눈동자가 흔들렸다. 그러다 이내 고개를 숙였다.

"이 시간 이후엔 조심할게요."

태하는 지우에게 두었던 차가운 시선을 거두며 안으로 들어갔다. 태하가 지나간 자리에 아직도 시원한 향이 머물러 있었다. 그녀의 가슴을 뛰게 만들었던 그리운 향이 코끝을 맴돌았다. 하지만 얼음처럼 차갑게 굳어 버린 태하의 시선이 그녀의 심장을 아프게 했다.

금세 드레스룸에서 옷을 갈아입고 나온 태하는 계단 옆에서 있는 지우를 보고 또다시 표정이 굳었다.

"내 얼굴 보기 싫은 거 아는데 한 가지만요. 그동안 당신이 계속 1층을 썼으니까 난 2층을 사용할게요."

손가락을 위로 올린 지우가 바닥으로 시선을 내린 채 말을 이었다.

"당신 서재가 있어서 마음에 걸리지만 서로 간에 부딪힐 일이 많지는 않을 거예요."

"마음대로."

자신을 지나쳐 부엌으로 향한 태하를 눈으로 좇던 그녀는 들어가지도 못하고 붙박이처럼 서 있었다. 아직 저녁을 먹지 못한 상태라 배도 고팠고, 무엇보다 식탁에 음식이 그대로 차려져 있었다.

"이따 먹든가 해야겠네."

지우는 부엌을 한 번 쳐다본 뒤 계단을 올라갔다. 2층 방으로 들어온 지우는 방 안을 서성이다가 답답함에 테라스 문을 열었다. 봄바람이 산들산들 불어왔지만 아직 아침저녁으로 쌀쌀했다. 잠시 어두워진 정원을 관찰하던 그녀가 테라스 밖으로 발을 내딛었다.

어둑해진 정원을 밝히는 전등 사이로 인영이 움직이는 게 보였다. 그 인영은 꽃밭 근처를 둘러보며 가끔 구부리고 앉아 잡초를 뽑고 있었다. 그 사람이 다리를 펴고 일어서자 지우는 무언가를 훔쳐보다 들킨 사람처럼 창문 안으로 몸을 숨겼다. 심장이 두근거렸다.

직접 가꾸는 꽃밭에 서 있는 태하의 모습에서 그 옛날의 향수를 불러와 지우의 마음을 울렸다. 지금 그가 만지는 저 꽃 이름을 알고 있다.

매발톱꽃. 아기 손가락처럼 활짝 펼쳐진 겉잎 안에 수줍게 오므라든 봉우리.

태하는 매발톱꽃을 보면 새침한 소녀가 떠오른다고 했었다.

그런데 그 소녀가 사실은 부끄러움을 많이 타서 고개를 제대로 들지 못하는 것이라는 이야기와 함께.

오빠가 지어낸 거지, 그리 물으면 태하는 지우를 빤히 보다가 씩 웃었다.

"이야기가 많아질수록 꽃들도 서사가 생기는 거거든. 오늘 넌 매발톱꽃의 서사에 발을 들인 거지."

"매발톱꽃이 날 인정해 줄까? 마음대로 서사를 만들었는데."

"당연하지. 예뻐해 주는데 싫어할 생명체는 없어."

허무맹랑하고 자기중심적인 이야기였지만 지우는 태하가 약한 꽃들에게도 관심을 주며 이야기를 만들어 내는 걸 멋지다고 생각했다.

"난 백합이나 장미가 좋아. 화려하고 예뻐."

"너에게 어울리는 꽃은……."

태하가 지우의 몸을 눈대중으로 쭉 훑으며 보았다. 갑작스러운 시선에 지우는 얼굴이 화끈거렸다. 그의 입꼬리가 장난스럽게 올라갔다.

"패랭이꽃."

"그거 안 예쁜 꽃이지."

"글쎄다?"
"와, 내가 꽃 잘 모른다고 아무 꽃이나 갖다 붙이는 거 아니야?"

쿡쿡 웃던 태하가 잠시 허공을 바라보며 생각에 잠겼다.

"넌……."
"응?"
"아니다. 너 닮은 꽃은 다음에 봐. 저번에 심었으니까 내년 봄에 필 거야."
"치, 뭐야."

토라진 얼굴로 입을 삐죽 내민 지우를 보고 슬쩍 웃던 태하는 먼저 걸음을 옮겼다.

"그런데 매발톱꽃의 꽃말이 뭐야?"

"……승리의 맹세."
생각에 빠져 작게 읊조리던 지우는 고개를 젓고 창밖으로 살짝 고개를 돌렸다. 방금 전까지 그가 머물었던 자리는 정적만이 남아 있었다. 아예 처음부터 없었던 것처럼.
자신감 넘치고 부족할 것 하나 없이 자란 태하는 뭐든 이겨야 속이 풀리는 성격이었다. 공부든, 노는 것이든 자신이 지는 걸 용납하지 않았다. 그래서 유독 매발톱꽃을 좋아했다.

그런 그가 유일하게 이기지 못하는 것이 바로 자신의 형, 김태주였다. 양가의 부모들이 지우를 태주의 결혼 상대로 정한 걸 안 뒤부터 태하는 그녀에게 말을 걸지 않았고 눈길조차 주지 않았다.

지우는 다정하던 그가 갑자기 차가워져서 혼란스러웠지만 물어볼 수 없었다. 개인의 감정은 이 세계에서 사치였다. 감정에 따라 움직이는 게 아니라 오직 계산과 서로의 이해관계에 따라 움직이는 로봇일 뿐이라는 걸 깨달았다.

한참 정원을 바라보던 지우는 테라스 문을 닫고 방으로 들어왔다. 잠시 방 안에 있는 소파에 앉아 있다 보니 서서히 허기가 느껴졌다. 계단을 내려와 1층 침실에 시선을 두던 지우는 고개를 돌리고 부엌으로 향했다.

"앗, 깜짝이야."

부엌 옆 바에 앉아 술잔을 기울이던 태하의 등이 보여 지우는 발을 멈칫했다. 그녀의 인기척에 몸을 돌리던 태하의 표정이 굳었다. 한동안 서로의 눈빛이 허공에서 부딪쳤다. 태하가 먼저 몸을 돌려 겨우 시선을 거둘 수 있었다.

지우는 부엌으로 들어와 식탁에 놓인 음식을 보았다. 이미 식어서 먹으려면 다시 데워야했다. 그런데 그가 부엌 바로 옆에 있으니 간단하게 조리하는 것도 눈치 보였다.

"저녁 먹었을까."

부엌 밖으로 시선을 돌린 지우는 망설이다가 발을 옮겼다. 이미 떠났겠지. 한시도 같이 있기 싫어하니까.

혹시나 해서 나가 보니 태하는 여전히 바에 앉아 술을 마시고 있었다. 테이블에 놓인 양주와 장식장에 진열된 술병들이 눈에 들어왔다. 보아하니 매일 술잔을 기울이는 것 같았다.

"저기……."

지우의 목소리에 태하가 고개를 돌렸다.

"저녁 먹었어요?"

그의 얼굴에 황당한 빛이 어렸다가 곧 서늘하게 변했다.

"서로 마주치지 말자고 좀 전에 말한 것 같은데, 기억력이 나쁜가?"

지우는 제 손을 꼭 맞잡고 힘을 주었다.

"난 지금 저녁 먹으려고요. 안 먹었으면 수저 더 놓을게요."

하, 그의 입에서 기막힌 숨이 터져 나왔다.

"너랑 내가 얼굴 맞대고 식사할 사이냐고."

"그러니까 묻잖아요. 저녁 먹었냐고."

평소와 다르게 또박또박 말대꾸를 하는 지우가 신기해서 태하는 시선을 거두지 않았다.

"오늘만 물을게요. 박 집사님도 당신이 집에서 밥을 먹는 경우는 거의 없다고 했고 나도 물을 필요 없다는 거 아는데, 아까 집에 온 시간을 봐서는 도저히 저녁 먹을 틈이 없었을 것 같아서요."

태하는 놀란 얼굴로 지우를 바라봤다. 그 모습에 지우는 마지막 용기를 내서 입을 열었다.

"같이 먹어요, 오늘만. 할 얘기도 있고."

지우는 태하의 대답을 듣기도 전에 부엌으로 들어가 버렸다. 황당해서 말도 꺼내지 못한 태하지만 평소답지 않은 그녀의 모습이 새롭기도 했다.

"똑똑했지."

어릴 때 지우는 나이답지 않게 차분하고 조심성이 강했다. 스스로 행동을 조절하고 실수하지 않으려 안간힘을 쓰고 있었다. 그게 마음에 들지 않던 태하는 일부러 그녀에게 장난치고 말을 걸었다.

그렇게 줄기차게 따라다니다 보니 단답식으로만 말하던 그녀가 어느 순간부터 먼저 말을 걸고, 가끔은 새침하게 째려보는 표정도 지을 줄 알았다.

부엌으로 들어가자 지우는 프라이팬에 음식을 데우고 밥을 푸고 있었다. 식탁엔 이미 수저가 놓여 있었다. 할 말 있다니까 들어나 보자.

태하가 식탁에 앉자 지우는 밥이랑 국을 빠른 속도로 내왔다. 그리고 반찬들을 가지런히 담고 맞은편에 앉았다.

"박 집사님 음식 솜씨가 좋으시네요. 데우면서 맛봤는데 짜지도 않고 맛있어요."

태하는 말없이 음식을 집었다. 지우도 그의 모습에 더는 말하지 않고 밥을 먹었다. 조용했다. 간혹 들리는 수저 소리만 없었다면 먹는지도 모를 정도로 고요한 침묵이 흘렀다.

"할 말이 뭐야."

식사가 끝나갈 무렵 태하가 꺼낸 말이었다.

"아주버님 결혼식 끝나고 그 다음 주에는 내 독주회가 있어요. 또, 올해 아버지 대선에 맞춰 공식 석상에 참석할 일도 생길 것 같아요."

"바쁘겠군. 잘해 봐."

"당신도 일정에 대해 알려 주면 좋겠어요."

"올해 연말에 연 의원님 대선 끝나면 우리도 서류 정리하자."

지우가 눈을 들어 그를 보았다. 그의 눈빛에는 아무것도 담고 있지 않았다. 태하의 목적은 언제나 이혼인가 보다. 그의 일정엔 이혼이 가장 큰 계획인가 보다.

"그래요. 내년 이맘 땐 각자의 길을 가겠네요."

"남은 시간도 크게 다를 것 없어. 공식적인 일은 정 실장 통해 통보할 거고, 지금까지 그랬듯 서로 없는 것처럼 지내면 되는 거야."

"네."

차분하게 대답하는 지우를 바라보던 태하가 눈을 돌렸다.

"그래. 그럼."

"태하 씨."

일어서려는 태하를 부른 지우가 살짝 미소 지었다.

"서류상 아내로서 한 가지만 부탁해도 될까요?"

뭔지 말하라는 눈빛에 지우는 잠시 머뭇거리다가 입을 열었다.

"바쁜 일 아닌 날엔 집에서 식사해요. 오늘처럼 일찍 집에 오는 날은 저녁 거르지 말고 꼭 밥 먹어요. 같이 있는 거 부담스러울 테니까 차려만 놓을게요."

"무슨 뜻이지?"

"말 그대로예요. 박 집사님은 당신이 집에서 밥을 먹는 날이 없다고 하는데, 내가 보기엔 그저 먹기 싫어서 거르는 날도 많은 것 같아요. 그러지 말아요."

"그게 너랑 무슨 상관이야."

"그래서 아까 부탁했잖아요. 서류상 아내로."

기가 막힌 얼굴로 바라보던 태하의 눈빛이 짙어졌다.

"원하는 게 또 있어?"

지우는 옅은 숨을 내쉬었다. 대체 이 사람은 자신을 어떻게 생각하고 있는 걸까. 그의 눈에 자신은 그저 속물에, 쓰레기로 비치는 걸까.

"원하는 거 없어요. 그저 편하게 식사하라는 거예요. 박 집사님께 말해 놓을게요."

지우는 제 할 말을 마치고 먼저 일어섰다. 그리고 식기들을 겹쳐 들어 개수대로 가져갔다. 등 뒤로 태하가 부엌을 나가는 소리가 들리자 지우는 참았던 숨을 크게 몰아쉬었다.

이런 용기를 내는 건 정말이지 손발이 떨려 왔다. 밥 먹으라는 말이 대단한 것도 아닌데 그 한마디 꺼내는 게 왜 이리도 어려운지. 괜한 말을 한 건가 하는 생각도 들었다.

"……그래도 술로 배 채우는 것보다는 낫잖아."

일찍 귀가할 때마다 술로 때우면 그의 몸 상태가 말하지 않아도 엉망일 것 같았다. 남편의 체력을 관리하는 건 서류상 아내로서의 책임도 있는 거였다. 그가 대외 일정에 차질을 빚으면 안 되니까. 단지 그것뿐이다.

설거지를 하고 2층으로 올라온 지우는 연습실로 향했다. 데스크에 휴대폰을 내려놓고 스탠드 불을 켠 지우는 다이어리를 폈다. 내일부터 다시 빡빡한 일정이 기다렸다.

독주회 공연 기획자를 만나 프로그램에 대한 간단한 회의를 하고, 아버지 무신을 만나 대선에 대한 자신의 역할도 들어야 했다.

지우는 풀어 내린 머리를 고무줄로 묶고 공연 기획안을 읽었다. 한참 읽던 지우는 문득 책상 한 쪽에 놓여 있는 상자로 눈길을 돌렸다. 펜을 내려놓고 상자 뚜껑을 열었다.

뚜껑 안엔 빛이 바랜 사진 몇 장과 누렇게 색이 변한 악보가 있었다. 사진 속에 어린 소년과 소녀는 활짝 웃고 있었다. 그 시간은 소녀의 나이가 열다섯 살이 되기 전까지 이어졌다. 그 사진 속 소년, 소녀는 알고 있었을까.

다시는 사진을 찍을 수 없는 관계가 되었다는 걸.

서로를 보며 다시는 웃지 못하게 되었다는 걸.

한참 사진에 눈을 두던 지우는 악보를 들었다. 드뷔시의 '달빛', 베토벤의 '비창'. 어린 시절 태하가 즐겨 치던 곡이었다. 유독 두 곡을 좋아해서 악보를 제게 달라고 졸랐다. 그가 연주하는 악보를 직접 갖고 싶었다.

지우는 의자에서 일어서 연습실 창가로 갔다. 깜깜한 밤이지만 가로등 한두 개가 켜진 정원은 운치 있는 모습을 드러냈다. 꽤 오랜 시간 상념에 젖은 채 정원을 바라보며 서 있었다. 밤늦은 시간까지 그녀의 연습실 불은 꺼지지 않았다.

"사모님."

제 어깨를 흔들어 깨우는 목소리에 지우가 부스스 눈을 떴다. 박 집사가 안쓰러운 얼굴로 자신을 보고 있었다.

"어머, 저 여기서 잠들었나 보네요."

"허리 안 아프십니까."

"아픈 줄도 모르고 곤히 잤나 봐요."

맑은 미소를 지으며 의자에서 일어선 지우는 창가를 타고 들어오는 햇빛에 몸을 돌렸다. 걸음을 옮기던 지우가 생각난 듯 박 집사를 보았다.

"오늘부터 저녁 양을 조금 늘려 주세요. 태하 씨가 집에서 저녁을 먹을 때도 있을 것 같아요."

"사장님이요? 한 번도 드신 적 없는데요."

"자주 먹진 않겠지만 어제처럼 일찍 오는 날엔 챙겨 먹여야 할 것 같아요. 보니까 술만 마시는 것 같아서."

가만히 듣던 박 집사가 빙그레 웃으며 지우의 손을 꼭 잡았다. 눈이 커진 지우가 그녀를 돌아보았다.

"사모님이 우리 사장님 마음을 돌려놓으셨군요. 저도 그동안 사장님이 술만 마시는 통에 몇 번이나 밥을 드셔라, 음식을 해 놓겠다, 회장님께 이를 것이다, 하며 갖은 협박을 했는데 꿈쩍도 않으셨습니다. 그런데 사모님 말 한마디에 마음을 돌리다니, 대단하십니다."

"아니, 전 그냥……. 태하 씨가 집에서 먹을진 몰라요. 그저 해 놓으면 먹지 않을까 해서요."

"그거 아십니까? 사장님은 남의 말을 듣는 사람이 아닙니다. 그런데 사모님 말에 토 달지 않았다는 것만으로 이미 반쯤 동의한 겁니다."

"그런가요."

지우는 박 집사가 추켜세우니 괜스레 마음이 뿌듯해졌다.

"사모님이 우리 집 복덩이가 맞나 봅니다. 어쩌면 사장님의 저 까칠하고 제멋대로인 성격도 이참에 고치겠어요."

박 집사는 신나는 발걸음으로 연습실을 나갔다. 살포시 웃던 지우의 표정이 서서히 굳었다.

"전 복덩이가 아니에요."

지우는 촉촉한 눈망울을 내리며 다이어리를 들고 연습실을 나갔다.

외출 준비를 하고 현관을 나서던 지우는 지난 저녁 태하가 보던 정원으로 눈길을 돌렸다. 가까이서 보는 꽃은 더 귀엽게 손을 벌리고 있었다. 비단 매발톱꽃만 있는 게 아니었다. 정원엔 달리아가 한창 예쁘게 피었고, 색색의 장미가 봉우리를 벌리려고 준비하고 있었다.

"당신이 관리하니까 꽃들이 예뻐지는구나."

태하가 정원 관리에서 손을 뗀 뒤 그 집의 정원에서 꽃은 볼 수 없었다. 그저 낮은 잔디에 관상용 정원수만이 자리했다. 그의 손길이 닿지 않는 꽃은 금세 시들어 관리가 어려웠다.

집 앞에 세워진 하얀색 아우디가 그녀에게 손짓했다. 지우는 집을 나서기 전 김석윤 회장의 문자를 받았다.

〈귀국 선물이다. 오늘 점심 같이 하자. 소개해 줄 이도 있으니까.〉

시아버지의 선물이 귀여우면서도 부담스러웠다. 계약 결혼인 걸 모르는 김석윤 회장은 며느리인 지우에게 지극정성이었다. 어릴 때에도 언제나 말 한 번 더 건네고 맛있는 음식 한 번 더 주는, 친아버지보다 살가운 분이었다.

김석윤 회장은 태하와 결혼하는 지우의 손을 잡고 여러 번 고맙다고 했다. 태하는 태주와 달리 자유분방한 성격 때문에 사고깨나 치고 다니는 아들이었다. 수많은 여자와 염문설을 뿌리고 다녔고, 그룹 이미지를 깎아 먹는 일등공신이었다.

그러니 아버지 석윤의 입장에서는 집안도 확실하고 보증할 수 있는 지우를 태하의 짝으로 짝지어 주는 일에 적극 동참할 수밖에 없었다. 지우가 태하의 여성 편력과 끝 모를 방황을 잠재우길 기대하면서.

예술의 전당 공연 기획 담당자는 30대 중반의 늘씬한 여성이었다. 날카로운 눈매와 달리 입가에는 화려한 웃음을 달아 전체적으로 강인한 인상을 주었다.

"반갑습니다, 연지우 씨. 공연 기획 담당자 최미연이라고 합니다."

손을 내미는 미연의 손을 보던 지우도 예쁘게 웃으며 맞잡았다.

"오시기 전에 작년 뉴욕 필하모닉과의 협연 영상을 봤어요. 라흐마니노프를 완전히 재해석하셨더군요. 아직도 귓가에 생생합니다."

"그랬나요. 감사합니다."

화려하게 웃는 미연에게 미소 지은 지우가 고개를 끄덕였다.

"아, 독주회 프로그램이요."

"네. 말씀하세요."

"이번 독주회 구성을 조금 다채롭게 하고 싶어요. 1부에 3악장 곡을 두 곡 넣고 2부엔 다양한 곡으로 1악장씩 연주하면 어떨까 하고요."

"가능할까요?"

미연이 무슨 뜻으로 묻는 건지 몰라 지우가 고개를 갸웃했다.

"지우 씨가 보내 준 프로그램 구성안 저도 봤어요. 보니까 체력이 버틸지 모르겠어요. 그 곡들을 연주하려면 지우 씨가 견뎌야 하는데……."

그녀가 지우의 팔을 슬쩍 훑었다.

"팔이든 손가락이든 부러질 것 같으세요?"

지우가 부드럽게 웃으며 물었다.

"괜찮습니다. 이것보다 훨씬 더 많은 곡들도 해 봤어요."

"정말 대단합니다. 솔직히 전 반신반의했거든요. 보내 주신 프로그램 구성안을 보고 불가능하다고 생각했어요. 그런데 제 의심을 거둬 주는군요."

미연은 싱긋 웃으며 지우를 바라봤다.

"저도 나름 공연을 기획하는 쪽에서는 전문가거든요. 그런 제가 봤을 때 이번 독주회는 정말 기대가 커요."

"그렇게 말해 주셔서 감사해요."

"사실 남성 연주자도 그 정도 시간과 난이도의 곡은 소화하기 힘든데 지우 씨는 그게 모두 가능하잖아요."

"그냥 전 늘 그렇게 연습해서 다른 점을 못 느끼겠어요."

"그래서 지우 씨가 세계적인 피아니스트가 된 거죠. 역시 천재는 뭐가 달라도 다르네요."

"과찬이세요."

미연은 사람을 기분 좋게 하는 능력을 가진 사람인 것 같았다. 아마 다양한 연주자나 공연자들을 상대하다 보니 자연스럽게 터득한 것도 한몫했다.

"그럼 프로그램을 보면서 말해 보죠."

"네. 전 베토벤의 '비창 소나타'를 제일 처음으로 넣고 싶어요. 그다음 '월광 소나타'를 연주 후 인터미션을 가졌으면 좋겠어요. 2부 곡들을 하고 나서 앙코르는 신청곡으로 하려고요."

"베토벤을 좋아하세요?"

"아니요. 싫어해요."

단호한 목소리에 미연이 예의 화려한 미소를 지었다.

"지우 씨도 싫어하는 음악가가 있어요?"

"그럼요. 베토벤 때문에 피아노를 시작하긴 했는데 너무 슬퍼서 싫어졌어요."

"슬퍼서 싫다는 건……."

"음악적으로 아주 훌륭한 업적을 남겼지만 삶이 너무 슬펐잖아요. 전 음악적으로 훌륭한 사람이 슬픈 삶을 살았던 게 싫어요. 그래서 베토벤도 싫고, 쇼팽과 슈베르트도 싫어요."

"제가 듣기엔 매우 사랑한다는 걸 돌려 말하는 걸로 들리는데요?"

정곡을 찌르는 말에 지우는 설핏 웃으며 그녀를 바라봤다.

"예리하시네요."

지우의 입가에 미소가 더욱 짙어졌다. 사랑해서. 사랑했기에 그들의 생애가 가슴 아팠는지도 모르겠다.

"비창과 월광으로 정한 이유가 있습니까?"

"특별한 이유라기보단 베토벤 비창과 월광 소나타는 그의 초기 작품인데 베토벤의 천재성을 잘 보여 주는 작품이잖아요. 전 두 작품을 나란히 연주하면서 차이점과 유사점을 청중들에게 들려주고 싶어요."

"얼마든지요. 이번 독주회는 오로지 지우 씨의 연주를 기다려온 국내 팬들을 위해 마련한 자리이기 때문에 모든 걸 맞출 거예요."

두 사람은 그 뒤로도 프로그램에 대한 이야기를 계속했다.

"그럼 간간이 연락 드리며 컨디션 조절 도와드리겠습니다. 연습실도 준비해 놨어요."

"아, 연습실은 저희 집에도 있어요. 일단은 집에서 연습하고 공연 3일 전부턴 담당자님이 준비해 준 연습실에서 최종 점검해 볼게요."

"알겠습니다."

미연은 회의실을 나와 주차장까지 배웅했다.

"지우 씨는 제가 그동안 만났던 사람들을 통틀어 제일 아름다운 것 같아요. 목소리하며 걸음걸이까지 상대방의 혼을 빼놓네요. 저 이렇게 누군가에게 끌려간 적 없었는데 지우 씨와 대화하면 다 내주고 싶을 정도예요."

그녀의 말에 지우도 작게 미소를 지었다.

"감사합니다. 그렇게 말씀해 주시니 제가 정말 좋은 사람이 된 것 같아요."

미연에게 긍정적인 기운을 받고 사무실을 나온 지우는 눈을 들어 하늘을 보았다. 오랜만에 푸른 하늘을 드러낸 봄 날씨가 기분을 좋게 만들었다. 따뜻한 봄기운은 그녀의 몸을 훑고 머물러 있었다.

김석윤 회장이 사 준 차를 몰고 JK호텔에 들어온 지우는 주차를 하고 건물 내부로 들어갔다. 지우의 얼굴은 이미 공공연히 알려진 터라 어디서든 알아보는 사람들이 많았다. 그녀가 호텔 안으로 들어오자 매니저가 다가왔다.

“어서 오십시오. 안내하겠습니다.”

미리 대기하고 있었는지 직원은 지우를 호텔 레스토랑의 프라이빗 룸으로 안내했다. 직원이 문을 열어 줘 방 안으로 들어가던 지우는 석윤의 맞은편에 앉은 여자에게 눈길이 갔다.

“어, 지우 왔냐. 이리 와라.”

석윤의 말에 지우는 그에게 인사한 후 여자의 옆에 앉았다. 누군지 말하지 않아도 알 수 있었다.

“만난 적은 한 번도 없었지? 지우야, 인사해라. 네 형님 될 사람이다.”

옆에 앉은 여자가 먼저 웃으며 인사했다.

“안녕하세요. 윤세나라고 합니다.”

“안녕하세요. 연지우예요.”

세나는 싱긋 웃으며 고개를 앞으로 돌렸다. 석윤은 나란히 앉은 두 며느리를 뿌듯한 얼굴로 바라봤다.

“내가 며느리 복이 있나 봐. 이렇게 둘을 나란히 보고 있으니까 저절로 배가 부르구먼.”

석윤이 껄껄 웃으며 말하자 두 여자도 웃음으로 화답했다.

음식은 적절한 시기에 들어왔고 먹음직스러운 모습이었다. 김석윤 회장은 내내 기분이 좋은 듯 얼굴에서 미소가 사라지지 않았다.

“그렇게 태주 애를 태우더니 결국엔 받아 주는구나. 그럴 거 뭐 하러 도망갔어.”

“죄송합니다. 이젠 제가 더 사랑해 주려고요.”

세나는 약간 붉어진 얼굴로 웃으며 답했다. 그녀의 목소리가 행복에 가득 차서 듣는 지우는 저절로 부러운 마음이 들었다.

“이렇게 자리를 마련한 건 우리 집 아들들 선택해 줘서 고맙다는 말과 어려운 자리, 힘든 일 있을 때 두 사람이 서로 의지하면서 지냈으면 좋겠단 말을 하고 싶어서 불렀어.”

두 여자의 시선이 석윤을 향했다.

“내가 많은 사람들을 상대하며 인생을 살다 보니 이젠 어느 정도 관상도 볼 줄 알고 사람을 잘 파악하게 됐어. 내가 볼 땐 두 사람이 서로에게 긍정적인 영향을 줄 것 같아. 서로 자극도 되고 좋은 시너지를 발휘하겠어.”

“신경 써 주셔서 감사해요. 아버님은 늘 좋은 말씀을 해 주셔서 제가 많이 본받고 있어요. 형님과도 잘 지낼게요.”

지우의 나긋한 목소리에 세나가 고개를 돌려 그녀를 보았다.

“자. 그럼 식사도 얼추 끝났으니 난 먼저 일어서지. 두 사람은 알아서 하고.”

석윤이 일어서자 두 사람도 일어서 따라 나왔다. 그러자 석윤이 뒤돌아 팔을 내밀었다.

"나오지 마. 우리 호텔인데 며느리 갑질하는 시아버지라고 소문날라."

석윤은 손을 내저으며 때마침 모시러 온 비서를 따라갔다. 갑자기 두 여자만 남게 되어 어색한 기운이 흘렀다.

"저…… 시간 되시면 잠깐 이야기 나눌 수 있을까요?"

먼저 말을 꺼낸 건 세나였다. 지우도 미소 지으며 자리로 왔다. 아까 앉았던 자리에 앉다 보니 나란히 옆에 앉게 되었다.

세나는 화려하진 않지만 함부로 할 수 없는 분위기를 자아냈다. 지우는 한동안 세나를 보며 찬찬히 그녀의 분위기와 성격을 파악했다.

"그렇지 않아도 한번 만나고 싶었어요. 예전에 저와 아주버님 일로 형님이 오해하면 어쩌나 걱정했거든요."

"아, 태주 씨에게 들었어요. 그땐 그럴 수밖에 없던 사정이 있었을 것 같아요. 지우 씨에게 악감정은 전혀 없어요."

"그렇다면 다행이에요. 늘 그게 마음에 걸렸어요. 저 때문에 두 사람이 헤어진 건 아닌가 하고."

세나가 빙긋 웃더니 고개를 저었다.

"절대 아니니까 이제 그런 걱정 마세요. 저 때문이에요. 제가 바보 같아서 피했어요. 그런데 저보다 더 바보 같은 사람이 있더라고요. 도무지 외면할 수 없어서 말이에요. 나이도 꽉 찬 남자를 누가 데려가겠어요. 저라도 거둬 줘야죠."

태주를 두고 저렇게 말할 수 있는 세나가 대단하게 느껴졌다. 어릴 때부터 태주를 봤지만 지우에게 그는 감히 함부로 말할 수도, 대들 수도 없는 태산 같은 존재였다. 모두의 시선을 한 몸에 받고 존재만으로 그의 가치를 증명할 수 있는 남자였다. 아버지 무신은 그와 결혼하지 못한 딸을 끝내 아쉬워했지만 이젠 지나간 일이었다.

"서로 힘들어 했던 만큼 꼭 좋은 일만 가득하길 바랄게요."

"감사합니다."

두 여자가 서로를 보며 웃었다. 세나가 먼저 물었다.

"나이가 어떻게 되세요? 전 서른한 살이에요."

"그럼 내가 두 살 더 많네요."

"그래요? 저 사실은 아까부터 형님이란 말이 좀 부끄러웠거든요. 편하게 이름 불러 주시면 좋겠어요."

"그래도 괜찮을까요?"

세나는 괜찮다며 고개를 끄덕이고 활짝 웃었다.

"회장님께서 너무 좋으셔서 매번 놀라요. 제가 아는 재벌들이랑 다르셔서."

"아버님은 당신 사람에겐 열도 내주시는 분이에요. 그리고 한 번 눈 밖에 난 사람은 두 번 보지 않는 분이죠. 회사 일 하시는 거 보면 그래요. 절대 호락호락한 분은 아니에요."

"네. 그래도 전 너무 좋아요."

한동안 지우를 바라보던 세나가 입을 열었다.

"지우 씨만 괜찮다면 언니라고 불러도 될까요?"

갑작스런 말에 지우가 눈을 들어 세나를 보았다. 그녀는 환하게 웃으며 지우의 손을 잡았다.

"모든 자리에서 그렇게 부를 순 없겠지만 이렇게 편하게 있을 땐 언니라고 부르고 싶어요."

언니. 처음 들어 보는 말이었다. 지우에게 그 단어는 낯선 어휘였다. 외국 생활을 할 때도 이름으로 불려서 좀처럼 들어 보지 못한 말이었다. 그런데 그 단어가 지우의 마음을 간지럽혔다.

"당연히 되죠."

세나의 얼굴이 예쁘게 변했다.

지우와 세나가 레스토랑에서 나온 건 그 뒤로 한 시간이 흘러서였다. 한번 말을 튼 두 사람은 시간 가는 줄 모르고 대화를 나눴다.

그동안 대화를 나눴던 지우의 주변인들과 세나는 전혀 달랐다. 만나면 상대방을 돌려서 비방하거나 자리에 없는 이의 배경을 헐뜯는 대화가 주를 이뤘는데 세나는 그런 것들에 관심이 없었다. 사람 사는 이야기. 좋아하는 것. 서로의 일에 대한 조언과 칭찬. 별다른 것 없는 대화인데 풍요로웠다.

호텔을 나오면서도 이야기가 끊이지 않았다.

"저 슈베르트 진짜 좋아하는데! 진짜 기대돼요. 연주회 꼭 갈게요. 언니 손으로 연주하는 악흥, 꼭 듣고 싶어요."

"꼭 와요."

"세나야."

호텔 로비로 나오자 자신의 이름을 부르는 남자에게 고개를 돌린 세나가 활짝 웃었다.

"태주 씨."

차에 기대 서 있는 남자를 본 세나와 지우가 그에게 다가왔다. 지우가 웃으며 고개를 숙였다.

"오랜만이에요. 아주버님."

"그렇게 부르는 거 낯설다. 잘 지냈어?"

"그럼요. 결혼 축하드려요."

"고맙다."

세나는 신이 난 듯 태주를 보며 눈을 빛냈다.

"언니 독주회에서 슈베르트를 연주한대요. 우리도 꼭 가요."

태주의 소매를 붙들고 재잘재잘 떠드는 세나를 보는 게 신기해 그는 팔을 끌어당겨 안았다.

"벌써 언니야?"

"아, 우리 이제 베프 하기로 했어요."

태주가 눈을 들어 지우를 보자 그녀도 웃으며 고개를 끄덕였다.

"그런데 못 가."

"왜요?"

"우리 신혼여행은 안 가?"

"아, 맞다!"

세나는 깜빡 잊은 듯 소리쳤다. 그리고 곧 울상을 지었다.

"그럼 신행을 조금 뒤로 미루고……."

또 오지랖을 벌이는 세나를 가볍게 막아 품에 가둔 태주가 지우를 봤다.

"아쉽지만 연주회는 다음에 가야겠다. 우리 신행이 그때 끝나진 않을 것 같아서."

"당연하죠."

"어디 가려던 길이면 태워다 줄게."

"아니에요."

지우가 차 키를 들어 보이며 씩 웃었다.

"아버님이 선물 주셨어요."

"아버지가 며느리를 정말 예뻐하시네. 그럼 조심해서 가고."

세나는 아직도 울상인 얼굴로 지우를 바라봤다.

"정말 가고 싶었는데……."

"세나 씨는 나중에 우리 집에서 따로 들려줄게요. 단독 공연."

세나의 얼굴이 금세 활짝 폈다. 그리고 지우의 손을 맞잡았다.

"오늘 만나서 정말 즐거웠어요. 자주 봐요, 언니."

"그래요."

태주가 세나의 손을 끌지 않으면 영영 헤어지지 않을 사람처럼 손을 붙들고 있었을 것이다. 지우는 세나를 조수석에 태우는 태주를 보며 옅은 미소를 지었다.

"참 사랑스러운 분이에요."

태주가 뒤를 돌았다.

"그래서 아주버님이 그렇게 못 잊었나 봐요."

"그래. 우린 운명이거든."

"우와, 그런 말을 아주버님 입에서 듣게 되다니."

"아주 사랑스러워 미칠 것 같다. 그럼 먼저 갈게."

피식 웃던 태주는 손을 들어 보이고 운전석으로 와 벨트를 맸다. 창밖을 보던 세나가 창문을 내리고 손을 흔들었다. 지우도 웃으며 손을 흔들었다.

운전석에 앉은 지우는 등받이에 머리를 기대고 눈을 감았다. 행복해 보이는 두 사람을 보자 부러우면서 외로움이 밀려왔다. 자신은 누리지 못할 행복이었다. 철저히 혼자였고, 앞으로도 계속 그럴 것이다.

한동안 눈을 감고 마음을 진정시킨 지우는 아버지 무신에게 전화를 걸었다. 오랜 신호음 끝에 무신이 받았다.

—그래. 김 회장에게 좀 전에 연락 받았다. 같이 점심 먹었다고.

"네. 아버님이 점심 사 주셨어요."

—김 회장이 널 예쁘게 보기에 망정이지 너처럼 뻣뻣하고 애교도 없는 며느릴 누가 마음에 두겠냐.

무신은 여전히 지우에게 차갑고 매정했다. 지우는 가슴에 통증을 느끼며 손을 꽉 쥐었다. 그래도 애써 웃는다.

"아버진 요즘 많이 바쁘시죠?"

—조만간 당내 후보 간 경선이 있을 것 같다. 네가 참석할 자린 없지만 보도 자료에 네 얘기도 들어갈 테니 매사에 언행 조심하고.

"네. 그럴게요."

잠시 침묵이 흘렀다.

"5월 마지막 주에 제 연주회가 있어요. 아버지도 참석할 수 있으세요?"

—마지막 주?

종이를 넘기는 소리가 들리더니 이내 목소리가 들려왔다.

—그날 당 대표 만나 저녁 먹을 예정이라 참석은 힘들 것 같다.

"네. 알겠어요."

전화를 끊은 지우의 눈망울이 점점 더 촉촉해졌다. 하지만 눈물은 흘러내리지 않았다. 무신은 늘 바빴고 지우에게 애정을 주지 않았다.

기억도 나지 않는 나이에 지우는 낳아 준 어머니의 품을 벗어나 아버지 무신에게 왔다. 어머니는 혼외 자식인 지우를 낳자마자 버리다시피 무신에게 건넸다. 하룻밤의 실수로 아이가 생긴 걸 안 무신은 남들의 이목이 무서워 지우를 거두었다.

다행히 무신의 본처인 새어머니는 지우를 미워하지 않았다.

자식이 없었던 그녀는 지우를 안타깝게 여기고 친딸처럼 지극 정성으로 키웠다.

아버지의 무시 속에 컸지만 지우가 피아노에 눈을 뜨고 잘 클 수 있었던 건 새어머니의 역할이 컸다.

피아노 전공자였던 그녀는 어린 지우를 무릎에 앉히고 자주 피아노를 들려주었다. 그때 들었던 피아노 음색이 아직도 지우의 머릿속을 맴돌았다.

여섯 살 무렵 지우가 피아노에 소질이 있다는 걸 안 새어머니가 무신에게 말을 하던 날, 아버지는 처음으로 지우의 연주를 들었다.

그리고 '스타인웨이 앤드 선스'의 피아노 장인을 직접 한국으로 모셔와 제작하도록 했다. 또, 어린 지우에게 개인 레슨 선생님을 붙여 주었다. 그게 처음이자 마지막으로 그가 건넨 친절과 애정이었다.

좋은 사람은 늘 명이 짧은 건지 새어머니는 지우가 아홉 살 때 세상을 떠났다. 그날 처음으로 무신의 눈가에 눈물이 맺힌 걸 볼 수 있었다. 평소 표현하진 않았지만 아버지는 새어머니를 진심으로 사랑하고 있었던 것 같다. 새어머니가 돌아가신 후 무신은 지우에게 완전히 마음을 닫고 외면했다.

전화가 울려 지우는 생각에서 벗어나 휴대폰을 보았다.

정 실장님

"여보세요."

—사모님, 혹시 오늘 저녁에 시간 되십니까?

"네. 오늘 일정은 다 끝났어요."

—오늘 사장님 대외 일정이 있는데 사모님이 참석해야 하는 자리라 연락드렸습니다.

"어떤 일인데요?"

—이번 JK전자 휴대폰 새 시리즈 제품 출시에 맞춰 발표회를 여는데 예상보다 많은 관계자가 참석해서 사모님도 계셔야 할 것 같습니다.

"이전에도 저 없이 잘 진행했던 걸로 아는데……."

—이번 시리즈는 새로운 형식의 스마트폰이라 국내외적으로 관심이 높습니다. 그래서 외신들과 한국 기자들이 대거 모이는 것 같습니다. 사모님께서 귀국한 걸 모르는 사람이 없기에 이번에는 참석하시는 게 좋을 것 같습니다.

"네. 어디로 가면 될까요?"

—준비하시면 제가 모시러 가겠습니다.

"네. 전 자주 가던 숍에 있을 것 같아요."

—갑작스럽게 연락드려서 죄송합니다.

지우는 제 손목시계를 바라보았다. 3시. 준비를 마치면 대략 5시가 될 것 같았다.

"아니에요. 연락 잘 주셨어요. 저 그런데……."

—네. 말씀하십시오.

"태하 씨도 알고 있는 건가요? 갑자기 제가 가면 놀랄 수도 있어서요."

—사장님께서 제게 직접 말씀해 주신 겁니다. 지금 발표회 준비하느라 정신이 없으셔서 전화 못 할 것 같다고요.

"네, 알겠어요."

전화를 끊은 지우는 스타트 버튼을 누르고 출발했다. 태하가 부른 거니 예쁘게 하고 가고 싶었다. 자신의 역할이 얼마나 필요할지는 모르겠지만 적어도 그의 옆에서 초라해지고 싶지는 않았으니까.

1년 만에 숍에 들르자 평소 친하게 지내던 실장이 양팔을 벌리며 다가왔다.

"이게 얼마 만이야. 소식은 가끔 뉴스에서 들었어. 이젠 뉴스에서나 볼 수 있는 여자네."

"자주 들를게요."

"안 바쁠 때나 와. 당신 바쁜 건 대한민국 모두가 알고 있으니까."

지우는 살포시 웃으며 실장을 따라갔다.

"메이크업이랑 헤어 먼저 하자."

지우를 의자에 앉힌 실장은 그녀의 기다란 머리카락을 만지며 거울로 지우를 보았다.

"끝이 상했는데 어떻게 할까. 조금 자를까?"

지우는 고개를 끄덕였다.

"몇 주 뒤에 독주회가 있어요. 그때 가서 머리 다시 하고 오늘은 정리만 할게요."

"오케이. 세상에서 제일로 예쁘게 해 줄게."

"실장님 실력을 의심하지 않겠습니다."

"당연하지. 내가 대한민국 넘버원이라고. 알지?"

"그럼요. 실장님께 모든 걸 맡길게요."

실장은 찰랑거리는 지우의 머리카락을 붙들고 모양을 만들어 나갔다. 그녀의 손에서 머리는 금세 풍성하게 말렸다.

"목선이 가늘고 길어서 이렇게 목을 드러내면 진짜 뿅 간다니까."

실장의 호들갑스러운 말에 지우는 눈웃음을 지었다.

"그냥 실장님 눈에만 예쁜 거 아닐까요? 자신의 실력을 자화자찬하기 위한 어떤 어필?"

"이 사람 보게. 지금 당장 길거리 나가서 아무나 붙잡고 물어봐. 내 말이 틀렸나."

"고마워요."

순식간에 헤어와 메이크업 정리가 끝났다. 범주가 숍에 들어왔을 땐 지우는 이미 준비를 끝마친 상태였다. 안으로 들어온 범주는 지우의 모습을 보고 한동안 멍하니 바라보았다.

와인색의 원피스를 입고 허리에 가느다란 벨트를 해 지우의 글래머러스한 몸매가 그대로 드러났다. 머리카락은 말끔히 올려 가느다란 목선을 드러냈고, 아름다운 어깨와 쇄골의 라인이 그녀의 자태를 선명하게 드러났다.

"오셨어요?"

"아, 네. 가시죠."

범주는 멍한 정신을 차리고 앞장섰다.

"사장님은 먼저 가셔서 기다리고 계십니다."

"발표회에 사람들 많아요?"

"네. 다들 기대감이 많은 것 같습니다."

지우는 창밖으로 시선을 돌려 어두워진 밤거리를 보았다. 괜스레 걱정도 되면서 긴장이 되었다. 이런 자리가 처음은 아니지만 태하의 아내로 참석하는 건 처음 있는 일이었다.

차가 도착하자 범주는 운전석에서 내려 뒷좌석으로 와 문을 열어 주었다. 지우는 가볍게 미소를 짓고 밖으로 나왔다. 그녀가 온다는 걸 알고 있었는지 기자들이 라인 뒤에서 카메라 셔터를 눌러 댔다.

세계적인 피아니스트이자 JK전자 사장의 아내 연지우.

발표회장 안으로 들어가자 신규 출시에 대한 기대감 때문인지 다양한 인사들이 참석해 있었다. 인사를 건네는 외국인부터 원래 알고 지냈던 사람들까지 지우의 곁으로 모여들었다.

"지우 씨, 오늘 너무 예쁜 거 아니에요?"

"여신이 내려온 줄 알았어. 어쩜 갈수록 더 아름다워져."

사람들의 말에 미소를 지으며 걷던 지우는 신규 휴대폰을 전시해 놓은 지지대 옆에 태하를 보았다. 그리고 그의 옆에서 아름다운 웃음을 짓고 있는 여자도 보았다.

누구더라. 익숙한 얼굴인데.

범주의 안내로 지우가 중앙 홀 쪽으로 다가가자 사람들의 시선이 점점 쏠렸다. 그리고 관계자와 이야기를 나누던 태하의 시선도 그녀에게 닿았고 곧 지우에게 다가왔다. 그가 가까이 오자 그녀는 괜스레 긴장이 되었다.

"왔어?"

태하는 미소를 지으며 지우의 허리에 손을 얹고 몸을 끌었다. 그의 손이 닿은 허리에 온 신경이 집중된 것 같았다. 지우는 떨리는 마음을 내색하지 않으려 다리에 힘을 주었다.

「제 아내 연지우입니다.」

태하는 흥미롭게 바라보는 중년의 외국인 남성에게 지우를 소개했다. 그가 지우의 귓가에 속삭였다.

"WTO 의장이야."

태하의 목소리에 지우는 남자에게 인사했다.

「만나 뵙게 돼서 영광입니다.」

「나야말로 연지우 씨 팬입니다. 당신이 연주하는 피아노를 아주 좋아해요.」

「감사합니다.」

악수를 나누는 두 사람을 보던 태하는 지우를 다른 사람들에게 데려갔다.

소개해 주는 사람들 대부분이 반도체와 관련된 국내외 오너들과 대표들이었다. 지우는 한 치의 흐트러짐 없이 그들과 인사를 나누었다.

그러는 와중에도 허리에 닿은 태하의 손에 가슴은 눈치 없이 뛰고 있었다.

"김 사장님, 이렇게 아름다운 여인을 아내로 맞이한 기분이 어떻습니까? 매일 황홀하시겠습니다."

"이런, 제 아내를 칭찬해 주셔서 감사합니다. 전 늘 보던 사람이라 별다를 것 없습니다."

"그렇군요. 그동안 내내 떨어져 지냈으니 이제 신혼 분위기 좀 즐기시지요."

사람들은 입바른 소리와 함께 태하와 지우를 연신 띄워 주었다.

"김태하 사장님, 발표 준비 다 되었나 봐요. 올라가 보세요."

태하의 옆에 서 있던 여자가 불쑥 다가와 매력적인 미소를 지으며 그의 귓가에 속삭였다. 지우는 아까부터 태하의 곁에서 머물러 있는 여자에게 신경이 쓰였다.

태하는 지우의 허리에 둘렀던 손을 내려놓지 않고 발표를 위해 단상 위에 올라갈 때가 되어서야 놓았다. 그의 손이 사라지자 허전함을 느낀 지우는 제 양팔을 쓸어내렸다.

"안녕하세요."

그 여자가 자신을 보며 웃었다. 아, 드디어 누군지 알았다. JK전자 휴대폰 모델, 톱 여배우 한주희였다.

"김태하 사장님의 부인을 여기서 직접 뵙게 될 줄은 몰랐네요."

지우는 주희를 돌아보며 살짝 고개를 숙였다.

"처음 뵙겠습니다."

"전 처음 아닌데."

주희는 싱긋 웃으며 단상에 올라간 태하에게 시선을 두었다.

"두 분 결혼식에도 참석했었거든요."

"아, 그렇군요. 와 주셔서 고맙습니다."

여전히 미소를 머금으며 인사를 하는 지우를 보던 주희의 미간이 예쁘게 구겨졌다. 그 모습을 보지 못한 지우는 어느새 마이크를 잡고 있는 태하를 눈에 담았다.

태하의 발표는 훌륭했고 새로운 휴대폰 기능에 대한 홍보와 기대감도 목적 이상의 효과를 보았다.

휴대폰 경쟁 업체와의 눈치 싸움 속에서 JK전자 사장이 직접 발표한 새 모델 출시는 언론과 대중들에게 깊이 인식되었다.

휴대폰 시연을 할 때 사람들의 입에서 연신 호응이 쏟아졌다. 그만큼 판매 실적에 대한 기대감도 높아졌다.

그의 발표가 끝난 뒤, 여러 사람들과 인사를 나누는 태하를 확인한 지우는 화장실로 발길을 돌렸다. 서둘러 손을 씻은 지우는 북적거리는 소음 속에 있다가 고요함이 느껴지자 편안한 마음에 벽에 기대섰다.

그때였다. 구두 굽 소리에 감았던 지우의 눈이 떠졌다. 화장실로 들어온 주희가 손을 씻으며 거울을 보았다. 지우는 벽에 기댔던 등을 뗐다.

"김태하 사장님 정말 끝내주죠?"

주희의 목소리가 지우의 귓가를 울렸다. 그녀는 거울에 비친 제 얼굴을 요리조리 살펴보며 머리카락을 다듬었다. 주희의 붉은 드레스는 지우의 것과 비슷한 듯하면서도 더 정열적인 색깔이었다. 그리고 그녀의 붉은 입술이 옷을 더욱 빛내 주었다.

한주희는 누가 봐도 유혹적이고 섹시한 여성이었다. 환상적인 몸매 뿐 아니라 연기도 잘해서 대중에게 인기가 많았다. 무엇보다 결혼 전부터 그와 염문을 뿌렸던 여자였다.

"전 김태하 사장님이 정말 아찔하게 섹시한 것 같아요. 얼굴은 예쁘게 생겼는데 몸은 정반대잖아요. 딱 벌어진 어깨랑 비율까지 완벽해요."

"제 남편을 칭찬해 주셔서 감사합니다."

주희의 입꼬리가 한쪽으로 말려 올라갔다.

"이 결혼 생활, 가짜라면서요."

"누가 그런 말을 하죠?"

"에이, 이 바닥에 소문 파다해요. 조금만 관심 갖고 들어 보면 다 그 얘기를 하던데요? 두 사람이 언제 이혼할지."

지우의 눈망울이 흔들렸다. 그녀의 눈빛을 본 주희가 승기를 잡은 듯 활짝 웃었다.

"형식적인 관계일 뿐인 거 다들 알고 있죠."

가까이 다가온 주희가 지우의 귓가에 속삭였다.

"아직 김태하 사장님과 잠자리를 갖지 못했죠?"

지우의 얼굴이 붉어지며 주희를 바라보았다.

"무례하군요."

"왜냐면 태하 씨는 날 만나고 있으니까."

떨어진 주희가 싱긋 웃었다.

"연지우 씨도 들어서 알죠? 태하 씨와 결혼하기 전부터 만나고 있었다는 걸."

"제게 이런 말을 하는 이유가 뭔가요. 대놓고 유부남을 건드린다고 지금 스스로 시인하시네요."

"네?"

지우는 차분한 목소리로 주희에게 말했다.

"태하 씨와 만나고 있다면 잘 알 거예요. 그 사람은 어느 누구에게도 정을 주지 않아요. 그 누구도 태하 씨를 온전히 가졌다고 생각하지 않죠. 조만간 또 다른 여자가 나타날 거예요. 그러니까 너무 그렇게 자신만만해하지 말아요."

주희의 얼굴이 순식간에 붉어졌다.

"한주희 씨가 잠자리 이야기를 하며 제 기분을 나쁘게 하려는 의도는 알겠는데 전 아직 이혼할 생각이 없어요."

"뭐라고요?"

"태하 씨가 먼저 이혼하자고 하기 전엔 이혼할 생각 없습니다."

"쇼윈도잖아요. 지금 자기 최면 거는 거예요?"

"누군가의 말처럼 트로피 아내일 뿐일지라도 태하 씨는 공식 석상에서 절 소개하죠. 그게 한주희 씨와 저의 차이예요."

그럼 실례합니다, 지우는 가볍게 고개를 숙이고 화장실을 나갔다. 그녀가 나간 문을 노려보던 주희의 얼굴이 새빨갛게 붉어졌다.

"아무것도 아닌 주제에 어디서 잘난 척이야. 이혼 생각이 없어? 그래. 내가 이혼하게 만들어 줄게."

순하고 물러터진 줄 알았더니 보기보다 강단이 있었다. 주희는 지우를 얕보면 안 되겠다는 생각이 들었다.

발표회 이후 참석자들과 간담회를 가진 태하는 식이 끝나자 넥타이를 풀어 범주에게 건넸다.

"지우는?"

발표 이후부터 보이지 않아 태하는 간간이 눈을 돌려 식장을 살펴보았다. 주변 사람들이 자꾸 부인 좀 보여 달라고, 소개시켜 달라고 귀찮게 하는 통에 옆에 붙어 있으라고 하려고 했는데 어느 순간부터 그녀가 보이지 않았다.

"먼저 집에 가셨습니다."

셔츠 단추를 하나 풀던 태하가 범주에게 고개를 돌렸다.

"식이 끝나지도 않았는데 집엘 갔다고?"

"네. 몸이 좀 안 좋으시다고……. 얼굴이 창백해 보이셨습니다."

잠시 생각하던 태하는 고개를 갸웃했다. 처음 식장에 왔을 땐 그런 낌새를 느끼지 못했다. 갑자기 몸이 안 좋아진 건가.

긴장한 건가. 아니면 지난밤 늦게까지 잠을 자지 않아서 피곤했던 걸까. 태하도 잠을 이루지 못한 건 마찬가지였다. 서재로 올라가 책이나 보려던 그는 왼쪽 방문 틈으로 희미하게 새어 나오는 불빛을 보았다. 문득 어제 방문을 바라보았던 일이 생각났다.

"택시 타고 가시겠다는 걸 제가 김현성 대리 불러서 모셔다 드리라고 했습니다."

"그래. 알았어."

발을 옮기던 태하는 뒤에서 제게 팔짱을 끼며 다가오는 여자의 향수 냄새에 급 미간이 찌푸려졌다.

"태하 씨, 다 끝났어요?"

태하가 고개를 돌리자 주희가 밝게 웃었다.

"아직 안 갔나?"

"아이 참, 태하 씨가 끝나지 않았는데 어떻게 가요."

"쓸데없군."

태하는 고개를 돌리고 걸어갔다. 차가운 그의 얼굴에 주희는 애가 닳았다.

"태하 씨, 오늘은 바쁜 일도 끝났으니까 계속 같이 있으면 안 돼요? 와인도 한잔하고."

애교를 부리며 목소리를 끄는 주희의 팔을 쳐 낸 태하가 돌아봤다.

"웃기는군. 네가 뭐라도 되는 줄 아는 모양이야."

서늘한 목소리에 주희는 입을 다물었다. 그녀의 입가에 작은 경련이 일어났다.

"애인이잖아요. 우리 키스도 한 사이예요."

"키스? 일방적인 입술 박치기를 키스라고 한다면 그래. 그렇다고 해 줄게. 그런데……."

태하가 한 걸음 다가와 바지 주머니에 손을 넣었다. 예의 삐딱한 얼굴로 주희를 바라보았다.

"우리가 언제부터 애인 사이였나."

"그럼 뭐예요, 애인이 아니면. 우리, 태하 씨가 결혼하기 전부터 만났어요."

태하가 피식 웃었다.

"관심이라는 말을 자기 멋대로 생각하고는 애인까지 발전시켰나."

그의 얼굴이 순식간에 굳었다.

"잘나가는 여배우라는 광고 책임자의 말에 누군가 궁금하기도 했고, 우리 회사의 광고 모델이니 관심 가져 주는 걸 넌 대체 어떻게 받아들인 거지?"

"그럼 왜 여태 가만히 있었어요! 제가 다가가도 뿌리치지 않았잖아요. 옆에 있어도 용인했으면서. 정말 저와 아무런 관계가 아니라면 뿌리쳤어야죠!"

"내가 왜 그래야 하지. 난 그런 감정놀음에 맞장구쳐 줄 만큼 한가하지 않아."

주희는 기가 막힌 얼굴로 태하를 노려보았다. 그녀의 앙칼진 얼굴을 보자 태하는 피곤이 밀려왔다.

"이봐. 한주희 씨. 앞으로 내 애인이라는 터무니없는 소리 한 번만 더 입 밖에 내면 우리 회사와의 계약은 종료하고 싶은 걸로 알겠어. 그러니까 입조심하는 게 좋을 거야. 한주희 아니어도 모델 할 사람들은 널리고 널렸으니까."

차갑게 내뱉고 몸을 돌려 걸어가는 태하를 보던 주희의 온몸이 부르르 떨렸다.

JK전자의 휴대폰 모델을 하면서 쭉 태하를 바라봤다. 사업적으로 만날 일이 많아졌고, 한눈에 이목을 끄는 그에게 쉽게 마음을 빼앗겼다.

술자리에서 사람들이 빠져나가고 단둘이 있던 순간, 주희는 작정하고 태하에게 입을 맞췄다. 제 키스에 거부하지 않고 가만히 있는 그를 보자 욕심이 생겼다. 그리고 그도 자신에게 마음이 있을 거라는 생각이 들었다.

그는 누구에게도 마음을 주지 않는다고 들었는데 거부하지 않고 받아들인다는 건 자신을 특별하게 생각한다는 뜻이었다. 그래서 주희는 시간만 나면 그가 일하는 회사며, 사업적으로 머무는 호텔로 찾아오기도 했다. 모델이라는 명목하에.

그럴 때마다 딱히 내치지 않는 태하를 보고 주희는 더욱더 확신이 들었다. 그래서 그가 나타나는 자리는 체면 내세우지 않고 나갔고, 어떻게든 그와 더욱 가까워질 기회만 노리고 있었다.

그렇게 1년이 흘렀다. 지우가 유학을 간 시기가 최적이라 여겨 주희는 더욱 적극적으로 애정 공세를 펼쳤지만 매번 애매하게 일관하는 통에 허무하게 시간을 흘려 버렸다.

입술도 아무렇지 않게 내줘 놓고 저렇게 선을 긋는 그를 보자 화가 나면서도 아이러니하게 승부욕이 들끓었다.

잘생기고 섹시한 남자의 손길이 못 견디게 궁금했다. 뜨거운 입술로 제 몸을 사랑해 주길 원했다. 주희는 그를 보는 것만으로도 안기고 싶은 마음이 강하게 들었다.

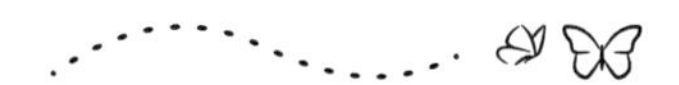

창밖을 보던 지우는 차가 집 앞에 멈추자 생각에서 깨어났다. 운전하던 사람이 어느 틈에 내려서 뒷좌석 문을 열어 주었다.

"감사합니다."

차에서 내린 지우가 김현성 대리에게 인사하자 그의 허리가 90도로 내려갔다.

"모셔다 드리게 되어 영광입니다."

"괜히 저 때문에 번거롭게 했네요."

지우가 살짝 미소 짓자 김현성 대리의 얼굴이 화르륵 붉어졌다. 말로만 듣던 김태하 사장의 부인을 직접 보자 김현성 대리는 눈도 마주치지 못하고 고개가 자꾸만 땅으로 처박혔다.

"너, 너무 아름다우십니다."

김현성 대리의 붉어진 얼굴을 바라보던 지우가 잔잔히 웃으며 고개를 숙였다.

"감사합니다. 조심해서 가세요."

몸을 돌려 집 안으로 들어가는 지우를 보던 김현성 대리는 그녀가 들어간 집의 대궐 같은 담장을 보며 경외감과 씁쓸함을 동시에 느꼈다. 아쉬움에 그의 고개가 자꾸만 담장을 향했다.

집 안으로 들어온 지우가 불을 켜자 곧 환한 불빛이 내부를 비췄다.

"후우."

아까부터 식은땀이 흘러 먼저 집으로 온 게 못내 마음에 걸렸다. 최대한 버티려고 했는데 남들 눈에 굳은 표정이 드러날 것 같아서 도저히 서 있을 수가 없었다.

숍에서 헤어와 메이크업을 하고 갔을 때만 해도 자신이 이런 기분을 맞이하게 될 거라고 상상했을까. 아니, 어쩌면 외딴섬처럼 기댈 곳도 없을 거란 걸 예상했을지 모른다. 다 알면서도 아주 잠깐 태하가 허리를 끌어 준 행동에 설레고 마음이 두근거린 자신의 잘못이 제일 컸다.

2층으로 올라간 지우는 곧장 샤워를 하고 나이트가운을 걸친 뒤 침대에 누웠다. 머리가 지끈거리고 심장이 두근거리는 건 화장실에서 한주희가 말했던 대화 내용이 못내 가슴에 남았기 때문이다.

"처음도 아닌데, 뭐."

태하에게 여자가 있는 건 어제오늘 일이 아니었으니 특별할 것도 없었다. 제 앞에서 당당히 그를 만나고 있다고 말하는 여배우.

세상 사람들 모두가 우리의 결혼이 가짜라는 걸 알고 있는 건가. 그럼 이 결혼 생활을 계속 끌고 가는 게 의미 있을까.

지우는 깊은 한숨을 내쉬며 돌아누웠다. 아버지 대선. 그게 있는 한 자신은 이혼도 결정할 수 없었다.

그래. 어차피 올해까지야. 그 뒤에 그를 놔주면 돼.

이 결혼의 끝을 생각하니 몸이 떨려 왔다. 그리고 아까부터 으슬으슬 춥던 몸의 뼈마디가 쑤셨다.

몸살이다. 1년에 한 번씩은 호되게 몸살을 앓았다. 통과 의례처럼 몸살을 앓아야만 한 해가 지나갔다. 이불을 턱밑까지 끌어다 덮은 지우는 몸을 잔뜩 웅크렸다.

얼마나 시간이 흘렀을까. 몽롱한 상태로 의식과 무의식의 경계선을 헤매고 있을 때 누군가 제 이마를 짚는 손길을 느꼈다.

눈을 떠야 하는데. 몸은 의지와 정반대로 움직였다. 정신과 의식은 저 멀리서 몽롱함을 더하고 있었다.

"하아……."

이마를 짚던 손길은 지우의 얼굴을 쓸어내리며 목덜미에 닿았다.

"불덩이네."

어딘지 둥둥 떠다니며 방황하던 정신이 조금씩 제자리를 찾아갔다. 그리고 무거운 눈꺼풀을 떴다. 눈앞의 흐릿한 시야에 사람의 실루엣이 보였다.

"이 정도로 아프면 병원을 갈 것이지 집에서 뭐 하는 짓이야."

지우는 겨우 목소리의 주인공이 누군지 알았다. 일어나려고 했는데 몸이 말을 듣지 않았다.

"오빠……."

태하가 집에 왔다는 사실에 저도 모르게 안도를 했는지 지우는 급기야 정신을 놓아 버렸다.

지우가 다시 눈을 떴을 땐 손등에 링거 바늘이 꽂혀 있었고 이마엔 물수건이 놓여 있었다. 그리고 옆에선 박 집사가 꾸벅꾸벅 졸고 있었다. 창밖을 보니 이미 날이 밝아 있었다.

어떻게 된 거지.

몸을 일으켜 앉은 지우는 알몸이 드러나자 깜짝 놀라며 이불을 앞으로 가렸다. 아무것도 입지 않은 채로 이불만 덮고 있다는 것을 깨달았다. 당황한 지우가 주변을 두리번거렸다. 그러다 잠이 깬 박 집사와 눈이 마주쳤다.

"사모님, 괜찮으십니까?"

"네. 제가…… 어떻게 된 거죠?"

"정신을 잃으셔서 간밤에 최 박사님이 다녀가셨습니다."

김석윤 회장의 주치의가 밤늦은 시각에 다녀갔다는 사실에 지우는 작은 한숨이 나왔다.

"죄송해요."

"한밤중에 최 박사님을 부른 건 사장님이니, 사모님이 죄송하실 필요 없습니다."

"박 집사님이 제 옷을 벗겨 주신 거예요?"

지우는 제 몸을 내려다보았다. 그리고 박 집사를 올려다보며 멋쩍게 웃었다. 박 집사는 다급히 손을 내저었다.

"아닙니다."

"그럼 제 옷은……."

"사장님이 밤새 사모님 곁에 계셨습니다."

"네?"

지우는 놀란 얼굴로 박 집사를 바라보았다. 기억이 나지 않았다. 고열에 정신을 차리기 힘들어서 간밤에 태하가 있는 줄도 몰랐다.

"그, 그럼 태하 씨가 벗겨 주었단 말인가요?"

"제가 아침에 출근하니까 사장님이 사모님 방에서 옷가지를 들고 나오더라고요. 땀에 옷이 흠뻑 젖어서 벗겼으니 일어나면 잘 설명하라고."

지우는 몸이 더워지는 게 열 때문인지 다른 이유 때문인지 구분이 가지 않았다. 온몸을 전부 봤다는 것보다도 그가 벗기는 동안 의식도 없이 쓰러져 있었던 일이 더 부끄러웠다. 다른 사람 앞에서 아픈 모습을 드러내는 게 익숙하지 않았다. 그게 태하라면 더욱 보여 주기 싫은 모습이었다.

"지금은 좀 괜찮으십니까?"

"네. 원래 한 번씩 아프고 나면 다음 날은 말짱해지더라고요."

"자주 그러셨군요. 그러다 몸 상합니다. 정기적으로 검진도 받고 몸 관리도 하셔야죠. 산전 검사는 하셨습니까? 아기 낳기 전에 검사해 봐야 합니다."

"아……기요?"

"요새는 다들 아기를 늦게 낳는 추세라 산모의 연령도 높아져서 더 관리를 잘해 줘야 합니다."

중요한 일인 것처럼 눈을 빛내며 말하는 박 집사의 모습을 보던 지우의 입가에 애잔한 미소가 지어졌다.

"그러네요. 아기를 낳으려면 관리를 해야 되는 거네요."

전 아기를 낳지 못하는 몸이래요. 관리를 하고 싶어도 그럴 수가 없어요.

"전 그럼 죽 좀 만들어 놓겠습니다. 쉬다가 천천히 내려오세요."

박 집사가 나가자 지우는 몸에 힘이 빠져 침대에 털썩 누웠다.

"집에 안 들어올 줄 알았는데."

지우는 태하가 간밤에 집에 들어왔다는 게 믿어지지 않았다. 당연히 모임을 가거나 뒤풀이를 즐길 거라 생각했다. 아니면 한주희란 여자와 같이 있을 줄 알았다.

밤새 옆에 있어 줬다는 말에 고민하던 지우는 이내 고개를 저었다. 인도적인 차원에서 아픈 사람을 외면하지 못하는 인간적인 도의라고 생각했다.

태하는 냉정하고 잘 웃지도 않는 차가운 사람이지만, 만약 그에게 어릴 적 행동이 조금이라도 남아 있다면 충분히 도와주고도 남을 남자였다.

침대에서 좀처럼 일어나지 못하던 지우는 휴대폰을 들어 문자를 보냈다.

〈고마워요.〉

2

월광 소나타

"지우야. 이게 얼마 만이야."

"수호 선배님."

지우를 부르는 소리에 돌아본 그녀는 반갑게 손을 흔들며 다가오는 남자를 보자 미소를 지었다.

"아니다. 이제 문수호 교수님이라고 불러야겠네요."

"아직 피라미다. 지금도 학교에 겨우 적응하는 중이야."

"인기 많은 교수님이라 타 학과 학생도 수강 신청하려고 경쟁한다는 소리가 백 리 밖에도 들리던데요."

수호는 호탕하게 웃으며 지우의 등을 두드렸다.

"바이올린 선율이 흘러 나가면 가끔 들으러 오긴 하더라."

말은 저렇게 하지만 수호의 명성을 모르는 사람은 없었다. 아버지는 음대 교수, 어머니는 성악가에 대대로 음악가 집안에서 태어난 수호는 최연소 바이올린 콩쿠르 입상에 라흐마니노프 연주 실황 연주곡집도 내고, 국내 최연소 지휘자를 맡은 대단한 사람이었다.

지우가 대학교 1학년생 때 이미 졸업을 앞둔 수호는 마지막 졸업 연주회에서 그녀에게 협연을 부탁했다. 그때 두 사람의 라흐마니노프 연주를 보려고 공연장에 발 딛을 틈이 없었던 건 유명한 일화였다.

유학을 떠난 수호가 빈 필하모닉과 협연했을 때는 직관을 가기도 할 정도로 지우는 그의 연주를 좋아했다. 그래서 오랜만에 졸업한 모교도 들릴 겸 수호를 불렀다. 나란히 대학 캠퍼스를 걸으며 두 사람은 서로의 안부를 주고받았다.

"이렇게 걸으니까 우리 예전에 라흐마니노프 연주회 했던 거 생각난다. 그때 진짜 기분 최고였는데."

수호가 씩씩한 웃음을 지으며 팔을 쭉 뻗었다.

"내 생각을 잘 표현해 주는 반주자는 네가 처음이었어. 굴지의 오케스트라와 협연을 해도 그때 느꼈던 감동을 쉽게 느낄 수 없더라."

"저도 그래요."

"우리 언제 한 번 또 같이 해 보자."

"물론이죠. 언제든 불러만 주세요. 아, 시간 있으시면 제 독주회도 오세요."

"당연히 가야지. 세계적인 피아니스트의 연주회인데 안 가면 손해지."

수호는 커다란 덩치만큼 성격도 털털하고 호탕하여 평소 후배 음악가들을 잘 챙겨 주었다. 대학 내 있는 카페에서 커피를 테이크아웃하고 잔디밭 벤치에 앉았다. 간간이 수호를 알아보고 인사하는 학생들도 지나갔다.

"학생들 가르치는 건 재밌으세요?"

"나야 우리 아버지 영향으로 자연스럽게 밟아 가는 거라 의무감이 더 강하지. 그래도 음악으로 대화하고 가르칠 수 있는 시간이니까 의미 있는 것 같아."

"저도 실력을 더 쌓으면 나중엔 가르치는 일도 해 보고 싶어요. 선배님 보니까 즐거워 보여요."

"넌 분명 잘할 거야."

수호의 칭찬에 지우는 부드럽게 웃었다. 남을 가르치는 건 다른 사람의 이야기라고 생각했지만 내 재능을 공유하고 실력 있는 유망주들에게 쓸 수 있다면 의미 있을 것 같았다. 머나먼 미래라 당장은 현실감이 없지만.

"당분간 한국에 계속 있을 거지?"

"네. 아무래도 아버지 일도 있고 해서……."

"그래. 그럼 자주 보자. 조만간 연락할 일 있을 거야. 정기 연주회 건으로."

"네. 언제든 연락 주세요. 오늘 만나서 반가웠어요."

손을 흔들며 걸어가는 수호를 보던 지우는 몸을 돌려 조금 더 캠퍼스를 거닐었다.

고등학교 졸업을 하고 국내외 대학 입학을 두고 고민하던 시점에 태주가 했던 말을 기억하고 있었다.

"국내 대학을 꼭 갈 필요는 없지만 국내 대학에서 한국 학생들과 마주치며 사회관계를 형성하는 것도 필요하다고 봐. 난 남들보다 일찍 대학을 들어왔고 졸업도 빨랐어. 그때 사람들이 묻더라. 하버드도 갈 수 있으면서 왜 국내 대학을 다녔냐고. 결국 내가 머무는 곳은 외국이 아니라 한국이니까 결정한 거였어. 이 답이 너에게도 통할지는 모르겠지만 네가 최종적으로 이루려는 삶의 목표가 무엇인지를 생각하면서 결정해."

그때 태주는 스물넷이라는 젊은 나이에 이미 미국 예일대 경영대학원 석사 학위를 받으며 경영 수업을 받고 있었고, 조만간 영국 런던대 MBA과정을 앞두고 있었다.

물론 자신은 태주처럼 학위가 중요한 건 아니기 때문에 대학에 가지 않아도 되었다. 하지만 삶의 목표를 생각해 보라는 조언에 대학에 진학했다.

대학을 와서 보니 막상 수업과 학기를 제대로 마치는 횟수가 드물었다. 국제 콩쿠르 연습과 일정을 소화하다 보면 한 학기가 순식간에 지나가기도 했다.

하지만 그 틈에서도 가끔 마주치는 동기들과 또래가 느낄 수 있는 고민들을 들어 보고 그들의 생각을 공유할 수 있는 시간은 제 가치관에 많은 영향을 주었다.

벚꽃이 진 나뭇가지에는 파릇한 새싹이 돋아나고 있었다.

그리고 잔디와 길가의 가장자리로 철쭉이 흐드러지게 피었다.

간간이 지나다니는 학생들의 재잘거리는 소리, 혼자 벤치에 앉아 이어폰을 꽂고 음악을 감상하는 학생, 전공 책을 가슴에 안고 빠르게 뛰어가는 학생.

오랜만의 평화를 느끼며 캠퍼스를 걷는 지우는 지금의 제 생활에 대해 크게 낙담하지 않기로 다짐했다. 순간순간 그저 최선을 다하고 결과는 받아들이기로.

1년 뒤는 태하의 선택에 맡기자고. 자신은 그저 지금 이 순간을 살아가면 되었다.

차에 탄 지우는 며칠째 집에 들어오지 않고 회사에서 밤을 보내는 태하를 생각했다. 범주의 말을 빌리자면 새 휴대폰 출시의 반응이 뜨거워서 여기저기서 부르는 사람들도 많고 조찬에 오찬 모임, 골프 회동 등을 마치고 나면 업무는 밤에 회사로 와서 겨우 진행한다고 했다.

몸살 난 자신을 간호한 날부터 일주일이 지났는데 태하는 연락 한 통이 없고, 집에서도 인기척을 느낄 수 없었다. 언제부터 우리가 연락을 하는 사이였냐고 비난한다면 딱히 할 말은 없었다. 계약서에 명시했듯 연락이 없다고 해서 슬퍼하는 것도 우스운 관계였다.

조수석에 놓은 쇼핑백을 한참 동안 들여다보던 지우가 시동을 걸었다. 그래도 곧 태주의 결혼식인데 어떻게 할 것인지, 몸 상태는 어떤지 확인하고 싶었다.

JK전자 사옥 건물에 주차를 한 지우는 고개를 위로 꺾어 하늘과 맞닿은 건물 끝을 올려다보았다. 지우가 건물 안으로 들어가자 그녀를 알아본 안내 직원이 곧장 다가왔다.

"사모님, 안녕하십니까."

지우는 자신을 알아보는 사람들에게 어색한 미소를 지으며 걸어갔다.

"잠시만요. 실장님께 연락드리겠습니다."

안내 직원의 연락이 닿고 몇 분 되지 않아 범주가 모습을 드러냈다.

"사모님 오셨습니까. 갑자기 회사에 오셔서 깜짝 놀랐습니다."

"죄송해요. 제가 연락도 없이 찾아와서 번거롭게 해 드렸네요."

"괜찮습니다. 그런데 지금 사장님 안 계십니다. 연구소 시찰 중이셔서요."

아, 지우는 범주의 말에 약간 실망한 얼굴로 고개를 끄덕였다.

"곧 오실 거니까 올라가 계시죠."

갈등하던 지우는 제 손에 든 쇼핑백을 보고 네, 대답하며 범주를 따라갔다.

태하의 집무실은 깔끔하고 단조로웠다. 그의 성격만큼이나 차갑게 느껴지기도 했다. 넓은 데스크에는 컴퓨터와 명패, 결재판만 놓여 있고 아무것도 올라와 있지 않았다.

"차라도 드시면서 기다리시죠."

"아니에요. 저 신경 쓰지 마시고 계속 일하세요."

지우는 범주가 자신 때문에 일도 못하고 붙어 있는 것 같아 마음이 불편했다. 잠시 머뭇거리던 범주는 고개를 숙이고 집무실을 나갔다.

적막이 흐르는 고요함에 지우는 고개를 이리저리 돌리며 집무실을 구경했다. 창가에 서서 높은 건물들 사이로 난 도로를 바라보기도 하고, 푹신한 소파에 앉아 눈을 감아 보기도 했다. 명패를 손끝으로 훑으며 그의 숨결을 느껴보기도 하고, 데스크와 의자를 만질 땐 그의 손길을 느꼈다.

한 시간 가까이 집무실을 구경하던 지우는 쇼핑백을 테이블 위에 올려놓고 메모지를 들었다.

며칠째 집에도 못 들어올 만큼 바쁘다고 들었어요. 속옷이랑 세면도구는 있는 것 같아서 쿠션 베개 넣었어요. 가게 주인 말로는 편하다던데 혹시 써 보고 마음에 들지 않으면 말해 줘요.

지우가 집무실을 나오자 범주가 다시 일어섰다. 그 옆에 앉은 김현성 대리도 벌떡 일어섰다.

"사장님 방금 연구소에서 나오셨다고 하는데 조금 더 기다리시지요."

"아니에요. 안 그래도 바쁜데 시간 잡아먹으면 안 될 것 같아요."

지우는 공손하게 인사하고 발을 옮겼다. 범주가 따라 나왔다.

"나오지 마세요. 저 사실 이런 거 너무 부담스럽거든요. 앞으로 웬만하면 회사엔 오지 말아야겠어요. 저 때문에 일도 제대로 못 하시고……."

"아닙니다."

멀어져 가는 지우를 바라보던 현성이 나직이 내뱉었다.

"저런 분과 사는 기분은 어떨까요."

현성의 말에 범주가 돌아봤다. 그의 말이 마음에 들지 않는 듯 범주의 미간이 찌푸려졌다.

"그게 무슨 뜻이야. 지금 사모님을 여자로 보는 거야?"

"아, 그게 아니라…… 너무 아름다우셔서요."

"아름다우시지."

"그런데 사장님만 모르는 것 같습니다."

범주는 현성을 빤히 보다가 피식 웃었다.

"사장님도 아셔."

"네?"

범주는 현성의 어깨를 툭툭 두드리고 안으로 들어갔다.

"너무 아름다워서 다가가지 못하시는 거야."

"제가 보기에 사장님은 전혀 그래 보이지 않습니다. 저번에도 배우 한주희 씨랑……."

범주가 자리로 돌아오다가 현성을 돌아봤다.

"김 대리, 혹시 '키치'란 말 알아?"

“키치요? 어느 책에서 본 것 같은데…….”

“‘참을 수 없는 존재의 가벼움’이란 책에 나오는 말이야. 사람들은 보고 싶은 대로 보고 믿지. 그럼 편하거든. 그 이면에 감추어진 진짜는 관심 밖이야.”

“네?”

“감추어진 진심이 키치와 다를 경우 사람들은 불편함을 느끼거든. 그래서 사람들은 자기가 믿고 싶은 대로 생각하는 거야.”

자리에 앉아 스케줄 표를 보며 업무를 시작하는 범주를 바라보던 현성이 고개를 갸웃했다. 무슨 소린지 도통 모르겠다. 감추어진 이면이란 게 있다는 건가. 범주는 대체 사장님에 대해 어느 정도까지 알고 있는 거지.

“실장님은 언제부터 사장님을 모셨어요?”

“고등학생 때부터.”

“네? 아니 어떻게…….”

“사장님이 날 구해 줬거든.”

갈수록 무슨 소린지 모르겠는 말을 하는 범주를 보던 현성이 어깨를 으쓱하며 제 책상으로 고개를 돌렸다.

업무를 보던 범주는 떠오르는 기억을 회상했다. 범주가 다녔던 고등학교는 재벌과 부잣집 자제들, 전문직 자녀, 연예인 자녀, 상위 1%의 수재들만 모인 초일류 고등학교였다. 거기서 범주는 공부로 입학하게 된 학생이었다.

가난함은 일찍 드러났고 반 아이들은 약속처럼 범주를 따돌렸다. 재력과 부모를 믿고 나대는 학생들이 범주를 불러내서 짓밟기 일쑤였다. 그들에게 반항하는 건 더 큰 화를 불러왔고 범주는 그게 당연하듯 맞고 다녔다.

점점 더 심해지는 폭력에 지쳐 갈 때쯤, 학교를 잘 나오지 않던 태하가 그 모습을 목격했다.

당시 태하는 못지않은 문제아에 잦은 결석으로 출석이 위태해도 JK그룹을 등에 업고 있어 선생님들도 어쩌지 못하는 존재였다. 범주도 평소 그런 태하에게 경멸감과 편견을 갖고 있었다.

그런데 그날 태하가 범주를 발로 차는 학생의 다리를 가격하고 때려 그대로 돌려줬다.

그때 때려눕혔던 학생들은 전치 4주가 나와 병원에 입원했고, 그들의 부모들은 태하의 폭력 사실을 경찰에 고발했다. 그리고 곧바로 기사가 터졌다. '재벌의 횡포' '재벌 3세의 막나가는 행동, 언제까지 두고 볼 것인가' 등 키치적 관점으로 자극적인 제목을 실었고 태하는 그때의 일로 정학 위기에 놓였다.

김석윤 회장은 아들에게 있는 모든 자유를 통제하며 바깥출입을 금지시키고 물질적 지원을 끊었다. 한 번만 더 그룹 이미지를 먹칠하면 호적에서 파 버릴 것이라며 경고했고 다친 학생들의 부모에게 찾아가 사죄하고 치료비를 모두 변상하였다.

일이 이렇게 되는 동안 나서지 못하고 머뭇거리던 범주는 태하를 찾아갔다. 집에 방문한 범주를 본 태하는 너무나 태연하게 행동했다. 마치 이런 일쯤은 지나가는 감기보다도 약하다는 듯 아무렇지 않았다. 자신이 어찌 되든 상관없는 얼굴이었다.

2층 테라스 난간에 기대 앉아 있던 태하는 대문 안으로 들어오는 범주를 내려다보았다. 태하는 허공으로 눈을 돌려 나직이 내뱉었다.

"사람들은 믿고 싶은 것, 듣고 싶은 것만 봐. 그게 인간의 본성이야. 나 역시 그렇고. 그러니까 그들의 생각을 비난할 마음은 없어. 다만 자신의 비참함은 거두는 게 어때."

태하가 범주에게 고개를 돌렸다. 그때 보았던 그의 얼굴은 지금도 잊을 수가 없었다. 신인지 사람인지 알 수 없을 정도로 아름답고 매혹적이었다.

"난…… 가난하고 가진 것도 없어. 좋은 머리도 힘이 없으면 아무 쓸모가 없다고."

"그럼 나한테 써. 그 좋은 머리, 날 위해 쓰라고."

"무슨 말이야."

"내 옆에 있으면 아무도 널 건들지 못해. 그러니까 넌 날 믿고 행동해도 돼."

태하는 테라스에서 뛰어내려 범주에게 다가왔다. 너무 놀라 눈이 휘둥그레진 범주와 달리 태하는 아무렇지 않았다. 자신감 있는 태도. 나만 따라오면 아무것도 걱정할 게 없어, 라는 당당한 얼굴.

"그럼 난 무슨 대가를 치러야 하지? 난 세상에 공짜는 없다고 생각하는 사람이야."

"대가? 그 자식들 부모한테 사실대로 말해. 대가가 아니라 당연히 해야 될 일이지."

"정말 그거뿐이야? 그게 다일 리가 없잖아."

"지금의 네가 그들 앞에서 사실을 밝히는 게 쉬운 일일까? 난 그게 제일 어렵다고 보는데."

범주는 태하의 말에 마법이 걸린 것처럼 가해자의 부모를 찾아가 사실을 밝혔다. 그동안 모아 두었던 증거물을 들고 눈이 붉어진 채 당장이라도 경찰서로 찾아갈 기세로 달려들었다.

그들은 경찰에 학교 폭력 사건을 마무리하고 더 이상 언급하지 말라고 하며, 교육청과 학교에도 태하의 정학 처벌을 철회해 달라고 요구하고 학교 폭력을 했던 학생들은 도망치듯 전학을 가 버렸다.

한참 지나서야 태하의 폭력이 나름의 정당방위를 위한 것이란 기사가 나오며 사건은 마무리가 되었다. 하지만 그때의 일로 아직도 태하를 망나니 재벌 3세로 인식하는 사람들이 많은 상황이었다. 사람들은 자신이 보고 싶은 걸 옳다고 믿으며 살아간다. 그게 사실이 아닐지라도.

“사장님, 오셨습니까.”

옆에서 들리는 목소리에 범주는 생각에서 벗어나 현성을 따라 벌떡 일어섰다.

요새 계속 회사에서 밤을 새며 쪽잠을 자는 태하의 얼굴이 차갑게 굳어 있었다. 슈트 상의를 벗으며 집무실로 들어가는 태하를 따라가던 범주는 테이블 위에 놓인 쇼핑백에 눈을 두는 그를 보았다.

“뭐야.”

“좀 전에 사모님께서 다녀가셨습니다.”

범주의 말에 태하가 몸을 돌려 그를 보았다.

“누구?”

“사모님이요. 요새 며칠째 집에 안 들어가시니까 무슨 일이 있는지 걱정이 되셨나 봅니다.”

“연지우가 날 왜 걱정해. 점심 잘못 먹었나?”

시니컬하게 내뱉은 태하가 넥타이를 느슨하게 풀다가 멈칫했다. 그리고 테이블에 적힌 메모지를 들었다.

“나보고 여기서 자래.”

태하는 쇼핑백을 열어 쿠션 베개를 꺼냈다. 그리고 범주에게 들어 보여 주었다.

“심지어 아주 편하다네.”

"말이 그렇다는 거지 정말로 여기서 자길 원하시진 않을 겁니다."

"네가 몰라서 그래."

태하는 베개를 소파에 던지다시피 내려놓고 몸을 돌렸다.

"그 여자는 진짜로 그걸 원해. 그래. 그 집에서 혼자 편하게 있으라지."

태하는 넥타이를 벗어 데스크 위에 올려놓았다. 그리고 의자에 앉아 밀린 결재판을 열었다. 범주는 고개를 저으며 들리지 않을 정도로 혀를 차고는 집무실을 나갔다.

서류에 사인을 하던 태하의 시선이 소파에 나뒹굴어진 베개로 향했다.

저녁을 먹은 뒤 연습실로 올라온 지우는 벌써 몇 시간째 연습을 하고 있었다. 베토벤 월광 3악장이 끝나갔다. 조용하고 서정적인 1악장, 발랄하고 부드러운 2악장과는 달리 3악장은 굉장히 빠른 리듬으로 바뀌었다.

일반적인 소나타 형식과 달리 월광은 느린 악장으로 시작하여 해학을 담고 있는 스케르초 형식을 표현하고 마지막에 빠른 소나타로 마무리를 한다.

반면, 비창은 느린 템포의 짧은 서주 뒤에 반전되는 1악장, 느리고 잔잔한 2악장을 타고 3악장에서 전형적인 소나타 형식으로 끝을 낸다.

두 곡 모두 베토벤의 초기 작품이며 당대에도 많은 인기를 얻은 연주곡으로 지금까지 사람들의 사랑을 받고 있다. 어디서든 한 번쯤 들어 봤던 멜로디와 형식이 떠오르지만 두 작품을 같은 자리에서 비교한 연주는 드물었다.

지우는 두 소나타의 닮은 듯 다른 차이를 느끼며 오랜만에 옛 감성에 빠지고 싶었다.

처음 베토벤을 접한 건 비창이었다. 느리고 서정적인 2악장을 배우며 마음이 몹시 상하고 슬펐다. 정말로 비창(悲愴) 그 자체였다. 이때 이미 청력에 문제가 있다는 걸 알게 된 베토벤의 심정이 절절하게 느껴졌다.

베토벤이 더 좋아지게 된 건 태하가 연주한 비창과 월광의 3악장 덕분이었다. 지우는 손가락이 보이지 않을 정도로 빠르게 휘몰아치는 그의 연주 실력에 놀라 넋을 놓고 바라봤었다.

그전까진 태하가 그렇게 피아노를 잘 치는 줄 몰랐다. 어릴 때부터 교육 받아 적당히 치는 정도라고 생각했는데 그 집에서 들었던 연주는 상상 초월이었다. 그에 자극 받고 더 열심히 피아노 연습을 했었다.

차분했던 마음은 월광 소나타 3악장에 다다르며 격해졌다. 연주를 할 때마다 지우는 그 곡의 분위기에 자주 휩쓸렸다. 감정을 넣긴 해야 하지만 그녀는 곡에 따라 감정이 끝도 없이 따라갔다.

마지막 건반을 누르며 월광이 끝났다. 얼굴에 흐르는 땀과

주르륵 흐르는 눈물로 긴 한숨을 내쉰 지우가 의자에 놓인 손수건을 들어 닦았다.

손목시계를 보았다. 밤 10시. 잠시 쉬고 다른 곡을 연주하려고 일어서 몸을 돌렸다.

"꺄아악!"

까무러치게 놀란 지우가 벌렁거리는 심장에 손을 대며 문가를 바라봤다.

처음엔 귀신인 줄 알았다. 아니, 검은 무언가를 보고 저승사자인 줄로. 다행히 바로 눈에 들어온 블루 계열의 셔츠가 사람임을 알게 해 주었다.

그리고 달빛에 비친 전신을 보고 나서야 그게 누구인지 알 수 있었다. 문가에 기대어 바지 주머니에 손을 넣고 선 채로 지우를 보고 있는 태하가 눈에 들어왔다.

"어, 언제 왔어요?"

너무 놀라 아직도 심장이 제자리를 찾지 못했다. 아직 눈물이 흐르던 자국이 남아 눈가가 붉어 있었다. 그녀를 보던 태하가 문에서 등을 떼며 섰다.

"그렇게 연주할 때마다 감정을 조절하지 못하면 평생 감정의 노예가 돼."

"알아요."

지우는 시선을 피하고 두 손을 가지런히 모았다. 정적이 흘렀다. 마주치게 될 거란 생각을 못 해서 지우는 혼란스러운 눈빛을 아래로 내리며 얼굴이 굳었다.

자신을 외면하며 표정이 차가워지는 지우를 본 태하의 눈동자가 짙어졌다.

"밤 10시에 피아노는 고성방가인 거 모르나."

"나 혼자 있어서……."

"혼자 사는 집 아니잖아."

시니컬하게 말하는 태하에게 눈을 맞춘 지우가 옅은 숨을 내쉬었다.

"하도 안 들어와서 혼자 사는 집인 줄 알았네요. 조심할게요."

"네 피아노 소리가 담장 밖에까지 들리더라."

지우는 놀란 얼굴로 태하를 보았다. 나름 방음이 되어 있다고 생각했는데 밖에도 들릴 줄은 몰랐다. 고성방가란 말이 괜한 소리가 아니었다.

"연습실 잡아서 따로 해야겠네요. 다른 집에 피해 주면 안 되죠."

태하가 천천히 걸어왔다. 그가 다가오자 지우의 심장은 더 빠르게 뛰었다. 가까이 선 태하가 삐딱한 모습으로 그녀를 봤다.

"거짓말인데 속네."

그가 무슨 말을 하는 건지 멍하게 바라보던 지우의 얼굴이 점점 황당함으로 물들었다. 태하는 싸늘하게 웃어 보인 뒤 피아노로 시선을 내렸다.

차가운 얼굴로 농담을 하다니. 아니, 태하가 그런 농담을 자신에게 한다는 것조차 말이 안 되는 일이었다. 점점 더 당황해하는 지우를 내버려 두고 태하는 한동안 건반을 유심히 바라봤다.

손을 들어 손가락 하나를 펴 하얀 건반을 눌렀다. 도. 소리가 맑았다. 머물러 있던 태하의 손가락이 건반을 차례로 눌렀다. 그러던 그가 불현듯 손을 떼고 몸을 휙 돌려 문가로 걸어갔다.

"태하 씨."

"옷 갈아입으러 온 거야. 계속 연주해도 돼. 금방 나갈 거니까."

태하가 연습실을 나가자, 빈 공간을 하염없이 바라보던 지우의 시선이 피아노에 닿았다. 잠시 옆에 있는 동안 그의 체향이 머물러 있었다. 건반에 닿았던 손길까지.

멍하니 있던 지우가 급히 연습실을 나가 계단을 내려왔다. 때마침 드레스룸에서 나온 태하는 어느새 옷차림이 바뀌어 있었다. 그는 지우를 보고 발을 멈췄다.

"토요일에 시간 맞춰 데리러 갈게."

"그전엔 안 들어와요?"

"마음껏 쳐도 돼. 혼자 사는 집 맞아. 그러라고 베개도 넣어준 거 아닌가?"

장난치던 태하는 어디로 간 건지 그는 다시 차갑게 돌아와 있었다.

"불편할까 봐 넣은 거예요. 잠은 집에서 자야죠."

"피아노 치는 주인이 있는데 눈치 보여서 잘 수가 있나."

"당신이 있을 땐 연주하지 않을 거예요. 그러니까 편히 쉬어요."

지우의 목소리가 다소 간절하게 들렸다. 태하는 제 귓가에 들리는 그녀의 음성에 심장 한편이 저리듯 욱신거렸다. 이런 목소리에 흔들리지 말자고 그렇게 다짐했건만. 연지우가 어디 보통 여자인가. 저런 애절한 목소리도 쉽게 꾸며 낼 수 있을 만큼 간악하고 계산적이지 않던가.

"서로의 사생활에 간섭하지 말자고 했어. 너 또한 내 수면과 건강에 간섭하지 마."

언제 이곳에 있었냐는 듯 그는 흔적도 없이 사라져 버렸다. 한동안 멍하니 서 있던 지우는 한기가 드는 제 몸을 쓸어내렸다.

베토벤이 싫어진 순간이 떠올랐다. 더는 그의 연주를 들을 수 없었을 때, 그가 제게 차가워진 그때부터 지우는 베토벤이 아프고 싫어졌다.

태주와 세나의 결혼식 날이 되었다. 지우는 아침부터 숍에서 헤어와 메이크업을 하고 한복으로 갈아입은 참이었다.

"사모님 정말 고우십니다. 양장만 어울리는 게 아니라 한복도 참 잘 어울리네요."

"감사해요."

박 집사의 칭찬에 지우는 잔잔히 웃으며 거울을 보았다. 단아하게 올린 머리와 미색의 한복이 잘 어울렸다.

"사장님은 오늘 같은 날도 바쁘시답니까? 형님 결혼하는 날인데."

"어제 울산 공장에 출장 갔대요. 결혼식 전에는 온다고 했어요."

"하여튼 뭐든 끝장을 보는 스타일이라니까. 몸은 챙기면서 하시는 건지, 원."

박 집사는 오랜 시간 태하를 보살핀 만큼 그에 대한 걱정과 근심도 깊었다. 저렇게 잔소리를 늘어놓아도 그를 제일 걱정하는 사람이었다.

두 사람은 함께 숍을 나왔다. 주차해 둔 차에 오르려는데 옆에서 들리는 경적 소리에 두 여자의 고개가 돌아갔다. 운전석에서 내린 범주가 지우를 향해 섰다.

"타십시오."

범주를 보던 지우의 시선이 그가 내린 검정 세단으로 향했다. 그 안에 태하가 있었다. 박 집사는 옳다구나, 하며 걸어가 뒷좌석 문을 열었다. 차에 올라타니 태하는 언제 옷을 갖춰 입고 온 건지 슈트에 헤어까지 이미 완벽한 상태였다.

조수석에 탄 박 집사가 범주를 나무랐다.

"미리 연락이라도 주지. 하마터면 어긋날 뻔했습니다."

"죄송합니다. 출장 갔다가 집에 들러 옷 챙겨 입고 오느라 시간이 걸렸습니다."

"스케줄 조정은 정 실장님 소관이잖습니까. 이런 날은 좀 빼 주시지 야박하게."

범주가 억울한 얼굴로 박 집사를 봤다.

"전 그러려고 했는……."

"내가 가자고 했어요. 물량 상황에 대해 급히 보고 받을 게 있어서."

나직하게 울리는 태하의 목소리에 차 안은 금세 조용해졌다.

"아침은 먹고 오신 겁니까?"

박 집사가 다시 입을 열었다

"바빠 죽겠는데 밥 먹을 시간이 어디 있어요."

"제가 봤을 때 사장님은 조만간 영양실조로 실려 갈지도 모릅니다."

"허, 내가 영양실조로 실려 갔다는 기사가 나면 회사 주가는 순식간에 바닥을 치겠네."

비아냥거렸지만 박 집사의 말에 대응을 하는 태하를 옆에서 바라보던 지우는 옅은 미소를 지었다. 옥신각신하지만 태하와 박 집사 사이에는 서로 간의 깊은 신뢰가 쌓여 있었다.

지우는 태하에게 두었던 시선을 밖으로 옮겼다. 날씨가 참 좋았다. 하늘은 맑고 봄기운이 완연했다. 온 세상이 태주와 세나의 결혼을 축복하는 듯 찬란하게 빛났다. 어느새 그녀의 입가에 미소가 짙어졌다.

내내 태블릿에 시선을 두던 태하가 지우의 한복을 보았다. 시선을 들어 단아하게 맞닿은 길고 가느다란 두 손가락에, 그리고 마침내 그녀의 얼굴에 두었다. 창밖을 보고 있는 지우의 자태가 고왔다. 깨끗한 피부와 부드러운 살결이 만지고 싶은 충동을 일으켰다.

차가 JK호텔 앞에 서자 대기하고 있던 도어맨이 뒷좌석 문을 열었다. 호텔 앞엔 기자들이 진을 치고 있었다. 차에서 내린 지우는 제 앞에 놓인 손을 보며 고개를 들었다. 모든 사람들이 태하와 지우를 바라보고 있었다. 어느 순간보다 연기가 필요했다.

지우도 미소를 지으며 태하의 손을 잡았다. 안으로 들어갈 때까지 기자들의 플래시 세례는 줄어들지 않았다. 결국 두 사람은 손을 꼭 잡고 식장 안으로 향했다.

결혼식은 화려하고 성대하게 치러졌다. 꿀이 떨어지는 눈으로 서로를 바라보는 태주와 세나를 보며 지우는 진심으로 축하해 주었다.

혼주 가족들이 식사하는 테이블에 앉은 지우는 김석윤 회장을 비롯해 태하와 집안 친척들을 둘러보았다. 앉아만 있어도 숨이 막히는 자리라 지우는 식사를 제대로 하지 못했다. 지우의 옆에 앉은 태하는 그녀의 접시를 힐끗 바라봤다.

"지우야. 많이 먹어야지. 그렇게 조금 먹어서 독주회는 하겠냐."

역시나 지우를 챙겨 주는 건 김석윤 회장이었다. 그는 지우를 보며 인자하게 웃었다.

"맛있게 먹고 있어요. 조금 긴장을 했나 봐요."

"결혼은 저 녀석들이 하는데 네가 왜 긴장을 해."

지우가 다시 예쁘게 웃었다.

"그러게요. 너무 잘 어울려서 보는 제가 더 떨리나 봐요."

"어쩌면 식장에서 폭탄을 터트리는지, 내 손주 소식을 결혼식 날 듣게 될 줄 누가 알았겠어."

허허, 어이없게 웃었지만 김 회장의 얼굴엔 웃음꽃이 만연했다. 아내가 교통사고로 죽고 내심 허했던 마음을 이렇게 달랠 수 있을 것 같아 밥을 먹지 않아도 배가 불렀다.

"혼수를 저렇게 기특하게 해 오다니, 형님 소원 푸셨습니다."

김 회장의 형제들이 너도나도 그에게 축하를 전했다. 세나가 임신했다는 걸 알게 된 하객들은 놀라움을 금치 못했고 저마다 기쁜 마음으로 축하를 해 주었다.

"어서 우리 둘째 며느리도 손주 안겨 드려야지."

친척 중 한 명이 지우와 태하를 보며 목소리를 높였다.

"그러게 말이야. 여태 뭐 하고 있어. 형님보다 먼저 결혼했으면서 여태 소식이 없는 건가?"

"분발해야겠네. 그러다 김 회장님의 사랑 뺏기겠어."

친척들은 별 뜻 없이 기분에 취해 말을 내뱉었지만 태하의 표정은 점점 굳어 갔다. 지우는 그의 눈치를 보며 마음이 불편해졌다.

“이 사람들, 결혼식 자리에서는 주인공들만 축하해 주면 되는 거야. 그 외는 다 엑스트라인 거 모르나?”

“그래도 회장님, 형수님 돌아가시고 얼마나 외로우셨습니까. 그 적적한 마음 모르는 것도 아닌데 진작 기쁜 소식 좀 안겨 드렸으면 얼마나 좋았겠어요.”

“됐네. 태주부터 순서대로 아이를 낳는 게 맞아. 쓸데없는 소리.”

김석윤 회장은 제 형제들을 날카로운 눈으로 바라보며 제압했다. 그들은 김 회장의 눈초리에 입을 다물고 시선을 피했다.

“신경 쓰지 마라. 그게 어디 마음대로 되는 일이냐. 우선 네 일부터 끝내는 게 먼저다. 마음이 편해야 아이도 찾아오는 거야.”

김 회장은 지우를 보며 다정하게 말을 건넸다. 지우도 고개를 끄덕이며 부드럽게 웃었다. 그때 피식 웃은 태하가 친척들에게 고개를 돌렸다.

“남의 집 일에 감 놔라 배 놔라 하는 건 시대가 바뀌어도 영 사라지지 않는 것 같습니다? 그렇게 아쉬우면 작은아버지네 자식들이나 먼저 챙기십시오.”

“태하야.”

김 회장이 낮은 목소리로 태하를 불렀지만 그는 자리에서 일어서며 친척들을 둘러보았다.

“아이를 낳든 말든 그건 저희 두 사람 문제이니 앞으로 그런 말은 하지 않았으면 좋겠습니다. 잔소리도 상대를 봐 가면서 하셔야죠."

차가운 태하의 목소리에 친척들의 얼굴이 일제히 굳었다. 김석윤 회장의 둘째 아들은 싸가지 없고 안하무인으로 원래 친척들 사이에서 유명했다. 그래도 이젠 결혼을 해서 좀 나아졌나 싶었더니 성질대로 말을 내뱉는 건 여전했다.

"김태하!"

석윤의 노기 어린 목소리에 태하는 그를 바라봤다.

"회사 일 하라고 일을 맡기셨으면 그거에 관해서만 책임을 물으세요. 그 외의 것은 제 마음대로 할 겁니다."

태하는 지우를 힐끗 보며 비웃고 연회장을 나갔다. 안절부절못하는 얼굴로 태하를 보던 지우도 친척들에게 가볍게 고개를 숙여 보인 뒤 그를 따라갔다.

연회장을 나와 홀을 두리번거리던 지우는 벌써 저만치 걸어가고 있는 태하를 발견하고, 다급히 그에게 다가갔다. 그러나 지우를 보고 반갑게 인사하며 말을 걸어오는 사람들이 하나둘 늘어나 어느 순간 태하가 시야에서 보이지 않았다.

"지우 씨, 이게 얼마 만이에요. 귀국했단 소식은 들었는데 여기서 뵙네요."

"더 예뻐졌다."

지우는 작게 눈인사를 하며 태하를 찾았다.

빠르게 가 버린 태하의 발자취는 흔적도 없이 사라졌다. 공간의 흐름도 흐트러지지 않았다. 주위에서 왕왕대며 말을 거는 사람들 틈에서 지우는 멍하니 서 있었다.

"지우 씨 입장 좀 난처했겠다. 예전에 결혼할 사이였던 부회장님을 가족으로 계속 마주쳐야 하잖아요."

"에이, 어차피 정략결혼인데 그게 뭐 중요해요. 어제의 님도 지나 보니 남이던데."

까르르 웃는 사람들의 목소리가 귓가를 울렸다.

"부회장님이 유일하지 않아요? 사랑으로 결혼한 건."

"임신까지 한 방에. 이제 그 여자가 JK그룹의 실질적 주인이 되겠어요."

말을 하던 그들은 갑자기 지우의 눈치를 봤다. 먼저 결혼해서 아직 소식이 없는 지우는 상대적으로 입지가 흔들리게 되는 건가. 소문으로 돌았던 이혼설이 사실일 수도 있었다.

"그런 말 하지 마세요. 형님에게 좋은 소식을 그렇게 비아냥거리는 거 불쾌하네요."

지우의 단정한 목소리에 사람들은 입을 다물었다.

"앞으로 제 앞에서 형님에 대해 함부로 말하지 않았으면 좋겠어요. 예의를 지켜 주세요."

"하긴, 자기 앞날이 어떻게 될지 모르는데 남 걱정할 때가 아니겠죠."

지우가 한 여자를 바라봤다. 그녀는 시선이 집중되자 까르르 웃으며 제 입에 손을 갖다 댔다.

"에이, 다들 쉬쉬하지만 지우 씨 곧 이혼한다는 소문 많이 돌아요."

"이참에 말해 봐요. 소문이 사실이에요?"

세나에게 향했던 칼날이 자신에게 돌려진 걸 느낀 지우는 눈앞이 깜깜해지는 걸 느꼈다. 피곤하고 지치는 대화. 남의 사생활이 마치 제 일인 것처럼 눈에 불을 켜는 사람들을 대하는 게 점점 힘겨워졌다.

"그건……."

"여기 있었어? 한참 찾았잖아."

갑자기 무리를 뚫고 들어와 지우의 손을 잡는 태하를 보자 그녀를 둘러싸고 있던 무리들이 놀란 눈으로 그를 보았다.

다정하게 웃던 태하가 주위로 시선을 돌릴 때 눈빛이 점차 매서워졌다. 간담이 서늘해질 정도였다. 김태하에게 잘못 걸리면 뼈도 못 추린다는 말이 괜히 있는 게 아니었다.

이 집 아들들은 평소 신사적이고 잔잔하지만 한 번 화가 나면 꿈틀거리지도 못할 만큼 밟는다는 걸 여기 있는 모두가 알고 있었다.

"그딴 소문은 어디서 난 겁니까. 소문 낸 사람 내 앞에 데려와요."

"아, 아니. 저흰 그냥…… 그런 소문이 들려서."

"앞으로 내 귀에 그딴 말 안 들리게 조심해요."

태하의 말에 마법이라도 걸린 듯 그들은 모두 연신 고개를 끄덕였다.

"가자. 피곤해 보인다."

태하는 지우의 어깨를 감싸며 그녀를 끌었다. 놀란 얼굴로 그를 보던 지우가 차츰 시선을 내리며 입술 끝을 물었다. 다

들었을까. 이혼 이야기가 심심치 않게 나온다는 걸.

"아직 이혼한 거 아니야."

태하의 목소리에 지우의 시선이 그에게로 향했다. 그도 지우를 보았다.

"그러니까 이혼한 것처럼 바보같이 당하지 마. 아버지 대선 필요 없어?"

"태하 씨가 퍼트린 건 아니고요?"

기가 차는지 태하가 허탈한 숨을 내쉬었다.

"정말 내가 퍼트렸길 바라나."

"저야 모르죠. 다들 그런 말을 하니까요."

"그런 말 듣고 가만히 있으면 정말 이혼하는 줄 알잖아."

"정말 이혼할 거잖아요."

차로 올 때까지 지우의 어깨를 감싸 안았던 태하가 팔을 내렸다. 범주가 뒷좌석 문을 열었다.

"그건 내가 정해. 잊었나? 너한텐 그럴 권리 없는 거."

차갑게 내려다보는 태하에게서 시선을 거둔 지우는 차에 탔다.

"다음에 누가 너한테 이혼할 거냐고 물어보면 아니라고 해. 넌 이혼할 수 없으니까. 이혼은 내가 하는 거야."

말을 참 밉게도 한다. 그것도 상처 주는 말만 골라서.

지우는 그의 모난 말투가 마음에 들지 않았다. 하지만 그런 말을 들으면서도 딱히 대꾸할 명분은 없었다. 아버지의 대선을 위한 거래로 그를 옭아맨 건 사실이었고, 이후의 결혼 생활에 대해선 어떠한 불평도 할 수 없었다. 그게 우리의 계약 조건이었다.

"집에 들어가. 정 실장이 데려다줄 거야."

"태하 씨는요?"

"식장 내팽개치고 그냥 갈 수 있어? 마무리해야지. 아버지도 아직 계시는데."

"그럼 나도 같이 있을게요. 공식적인 일이잖아요."

"하나도 도움 안 돼. 아까 같은 상황에서 대처도 못 하면서 무슨 일을 한다고 그래. 아버지한텐 몸이 안 좋아서 먼저 들어갔다고 할 거니까 걱정하지 마."

"나만 이상한 사람 만드는군요."

지우의 표정이 차갑게 굳었다. 태하를 탓할 생각은 없었지만 이런 식은 싫었다. 무생물처럼 존재감도 없는 사람이고 싶진 않았다.

"아까처럼 친척들 모인 자리에선 누구도 제정신일 수 없어. 그러니까 몸이 안 좋은 것도 충분히 이해 갈 상황이야."

말을 마친 태하는 문을 쾅 닫았다. 운전석에서 지우의 눈치만 보고 있던 범주가 슬슬 차를 출발시켰다. 한동안 창밖만 바라보던 지우가 범주에게 고개를 돌렸다.

"태하 씨는 오늘 오후에도 바쁜가요?"

"식 정리되면 잠깐 회사에 들리셔야 합니다."

잠시 생각하던 지우가 범주에게 말을 했다.

"차 좀 돌려주세요."

"네?"

"이 상태로 저만 집에 갈 수 없어요. 태하 씨도 피곤할 텐데……. 다시 호텔로 가야겠어요."

차분한 지우의 목소리에 범주는 다시 호텔로 향했다. 차에서 내린 지우는 호텔 식장 쪽으로 들어왔다. 한창 하객들이 나가면서 홀과 식장 주변엔 사람들로 인산인해를 이뤘다.

지우는 마주치는 사람들마다 웃으며 배웅을 했고 이 집안 며느리로서의 역할을 충실히 했다. 사람들을 배웅하다 태하와 마주쳤다. 그의 얼굴이 험상궂게 변했다.

"가라고 했을 텐데."

"싫어요. 나도 이 집안사람이에요. 도리는 다 할 거라고요."

"연지우."

"아버님도 계시고, 아주버님과 형님 배웅도 못 했는데 집에 간들 마음이 편하겠어요?"

"그래. 네 마음대로 해."

살벌한 그의 눈빛을 똑바로 마주 보며 지우도 지지 않고 서 있었다. 마치 이 세상에 둘만 존재하는 듯 그들은 서로에게서 눈을 떼지 않고 마주 보았다. 잡아먹을 것처럼 노려보는 그의 눈빛을, 지우는 모조리 감싸 안고 차분함으로 대응했다. 주변을 지나치는 사람들은 그들의 모습을 보며 묘한 느낌에 수군거렸다.

인사하는 사람들을 배웅하던 김석윤 회장은 지우와 태하가 서로 마주 보고 서 있는 모습을 보게 되었다. 주변을 의식하지도 못하고 서로를 바라보는 두 사람을 보던 김 회장은 눈썹을 힐끗 움직였다. 그러던 그의 입가에 묘한 미소가 피었다.

"다 늙어서 오작교 노릇이나 좀 해 볼까."

3

라 캄파넬라

태주와 세나는 결혼식이 끝나는 대로 신혼여행을 떠났다. 식이 끝날 때까지 남아 있던 집안사람들과 도우미들, 집사들도 모두 돌아가고 김 회장도 차에 태워 보낸 태하는 겨우 숨을 돌리고 주위를 돌아보았다. 한복에서 정장으로 갈아입은 지우가 풀어 내린 머리를 매만지며 로비로 걸어왔다. 그녀는 태하를 보더니 가까이 다가왔다.

"다시 회사로 들어간다면서요."

"음."

"숍에 있던 차를 보내 달라고 해서 조금 있다가 올 거예요. 난 그거 타고 가면 되니까 먼저 가세요."

"그래. 그럼."

태하는 마침 차가 제 앞에 서자 뒷좌석 문을 열고 탄 뒤 쾅 닫아 버렸다. 운전석에서 내린 범주가 지우를 보며 멋쩍게 웃었다.

"타시죠. 집까지 모셔다 드리겠습니다."

"아니에요. 제 차 타고 갈게요."

부드럽게 웃는 지우를 보며 범주는 어쩌지 못하고 어정쩡하게 서 있었다.

"어서 가세요. 바쁘시잖아요."

"예, 그럼."

차가 곧 출발했다. 뒷좌석에 앉아 머리를 기대며 눈을 감고 있던 태하가 서서히 눈을 떴다. 그리고 몸을 돌려 지우가 서 있는 곳을 보았다. 그녀는 덩그러니 서 있었다. 간간이 지우를 알아보는 사람들에게 깍듯이 인사를 하며 미소를 짓는 그녀를 보던 태하는 순간 갈등을 했다.

"알아서 가겠지. 차 온다잖아. 호텔에 놔둘 것 아니면 가져가야지."

혼잣말을 들리도록 했는지 범주가 냉큼 한마디를 했다.

"차 돌릴까요?"

"됐어."

"사모님이 안쓰러워 보이지도 않습니까?"

"연지우가 불쌍해 보여? 정 실장 눈이 삔 거 아냐?"

"제가 아니라 사장님이 안과 검진을 받아 보셔야겠습니다. 사모님을 놔두고 발걸음이 떨어지는 게 정상은 아니죠."

"그 말은 애정이 있을 때 해당되는 말이야. 우리 둘 사이가 어떤지 알 만한 사람이 왜 그래?"

네네, 범주는 속으로 비아냥거리며 운전을 계속했다. 범주는 속으로 혀를 차며 룸미러로 태하를 힐끔 보았다. 창밖을 보며 얼굴이 잔뜩 굳어 있는 태하가 눈에 들어왔다. 지금 그의 얼굴이 어떤 모습인지 자신만 모르고 있는 것 같았다.

회사로 들어와 출장 상황을 정리하던 태하는 자꾸만 호텔 앞에 내버려 두고 온 지우가 떠올랐다. 알아서 잘 갈 것이고, 문제 되는 상황 같은 건 없었다. 그런데 호텔 앞에서의 모습이 어린아이를 놓고 온 것처럼 자꾸만 눈에 밟혔다. 결혼식장에서 내내 그의 시선을 끌던 지우의 모습도 겹쳐 보였다.

"됐어. 언제부터 신경 썼다고."

태하는 서류에 눈을 돌렸다. 그러다 펜을 쾅 내려놓았다. 손목시계를 내려다본 태하는 시곗바늘이 11시에 가 있는 것을 보고 자리에서 일어섰다. 집무실을 서성이던 태하는 재킷을 들고 나갔다. 범주도 집에 가라고 한 상황이라 태하는 혼자 차를 끌고 갔다.

충동적이었다. 어떤 이유가 있어서 그런 건 아니었다. 단지 지금 김태하는 연지우가 뭘 하는지 궁금했다.

피곤한 몸을 욕조 물에 담가 반신욕을 한 지우가 서서히 일어났다. 결혼식을 마치자 온몸이 녹초가 되어 집에 오자마자

반신욕을 시작했다.

물기를 털며 가운을 걸치고 욕실을 나온 지우의 눈에 어두컴컴한 실내가 들어왔다. 아무도 없는 집은 고요했고 쓸쓸한 적막감이 맴돌았다. 2층 방에서 흘러나오는 불빛에 의존하며 계단으로 향했다.

갈증이 나서 물을 마시려 계단으로 가던 지우는 현관문 소리에 고개를 돌렸다. 스마트 전등이 켜지며 드러난 얼굴에 그녀의 눈이 커졌다. 안으로 들어오던 태하는 2층에서만 새어 나오는 불빛에 고개를 돌리던 참이었다.

한동안 불빛을 바라보던 태하가 2층 계단으로 향했다. 그가 올라오자 얼떨떨하게 서 있던 지우도 발을 내딛었다. 계단 가운데서 두 사람이 마주 섰다. 방금까지 물속에 있다가 나온 지우의 머리카락이 젖어 있었고 물에 풀었던 장미 향이 그녀의 몸을 휘감았다.

"일은 다 끝났어요?"

"아니. 집에서 하려고."

"아, 서재에서 할 거죠?"

지우는 몸을 옆으로 돌려 물러섰다. 그런데 슬리퍼 바닥을 밟아 몸이 휘청거렸다.

"꺄악!"

찰나였다. 계단으로 구를 거라 생각했는데 태하의 팔이 지우의 허리를 감아 지탱했다. 반사적인 행동이었다.

가냘픈 허리와 어깨를 잡은 태하는 놀라서 얼굴이 붉어진 지우를 보았다. 그의 팔에 의지한 채 태하를 보던 지우는 시선이 마주치자 굳은 듯 움직임을 멈췄다.

뽀얀 살결에 방금까지 물이 닿았던 피부는 촉촉하게 여물었다. 그녀의 몸 곳곳에서 풍기는 향기는 태하의 코끝을 자극했다. 그리고 그의 팔에 닿은 말랑거리는 몸은 남자의 본능을 자극했다.

"샤워했나."

"아, 반신욕 했어요."

지우는 잠시 머뭇거리다가 태하를 보며 작게 읊조렸다.

"태하 씨도 하고 싶으면 물 받아 줄게요."

그는 말없이 지우를 보았다. 대꾸 좀 해 주지. 어색함을 즐기는 건지 태하는 지우가 난처해하는 모습을 뚫어지게 관찰했다. 적막함과 심장의 두근거림이 낯설어 지우는 태하의 팔을 힘주어 뺐다. 그의 팔에서 벗어나려는 찰나 당겨진 힘에 놀란 틈도 없이 입술에 온기가 닿았다. 전신을 훑고 지나가는 떨림을 느낄 새도 없이 더 강렬한 전율이 흘렀다.

지우의 몸을 품 안에 가둔 태하는 부드러운 입술 사이를 가르고 침범했다. 한껏 떨고 있는 그녀의 혀를 휘감아 당겼다. 고른 치열을 훑으며 말캉한 촉감이 맞닿은 순간 아찔한 기분에 지우는 저도 모르게 그의 허리를 감아 안았다.

누가 더 원한다고 할 수 없었다. 이 순간만큼은 서로가 짐승의 본능처럼 파고들었다. 멀리서, 가까이서 들려오는 종소리의 울림처럼 그의 입술과 그녀의 입술은 강렬한 열기로 서로를 공격했다. 피아노의 고음부의 섬세하면서도 가냘픈 종소리와 저음부의 웅장하고 과감한 공격성을 가진 종소리가 조화를 이루는 라 캄파넬라 연주처럼 그와 그녀의 입술은 맞닿은 채 틈을 주지 않았다.

열기와 흐트러진 호흡에 지우의 입술에서 거친 숨이 나왔다. 눈가가 촉촉해진 지우의 눈망울이 태하를 올려보았다.

"내가 미쳤군. 쳐다보기도 싫은 여자를."

공격적인 말을 내뱉는 태하의 눈빛도 열기에 잔뜩 짙어졌다.

"젠장."

뜨거워진 제 몸 상태가 마음에 들지 않아 태하는 지우를 놓아주고 2층으로 성큼성큼 올라갔다.

쾅!

서재 문이 닫히고 덩그러니 서 있던 지우는 방금 전의 잔상 때문에 아직까지도 몸이 떨렸다.

태하와의 입맞춤이 처음은 아니었다. 결혼식 날 자고 있는 지우를 덮치던 그의 입술을 똑똑히 기억하고 있다. 그땐 이런 떨림을 느낄 겨를이 없었다. 정확히 분노에 찬 행동이라는 게 적나라하게 드러났다. 그의 키스가 무섭고 겁이 날 뿐이었다.

그런데 지금은 달랐다. 태하가 자신을 원하고 있다는 느낌을 받았다. 마음은 아니더라도 몸은 강렬하게 반응했다. 그의 신체가 닿았던 부분이 낯설었다. 언제나 한걸음 떨어진 거리에서만 그를 봤기 때문에 태하의 몸이 그렇게 크고 단단한지 몰랐다. 자신을 품에 안고 힘을 주던 그의 뜨거운 몸이 지우를 떨리게 했다.

옷깃을 움켜쥐며 계단 난간을 잡고 서 있던 지우는 한참 동안 흥분된 몸과 마음을 다스렸다. 스스로에게도 신기한 행동이었다. 거부할 마음 같은 건 애초에 없었다. 입술이 닿자 마치 기다렸다는 듯 그에게 파고들었다. 가벼운 입맞춤과 키스는 완벽하게 달랐다. 키스는 파르르 떨리는 종소리처럼 울림을 주었다.

시종일관 귓가를 울리는 종소리 탓일까. 지우는 홀리듯 한 계단 올라갔다. 나중 따윈 없었다. 왜 그러는지 설명할 자신도 없었다. 그저 지금 태하를 봐야겠다는 생각만 들었다.

태하의 서재 앞에 선 지우는 손을 들어 방문을 노크했다. 그리고 문을 열고 안으로 들어갔다. 서재 불빛이 어두웠던 실내 공간보다 몇 배는 희망적이었다. 그래서 용기를 얻었다. 조금 더 나아갈 자신이 생겼다.

쾅, 서재 문이 닫혔다.

허전한 감에 눈을 뜬 지우는 창문으로 빛이 들어오는 걸 보며 몸을 일으켰다.

제 배를 움켜쥔 그녀는 아무것도 입지 않은 몸을 내려다보며 바닥에 떨어진 가운을 주워 입었다. 태하는 옆에 없었다.

당연한 일이었다. 처음부터 서로의 몸을 탐내고 시작한 것이니 다정한 배려는 당치 않았다.

지우는 침대에서 발을 내리고 걸음을 내딛을 때마다 욱신거리는 아랫배에 걷는 걸 포기하고 소파에 걸터앉았다. 그리고 고개를 돌려 침대를 보았다. 순간 지우의 얼굴이 붉어져 다른 곳으로 고개를 돌렸다.

태하는 지우가 처음인 것을 알고 놀란 듯했지만 다정한 손길로 대해 주진 않았다. 그저 지우를 하나의 여체로 생각하고 제 욕망을 푸는 용도로 보았다. 감정 따위는 없었다. 다정한 애무 같은 것도 없었다. 태하는 자기 최면을 걸 듯 이 말만 내뱉었다.

"네가 싫어."

"가증스러워."

아프고 고통스러웠지만 지우는 거부하지 않았다. 지금은 본능에 충실하고 싶었다. 정신을 어디다 빼놓은 이때, 그의 품에 안기고 싶었다. 제정신이면 못 할 테니까 둘 다 약간 미쳐 있을 때, 이건 충동적이라는 걸 누구도 부인하지 않는 지금 마음껏 그를 받아들이고 싶었다.

미쳐 있는 게 맞았다. 지우는 지난 밤 평소의 그녀가 아니었다. 숨을 헐떡이며 남자의 육체를 갈구하는, 이성을 벗어 던져 버린 날것 그대로의 에로스였다.

분노를 털어 내듯 지우에게 쏟아붓고 숨을 고른 그는 부푼 입술에 다시금 입을 맞췄다. 땀으로 번들거리는 몸이 끈적였지만 벗어나지 않았다.

태하는 오래도록 지우의 입술을 머금었다. 키스를 할 때 만큼은 세상 다정한 남자였다.

그렇게 정신이 아득해지며 기절하듯 잠이 들었다가 방금 전 일어난 것이다. 길게 숨을 고른 지우는 다시 몸을 일으켜 세웠다. 아까보단 통증이 덜해 겨우 욕실로 향했다.

거울 앞에 선 지우는 제 몸을 보고 깜짝 놀랐다. 지난밤엔 느낄 틈도 없었는데 가슴 언저리와 목 주변에 울긋불긋 생채기가 보였다. 손끝으로 자국을 만지던 지우는 불현듯 떠오른 생각에 비명을 내질렀다.

돌아오는 주에 독주회 공연이 있었다. 미리 맞춰 둔 드레스는 목과 어깨를 드러내는 탑 드레스인데 자국이 있으면 입을 수가 없었다. 황급히 목을 주무르던 지우는 점점 더 붉어지는 얼굴로 거울을 바라보며 깊은 숨을 내쉬었다.

"정말 미쳤었구나."

이혼할 남자와 잠을 자다니. 날 경멸하는 남자의 몸짓에 정신을 못 차리고 느끼다니.

샤워를 하며 여러 번이나 문질렀지만 자국은 더욱 붉게 존재감을 드러냈다. 옷을 갖춰 입고 방을 나온 지우는 무의식적으로 박 집사를 찾았다.

"아, 맞다. 오늘 일요일이지."

그럼 태하도 회사를 나가지 않는 날인데. 아니지, 그는 주말 평일 할 것 없이 집에 있는 날이 없었지.

지우는 천천히 계단을 내려가 부엌으로 향했다.

한여름 밤의 꿈처럼 지난밤의 일은 존재도 없이 사라졌다. 뭔가 허무하고 사무치게 외로웠지만 그런 조그마한 감정을 느끼는 것조차 사치라 생각했다. 이건 찰나의 충동으로 일어난, 셰익스피어의 꿈처럼 마법 같은 일이었다.

간단히 아침을 챙겨 먹은 지우는 설거지를 하고 부엌을 나왔다. 그때 현관문 벨 소리가 울려 인터폰을 본 지우는 범주가 밖에 서 있는 것을 확인했다. 문이 열리고 범주가 안으로 들어오며 평소처럼 지우에게 허리를 숙여 인사했다.

"사장님이 당분간 계속 바쁠 것 같아 갈아입을 옷 좀 챙겨 가겠습니다."

"아……. 오늘도 회사에 나간 거예요?"

"회사 일을 내 몸 같이 생각하는 분이시죠. 하하."

과장된 웃음을 선사하던 범주가 급히 얼굴을 굳히고 제 옷매무새를 다듬었다.

"할 수 있는 일이 회사 일밖에 없습니다."

"네?"

"하고 싶은 일을 하며 살 수 있는 위치가 아니니까요. 하고 싶은 일을 원했으면 진작 걷어차고 나오셨겠죠. 사장님 본인의 의지대로 살 수 없다는 걸 깨달은 뒤부턴 회사가 늘 우선이었습니다."

가만히 범주를 보던 지우가 부드럽게 웃었다. 태하의 곁엔 생각보다 좋은 사람들이 많았다. 안하무인하고 성격 까칠한 남자의 곁에 묵묵히 받아 주는 사람들이 있다는 건 분명 복 받은 일이다.

“정 실장님, 식사하셨어요?”

시계를 보니 11시, 어중간한 시간이었다.

“혼자 사는 남자가 아침을 챙겨 먹는 건 불가능합니다. 사장님이 아침부터 회사로 오라고 전화하는 통에 깨자마자 나오는 길입니다.”

“그럼 식사하고 가세요. 태하 씨 보좌하려면 보통 에너지 가지곤 안 될 것 같은데 밥이라도 잘 챙겨 먹어야죠.”

“괘, 괜찮습니다.”

황급히 손을 내젓는 범주는 벌써 부엌으로 들어가는 지우를 난감한 얼굴로 바라봤다.

“조금이라도 드시고 가세요.”

지우는 부지런히 음식을 준비해 식탁에 차렸다. 요리랄 것도 없고 박 집사가 해 놓은 걸 데우는 수준이었다. 얼떨결에 식탁에 앉아 있던 범주는 제 앞에 밥그릇을 내려놓는 지우에게 꾸벅 고개를 숙였다.

“그럼 잘 먹겠습니다.”

“맛있게 드세요. 태하 씨는 뭐가 필요하대요?”

“속옷이랑 슈트 몇 벌이라고 하셨습니다.”

“그럼 제가 준비할 테니 천천히 드세요.”

지우가 나가자 멍하니 앉아 있던 범주는 제 앞에 차려진 음식들을 보고 침을 꿀꺽 삼켰다. 안 그래도 배가 고팠는데 마침 지우가 밥을 차려 주니 은인이라도 만난 것 같았다. 범주는 금세 한 그릇을 뚝딱 해치웠다.

그사이 쇼핑백을 들고 온 지우가 부엌으로 들어왔다.

"잘 먹었습니다."

범주는 의자에서 일어서며 지우가 건넨 쇼핑백을 들었다.

"태하 씨도 아침 안 먹었을 텐데……."

"사장님은 커피랑 샌드위치 사다 달라고 하셨습니다."

말하고 보니 자신은 푸짐한 밥을 먹고 사장에겐 빵을 건네는 모양새라 범주는 목을 큼큼 다듬었다. 가만히 말을 듣던 지우가 옅은 미소를 지었다.

"잠시만 기다리세요. 샌드위치랑 커피 만들게요."

지우는 식재료 코너에서 빵과 치즈, 양상추, 토마토, 마요네즈를 가져와 재료를 다듬어 금세 샌드위치를 만들었다. 그 모습을 보던 범주가 혀를 내두르며 감탄했다.

"잘 만드시네요."

"다른 건 못해요. 샌드위치는 제가 좋아해서 자주 만들었거든요."

샌드위치를 빵칼로 나누어 찬합에 넣고 여섯 개를 더 만들었다. 커피를 담은 보온병과 샌드위치를 싼 찬합을 쇼핑백에 넣었다.

"넉넉히 만들었으니까 같이 드세요. 안 먹을지도 모르는데 그래도 혹시 모르니 싸 봤어요. 그래도 밖에서 사 먹는 것보단 낫지 않을까 해서."

"그야 물론입니다. 좋아하실 겁니다."

지우는 설핏 웃으며 고개를 끄덕였다.

그 사람은 좋아하지 않을 거예요. 이런 걸 왜 가져왔냐며 버리지나 않으면 다행이네요.

범주가 가고 나서 덩그러니 서 있던 지우는 괜스레 제 팔을 양손으로 쓰다듬었다. 지난 밤 뜨겁게 안아 주던 남자는 밖으로 나가 버리고 여자는 그 남자에게 고백 한 번 못 하고 속으로 삭였다. 오래전부터 당신을 바라봤노라고 말하는 순간 그가 당장 이혼 서류를 내밀 것만 같아 입을 열 수 없었다. 이대로 꿈으로 남게 되는 거겠지.

연습실로 올라온 지우는 2부 시작을 알리는 곡을 연주했다.

라 캄파넬라.

강렬한 마지막의 손놀림을 향할 때는 영롱한 종소리가 먼 곳에서 기척을 울리며 들리는 것 같은 착각을 일으키게 했다. 건반 위를 쉴 새 없이 움직이는 그녀의 손가락이 허공을 향해 멈추었다.

분명한 건 지난밤을 잊을 수 없다는 것이다. 그녀에게는 시간의 흐름을 바꾸는 첫 종처럼, 알을 깨고 나온 감각을 알게 해 준 경험이었다. 그러니 꿈으로 남게 된다고 해도 제겐 무엇보다 소중한 환각이었다.

테이블에 놓인 찬합과 보온병을 뚫어지게 본 태하는 옆에서 있는 범주에게로 고개를 돌려 노려보았다.

"정 실장이나 먹어."

"전 사모님이 아침을 차려 주셔서 든든하게 먹고 왔습니다."

태하의 살벌한 눈빛에 범주는 다른 곳으로 시선을 돌렸다. 샌드위치를 보던 태하는 머리를 짚었다.

"알았어. 나가 봐."

범주가 나가자 태하는 깊은 한숨을 내쉬었다.

잘못되었다. 처음부터 잘못이다. 지우와 결혼한 것 자체가 잘못된 시작이었다. 그리고 첫 다짐처럼 이혼할 때까지 가급적 마주치지 말아야 했다. 그녀가 불쌍해 보이든 쓸쓸해 보이든 신경 쓰지 말고 내버려 두어야 했다.

지난 밤, 유혹을 이기지 못하고 집으로 향했고 수순처럼 지우를 안았다. 아니, 한발 뒤로 물러났지만 다가온 건 그녀였다. 미친 듯이 몸을 탐하고 욕망을 풀어낸 태하는 그때부터 시시각각으로 지우의 몸이 떠올랐다. 말랑거리고 실크처럼 부드러운 살결, 굴곡진 예쁜 몸이 서류 위로 나타났다.

몽정을 할 나이도 아니건만 여자의 몸이 떠오르는 건 무슨 경우냐고. 그래서 황금 같은 휴일에 도망치듯 회사로 나왔는데 이젠 또 그녀의 음식이 테이블에 놓여 있었다.

샌드위치. 연지우가 좋아하는 음식.

가만히 찬합을 바라보던 태하는 뚜껑을 열어 앙증맞은 사이

즈로 잘라진 샌드위치를 보았다.

"너 대체 뭐야. 이제 와서 내게 잘 보이고 싶은 거야? 원하는 게 더 남았나."

태하는 가슴이 저릿해져 찬합 뚜껑을 덮었다. 이젠 단단해질 법도 한데 아직도 그때의 일을 떠올리면 숨쉬기 힘들어졌다. 너무 큰 충격에 온몸의 힘이 다 빠져나갔다.

그의 마음 전부를 차지하고 밤낮으로 심열을 부추기던, 가지고 싶지만 가질 수 없었던 여자. 같은 마음일 거라 생각했지만 그녀의 본심을 알고 얼마나 스스로가 한심했는지 모른다. 진심이란 것이 어린애들 장난으로 치부되는 그들의 세계에서 철모르고 연정을 모두 주었던 남자의 결말이란 참으로 비참한 것이었다.

벌떡 일어서 데스크로 가던 태하는 갑자기 우뚝 멈춰 섰다. 미간을 찡그리고 신음을 내뱉던 그녀의 여린 몸이 다시 떠올랐다. 분명 지난밤 지우는 남자를 처음 만나 본 여자였다.

아팠을 텐데.

생각하던 태하는 고개를 휘휘 내저었다. 쓸데없는 생각을 아예 차단하려는 듯 태하는 셔츠 단추 두어 개를 거칠게 풀어 버리고 소매도 걷었다. 그리고 서랍을 열어 껌을 몇 알 꺼냈다. 애꿎은 껌을 우적우적 씹으며 집중하려고 애썼다.

독주회 3일 전. 지우는 최종 리허설을 위해 예술의 전당 무대 위에서 몇 곡 연주를 해 보았다. 옆에서 듣고 있던 미연은 지우의 연주에 취한 듯 넋을 놓은 얼굴로 바라보았다.

"이 정도면 괜찮을까요?"

"이보다 좋을 순 없는데요. 대체 연습을 얼마나 하신 거죠?"

"솔직히 많이 못 했어요. 몸이 좀……."

말을 하던 지우는 작게 고개를 저으며 미소를 지었다. 온몸이 두들겨 맞은 것처럼 욱신거리고 아파서 며칠 동안 누워 있기만 했다. 처음엔 건강에 이상이 있는 건 아닌지 걱정이 되었는데 점차 깨달았다. 이건 그날 밤의 후유증이었다.

"건강 관리 잘 하셔야죠. 내일모레가 연주회인데."

"네. 이제부턴 더욱 조심할게요."

"문제 생기면 언제든 연락 주세요. 지우 씨의 건강과 컨디션이 무엇보다 중요합니다."

미연의 말이 든든해서 지우도 고개를 끄덕이며 웃었다.

간단하게 동선을 조금 더 확인하고 회의를 마무리 지었다. 주차장으로 내려와 내비게이션에 집 주소를 찍고 잠시 고민을 했다. 태하에게 전화를 할지 말지에 대해 내내 가슴앓이를 했다. 그날 이후 며칠째 집으로 오지 않는 태하가 걱정되기도 하고, 궁금하기도 했다. 무엇보다 너무나 보고 싶었다.

고민 끝에 태하가 아닌 범주에게 연락을 했다.

—네, 사모님. 잘 지내고 계십니까?

몇 번의 신호음 끝에 전화 너머에서 익숙한 목소리가 들렸다.

"실장님도 잘 지내고 계세요? 많이 바쁘시죠?"

—요즘 정신없이 지내긴 합니다. 사장님은 더 바쁘게 지내시죠.

"그렇군요. 혹시 내일모레 제 연주회에는 참석할 시간이 있을까요?"

—잠시만요.

범주는 종이를 뒤적거리더니 곧 대답했다.

—아휴, 그날도 스케줄이…….

범주도 민망한지 목소리가 흔들렸다.

"그럼 어쩔 수 없죠. 혹시 시간이 나는지 궁금했어요. 하지만 회사 일이 먼저니까요."

잠시 침묵을 지키던 범주가 슬쩍 물었다.

—사장님과 통화해 보시겠습니까? 잘하면 스케줄을 조정할 수도 있을 것 같습니다.

"아, 아니에요! 억지로 그러실 필요 없어요. 정말 괜찮아요. 하하. 그만 끊을게요."

지우는 전화를 끊고 얼굴이 붉어져 핸들 위로 얼굴을 묻었다. 그의 목소리를 듣는다고 생각하니 저절로 열이 올랐다. 그날 일에 대해 누구도 언급하지 않고 없었던 일처럼 지내고 있는데 자신이 이런 전화를 하는 것도 이상한 일이었다.

태연하게, 평소처럼, 언제나 그랬듯 건조하게 행동해야 한다. 지우는 몸을 일으켜 스타트 버튼을 눌렀다.

집에 도착해 밤늦게 연습을 하던 지우는 시계를 보고 자리에서 일어섰다. 체력 관리를 위해 이제 그만 쉬어 주어야 했다.

물을 마시기 위해 1층으로 내려간 지우는 부엌 입구에서 마주친 인영으로 인해 소스라치게 놀란 나머지 뒷걸음질 치다 엉덩방아를 찧었다. 불도 켜지 않은 어두운 공간에서 어두운 인영이 눈앞에 나타나자 너무 놀라 소리도 나오지 않았다.

"누, 누구세요."

"나야."

무심한 목소리 뒤에 곧 켜진 전등으로 환해진 실내가 나타나자 어두운 인영도 제 모습을 갖추었다. 태하가 황당한 얼굴로 지우를 바라보고 있었다.

"매번 불도 안 켜고 지내나."

"태, 태하 씨."

지우는 아직도 놀란 마음에 일어설 생각을 하지 못하고 태하만 바라보았다. 태하는 한심하다는 듯이 지우를 바라보다가 무릎을 굽혀 앉았다. 그와 눈높이가 똑같아졌다.

"지금까지 연습한 건가."

"내일모레 연주회니까요. 며칠 연습을 못 해서, 좀 더 디테일한 부분은 더 연습해야 해요."

"왜 연습을 못 했지?"

지우는 태하의 말에 붉어진 얼굴로 그를 바라보다가 고개를 돌렸다.

"그, 그저 기력이 조금 떨어졌던 것뿐이에요."

지우를 빤히 바라보던 태하는 순간 떠오른 생각에 미간이 찌푸려졌다. 요 며칠 계속 그녀의 몸 상태가 걱정이 되었지만 애써 무시했다. 그런데 기력이 떨어졌다는 말에 뜨끔해져 그는 가만히 지우를 바라봤다.

"그렇게 계속 앉아 있을 건가."

"아니요."

지우는 정신을 차리고 일어섰다. 따라 일어선 태하는 제 손에 들린 잔을 들어 흔들었다. 그의 손끝에서 얼음에 찰랑거리는 갈색 물결이 유리에 부딪쳐 소리를 내었다.

"그럼 난 이만."

"태하 씨."

침실로 향하는 태하의 뒷모습을 바라보던 지우가 저도 모르게 그를 불렀다. 부르고 나선 자신도 놀랐지만 이미 그가 돌아봤다.

"내일모레, 많이 바쁜가요?"

"바빠. 왜."

"서류상 아내로서 내 공식적인 일정인데 태하 씨가 연주회에 와 주면 좋을 것 같아요."

태하가 피식 비웃었다. 지우는 제 손을 맞잡고 자책했다. 굳이 '서류상 아내'라는 것을 언급할 건 뭐람. 본심을 말하기가 그렇게도 어려운가. 그냥 연주회에 와 달라고 하는 게 뭐 그리 어렵다고.

"맞는 말이긴 하네. 서로의 공식적인 일정에는 부부의 도리를 다하기로 했으니까."

저렇게 못을 박으며 인지시켜 주는 태하가 미웠지만 지우는 잠자코 들었다.

"내가 가 주면 좋겠어?"

지우가 눈을 들어 그를 보았다. 뚫어질 듯 자신을 보는 그의 눈빛에 그녀는 눈을 돌릴 생각도 못 하고 결박당했다.

"당연하죠."

지우의 목소리가 태하의 귓가를 울렸다. 이런 희망 고문. 기시감. 이전에도 비슷한 상황이 있었지. 태하는 제 감정이 괴롭게 치솟는 걸 느끼고 몸을 돌렸다.

"시간 되면 가지."

그리고 침실로 들어갔다. 가만히 서 있던 지우는 그제야 마법에서 풀린 듯 숨을 몰아쉬었다. 가슴에 손을 얹자, 미친 듯이 뛰는 심장이 느껴졌다. 지우는 제 심장을 달래려는 듯 천천히 고른 숨을 내쉬었다. 그녀의 입가에 옅은 미소가 번졌다.

한편 침실 안으로 들어온 태하는 거칠게 넥타이를 풀어 내렸다.

"그렇게 당하고도 아직 정신을 못 차렸냐. 그따위 말에 또 흔들려서는."

테이블에 양주잔을 탁 내려놓은 태하는 소파에 앉아 등받이에 기댔다. 지우가 범주에게 전화를 걸었다는 소리를 듣고 태하는 묘한 감정에 휩싸였다. 왜 자신에게 직접 걸지 않고 비서를 통하는 건지.

물론 그런 걸 문제 삼고 유치하게 굴 정도로 둘 사이가 좋은 건 아니었다. 그런 걸 알기에 한껏 비웃고 무시했지만 태하는 결국 바쁜 일정을 뒤로 미루고 집으로 오게 되었다. 저절로 발걸음이 향하는 걸 막을 수 없었다.

캄캄한 집 안으로 들어서자 2층에서 피아노 소리가 들렸다. 한동안 멍하니 그녀의 연주를 듣던 태하는 부엌으로 향했다. 그리고 돌아서서 나오자마자 마주친 지우가 화들짝 놀라는 모습을 보고 순간적으로 웃음이 나왔다. 그러게 왜 불을 다 끄고 살아.

그런 그녀가 연주회에 와 달라고 한다. 서류상 아내, 공식적인 일정을 들먹이며. 또 무슨 부탁을 하려고. 또 무슨 짓을 하려고.

연지우는 벌써 다 잊었을까. 아니면 알면서 아무렇지 않게 말하는 걸까.

간만에 집으로 들어왔지만 태하는 쉽사리 잠들지 못했다. 여전히 그날의 악몽을 꾸느라, 여러 번 잠에서 깨는 걸 반복했다.

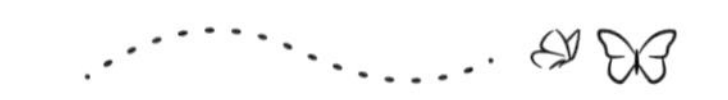

지우의 독주회 날이 되었다. 리사이틀 홀에는 축하 화환으로 가득 차 끝이 보이지 않을 정도였다. 특히 'JK그룹 회장 김석윤'이라고 쓰인 화환은 다른 것보다 독보적으로 화려하고 아름다웠다.

지우는 대기실에 앉아 눈을 감고 연주 내용을 이미지 메이킹 하고 있었다.

똑똑. 문이 열리고 공연 기획자 미연이 들어왔다.

"지우 씨, 요청하셔서 드레스를 급하게 변경했는데 불편한 부분은 없나요?"

"네."

지우는 거울에 비친 제 모습을 봤다. 5월 말이라 봄기운이 물씬 풍기는 때에 목선을 감은 민소매 드레스를 입은 지우는 괜스레 민망함에 제 목을 쓸었다.

붉은 자국은 색이 옅어지긴 했지만 아직 군데군데 흔적이 보였다. 하필 공연 전에 그런 일을 벌여 드레스까지 바꾸게 되는 상황에 놓였다. 지우가 입은 코발트블루 드레스는 하얀 피부를 더욱 돋보이게 만들었다. 머리도 단발로 커트할 생각이었는데 하나라도 몸을 가릴 수 있는 게 필요하다고 생각해 긴 머리를 한쪽으로 땋아 내렸다.

"1회 공연이라 예매 오픈되자마자 매진된 것 아시죠? 치열한 경쟁률을 뚫고 오신 분들이라 공연에 기대가 클 겁니다."

"그 말을 들으니까 더 긴장되네요. 그래도 열심히 해 볼게요."

미연은 파이팅을 외치며 대기실을 나갔다. 공연 시간이 다 가오자 지우도 긴장된 마음으로 손을 풀었다.

7시. 공연이 시작되었다. 미연의 안내에 따라 무대로 나간 지우는 우렁찬 박수 소리에 무대 가운데에 서서 허리를 숙여 인사했다. 조명이 내리쬐어 객석이 잘 보이진 않았지만 한껏 느껴지는 열기에 빈자리는 없을 거라 짐작했다.

정중앙에 놓인 피아노로 가서 의자에 앉은 지우는 심호흡을 하고 베토벤 소나타 비창과 월광을 연주했다. 비창은 마음을 울리는 슬픈 노래 같고, 월광은 그 속에서 은은하게 비추는 달빛의 노래 같았다. 느리고 빠른 악장을 끝마칠 무렵 1부가 끝났다.

다시 한번 청중의 박수 소리를 듣고 인터미션을 가졌다. 지우는 대기실에 앉아 물을 마셨다. 대부분 유명한 연주가들은 매니저를 두었지만 지우는 혼자만의 시간을 원했기에 휴식 시간에 멘탈 관리나 시간 체크 등은 스스로 해야 했다.

눈을 감으며 다음 순서들을 머릿속으로 떠올리던 그녀는 노크 소리에 눈을 떴다. 김석윤 회장이 비서를 대동하고 안으로 들어왔다.

"아버님."

"1부 공연 잘 들었다. 언제 들어도 최고야. 훌륭하단 말이 절로 나온다. 내가 베토벤 광팬이라 더 좋더구나."

"잘 들어주셔서 감사해요."

김 회장의 칭찬에 지우도 기분 좋은 미소를 지었다.

“객석이 아주 난리야. 베토벤이 살아 돌아온 것 같다며 흥분 상태라니까.”

“벌써 그러면 안 되는데. 베토벤뿐 아니라 더 많은 음악가들이 돌아올 거거든요.”

지우가 싱긋 웃었다. 그 모습을 보는 김 회장의 얼굴도 저절로 밝아졌다.

“그 유명한 음악가들을 못 만나서 참 아쉽구나. 난 일이 있어서 2부는 못 볼 것 같다.”

“아, 그러세요?”

지우도 금세 아쉬운 얼굴로 김 회장을 보았다. 옆의 비서가 건넨 봉투를 손에 쥔 김 회장은 지우에게 건넸다.

“이건 독주회 기념 선물.”

“이미 자동차로 충분해요.”

“어허, 시아버지 선물을 거절하는 거냐. 그건 귀국 기념이고 이건 독주회 기념이야.”

지우는 봉투를 보며 살포시 웃었다. 위협적인 얼굴을 했지만 목소리는 한없이 부드러웠다.

“감사합니다.”

“그런데 태하 이 녀석은 안 왔나? 코빼기도 보이지 않아.”

석윤이 인상을 구기자 지우는 그를 달래듯 웃었다.

“태하 씨는 바쁜 것 같아요. 요즘 매일 회사에서 살다시피 하느라 아마 여기까지 올 시간이 없을 거예요.”

“아무리 바빠도 자기 아내 독주회는 와야지!”

지우는 분노하는 석윤의 팔을 다독이며 눈웃음을 지었다.

"대신 아버님이 오셨잖아요. 전 태하 씨보다 아버님을 뵌 것이 훨씬 좋아요. 좋은 선물도 받고."

흠흠, 석윤은 지우의 상냥한 목소리에 목을 가다듬다가 씩 웃었다. 그녀에게만은 한없이 다정한 시아버지였다.

"연 의원도 바쁜가 보더라. 거 아무리 바빠도 잠깐 얼굴이라도 보고 가지. 사람이 참 정이 없어요."

가깝고 먼 지인이 모두 참석했는데 아버지와 태하 두 명만 오지 않았다. 지우의 아버지 무신조차도 바빠서 독주회에 오지 못했으니 태하를 탓할 건 없었다.

"괜찮아요."

"그래. 그럼 난 이만 떠들고 나가야겠다. 다음 순서 다 잊어버릴라."

석윤은 지우의 어깨를 톡톡 두드리고 대기실을 나갔다. 의자에 앉은 지우가 손에 들린 봉투를 열어 보니 지도가 나왔다. 지도에 표시된 지점은 신안과 무안 사이에 있는 작은 섬이었다.

봉투 안에는 편지가 있었다.

지우야. 독주회 공연 축하한다. 분명 또 멋지게 해낼 거라고 믿는다.

이 지도를 보고 뜬금없다고 생각하겠지. 여긴 몇 년 전에 우리 회사가 소유한 섬이야.

섬에 리조트를 지어 놓은 상태인데 아직 오픈 전이라 네가 가서 시찰도 할 겸 며칠 푹 쉬다 오렴. 곧 오픈 할 준비를 마친 상태니까 깨끗할 거야.

네가 간다고 하면 담당자에게 말해 놓을 테니까 언제든 연락하려무나.

잘 쉬고 와서 어땠는지 꼭 말해 주렴. 네 평가가 이번 리조트 오픈에 큰 영향을 줄 것 같다.

요약하자면 아무도 없는 빈 섬의 빈 리조트에 있으라는 말이었다. 다른 사람 같으면 갇혀 있는 것과 다름없는 말에 황당했겠지만 지우는 말 그대로 휴식처라고 생각했다.

어릴 때부터 남들의 이목을 받고 자랐다. 무신의 대법관 시절도 그렇지만 정치에 발을 들인 순간부터 지우도 아버지를 따라 오픈된 생활을 했다. 정치인의 자식으로 구설수에 오르지 않기 위해 행동 하나하나 조심했고, 밖에 나갈 땐 몇 대의 카메라가 붙는 게 일상이었다.

몇 년 전부턴 무신이 당 대표와 정치인으로서 중요 인물이 되자 그녀에 대한 관심도 덩달아 높아졌다. 여당 대표의 딸이자 천재 피아니스트라는 수식어로 그녀의 근황과 소식이 자주 화제가 되었다. 그러니 아무도 없는 무인도 같은 이 섬은 지우에게 휴가지가 맞았다.

2부를 맞이하기 전 큰 보답을 받은 것 같아 지우는 한결 가벼운 발걸음으로 대기실을 나갔다.

2부 프로그램은 리스트의 '라 캄파넬라', '사랑의 기쁨', 슈베르트의 '악흥의 순간', '세레나데', 쇼팽의 '녹턴', '이별의 노래'로 구성되어 있었다.

리스트부터 슈베르트, 쇼팽 등의 연주가들의 곡을 연주하는 동안 지우는 완벽히 음악에 빠져들었다. 때로는 빠르게, 때로는 애절하게 셈여림을 조절하는 그녀의 연주에 사람들은 넋을 놓고 들었다.

막간을 이용하여 다음 곡을 소개할 때마다 지우의 목소리를 듣는 청중은 기침 소리 한 번 내지 않고 집중했다.

2부의 연주가 모두 끝나고 잠시 무대를 내려왔던 지우가 다시 박수 소리에 무대 위로 올라갔다. 마이크를 잡고 가운데 선 지우는 한결 밝은 미소로 객석을 바라봤다.

"오늘 연주 어떠셨나요?"

지우의 말에 우렁찬 합성 소리와 함께 '최고였어요!'란 말들이 쏟아졌다. 여기저기서 엄지를 들어 올리는 청중들을 본 지우도 마음이 한결 가벼워졌다.

"감사합니다. 제 연주가 여러분들의 마음 한편에 행복으로 자리했다면 그걸로 보람됨을 느낍니다. 더 좋은 곡들이 많은데 다 들려 드리지 못하는 건 늘 아쉬운 일이에요."

말을 마친 지우가 스태프에게 객석의 불을 밝혀 달라고 요청했다. 객석에 불이 들어오자 빽빽이 들어찬 수많은 사람들의 눈과 만났다.

"저도 여러분들에게 좋은 에너지를 받은 것 같아요. 그래서 두세 곡 정도는 신청곡을 받으려고 합니다. 저희 관계자분들께서 시작 전에 미리 신청곡 종이를 받았다고 해요."

그러자 스태프가 네모난 통을 들고 무대 위로 올라왔다.

"이 중에서 딱 세 장만 꺼내겠습니다."

네모난 통에 손을 넣은 지우는 종이 한 장을 꺼냈다.

"프로그램 구성을 보니까 쇼팽의 에튀드 '이별의 노래'가 들어갔네요. 전 개인적으로 '겨울바람'을 좋아합니다. 들려주실 수 있나요?"

지우가 말을 끝내자 이내 객석에서 환호성이 울렸다. 지우는 밝게 웃으며 피아노로 가 앉았다. 잠시 숨을 고른 지우가 피아노 위에 손을 올렸다.

피아노 건반을 오른쪽 끝부터 왼쪽 끝으로 물 흐르듯 움직이는 선율은 손가락의 흐름이 중요했다. 왼손과 오른손의 각자 따로 노는 듯한 음정을 어색하지 않게 끌고 가야 했다.

연주를 끝낸 지우는 숨을 내쉬었다. 고요했던 객석에서 다시 우렁찬 박수가 터졌다. 두 번째 신청곡도 비슷한 내용이었다. 슈베르트의 마왕을 쳐 달라는 신청이었다.

"오늘 오신 분들은 강렬한 사운드의 빠른 음악을 좋아하네요. 혹시 제가 실수하더라도 이해해 주시면 감사하겠습니다."

예쁘게 웃는 지우를 넋 나간 듯 바라보던 사람들은 다시 박수로 유도했다. 그녀가 실수하지 않고 연주하리라는 믿음이 있었다. 또, 실수하면 어떤가. 객석에서 요청한 곡을 즉흥적으로 연주하는데 실수하지 않는 게 오히려 이상한 일이었다.

지우는 이번에도 깨끗하게 음을 끝냈다. 왼손과 오른손의 각기 다른 강약과 빠르기가 긴장감을 고조시켰다. 슈베르트의 마왕은 정말로 암흑의 순간을 느끼듯 분위기를 잘 녹여냈다.

마지막 종이였다. 종이를 펼친 지우는 순간 멈칫하고 고개를 갸웃했다. 익숙한 필체였다.

"연지우 씨가 가장 좋아하는 곡은 무엇입니까. 그 곡을 연주해 주세요."

오오, 관객석의 반응은 뜨거웠다. 무언가를 해 달라는 게 아니라 본인이 좋아하는 걸 쳐 달라는 종이는 신선했고 지혜로웠다. 그것을 함께 느낀 청중들도 깊이 환호했다.

"그럼 마지막 곡을 연주하면서 오늘 독주회를 마무리하겠습니다. 오늘 와 주신 분들 모두 감사합니다."

스태프에게 마이크를 건넨 지우는 다시 피아노로 와서 앉았다. 그리고 숨을 길게 내쉬었다. 가장 좋아하지만 부러 치지 않았던 곡. 그리고 그 사람이 좋아하던 곡.

선율이 흘러나오자 객석에서는 환희의 탄성이 쏟아졌다. 관객들은 그녀가 만들어 내는 선율에 심장이 저릿한 느낌을 받았다.

드뷔시의 '달빛'.

잔잔한 호숫가에 뜬 영롱한 달과 그 빛으로 얼룩지고 일렁이는 물결, 밤의 정취에 불어오는 바람, 그 결로 따라 흐르는 꽃잎들. 풀밭에 누워 촘촘히 박힌 무수한 별들을 바라보며, 그리고 한쪽에 오롯이 떠 있는 달과 함께 나른한 환상을 이끌게 하는 끝맺음. 언제 어느 장소에서 들어도 마음을 편안하게 해 주는 진정한 힐링.

지우의 연주가 끝나자 몇몇 사람들은 눈물을 흘렸다. 그녀의 눈망울도 어느새 촉촉해졌다.

대기실로 들어온 지우는 감정을 주체하지 못하고 눈물을 흘렸다. '달빛'은 아름답지만 무대에선 한 번도 연주하지 않았다. 연주할 때마다 감정의 노예가 되는 것처럼 눈물을 흘려 가급적 치지 않으려고 했다. 그런데 무언가에 끌리듯 그 곡을 연주했다.

눈물을 닦고 있으려니 지우를 아는 많은 지인들이 대기실로 들어왔다. 저마다 꽃다발을 들고 축하하기 바빴다. 정신없이 인사를 나눈 후 대기실에 쌓여 있는 선물들을 보고 한숨을 내쉰 지우는 미연과 스태프들이 그것들을 퀵으로 보내 준다는 말에 안도하며 대기실을 나섰다.

"지우야."

그녀를 부르는 소리에 고개를 든 지우의 얼굴이 환히 빛났다.

"수호 선배님."

커다란 꽃다발을 들고 지우의 앞에 선 수호를 보자 그녀의 입가에 웃음꽃이 피었다.

"오늘 연주 최고였어."

"고마워요."

꽃다발을 건네받으며 향기를 맡은 지우는 저도 모르게 미소 지었다.

"꽃 예쁘네요."

"내가 심혈을 기울여서 고른 거야. 꽃집 사장님한테 이렇게, 저렇게 해 주세요, 하면서 귀찮게 했거든."

"선배님 또 집요하게 파고들었구나."

뭐든 꽂히는 건 끝장을 내고야 마는 수호를 잘 아는 터라 지우는 그가 귀엽게 느껴졌다. 그런 그가 몸은 또 거대했다. 반면, 우람한 풍채와 어울리지 않게 바이올린 선율은 아주 섬세했다.

"너 독주회 하는 것 보니까 나도 하고 싶더라. 그동안 너무 현장을 떠나 있었어."

"추천해요. 분명 또 다른 자극제가 될 거예요."

지우를 보던 수호가 빙그레 웃었다.

"사실은 저번에 학교에 왔을 때 하려던 말이 있었어. 내가 이번 하반기 서울시향 공연에서 객원 지휘를 맡게 되었거든."

"어머, 정말요?"

"지금 초안 짜고 있는데 그때 스케줄 보고 시간 맞으면 협연곡 하나 했으면 해."

"저야 연주할 수 있는 곳이면 어디든 갈 거예요."

머릿속으로 스케줄을 생각하던 지우는 하반기면 아버지 대선과 맞물려서 일정이 복잡할 수 있겠다는 생각을 했다.

"저도 스케줄 보고 다시 알려 드릴게요."

"그래. 긍정적 답변 기다리마."

"선배님이랑 오랜만에 같은 무대 서면 진짜 재밌겠어요."

"나도 벌써부터 기대된다."

마주 보고 서 있는 지우와 수호의 모습이 다정해 보였다.

"사모님."

범주가 다가오는 걸 보고 지우는 놀란 눈으로 바라봤다. 그리고 저도 모르게 주변을 훑었다.

"연주 잘 들었습니다. 음악에 대해 잘 모르는 저 같은 사람도 푹 빠져서 들었어요. 정말 감동이었습니다."

"와 주셔서 감사해요. 오늘 바쁘신 것 아니었어요?"

"아……."

범주는 애매한 얼굴로 머뭇거리다가 지우를 보며 멋쩍게 웃었다.

"제가 사장님 모시고 잠깐 들렀습니다. 1부에 회장님 다녀가셨단 얘긴 들었는데 저희는 일정 때문에 2부 시작 전에 들어왔습니다."

이야기가 길어질 것 같아 범주에게 양해를 구하는 눈짓을 해 보인 지우는 수호와 인사를 나눴다.

"그럼 연락 줘."

손으로 전화기 모양을 하며 귀에 갖다 댄 수호에게 지우는 웃으며 고개를 숙였다. 범주는 지우와 수호의 모습을 보며 안절부절못한 얼굴로 서 있었다.

"태하 씨는요?"

"먼저 가셨습니다."

아, 지우는 아쉬운 탄성을 내뱉고 작게 미소를 지었다. 와서 고생했다는 말 한마디 없이 가 버린 건가. 아니지. 와 준 것만도 감사할 일이다.

"혹시 아까 신청곡 작성도 해 주셨어요?"

"네. 들어가려고 하는데 공연 담당자가 펜이랑 종이 내밀기에 제가 사장님께 드렸죠. 그런데 어떻게 아셨습니까?"

아까 마지막 종이는 태하가 쓴 것이 맞았다. 글씨체가 낯익어 혹시나 했는데 그도 '달빛'을 들은 것이다. 그의 앞에서 연주를 한 건 처음이었다. '달빛'은 태하가 연주하는 모습만 봤기에 괜스레 부끄러움이 몰려왔다.

"집까지 모셔다 드리겠습니다."

"저 차 가져왔어요. 괜찮아요. 그보다 태하 씨는 혼자 간 거예요?"

"사장님은 약속이 있어서 가셨습니다. 실은 사장님이 차를 끌고 가 버리셔서 저만 애매하게 남게 되었습니다. 제가 사모님 모셔다드리고 가겠습니다."

지우는 범주가 차가 없어 곤란한 상황이라는 걸 느꼈다. 그래서 흔쾌히 고개를 끄덕였다.

옷을 갈아입고 차에 탄 뒤 지우는 줄곧 창밖을 내다봤다. 독주회를 끝내고 나니 긴장이 한꺼번에 풀려 힘이 다 빠지는 것 같았다.

"아까 그분은 누구십니까?"

범주의 목소리에 창밖으로 향하던 지우의 고개가 돌아갔다.

"꽤 친해 보이셔서. 사모님이 그렇게 밝게 웃으시는 건 처음 봅니다."

"아, 대학 선배예요. 정 실장님도 아실지 모르겠네요. 바이올리니스트 문수호 씨요."

"전 예술계 쪽은 잘 몰라서……. 유명한 분이신가 봐요."

지우의 눈매가 곱게 내려갔다.

"네. 저보다 수상 내역도 훨씬 많고 선율이 참 아름다워요."

범주는 룸미러로 지우의 환한 얼굴을 힐끔 보았다. 차마 묻고 싶은 말을 입 밖에 내지 못하고 몇 시간 전을 회상하던 그는 작은 한숨을 내쉬었다.

태하와 범주는 독주회가 열리는 홀에 늦게 들어와 2부 시작부터 연주를 들었다. 저녁까지 계속된 일정에 피곤하다며 집으로 가겠다는 태하를 그가 끌다시피 데려온 것이었다. 아무리 그래도 아내의 연주도 듣지 않는 건 너무한 것 같아 반강제로 데려왔다. 처음엔 시큰둥하던 태하도 어느 순간 지우의 연주에 빠져들었다.

솔직히 감동 받은 것 같았다. 특히 마지막 신청곡 드뷔시의 '달빛'을 들을 때는 그의 얼굴에 미소가 옅게 드리워졌다. 생전 웃는 얼굴 한 번 보기 힘든 김태하가 웃었다는 건 크나큰 변화였다.

"꽃다발을 준비할 걸 그랬습니다."

공연이 끝나고 지우를 보려고 발걸음을 옮기던 중 범주는 아무것도 준비하지 못한 걸 자책했다.

"됐어. 꽃다발은 이미 넘치도록 받았을 거야."

사람이 어느 정도 빠져나가고 대기실로 향하던 태하가 갑자기 걸음을 멈췄다. 범주의 시선도 그가 보는 곳을 따라갔다.

지우가 어떤 남자에게 커다란 꽃다발을 받으며 예쁘게 웃고 있는 모습이 보였다. 남자의 말에 다양한 표정으로 변하는 지우는 자연스러웠고 편안해 보였다. 태하와 있을 때는 한 번도 보여 주지 않는 미소와 자연스러운 대화를 저 남자와는 스스럼없이 나눴다.

갑자기 왔던 길을 돌아가는 태하의 모습을 멍하니 보던 범주는 서둘러 그를 따라갔다.

"안 가십니까?"
"축하해 주는 사람 많네."

뒤돌아 가는 태하에게서 살기가 느껴졌다면 그건 범주의 착각이었을까. 닿으면 베일 것 같은 서늘함에 범주는 아무 말 없이 그를 보좌했다.

"나 약속 있어서 차 쓸 거니까 정 실장은 여기서 퇴근해."

눈도 마주치지 않고 가 버린 태하를 황당하게 바라보던 범주는 문득 그가 지금 질투를 한다는 느낌을 받았다. 만약 제 예상이 맞는다면 무슨 질투를 사람 죽일 듯이 하냐고 하겠지만 태하라면 가능했다.

그리고 질투가 맞는다면 그건 그가 지금 지우에게 흔들린다는 뜻이었다. 다만, 다른 남자와 함께 있는 모습을 본 터라 태하 성격에 지우에게 얼마나 못되게 굴지 벌써부터 걱정이 되어 범주는 운전하는 내내 한숨을 내쉬었다.

"정 실장님도 피곤하셨을 텐데 데려다주셔서 감사해요. 얼른 댁에 가서 쉬세요."

"네. 사모님도 푹 쉬십시오."

범주가 가고 집 안으로 들어온 지우는 깜깜한 실내를 지나 습관처럼 2층 계단으로 발을 옮기다가 문득 태하의 침실을 보았다.

달칵. 문을 열고 안으로 들어갔다. 어두운 침실 안은 그의 분위기처럼 냉랭했다. 깔끔하고 단조로운 침실을 천천히 걷던 지우는 침대에 살짝 걸터앉았다. 아주 미약하지만 태하의 향기가 느껴졌다. 침구를 손끝으로 훑던 지우의 눈망울이 촉촉하게 일렁였다.

연주 보러 왔으면서 얼굴도 보지 않고 그냥 가 버린 태하가 약속했다. 그럴 거면 왜 왔는지 묻고 싶었다. 남들 이목 때문에 어쩔 수 없이 참석한 거라고 대답하려나. 자신이 부탁한 대로 그저 형식적인 관계로 남편으로서의 도리를 한 건가.

"차라리 오질 말지."

다 들었으면서. 달빛을 들었으면서.

다분히 육체적인 하룻밤이었지만 지우에겐 처음이었다. 아무리 마음을 다스리고 별것 아닌 일로 치부하려고 한다지만 태연하기는 쉽지 않았다.

이런 날은 내가 아무리 싫더라도 집에 들어오면 안 되나. 따뜻한 격려는 바라지 않는다. 그저 얼굴 한 번 보여 주면 소원이 없겠는데 그런 간단한 소원도 들어주질 않는다. 그에게 상처 줬던 지난날을 벌 받는다고 생각하지만 그래도 야속했다.

조용히 눈물을 흘리는 지우는 자연스레 이혼을 떠올렸다.

4

악흥의 순간

연일 날씨가 좋았다. 잠에서 깬 지우는 따뜻한 봄 날씨를 만끽하며 테라스 문을 열었다. 정원에는 한 달 전에 봤을 때보다 더 많은 꽃들이 봉우리를 벌리며 피어 있었다. 한창 예쁘게 핀 꽃들을 감상하고 있는데 박 집사가 호스로 물을 주고 있는 모습을 보았다.

잠시 그녀를 보던 지우는 침실로 들어와 옷을 갈아입고 정원으로 내려왔다. 상쾌한 아침을 맞이하여 지우는 괜스레 기분이 좋아졌다.

"저도 해 볼게요."

지우의 목소리에 박 집사가 고개를 돌렸다.

"일어나셨습니까."

지우는 박 집사가 건네는 호스를 잡았다. 약해진 물줄기의 노즐을 돌리자 갑자기 거센 물줄기가 뿜어졌다.

"으악."

갑자기 쏟아진 물줄기에 박 집사가 순식간에 물을 뒤집어썼다.

"어떡해. 죄송해요!"

어쩔 줄 몰라 하며 다가오는 지우에게 두 손을 들어 보인 박 집사는 그녀의 발길을 막았다.

"거기서, 거기서 하세요."

"죄송해요. 갑자기 물이 쏟아져서……. 괜찮으세요?"

안절부절못하는 지우를 보던 박 집사가 쿡 웃음을 터트렸다.

"날도 더웠는데 시원하니 좋습니다."

"진짜 죄송해요."

"자. 전 됐고 다시 노즐을 살짝 돌리면서 먼 곳을 향해 천천히 푸세요."

지우는 미안한 얼굴로 다시 호스를 잡고 천천히 물을 틀었다. 꽃들과 작은 야생화들에게 쏟아지는 물줄기들을 보며 미소를 짓던 지우가 정원 곳곳에 물을 주었다. 한참 물을 주고 있으려니 마음속까지 시원해지는 느낌이었다.

"저 이렇게 물을 주는 거 정말 오랜만이에요. 예전에……."

말을 하던 지우는 입을 다물었다. 또다시 태하로 귀결되는 말이었다. 어릴 때 그 집에 방문했을 때 태하가 지우에게 물을 주도록 호스를 내밀었다. 한 번도 호스를 잡아 본 적 없던 지우는 물을 주는 것도 서툴렀다. 그런 지우에게 타박을 하며 함께 호스를 잡고 물을 뿌리던 태하가 어찌나 든든했던지 물을 주는 일이 그렇게 재미있는 것이란 걸 그때 처음 알았다.

"박 집사님 오늘 바쁘세요?"

"매일 똑같은 일이죠. 음식 준비하고 청소하고."

"그럼 오늘은 그 일들은 잠시 미루고 저랑 데이트해요."

노즐을 돌려 호스의 물을 끈 지우가 박 집사를 돌아보며 지그시 웃었다.

"저랑 맛있는 것도 사 먹고 쇼핑도 하고 즐겁게 놀아요."

가만히 바라보던 박 집사는 알겠노라 대답했다. 이 집 안주인인 지우의 마음이 좋아진다면 그 일이 우선이었다. 어딘지 쓸쓸해 보이는 지우의 얼굴도 한몫했다.

"그럼 외출복으로 갈아입고 대문 앞에서 봐요."

지우는 호스를 잽싸게 거둬 동글동글 말아 집 뒤편으로 가져갔다. 덩그러니 서서 그 모습을 보던 박 집사의 입에서 옅은 미소가 나왔다.

"저렇게 착하고 어여쁜 아내를 어쩜 그리 무심하게 대하시는지, 원."

박 집사는 태하를 생각하자 한숨이 나왔다. 자애롭고 아름다운 민주신 여사가 교통사고로 사망하게 되었을 때 김석윤 회장을 비롯하여 태주와 태하, 집안사람들 모두가 비통하고 슬픈 마음을 감추지 못했다.

태주와 달리 사춘기 시절부터 유난히 방황하던 태하가 마음을 잡은 것도 어머니가 사망한 무렵이었다. 하지만 달라진 점이 하나 있었다. 이전엔 자유로운 영혼으로 활기차고 장난기 가득했던 태하가 어느 순간부터 차갑고 냉소적으로 변했다. 어딜 가도, 누굴 봐도 시큰둥한 반응을 보이고 한 번도 웃질 않았다. 태하를 어릴 때부터 봐 오던 박 집사는 그의 마음에 드리워진 어둠을 누군가 거둬 주길 바랐다.

조수석에 탄 박 집사는 지우가 운전하는 차를 탔다. 제가 한다는데도 한사코 운전대를 잡은 지우가 말했다.

"박 집사님은 편하게 앉아 있으세요. 오늘은 제 친구 하시는 거예요."

밝게 웃은 지우가 다시 운전을 했다. 레몬색 시폰 원피스에 화이트 토즈를 신은 지우는 청순하고 상큼했다.

"저랑 데이트할 게 아니라 사장님이랑 하셔야죠. 이렇게 예쁘게 차려입고선."

지우가 싱긋 웃었다.

"박 집사님과 데이트하려고 예쁘게 입은 거예요."

"그럼 좋습니다. 저도 오늘은 마음 편하게 놀아 보겠습니다. 제가 또 놀 땐 제대로 노는 사람입니다."

"와아, 너무 좋아요."

지우와 박 집사는 백화점을 돌아다니며 쇼핑을 하고 수다를 떨었다.

"전 집사님이 엄마 같아서 잘해 드리고 싶어요."

박 집사의 눈빛에 지우는 멋쩍게 웃었다.

"전 어머니가 일찍 돌아가셨어요. 참 좋은 분이셨는데 몸이 안 좋으셨어요. 그런데 박 집사님을 처음 뵐 때 꼭 어머니처럼 느껴졌어요."

"사모님."

"그래서 잘해 드리고 싶어요. 어머니께 못 해 드렸던 것들, 박 집사님께 하고 싶어요."

박 집사는 혼란스러운 얼굴로 지우를 바라봤다. 머뭇거리던 그녀가 고개를 끄덕이며 부드럽게 웃었다.

"알겠습니다. 사모님 편하실 대로 하세요."

"그리고 사모님이란 호칭 대신 편하게 불러 주세요."

한동안 지우를 바라보던 박 집사가 인자하게 웃었다.

"여럿이 있는 자리에서도 그럴 순 없습니다. 그건 이해해 주세요. 전 어찌됐든 이 집에서 일하는 사람이라 아무 때고 편한 호칭을 부를 순 없습니다."

"네."

"대신 둘이 있을 땐 지우 씨라고 부를게요."

지우가 환하게 웃으며 고개를 끄덕였다. 박 집사는 저도 모르게 그녀의 머리칼을 쓰다듬었다.

식당으로 자리를 옮겨 맛있는 음식을 먹은 두 여자는 차와 디저트가 나온 뒤에도 수다를 이어 갔다.

"이제 그만 일어나죠. 장도 봐야 합니다."

"네. 그럼 같이 가요."

계산을 하고 식당을 나오던 지우는 맞은편에 선 여자를 보고 발을 멈췄다. 여자는 선글라스를 벗으며 지우를 보았다. 화려한 외모와 선명한 이목구비를 가진 여자.

"연지우 씨, 안녕하세요."

지우는 제 앞에 서 있는 주희를 보고 인사를 했다.

"네. 잘 지내셨어요?"

"여기 식당에 왔었나 봐요? 저도 단골이에요."

"네. 그럼."

지우는 옆으로 비켜서 걸어갔다.

"아 참, 알고 계세요? 저 엊그제 태하 씨 만났어요. 무척 바쁜가 보더라고요."

"요즘 계속 바쁜 걸로 알아요."

주희가 화려하게 웃었다.

"아무리 바빠도 여자 만날 시간은 있죠."

지우를 바라보는 주희가 비웃는 것처럼 미소 지었다.

"엊그제 모임에 여자들 참 많았어요. 다들 태하 씨한테 말 걸어 보려고 난리였죠."

지우가 설핏 웃었다.

"그런 것도 이해 못할 만큼 꽉 막혀 있지 않아요. 이만 가 보겠습니다."

그때 가까이 다가온 주희가 지우의 귓가에 속삭였다.

"그게 아니죠. 태하 씨에겐 연지우 씨가 중요하지 않다는 사실이 중요한 거죠."

지우가 굳은 얼굴로 주희를 보았다.

"계속 태하 씨를 밖으로 나돌게 할 거면 차라리 이혼을 하지 그래요. 자기가 갖지도 못할 거면서 남 주기는 아까워 붙잡고 있는 거 너무 추해 보여요."

"한주희 씨."

"혹시 항간에 떠도는 소문처럼 연무신 대표 대선 때문에 못 놔주는 거예요? 만약 그렇다면 굉장히 치사하고 야비한 거 아닌가요?"

차가운 목소리에 지우는 가만히 주희를 바라봤다. 화가 났지만 평상심을 갖고자 애를 썼다. 그래서 꼭 쥔 손에 힘을 주었다.

"안 되겠네요. 저도 정식으로 주희 씨를 명예 훼손 혐의로 고소할까 봐요."

"뭐라고요?"

"잘 아실 테지만 저희 아버지가 전직 판사라 아는 분이 참 많아요. 이번 기회에 인맥 좀 동원해야겠어요."

"뭐, 뭐!"

"버젓이 유부남을 유혹하고, 부인에겐 이혼을 종용하는 폭언을 하는 주희 씨를 더 이상 내버려 둘 수가 없네요."

"아니. 난……!"

"다신 그런 말 듣지 않았으면 합니다."

싸늘하게 말을 내뱉고 걸어가는 지우를 보던 주희는 부들부들 떨리는 제 손을 꽉 쥐었다. 제 마음대로 되지 않아 속이 뒤집어질 것 같았다.

엊그제 모임에서 간만에 태하를 본 주희는 흥분된 마음으로 다가갔다. 주변의 무수한 유혹의 눈빛들을 제치고 그의 옆에 앉았지만 태하는 거들떠보지도 않았다. 오히려 살짝 팔에 손을 댔을 뿐인데 살벌한 눈빛으로 돌아보자 그녀는 애가 탔다.

다른 남자와 밤을 보내도 주희의 머릿속엔 온통 태하가 가득했다. 심지어 태하라고 생각하기도 했다. 다른 건 필요 없고 한 번만 그의 품에 안겼으면 소원이 없을 것 같았다. 보는 것만으로도 심장이 멈출 것 같은 외모와 비율에 그녀의 애간장이 여러 번 녹아내렸다.

주변에 앉은 남자들과 대화하며 술을 마시다 자리를 뜬 태하를 붙잡고 싶었지만 그곳에 있던 어떤 여자도 나서서 그를 잡지 못했다. 그의 분위기가 살벌한 것이 첫째, 함부로 말을 걸었다간 아예 얼굴도 보지 못할 것 같은 불안감이 두 번째였다.

지우가 이미 사라지고 없는 자리를 노려보던 주희는 제 입술 끝을 깨물었다. 이대로 물러나긴 싫다. 그건 매우 자존심 상하는 일이었다. 애초에 그의 곁에 먼저 머물러 있었던 건 자신이었다. 연지우는 배경 좋은 집 딸이란 허울로 그의 배우자 자리를 꿰찬 속물일 뿐이었다. 태하를 향한 마음은 그 누구보다 자신이 우위일 것이라 자부했다. 그렇기에 이대로 닭 쫓던 개가 되긴 싫었다. 어떻게 해서든 그의 마음을 가져올 것이다. 주희의 마음속은 점점 더 악에 받쳐 타올랐다.

박 집사가 끄는 카트 옆에서 나란히 서며 걷는 지우는 식당 앞에서 마주쳤던 주희의 말에 심장이 욱신거렸다.

지우의 연주회 이후 태하가 집에 들어오지 않은 지 벌써 보름이 넘었다. 그런데도 모임은 나가고 여자도 틈틈이 만나는가 보다. 심장이 다시 찌르르 울려 지우는 한숨을 내쉬었다.

“지우 씨, 이 정도만 사면 될 것 같습니다. 이제 집으로 들어가죠.”

박 집사의 말에 생각에서 깨어난 지우는 다시 싱긋 웃으며 고개를 끄덕였다.

집으로 돌아올 때는 박 집사가 운전했다. 재잘재잘 말하며 환하게 웃던 모습은 어디로 가고 지우는 무릎에 놓인 손을 바라보며 연신 한숨을 쉬었다. 그 옆모습을 박 집사가 흘깃 쳐다보았다.

짐을 들고 안으로 들어가는 박 집사를 따라가던 지우는 정원에 흐드러지게 핀 꽃들로 눈을 돌렸다.

“한창 예쁜데 보러 오지도 않네.”

지우는 내내 꽃들을 바라보며 하염없이 서 있다가 무겁게 안으로 발을 옮겼다. 외부에서 보는 시선도 태하가 자신을 보는 것과 별반 다르지 않은 것 같았다. 아버지의 대선을 위한 힘이 필요해서 결혼을 한 치사하고 야비한 여자라고 생각하나 보다.

지금도 그런 말들이 나오는데 대선 레이스에 접어들면 상대 진영에서 꼬투리 잡아 물고 늘어질 일도 많을 거란 생각이

들었다. 제 방 소파에 앉아 무릎을 끌어안고 생각하던 지우는 가만히 휴대폰을 내려다보았다. 그리고 전화번호 목록을 찾고 번호를 눌렀다.

—음, 그래.

"아버지 잠깐 통화 가능하세요?"

—10분 뒤에 당 내 회의 들어간다. 짧게 말해.

"혹시 내일 시간 되세요? 점심 같이 하고 싶어서요."

무신에게선 잠시 말이 없었다.

—그래. 스케줄 보니 내일 점심은 별다른 일 없을 것 같다.

지우의 얼굴이 밝아졌다.

"그럼 내일 점심 때 사무실로 찾아갈게요."

—알았다. 끊으마.

무신과의 대화는 늘 짧고 간결했으며 어떠한 애정도 담겨 있지 않았다. 그래도 지우는 아버지와 통화하고 싶었다. 찰나의 순간이 간절할 정도로.

휴대폰을 내려놓은 지우는 다시 소파에 기대어 눈을 감았다. 머릿속은 계속해서 태하에게 전화해 보라며 아우성쳤다.

하지만 용기가 없어서 휴대폰만 들여다보고 있기를 며칠째, 지우는 지금도 내내 고민했다. 한참 동안 휴대폰을 뚫어지게 바라보던 그녀의 손이 서서히 다가갔다. 화면을 손끝으로 문지르던 지우는 그의 번호를 눈앞에 두고 망설였다. 제 이름이 뜨는 것도 싫어할 것 같다는 생각에 전화 버튼을 선뜻 누르지 못했다.

결국 전화가 아닌 문자를 선택했다. 하나하나 글자 공부를 하듯 찍어 누르는 순간에도 망설였다. 그렇게 몇 번을 썼다 지웠다를 반복하다 마지막에는 원망 섞인 말까지 늘어놓게 되었다.

〈뭐 해요…….〉

〈집에 와요…….〉

〈보고 싶어요…….〉

〈그렇게 보기 싫으면 당장 이혼해요.〉

한참 망설이던 지우는 고개를 젓고 휴대폰 화면을 끄고 욕실로 들어갔다. 하지만 마지막 문자가 태하의 휴대폰으로 전송된 것은 미처 알지 못했다.

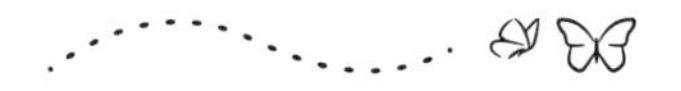

무신과 점심을 먹기로 한 날이라 그의 사무실로 찾아갔다. 평소처럼 한참을 기다려야 할 거라 예상한 것과 다르게 무신은 외출 준비를 마친 상태였다. 그렇게 서둘러 무신이 미리 예약해 둔 일식집으로 향했다.

"지난번 독주회에 안 찾아갔다고 김 회장이 어찌나 닦달하던지. 그렇지 않아도 밥 한 번 사 주려고 했다."

"네."

무신과 마주 앉아도 딱히 할 말은 없었다. 아버지와 딸 사이에 다정한 말은 원래 오가지 않았다. 그냥 늘 그랬던 것처럼 조용한 식사가 계속됐다.

"아버지."

식사가 끝나갈 무렵 지우는 물을 마시고 무신을 바라봤다. 그의 무심한 눈빛을 본 지우는 숨을 깊이 들이쉬고 내쉬었다.

"대선 준비는 잘 되어 가세요?"

"준비할 게 한두 가지가 아니야. 서로 간에 견제도 심하고. 또 물어뜯고 하겠지."

덤덤하게 말하던 무신은 이어지는 지우의 말에 얼굴을 굳혔다.

"JK그룹과 사돈을 맺은 걸로 트집 잡는 사람은 없을까요?"

무슨 뜻으로 하는 말인지 파악하려는 듯 무신이 지우를 빤히 바라봤다. 지우는 옅은 미소를 지으며 물을 마셨다.

"저와 태하 씨가 필요에 의해 결혼한 사이라는 건 모르는 사람들이 없잖아요. 혹시 그런 걸로 대선 자금이나 정치적 의혹으로 걸고 넘어가진 않을지 걱정되어서……."

"쓸데없는 소리."

무신은 단칼에 지우의 말을 잘랐다.

"난 정당하게 정치 자금을 후원받고 있다. JK그룹도 정당한 방법으로 후원하고 있는 거야. 그러니까 잘 모르는 사람들이 하는 말에 현혹되지 마라."

"네."

"그런 소리 안 나오게 네가 김 사장 마음에 들면 되는 것 아니냐. 그런 말이 왜 나오겠어. 네가 남자 마음도 제대로 못 잡고 밖으로 나돌게 하니까 나오는 거지."

지우는 약간 놀란 얼굴로 무신을 바라봤다. 아버지가 알았나 보다. 무신은 못마땅하게 지우를 노려봤다.

"내가 바쁘다고 아무것도 모를 것 같으냐. 김 사장 보름 넘게 집에 안 들어오고 호텔에서 머문다고 하더구나. 넌 어째 그 집 아들들 마음을 제대로 못 얻어서 매번 그 모양이야."

무신의 목소리가 높아졌다. 그럴수록 지우의 고개는 숙여졌다.

"호텔에서 머물면 이상한 소리가 나오기 마련이야. 그러니까 집으로 들어오게 해. 집에서는 무슨 상황이든 넘길 수 있지만 밖에선 작은 것 하나라도 꼬투리가 될 수 있다. 네가 아비를 돕고 싶으면 그런 것들이나 신경 쓰거라."

답을 듣고자 하는 무신의 눈매에 지우가 네, 작게 대답했다.

무신은 지우의 얼굴을 찬찬히 뜯어보았다. 나이가 들수록 그 여자의 얼굴이 나오는 것 같아 그의 미간이 구겨졌다. 그래서 무신은 더욱 지우가 보기 싫었다.

혹시 내 딸이 아닐 수도 있지 않을까, 무신은 당장 유전자 검사를 했다. 무신의 딸이 확실했다. 그는 지우가 다섯 살 때 출생의 비밀을 적나라하게 말해 주었다. 그때 아내는 어린 지우에게 상처 주지 말라고 반대했지만 무신은 냉정히 뿌리쳤다. 나중에 밝혀 신파를 찍는 것보다 어릴 때부터 자신의 출생

배경과 업보를 스스로 받아들이게 하고 싶었다.

하룻밤 실수로 그리되어 무신은 내내 죄책감에 시달렸다. 그 하룻밤은 어렵게 아이를 가진 아내가 하혈을 하여 유산한 날이었다. 무신도 슬프고 절망적인 심정에 술을 많이 마셨고 집에 들어가지도 못하고 밖에서 배회하던 날 충동적으로 일어난 일이었다.

자주 가는 단골 바의 여직원이 그날따라 무신에게 달라붙었고, 아침에 일어나 보니 호텔 침대에 벌거벗은 채 나란히 누워 있었다. 그 뒤 한 번도 만난 적 없는 여잔데 어느 날 강보에 쌓인 아이를 들고 나타났다. 삼류 영화에서나 볼 법한 대사들을 읊으면서 협박을 했다. 그리고 거액의 돈을 요구했다.

두 번 다시 나타나지 않겠다는 각서를 받은 후 무신은 강보에 쌓인 지우를 안고 집으로 왔다. 문 앞에서 얼마나 망설였는지 모르겠지만 지우가 자지러지게 울었다. 그 소리에 놀라 나온 아내는 울고 있는 지우를 보고 눈물을 쏟았다.

다신 아이를 얻지 못할 줄 알았는데 신이 이렇게 아이를 보내 주셨다고. 너무 감사하다고. 못난 남편을 전혀 탓하지 않고 지우를 품에 안았다. 그때부터 지우는 아내의 딸이었다. 아내는 아이를 사랑으로 키웠고 지우 역시 그런 아내를 따라 예쁘고 따뜻하게 자랐다.

무신은 내내 차갑게 방관했다. 자신이 관심을 보이면 아내에게 죄를 짓는 것 같아 어린 지우가 자라나는 과정을 눈여겨보지 않았다. 그런데 잘못 생각했다. 아내의 말에 귀 기울여 줄걸. 지우에 대한 이야기에 반응을 보일걸. 차라리 아내와 함께할 때 지우에게 신경 쓸걸.

아내가 세상을 떠나자 그녀의 목소리가, 지우에 대해 아낌없이 칭찬했던 말이 내내 무신의 귓가를 어지럽혔다. 그래서 더욱 괴로웠다. 지우를 볼 때마다 아내가 생각났다. 지우밖에 모르던 아내가 떠올라 무신은 죄책감에 휩싸였고 그런 감정이 쌓일수록 지우를 미워하게 됐다. 모두 지우의 책임이라 생각했다. 그렇게 해야 아내에 대한 미안함과 그리움이 사라질 것 같았다.

하지만 얼굴만 다를 뿐 지우는 아내와 많이 닮아 있었다. 그게 무신이 그녀를 더욱 외면하는 이유였다.

일식집에서 나온 지우는 무신의 차에 가볍게 고개를 숙여 인사하고 거리를 걸었다. 6월 중순 대낮은 볕이 바삭거리며 찬란했다. 지우의 휴대폰 진동이 울렸다. 그녀의 얼굴이 굳어졌다.

〈그래. 서류 준비하자.〉

태하의 문자였다. 그리고 지우는 지난 밤 자신의 문자가 전송됐다는 것을 깨달았다. 망연자실한 얼굴로 서 있는 지우의 손이 떨려 왔다.

조금 전 무신을 만나 내조나 잘하라는 질타를 받았는데 얼마 되지 않아 남편의 이혼 요구 문자가 날아왔다. 지우는 다급히 태하의 번호를 눌렀다.

신호가 여러 번 갔지만 태하는 받지 않았다. 한참을 우두커니 서 있던 지우는 급히 택시를 잡아타고 회사로 갔다.

로비에 들어서자 이번에도 관리인을 비롯하여 관계자들이 달려와 지우에게 깍듯이 인사를 했다. 벌써 비서실에 연락이 갔는지 범주가 엘리베이터에서 내려 빠른 걸음으로 다가왔다.

"사모님 오셨습니까."

"태하 씨 위에 있죠?"

"저, 지금 만나러 가시기가 조금……."

"안내해 주세요."

지우의 단호한 목소리에 범주는 망설이다가 앞장섰다. 로비에 있던 사람들의 시선이 일제히 지우를 향했다. 삼삼오오 모인 사람들은 지우가 지나가는 모습을 넋 놓고 바라봤다.

엘리베이터 안에 탄 지우는 한껏 긴장했다. 만나서 무슨 말을 할지 생각하지도 않고 무작정 회사로 향한 것이다. 생각할 틈도 없이 몸이 먼저 움직였다. 그런데 막상 엘리베이터에 타자 자신이 없어졌다.

사장실 가까이 가자 낯선 남자의 목소리가 들렸다.

"사장님, 제발 한 번만 봐주십시오. 그 여자가 고의적으로 사진을 찍어 퍼트린 겁니다."

그 말이 끝나기가 무섭게 무언가 날카롭게 던져지는 소리가 들렸다. 범주가 사장실 문을 열고 안으로 들어갔다. 결재판과 봉투 등이 문 옆에 등을 보이며 펼쳐져 있었다.

문 밖에 서 있던 지우는 바닥에 엎드려 고개를 숙이고 있는, 나이가 쉰에 가까이 되는 남자를 바라보았다. 그리고 태하에게 시선을 들었다. 그는 시리도록 차갑고 냉랭한 얼굴로 손에 들고 있는 서류를 거칠게 뒤적거렸다.

"정 실장, 차 전무 오늘로 보직 해임시키고 집무실 책상 빼."

"사, 사장님! 한 번만, 한 번만 봐주십시오!"

"차 전무, 내가 경고했을 텐데요. 더러운 추문으로 언론에 알려지면 그게 누구든 절대 봐주지 않겠다고. 처자식 있는 사람이 룸살롱 마담과 살림을 차립니까? 걸리지나 말든가."

"죄송합니다."

"꼴도 보기 싫군. 나가요."

"사장님!"

"정 실장, 이 사람 당장 치우지 않고 뭐 해!"

태하의 고함 소리에 찔끔 놀란 차 전무는 범주가 팔을 잡아당기자 마지못해 일어섰다. 태하의 성질을 건드리면 그 누구도 무사하지 못했다. 특히 회사에 누를 끼칠 수 있는 사건으로 그의 분노를 사면 그대로 아웃이었다. 이전에도 눈 밖에 난 임원들을 내쫓은 사례가 숱하게 있기에 차 전무도 더는 어필하지 못했다. 그는 몸을 돌려 문을 나갔다.

지우는 차 전무의 초라한 모습에 시선이 갔다. 이런 분위기에서 집무실 안으로 들어간다는 건 굉장한 용기가 필요했다.

열린 문틈으로 태하와 눈이 마주쳤다. 그는 지우를 보자 더욱 매서운 얼굴로 변했다. 그녀는 마음을 다잡기 위해 제 손을 꼭 쥐었다.

차 전무를 밖으로 안내한 범주가 돌아와 지우를 집무실 안으로 들여보내고 문을 닫았다. 문가에 서 있는 지우는 막상 그를 보자 꿀 먹은 벙어리처럼 아무 말도 할 수 없었다. 좀 전에 보았던 태하의 날카로운 얼굴이 떠올라 바닥만 내려다보고 있었다.

"이혼하잔 문자에 쏜살같이 달려온 건가. 급하긴 한가 보군."

태하는 지우를 노려보다가 천천히 다가왔다. 그가 가까워질수록 그녀의 심장도 빠르게 뛰었다.

"난 집으로 들어오라는 말을 하려고 온 거예요."

앞에 선 태하가 그녀를 내려다보았다. 지우의 입술이 눈앞에서 아른거렸다. 그런데 허상이 아닌 실체였다. 요 몇 주 동안 그의 마음을 어지럽히던 여자가 눈앞에 있었다.

"꽃도 많이 폈어요. 그리고 당신 집이에요. 계속 호텔에 머물 이유 없잖아요."

"연지우."

태하의 목소리가 갈증에 덮인 사람처럼 갈라졌다. 눈이 마주쳤다. 뚫어지게 바라보던 태하가 천천히 두 팔을 문에 기대고 지우를 안에 가뒀다. 그녀의 눈이 놀란 듯 커졌다. 태울 것처럼 그녀의 입술을 노려보던 태하가 마침내 그녀에게 닿았다. 곧 휘몰아치는 키스에 지우가 그의 가슴을 밀며 고개를 옆으로 돌렸다. 예상치 못한 상황에 지우의 심장이 미친 듯이 뛰었다.

그런데 그는 지우의 턱을 돌려세워 다시 부딪쳤다. 아까 태하의 앞에 무릎 꿇었던 사람에 대한 분노까지 더해진 그의 키스는 사람의 넋을 나가게 하고 정신을 멀어지게 했다. 그녀는 간신히 두 다리를 붙잡고 서 있었다.

물어뜯을 것처럼 지우의 입술을 탐하던 태하가 금세 멀어졌다. 하아, 숨을 쏟아 내는 지우의 눈망울이 촉촉하게 일렁였다.

"당신 정말 미워요."

"몰랐나."

지우는 입술 끝을 깨물며 그를 노려보다가 시선을 내렸다.

"집으로 와요."

"집에 가면 널 가만 놔두지 않을 거야. 그래도 상관없나? 아, 넌 그래도 되지. 내 하나뿐인 아내니까."

차갑게 내뱉는 그의 목소리에 애정이라곤 눈곱만큼도 들어 있지 않았다. 지우는 원망스러운 눈으로 태하를 바라봤다.

"그렇게 해요. 그래야 나도 이 계약에 조금이나마 보답할 수 있을 것 같아요. 난 어쨌든 아버지 대선에 JK그룹의 지원이 필요하니까 그때까진 이혼할 수 없어요. 그러니 당신도 그때까지 날 이용해요. 당신의 욕정을 푸는 데 도움이 된다면 기꺼이."

태하의 표정이 점점 더 일그러졌다.

"네 아버지 대선을 위해서 몸이라도 바치겠다는 건가."

"당신을 집으로 들어오게 할 수 있다면 뭐든지 할게요."

태하의 웃음소리가 허공에 퍼져 나갔다. 그 웃음이 깨끗하진 않았다. 그가 무슨 생각을 하는지 알 것 같아 지우의 몸이 떨렸다. 권력에 눈이 먼 속물에다 이젠 천박하게 몸 팔기까지.

"집에서 기다릴게요."

지우는 간결하게 내뱉고 집무실을 나왔다. 범주와 현성이 일제히 일어섰지만 지우는 그들의 인사를 받을 생각조차 못하고 도망치듯 사장실을 나왔다. 범주가 따라 나왔지만 지우는 혼자 가겠다고 말하고 거절했다. 멍한 정신으로 엘리베이터에 탄 지우는 그제야 자신이 무슨 말을 했는지 깨달았다.

"연지우. 네가 무슨 말을 했는지 아니."

지우는 엘리베이터 거울에 비친 자신의 모습을 들여다보았다. 잔뜩 상기된 얼굴엔 걱정과 불안, 설렘이 다양하게 나타났다.

집까지 무슨 정신으로 왔는지 모르겠다. 이대로 밤까지 태하를 기다리면 되는 건가. 정말 육체적인 관계가 되는 건가. 제 방에 앉아 여러 번 마른세수를 하던 지우는 복잡한 심정으로 테라스에 나가 정원을 바라보았다.

흐드러지게 핀 꽃들처럼 아름답기만 한 관계라면 두려울 게 없었다. 정말 두려운 건 그의 마음속에 악녀로 자리 잡아 욕심만 채우는 존재로 인식되는 것이었다.

그의 시린 눈빛을 온전히 감당할 수 있을까. 지우는 자신 없었다. 그를 마음에 둔 상태에서 육체적 관계로 얽히면 영영 헤어나올 수 없을지도 모른다. 더 애달아 원하고 매일 그만 바라보게 될 것 같았다. 이혼했을 때 견딜 수 없는 지경까지 올지도 몰랐다. 하지만 이대로 태하가 호텔에서 머물게 할 수는 없었다.

시간이 어찌나 빠르게 지나가는지 평소엔 기나긴 하루가 오늘은 순식간에 지나갔다. 박 집사도 퇴근을 하고 집은 고요했다.

일단은, 저녁을 차리자.

1층 부엌으로 내려온 지우는 박 집사가 준비해 놓고 간 음식을 데우며 식탁에 차근차근 차려 냈다. 수저도 가지런히 놓았다. 그리고 의자에 앉아 태하를 기다렸다. 심장이 자꾸만 빠르게 뛰었다.

살짝 잠이 들었던 지우가 눈을 떴다. 지우는 의자에서 일어나 거실로 나왔다. 벽시계를 보니 이미 11시가 넘어 있었다. 한동안 시계를 바라보던 지우는 옅은 숨을 내쉬었다. 복잡한 감정이 숨소리를 따라 쏟아졌다.

무섭기도 했지만 실은 그가 들어오길 기대하며 두근거리고 있었다. 집에서 마주 보고 싶었다. 그의 눈빛이 서늘해도 얼굴을 보고 싶었다.

하긴, 그가 자신의 말을 듣는 게 더 이상한 일이었다. 상심한 마음에 계단으로 몸을 돌리던 지우는 현관문 소리에 고개를 돌렸다.

안으로 들어오던 태하는 계단 옆에 서 있는 지우를 보았다. 그도 걸음을 멈추었다. 한동안 빤히 보던 지우의 눈망울이 촉촉해졌다. 얼마 만에 집에 들어오는 건지 새삼 그의 부재가 컸던 걸 느꼈다. 어쩌면 그건 당연한 감정이었다. 그런데 그가 집에 왔다. 그게 너무 고맙고 좋았다.

"그렇게 겁먹은 얼굴 할 거 없어. 너랑 어쩔 생각 없으니까. 난 육체적 관계에 얽매이는 어리석은 놈이 되긴 싫거든. 연지우, 너와는 어떤 것도 얽히기 싫다는 게 내 결론이야."

태하는 무심하게 걸어 지우를 지나쳤다. 그가 스칠 때 지우는 저절로 신음이 나왔다. 가까이서 맡는 그의 향이 코끝을 자극했다. 그녀가 좋아하던 그만의 체취였다. 1층 침실로 향하는 태하의 뒷모습을 바라보던 지우가 저도 모르게 소리쳤다.

"그럼 왜 들어왔어요!"

태하가 돌아봤다. 그의 눈동자. 시리도록 차가운 얼음 같은 눈빛.

"들어오라며. 대단하신 연지우 명령을 어길 수 있나."

침실로 들어가 버린 태하를 멍하니 바라보던 지우의 몸이 서서히 떨리면서 급기야 눈물이 쏟아졌다. 자신이 얼마나 싫으면 어떤 것도 얽힐 생각이 없다는 것일까.

미쳤어.

태하가 지나칠 때 지우는 강렬한 성적 욕망을 느꼈다. 자신도 모르게 그를 원하고 있었다. 그날 이후 자신은 태하의 손길을 그리워했다는 걸 깨달았다.

2층 침실로 급히 들어온 지우는 바닥에 무너졌다. 세차게 뛰는 심장 소리와 찢어질 것처럼 고통스러운 일렁임이 동시에 존재했다. 좋아하는 남자에게 모진 말을 듣는 건 그래도 견딜 수 있었다. 그런데 자신 때문에 이러지도 저러지도 못하는 태하를 보는 건 힘들었다.

도대체 무슨 짓을 저지르고 있는 걸까. 왜 이렇게 그를 힘들게 할까. 자유로운 그를 묶어 두며 얼마나 더 괴롭혀야 할까.

지우는 가슴을 두드리며 눈물을 쏟았다. 다른 사람 앞에서는 한 번도 눈물을 흘린 적 없지만 혼자 있을 땐 눈가가 물러질 때까지 울었다.

"이대론…… 안 돼."

바닥에서 일어선 지우는 테이블에 놓인 휴대폰을 들었다.

알람 소리에 눈을 뜬 태하는 한참을 침대에 누워 있었다. 잠을 이루지 못한 날이 벌써 보름 넘게 지속되었다. 뜬눈으로 밤을 새다 새벽녘에 가까스로 선잠을 자고 깨길 반복했다. 때문에 머리는 지끈거리고 몽롱한 기분에 그의 미간이 구겨졌다. 이마에 팔을 댄 태하는 다시 눈을 감았다.

이 증상이 시작된 건 지우를 안고 난 다음 날부터였다. 처음엔 일정이 바빠서 불면이 생긴 줄 알았으나 점차 깨달았다. 이건 후유증이었다. 그날 밤의 격했던 감정과 행동이 내내 그를 괴롭혔다. 순간의 유혹을 이기지 못하고 몸이 원하는 대로 움직였고 그 값을 치루고 있는 중이었다.

처음이었던 여자에게 다정하지는 못할망정 아프게 한 것에 죄책감이 들었다. 아니, 실은 그것보다 더 근본적인 건 '넌 절대로 가까이 하지 않을 거야' 라고 다짐했던 마음이 한순간에 무너졌다는 사실이었다. 그녀를 원하고 있는 본성을 이성에게 들켜서 우스워졌다. '네가 정말 싫어' 를 버릇처럼 내뱉으면서 불같이 지우의 몸에 달려들던 스스로가 한심했다.

갑자기 이 여자가 왜 이러지. 내게 아쉬운 거라도 생겼나.

늘 거리를 두고 감정을 왜곡하던 지우가 그날 유난히 가깝게 느껴졌다. 날 사랑하나, 착각이 들 만큼 손길이 다정했다. 그럴 리 없는데. 순간 그녀의 마음까지도 갖고 싶었다. 그런 터무니없는 생각까지 다다르자 정신이 사나워졌다. 두근거리는 마음속 깊은 곳의 본능을 정신력으로 다스렸다.

지우의 독주회에서 드뷔시의 달빛을 들었다. 어렸을 때 그녀에게 들려주었던 곡이었다. 딱 한 번 '내가 제일 좋아하는 곡이야' 라고 말했었는데 그날 지우는 자신의 신청곡에 달빛을 연주했다. 그 음악을 듣는 순간 태하의 전신에 전율이 훑고 지나갔다.

그녀가 연주하는 달빛은 처음이었다. 심장이 두근거릴 만큼 좋았다. 이런 감정이 싫었지만 인정할 수밖에 없었다. 그날 지우의 연주는 최고였고 그를 설레게 만들었다.

그런데 지우의 앞에서 다정하게 웃는 남자를 본 순간 태하는 머리끝까지 화가 치밀었다. 내가 없어도 아무렇지 않은 여자인데, 그저 서류상 남편이 필요했던 것뿐인데, 자신을 기다리며 슬퍼하길 기대한 걸까.

태하는 순간 허탈해졌다. 그녀가 다른 남자와 얼굴을 마주보며 활짝 웃는 걸 보는 게 싫었다. 자신이 아닌 다른 남자에게 상냥하게 행동하는 게 불쾌했다.

서로의 사생활은 간섭하지 말자고 계약서에 명시해 놓고 그녀가 다른 남자를 보는 건 견디기 힘들었다. 이런 감정이 말도 안 되는 걸 아는데 그대로 그 자리에 있었다면 험한 꼴을 봤을지도 모른다.

이대론 안 돼.

태하는 침대에서 몸을 일으키려고 했지만 철근으로 누른 것처럼 무거웠다. 가만히 누워 있던 그는 휴대폰을 들어 번호를 눌렀다.

—네, 사장님.

"정 실장. 나 오늘은 집에서 쉬어야겠어. 무슨 일 있으면 연락하고."

—무슨 일 있으십니까?

"없어. 그래도 사장이 논다고 같이 놀 생각하지 말고 회사 나가서 스케줄 조정해."

—그런 전화는 적어도 제가 집에서 나오기 전에 하시는 겁니다. 지금 사장님 댁에 거의 다 왔는데, 타이밍 한번 기가 막힙니다.

"지금 나한테 태클 거는 건가."

—그럴 리가요. 편히 쉬십시오.

범주는 깍듯하다가도 가끔씩 지금처럼 그를 비아냥대곤 했다. 두 사람 사이에 쌓아 온 신뢰가 있어 가능한 일이었다. 태하는 휴대폰을 노려보다가 다시 귀에 가져갔다.

—차 전무 집무실은 어제 전부 비웠습니다. 어떻게 처리할까요?

"어쩌긴 뭘 어째. 차 전무는 계약 해지하고 새 전무 인사 명령 내야지. 내일 임원 회의 잡아. 임원의 윤리 강령 및 해임 사유에 관한 안건으로."

—네. 알겠습니다.

"그래."

—목소리가 안 좋으신데 괜찮으십니까?

"괜찮아. 어제부터 몸이 조금 힘들어서 그래."

—그래도 감기 걸릴 수 있으니 따뜻한 모과차라도 드십시오.

"정 실장이 끓여 줘."

—사모님께 부탁해 보십시오. 전 바빠서 갈 틈이 없습니다.

"정 없긴."

그렇게 일정 조율을 부탁하고 전화를 끊은 태하는 휴대폰을 내려놓으며 다시 이마에 팔을 기댔다. 목소리만 듣고도 어떤 상태인지 파악을 하는 범주였다.

오랜 시간을 함께하니 이젠 가족같이 느껴졌다. 태하가 가장 힘들 때 곁에 있어 준 사람이기도 했다. 그래서 그에겐 비서, 친구 이상의 존재였다.

잠깐 잠이 든 건지 문이 닫히는 소리에 다시 눈을 뜬 태하는 창가로 햇빛이 흐드러지게 쏟아져 무거운 몸을 일으켰다. 침실 문을 열고 나오자 한창 바쁘게 움직이는 박 집사가 보였다.

"일어나셨습니까."

태하는 어딘지 차가워 보이는 박 집사의 시선에 미간이 찌푸려졌다.

"아무리 그래도 내가 이 집의 주인인데 너무 대놓고 미워하는 거 아닙니까?"

"미워할 만하니까 미워하죠."

박 집사는 바구니를 허리에 끼고 태하를 노려보다가 바닥에 내리쳤다. 실리콘 재질이니 소리가 날 리 없었지만 그는 와장창 깨지는 소리가 들리는 듯했다.

"몇 주 만에 들어오셔서는 사모님 배웅도 안 나가십니까?"

거실을 걷던 태하가 박 집사의 말에 걸음을 멈추고 돌아봤다.

"뭐라고요?"

"아침에 캐리어 들고 나가시면서 여행 다녀온다고 그러시던데, 저 같아도 마음이 싱숭생숭하겠습니다."

일어나자마자 처음 듣는 소리에, 감정이 실린 박 집사의 말을 듣고 있으려니 다시 머리가 지끈거렸다.

어젯밤에 마주쳤을 때 아무런 말이 없었다. 물론 사생활에 대해 터치하지 않기로 했으니 말하지 않을 자유가 있지만 당장 아침에 나가면서 아무 말도 없었다는 사실에 화가 났다.

"박 집사님이 뭔가 오해하는 게 있나 본데……."

"오해고 자시고 그런 거 전 모릅니다. 그런데 며칠 동안 집에도 들어오지 않고 밖에서 있다가 들어오자마자 사모님을 쫓아낸 건 명백한 팩트입니다."

박 집사의 입에서 팩트란 말이 나오자 황당하면서도 지금 이 상황이 어이가 없어 저절로 손이 허리로 향했다.

"사모님 마음 좀 어루만져 주시지. 사장님이 밖으로 나도니까 사모님께서 이상한 소리를 듣는 겁니다."

"이상한 소리?"

한껏 날이 선 태하의 목소리에 박 집사는 찔끔했지만 이참에 그동안 태하에게 쌓인 걸 풀어야겠다고 생각해서 다 쏟아부었다.

"한주희라고, 배우 맞죠? 그 여자가 사모님께 행패를 부리는데. 나 참. 어디서 지가 이혼을 하라 마라 참견이야. 사모님이 착하시니까 간땡이가 부은 거지. 어디 주제도 모르고 기어오른답니까."

"그건 또 무슨 말이에요. 한주희?"

"사장님 애인인 것처럼 어찌나 도도하게 구는지, 제가 다 화가 났습니다. 그런데 전 사장님 때문에 더 화가 납니다. 그 여자가 그런 말을 왜 했겠습니까. 다 원인 제공을 하니까 생기는 거죠."

"박 집사님."

박 집사는 내동댕이쳐진 바구니를 들어 다시 허리에 꿰찼다. 그리고 태하를 보며 잔소리를 했다.

"대체 뭐가 그렇게 마음에 안 들어서 사모님께 차갑게 대하는지 모르겠지만 제가 봤을 때 사장님께 아까울 정도로 좋은 분입니다."

바구니를 들고 계단 뒤에 있는 쪽문 안으로 들어간 박 집사를 뚫어지게 노려보던 태하는 제 머리를 신경질적으로 흐트러뜨렸다.

"여행을 가?"

계단을 올라가 지우의 방문을 열었다. 안으로 들어와 커튼을 확 젖히자 햇빛이 창문으로 부스러지며 들어왔다. 그리고 테라스가 눈에 들어왔다. 방 안을 둘러보던 태하는 테이블 위에 놓인 종이를 발견했다.

허, 자꾸 헛웃음이 나오는 그는 성큼성큼 걸어가 종이를 낚아챘다.

태하 씨가 이 편지를 본다면 이 방에 들어왔다는 뜻이네요.

생각해 봤어요. 당신이 집에 들어오지 않고 밖에서 머무는 이유를.

답은 뻔하지만 그래도 다른 관점에서 생각하고 싶었어요.

바쁘니까. 이 사람 저 사람 만나야 할 테니까.

하지만 아무리 생각해도 답은 늘 하나였어요.

결국 나 때문이구나.

이 결혼을 먼저 제안한 것도 나고, 말도 안 되는 계약서를 쓴 것도, 당신에게 먼저 달려든 것도 나예요.

그래 놓고 집에 들어오지 않는다고 원망했네요. 미안해요.

잠시 여행을 좀 다녀올게요. 내가 없으면 나가야 할 이유 없잖아요.

그러니 편하게 집에서 머물러요. 호텔보단 집이 편하고 좋으니까.

밥도 꼭 챙겨 먹어요.

—지우.

태하는 저도 모르게 힘을 주어 편지지를 구겼다. 처음엔 황당했지만 편지 내용을 읽고 난 순간 가늠할 수 없는 분노가 일었다. 지우의 방문을 쾅 닫고 계단을 내려왔다. 제 침실로 들어온 그는 곧장 욕실로 가서 샤워를 했다. 생각하면 할수록 화가 치밀었다.

결혼을 하던 날도 마찬가지였다. 감정일랑 꼭꼭 숨긴 채 메마른 인형 같던 주제에 마치 그를 위하는 것처럼 유학을 떠나버렸다.

지금도 마찬가지였다. 마치 그를 배려한다는 듯 여행을 가버렸다. 매번 그런 식으로 상황을 모면하고 그 책임을 제게 씌운다.

결혼을 하자고 한 것도 연지우고, 집으로 들어오라고 한 것도 연지우다. 그래 놓고는 피해자 코스프레를 하는 그녀에게 치가 떨렸다. 대체 자신은 언제쯤 그녀에게서 초연해질까. 결혼하자 한다고 결혼해 주고, 집으로 들어오란다고 착실히 들어온 제 스스로가 한심해 미칠 지경이었다.

그랬지. 애초에 연지우가 원한 건 아버지의 대선을 위한 JK 그룹의 배경이었으니까. 그것을 위해선 자신 같은 사람은 얼마든지 이용할 수 있었다. 순진한 얼굴로, 곧 눈물이 떨어질 것처럼 애절하게 바라보는 이면에 독사의 송곳니를 감추고 있다는 걸 또 잊었다.

연지우, 넌 뭐가 그렇게 대단해서 매번 제멋대로야. 위선에 가식. 사람을 갖고 놀아도 유분수지.

샤워를 하던 태하가 분노에 벽을 쾅 내리쳤다. 물줄기가 쏟아지는 샤워기 아래서 태하는 제 주먹을 힘껏 그러쥐었다.

"병신."

제게 모욕감과 분노만 안기는 연지우인데 이 와중에도 그녀가 한주희와 자신에 대해 오해할지도 모른다는 생각에 마음이 불편했다. 대체 왜 이러는지 자신도 모르겠지만 지우가 오해하는 게 싫었다.

마음대로 생각하라지. 언제 자신에게 여자가 없었던 적이 있었나. 정말로 애인이 있어도 연지우가 뭐라 할 자격이 있나.

그녀는 제가 아무리 바람을 피워도 입도 뻥긋하지 못한다. 그런데도 이런 상황을 만든 주희에게 화가 났다. 가뜩이나 골치 아픈데 주제도 모르고 날뛰는 여자까지 그를 미치게 만들었다. 하지만 이 모든 분노는 다시금 지우에게 향했다.

가운을 입고 나온 태하는 휴대폰을 들었다.

"정 실장. 나 지금 출근하니까 2시까지 한주희 집무실로 불러다 놔."

—오늘 쉬신다고…….

"불러 놔."

—알겠습니다.

태하의 얼음장 같은 목소리에 범주는 곧 대답을 했다. 휴대폰을 내리는 태하의 눈빛이 차갑게 얼어붙었다.

태하가 사장실로 들어서자 범주와 현성이 동시에 일어서 허리를 숙였다.

"오셨습니까."

"한주희는."

"안에서 기다리고 계십니다."

문을 닫고 들어온 태하는 소파에 앉아 있던 주희가 반색을 하며 일어서는 것을 보았다.

"태하 씨!"

눈을 반짝거리며 만면에 미소가 가득한 주희는 태하가 다가

오는 것을 보고 마른침을 꿀꺽 삼켰다. 잘 알고 있었지만 오늘따라 더 반짝이는 비주얼에 주희는 심장이 두근거렸다. 이러니 포기가 되지 않는다. 어느 연예인보다도 우월하고 조각 같은 외모에 넋을 놓고 보게 되었다.

가까이 다가온 태하가 주희를 둘러보며 옷깃을 스쳤다. 그저 가벼운 행동에도 주희는 아찔한 전율을 느꼈다.

주희의 어깨에 손을 얹은 태하는 슬쩍 아래로 내려 팔을 잡았다. 남자의 손길에 주희는 눈을 질끈 감았다. 자꾸만 별것 아닌 스킨십에 몸이 녹아내려 신음 소리가 나왔다. 그의 몸이 점점 더 가까이 붙었다. 태하의 체향에 취해 있을 때였다. 서늘한 목소리가 귓가에 닿았다.

“한주희 씨. 내가 경고했잖아.”

순간 그의 목소리가 오싹해서 주희는 눈을 떠 그를 보았다.

“네?”

“생각보다 참 형편없군.”

태하는 주희를 비웃고 소파로 가 털썩 앉았다. 조금 전까지 흥분했던 몸을 털어 내는 게 쉽지 않았다. 주희는 가까스로 한숨을 내쉬며 소파에 앉았다.

“내가 한 말이 우스웠나.”

“무슨 말이에요.”

“후회할 짓을 하면 안 된다는 것을 알면서도 사람들은 자꾸 같은 실수를 반복하지.”

주희는 태하의 눈빛에 몸이 얼어붙는 것 같았다. 그녀는 일절 연락 없던 그가 자신을 부른다는 비서의 말에 만사 제쳐 두고 왔다. 기다리는 시간 내내 가슴이 두근거렸다. 그런데 그는 전혀 다른 말을 하고 있었다.

"저 태하 씨한테 잘못한 거 없어요."

비웃는 남자의 얼굴을 보자 주희는 속이 타들어 가는 것 같았다.

"내가, 내 주변 사람에게 무슨 짓을 하고 다니는 거냐고 친히 물어야겠나."

주희의 얼굴이 급격히 굳었다. 그녀는 떨리는 제 손을 꼭 잡고 마음을 다잡았다. 부인하면 끝이었다. 증거 따윈 없으니.

"무슨 말인지 모르겠네요. 저야말로 피해자예요. 연지우 씨가 저만 보면 죽일 듯이 노려보며 협박했어요. 너무 무서웠고 그런 취급 받는 게 수치스러웠다고요."

태하의 한쪽 입꼬리가 올라갔다. 그 미소가 스산했다.

"난 연지우라고 말 안 했는데."

나지막한 목소리에 주희는 숨이 턱 막히는 기분이었다.

"연지우에 대해선 너보단 내가 더 잘 알아. 그 여잔 절대……."

몸을 앞으로 기울인 태하가 주희에게 다가왔다.

"감정을 드러내지 않거든."

"그렇다면 태하 씨는 아직도 연지우에 대해 잘 모르고 있는 거예요. 무서운 여잔 줄 전혀 예상하지 못했죠?"

"정말 그렇게 생각해?"

"저에 대해 뭐라고 했는지는 모르겠지만 억울해요. 태하 씨가 속고 있는 거라고요."

"그래, 내가 뭘 속고 있다고 생각하나."

"태하 씨는 연지우가 우아하고 참하고 조용할 거라고만 생각하죠? 잘못 봤어요. 그 여자는 두 얼굴을 가지고 사람들을 대하는 거예요. 사실은 욕심 많고 가식덩어리일 뿐이에요."

가만히 보고 있는 태하를 보자 주희는 더 신랄하게 목소리를 높였다.

"당신 배경을 어쩌지 못하겠죠. 그래야 연무신 대표 대선에도 도움이 될 테니까! 목표를 위해서는 무슨 짓이든 할 여자예요! 정말 가증스러워……!"

"너란 여자는 무서운 게 없나 보지?"

섬뜩한 얼굴에 소름이 돋으면서도 저 섹시한 눈빛을 제 것으로 만들 수 있다면 얼마나 좋을까 주희는 그런 망상이 떠올랐다.

"조금 받아 주면 한없이 기어오르는군. 그렇게 합리화를 하면 자신이 뭐라도 된 것 같나."

"태하 씨."

주희는 자존심이 상한 듯 제 입술을 꾹 깨물었다. 태하는 소파에 몸을 기대며 지끈거리는 이마를 짚었다.

"어쩜 한 치도 예상을 벗어나지 않을까. 그래서 더 미치겠군."

"태하 씨도 부인을 싫어하잖아요. 아닌가요? 얼굴 보기도 싫으니까 계속 호텔에서 머물며 집에 들어가지 않는 거잖아요. 그런데 왜 이렇게 화를 내는지 모르겠어요. 혹시 부인을 사랑하기라도 하는 건가요?"

태하의 눈빛이 매섭게 변해 주희는 저절로 숨을 들이쉬었다.

"건방짐이 하늘을 찌르는군."

"……."

"이봐, 한주희 씨. 내가 아내를 사랑하든 증오하든 그건 우리 두 사람의 문제야."

"태하 씨."

"착각하나 본데, 나의 아내는 네가 아니라 연지우야. 더군다나 넌 내 어떤 것도 되지 못하지. 그런데 어디서 정실부인 흉내를 내며 꼴 같지 않은 훈계를 하는 거지?"

주희는 태하를 원망스러운 눈으로 바라봤다. 그가 하는 말이 전부 옳았지만, 그럼에도 제게 주는 눈빛이 베일만큼 날카롭다는 걸 인정하기 싫었다. 그가 자신의 입으로 나의 아내는 연지우라고 말하는데 아무 말도 할 수 없다는 것도 분했다.

그 아무것도 아닌 여자가 단지 김태하의 아내이기 때문에 자신과는 하늘과 땅 차이가 나고, 그가 감싸 주는 대상이 되었다. 솔직히 연지우가 너무 부러웠다. 손쉽게 이런 남자를 가질 수 있다니.

싸늘한 적막이 사장실을 훑고 지나갔다. 주희는 제 손을 꼭 쥐며 마지막 발악이라도 하고 싶었다. 그런데 한마디라도 했다간 뼈도 못 추릴 것 같아서 저절로 몸을 사리게 됐다.

"생각 같아서는 당장 연예계에 발도 못 붙이게 하고 싶지만 우리 회사 광고 모델이었던 점을 감안하여 네게 선택할 기회를 주지."

"뭐라고요?"

주희는 태하의 입에서 나오는 말에 등골이 서늘해졌다.

"하나, 우리 회사와 광고 계약을 종료하고 앞으로 어느 장소에서도 날 아는 척하지 않는다. 둘, 광고 계약 해지를 거부하고 배우 생활을 은퇴한다."

"태, 태하 씨!"

주희의 눈빛이 급격히 흔들렸다. 아직 광고 계약 기간이 반년이나 남아 있었다.

"설마 공과 사를 구분 못 하고……."

하하, 갑자기 웃음을 터트리는 태하를 보자 주희는 말을 멈추었다. 한참 웃던 태하가 그녀를 보았다.

"맞아. 공과 사를 구분 못 하고 있지. 내가 지금 너무 화가 나서 주체를 못 하겠거든."

"태하 씨."

"네가 주제도 모르고 나댔던 이유를 생각해 보니 바로 우리 회사 모델이었기 때문이더군. 그렇다면 나로서는 주제 파악을 못하는 사람에게 알려 줄 필요가 있지."

가까이 다가온 태하가 속삭였다.

"넌 아무것도 아니라는 걸."

"그렇다면 애초에 관심도 보이지 말지 그랬어요! 여지를 준 건 김태하 씨예요."

"말은 바로 하지. 애초에 다가온 것도 너고, 천박하게 몸을 들이댄 것도 너야. 어떤 부분에서 내가 여지를 줬다는 건지 모르겠군. 설마 입술 박치기 하나로 순결을 잃었다고 우기고 싶은 건가."

주희의 얼굴이 순식간에 붉어졌다. 태하는 경멸 어린 눈초리로 주희를 바라보더니 고개를 설레설레 저었다.

"저번에 분명히 말했을 텐데, 한 번만 더 나대면 계약 해지한다고. 내 아내에게 이혼을 종용하는 말을 한 것만으로도 너는 이미 선을 넘었지."

경악을 하는 주희의 얼굴을 싸늘하게 바라보던 태하가 삐뚜름히 웃었다.

"자, 어떤 선택을 할 건가."

선택지의 의미가 없었다. 어느 것 하나 마음에 들지 않았다. 그를 놓는 것도, 연예계 생활을 놓는 것도.

"이건 말도 안 돼요. 정당한 사유도 없이 일방적으로 계약을 해지하면 저도 가만히 있지 않겠어요!"

"가만있지 않으면 뭐, 고소라도 할 생각인가?"

"김태하 씨!"

"네가 광고 계약을 해지하지 않는 선택지도 있어. 그렇게 되면 내일 아침 기사에 연예인 한주희의 은퇴 소식이 뜨겠지."

주희는 기가 막힌 얼굴로 아무 말도 못 하고 태하를 노려보았다.

“그럴 수밖에 없을 거야. 오늘 내내 인터넷이 시끄러울 거거든. JK전자 사장을 유혹하고, 그의 아내에게 이혼을 강요하는 배우. 사람들이 어떻게 생각할까.”

“설마 태하 씨, 저한테 그렇게까지 하지 않으실 거죠? 그래도 제가 광고 모델 하면서 홍보 효과도 봤잖아요.”

태하는 주희를 비웃으며 소파에서 일어섰다.

“이상하군. 내가 어떤 놈인지는 소문나지 않았나? 설마 내가 한주희 씨에게 자비를 베풀 거라는 기대를 하는 건가.”

“태하 씨!”

“전자를 선택한 걸로 알겠어. 변호사 통해 내일쯤 회사로 정식 통보될 거야.”

태하는 데스크로 가 인터폰을 눌렀다.

“정 실장, 한주희 씨 내보내.”

—알겠습니다.

몸을 돌려 주희를 돌아본 태하는 미간을 찌푸렸다. 잠시도 같이 있기 싫었지만 최대한 인내하며 말했다.

“아직 창창한 나이인데 직업을 잃을 순 없겠지?”

“김태하 씨!”

“가급적 피를 보지 않으려고 하는데 받아들이지 않겠다면 네 마음대로 해. 단, 뒷감당할 수 있으면.”

주희는 입술을 질끈 깨물며 태하를 노려보았다. 태하의 말대로 한낱 여배우가 초일류 재벌을 상대로 이기는 건 불가능했다. 더군다나 업계에서도 안 봐주기로 유명한 김태하를 상대로 모험을 하는 건 계란으로 바위 치기였다.

그때 범주가 문을 열고 들어왔다. 소파에서 벌떡 일어선 주희는 태하를 힐끗 보다가 몸을 돌려 나갔다. 사장실을 나온 주희는 잔뜩 구겨진 얼굴로 사장실을 돌아봤다.

"언제 저렇게 마음이……."

주희는 울 것 같은 얼굴로 몸을 돌려 걸어갔다.

변했다. 처음 봤을 때 느꼈던 태하와 분명히 달랐다. 모든 것에 무심하던 태하였는데 지금은 불같이 화를 내며 감정을 드러냈다. 이게 연지우란 여자 때문인 걸까. 저렇게 화를 내면서 자기감정도 제대로 모르는 건가. 정확히 모르겠지만 그 여자도 절대 편하진 않을 것이다.

'고생 좀 해 보라지. 제멋대로인 남자를 감당할 수 있을까. 그 도도한 여자가 말이야.'

걸어가던 주희는 눈물을 글썽였다. 마음을 준 남자였는데 끝내 그의 마음을 얻지 못했다. 그의 손길에 온몸이 녹아내리는데 몸의 끌림을 외면해야 하는 게 쉽지 않았다. 터무니없는 선택지나 내밀며 모욕감을 준 남자인데 싫지 않다니, 정말 제대로 빠졌구나.

서글픈 얼굴로 엘리베이터를 탄 주희는 문이 열리자 언제 그랬냐는 듯 허리를 꼿꼿이 세우고 선글라스를 낀 채 걸어갔다.

데스크에 앉아 결재판을 펼치고 서류를 뒤적이는 태하를 물끄러미 보던 범주가 입을 열었다.

"박 변호사님께 계약 해지 서류 준비하라고 하겠습니다."

"그래."

"그럼 새 모델을 알아봐야겠습니다."

"남자로 알아 봐."

"네?"

"피곤하다. 여자는."

"알겠습니다."

미동도 않고 서류만 보는 태하를 보던 범주는 살짝 고개를 숙이고 집무실을 나갔다. 범주가 나가자 태하는 숨을 내쉬었다. 글씨가 눈에 들어오지 않았다. 머리는 지끈거리고 몸은 더욱 차가워졌다. 지우에 대한 분노와 주희의 저급한 행동에 머리끝까지 화가 치밀었다. 서류만 노려보고 있는데 전화가 울렸다. 태주였다.

"어."

—이따 저녁에 아버지랑 같이 식사하자.

"알겠어. 아, 그런데 지우는 못 가."

—너만 와.

전화를 끊은 태하는 머리를 털어 버리려는 듯 재킷을 들고 일어섰다.

가족끼리 자주 가는 레스토랑 프라이빗룸 안으로 들어가니 가운데 상석에 김석윤 회장이 앉아 있고 옆에 태주와 세나가 나란히 앉아 있었다. 직원이 태주의 맞은편으로 의자를 빼 주어 태하는 자리로 가 앉았다.

"요새 얼굴이 왜 그 모양이냐. 잠을 못 자는 게냐?"

김 회장이 태하를 보며 혀를 끌끌 찼다.

"자꾸 호텔에서 머무니까 몸이 망가지지. 넌 결혼한 녀석이 왜 그렇게 경각심이 없어."

"제가 뭘요."

"지우는 여행 갔다며."

이미 다 알고 있는가 보다.

"네."

남 이야기하듯이 무심하게 내뱉는 태하를 보던 석윤이 태주에게 눈짓을 했다.

"너 이번에 나 대신 출장 좀 가 줘야겠다."

"출장?"

"이번에 JK섬 리조트 오픈 있잖아. 7월 말에 오픈 예정인데 마지막 점검차 내가 답사를 가려고 했었거든."

"그런데."

"세나가 프라하 호텔 일정 때문에 출장을 가야 해서 내가 같이 가기로 했어. 아무래도 임신했는데 혼자 보내기가 걱정되어서."

태하의 눈이 세나에게로 향했다. 세나는 멋쩍게 웃으며 태하를 봤다.

"죄송해요. 저도 제 일정으로 피해를 주고 싶지 않아서 혼자 가겠다는데 자꾸 같이 가겠다고 해서 난처해요."

"뭐가 난처해. 당연히 같이 가야지. 세나야, 남편은 그럴 때 써먹는 거다."

김 회장의 말에 세나는 태주를 보며 부끄럽게 웃었다.

"요새 세나가 자꾸 입덧을 해서 통 못 먹거든. 네가 좀 이해해 줘."

부탁하는 주제에 자신은 보지도 않고 세나만 바라보는 태주가 괘씸하긴 했지만 태하는 고개를 끄덕였다. 다른 계열사 일에 자신이 나서야 하는 게 싫었으나 한편으론 업무에서 잠시 벗어나 쉴 수 있으니 지끈거리는 머리를 달랠 수 있을 것 같았다.

"서류 정리해서 넘겨줘. 참고할게."

"고맙다."

고기를 써는 태하를 힐끔 보던 석윤의 입가에 회심의 미소가 지어졌다.

"대충 볼 생각하지 말고 꼼꼼히 보고 와라. 당장 오픈 앞뒀는데 문제가 있으면 안 되니까."

"알겠습니다."

"그럼 범주도 좀 쉬게 하고 너 혼자 다녀와."

태하는 어딘지 좀 이상한 느낌이 들었지만 요즘 새 휴대폰 출시로 눈 코 뜰 새 없이 바빠 범주도 제대로 쉬지 못했는데 이참에 휴가를 주면 좋을 것 같았다.

"네."

식사가 끝나고 김 회장은 먼저 자리를 떴다. 세나도 피곤하다며 먼저 일어났다. 태주와 나란히 앉은 태하는 와인을 마시며 그를 물끄러미 바라봤다.

"되게 좋은가 봐."

"뭐가?"

"내가 알던 형인가 했다. 실실 웃지 마. 위신 떨어져."

"좋은 걸 어떡하나."

"미쳤구나."

태하는 닭살이라는 제스처를 취하며 몸서리를 쳤다. 그래도 마냥 웃는 태주의 얼굴이 예전보다 더 좋아 보이는 건 부인할 수 없었다.

"너야말로 이제 지우한테 정착 좀 해."

그녀의 이름이 나오자 태하는 대번에 굳어졌다.

"내 앞에서 연지우 이름 꺼내지 마."

"너 어릴 땐 지우랑 사이좋았잖아. 그런데 왜 그렇게 미워해."

태하는 와인을 비우고 잔을 내려놨다.

"가식과 위선을 알아차린 거지. 그 여잔 그저 날 이용하는 거야."

"태하야."

"형. 믿었던 사람에게 배신당하는 게 어떤 건 줄 모르지? 별거 아닌 것 같지만 그거 굉장히 치명적이야."

태주는 태하가 단단히 오해하고 있는 걸 풀어 주고 싶었다.

하지만 오랜 시간 쌓인 감정은 제삼자가 푸는 것보다 당사자끼리 풀어야 제대로 해결할 수 있었다. 더군다나 태하와 지우 사이에는 자신이 모르는 뭔가가 더 있는 듯했다.

"잘 생각해 봐. 지우가 누굴 배신할 성격이냐."

"형이 연지우 아끼는 건 알겠는데 나한테 강요하지 마. 형 대신 내가 결혼한 걸로 이 일은 털어 버리자고. 그걸로 형을 원망하진 않을 테니까."

"김태하."

"난 내가 알아서 하니까 형은 계속 닭살 떨며 살아."

태하는 의자에서 일어서며 재킷을 집었다.

"내가 지금 연지우에게 쌓인 게 많거든. 얼굴 보면 가만 안 놔둘지도 몰라."

먼저 걸어가는 태하를 보던 태주는 한숨을 내쉬며 이마를 긁적였다.

"차라리 잘된 건가. 쌓인 게 많으니 더 극적인 효과가 생길 수도."

태주도 의자에서 일어서며 느긋하게 따라갔다.

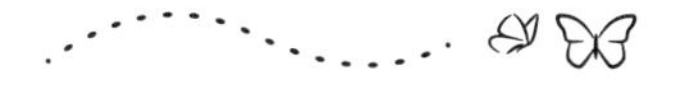

운전하며 고속 도로를 이동하는 태하는 내리쬐는 태양빛에 창문을 열었다. 바람이 그의 머리칼을 휩쓸고 지나갔다. 서해안 고속 도로는 한산했고 하늘은 맑았다. 태하는 조수석에 놓인 서류 내용을 머릿속으로 정리하며 빠르게 차를 몰았다.

신안 임자도에서도 끄트머리에 있는 하우리항에는 작은 무인도에 리조트 오픈이 가까워지자 하루 네 번 배편이 생겼다. 차는 선착장 주차장에 두고 들어와야 했다. 아직 정식 오픈이 아니니 배편은 임시로 운행되었다. 본사에서 미리 연락을 받은 직원은 태하의 도착에 맞춰 나와 있었다.

“오셨습니까.”

직원은 태하가 들고 있는 백업 가방을 가져가며 허리를 숙였다. 태하는 고개를 끄덕이고 배로 향했다.

“정식 운항하는 선박으로 준비하라고 하셔서 좀 큽니다.”

선박은 두 사람에 비해 상대적으로 아주 커 보였다.

“선박은 검사를 마친 상태로, GX해운과 협업한 최신형입니다. 안전성 모두 통과하였고 구명조끼와 튜브 모두 비치해 두었습니다.”

배는 물살을 가르며 앞으로 나아갔다. 갑판과 실내 공간을 오가며 살펴보던 태하는 바닷바람에 잠시 멈춰 섰다.

20분 정도 지났을까. 눈앞에 보이는 여러 섬들을 지나가자 작은 섬이 나타났다. 국가 소유의 땅을 JK그룹이 친환경으로 개발하는 조건으로 샀고 지금은 손님 맞을 준비를 끝낸 상태였다. 선착장에 배가 멈추자 태하는 직원과 나란히 내려왔다. 선착장엔 총지배인이 나와 있었다.

선착장 아래로 내려와 한동안 해안가를 걷던 태하는 바다를 전망에 둔 여러 채의 건물을 보았다. 다닥다닥 붙어 있지 않고 거리를 두고 지어진 건물은 풀빌라를 연상시켰다. 지금은 밀물 때라 바다가 제법 가까웠지만 썰물 때는 어디까지 빠질지 궁금해졌다.

한참 걷다 보니 더워진 태하는 셔츠 단추를 두어 개 풀고 소매도 팔꿈치까지 접었다. 태양빛이 작렬했다. 한동안 모든 빛을 흡수할 기세로 서 있던 태하는 건물 쪽으로 몸을 돌렸다. 빌라들 너머로는 소나무 숲이 들어섰다.

천천히 걷던 태하는 프런트하우스로 들어섰다. 건물들의 가장 초입에 지어진 프런트하우스는 체크인과 체크아웃을 관리하고 컨시어지 룸을 마련해 놓았다.

안내판을 보던 태하는 2층으로 놓인 대리석 계단을 올라갔다. 2층은 레스토랑이었다. 오전엔 조식을 제공하고 오후엔 전문 식당으로 전환했다.

서류 봉투 안으로 손을 넣은 태하는 서류를 꺼내 뒤적였다. 바다를 전망으로 창이 나 있는 틀에 서서 바라보던 태하는 바다 끝에 보이는 인영을 보며 고개를 갸웃했다. 지금 1층에서 대기하고 있는 리조트 총지배인과 직원 빼고는 아무도 없는 것 아닌가.

1층으로 내려온 태하는 두 손을 공손히 모은 채 기다리고 있는 지배인을 보았다.

"여기 우리 말고 누가 더 있습니까?"

"네? 무슨 말씀이신지……."

"아닙니다."

태하는 건물 밖으로 나가 조금 전에 보았던 곳으로 고개를 돌렸다. 아무도 없었다. 그새 지배인이 다가왔다.

“투숙객들이 개별 공간에서 하는 조리가 아니라 식당에서 먹는 걸로 전부 대체하려면 조금 더 다양한 메뉴와 구성, 시간 활용이 필요할 것 같습니다. 부회장님과 더 논의하겠지만 어린아이들을 위한 개별 공간도 필요하고, 어르신들을 위한 독립 공간과 음식 선정을 해야 할 것 같습니다.”

지배인은 태하가 말한 내용을 서류에 적어 나갔다. 정리를 마친 그가 고개를 들어 드넓은 모래사장 안쪽을 보았다. 그곳에는 카바나가 나란히 들어서 있었다. 지금은 묶여 있지만 커튼 같은 가림막으로 가리면 개별 독립 공간이 될 것 같았다.

“저건 마음에 듭니다.”

“아, 부회장님께서 따로 지시하셨습니다. 빌라 이외에 바닷가에서 쉴 수 있는 공간이 있으면 좋겠다고 하셔서 회의 끝에 마련했습니다.”

역시, 태주와 생각하는 바가 비슷했다. 태하는 고개를 끄덕이며 건물 쪽으로 몸을 돌렸다.

“건물은 전체 열 채입니다. 모두 보시겠습니까?”

앞서 걷던 태하가 지배인을 돌아봤다.

“무슨 뜻이죠. 비슷하게 지어졌다고 해서 모두 똑같은 상태라고 생각하는 겁니까?”

“아, 죄송합니다.”

지배인은 앞서 걸으며 제 머리를 긁적였다. 깐깐하다는 것은 들었지만 생각 이상으로 꼼꼼히 살펴서 지배인은 괜스레 긴장이 되었다. 열 채를 모두 보는 동안 태하는 한 곳도 대충 넘어가지 않았다. 수도부터 방 구조, 마감 상태, 비치 용품 등을 살피며 마음에 들지 않는 부분들을 지적했다.

"빌라 내부에 수영장은 어떻게 관리하는 겁니까?"

"체크아웃 때마다 깨끗하게 청소합니다. 일주일에 한 번 정기적으로 수질 관리도 하고요."

태하는 마지막 건물을 둘러본 뒤 지배인을 보며 건물 뒤쪽을 가리켰다.

"이제 산책 길 보러 가죠."

태하가 밖으로 나가자 지배인은 겨우 숨을 내쉬며 따라 나갔다. 건물 뒤 숲은 소나무로 빽빽이 둘러싸였다. 사람들이 이동할 수 있을 정도로 작게 공간을 내었을 뿐 대부분 나무를 건드리지 않고 그대로 보존했다.

"여기 300년 된 소나무가 있습니다. 아주 화려하게 구부러졌죠. 작년 태풍 때 위험했는데 잘 견뎌 내더라고요."

숲길을 걸으며 태하는 고개를 위로 꺾어 나무 사이에 난 하늘을 올려다보았다.

"그땐 다른 소나무 상태를 살피느라 정작 이 늙은 소나무를 돌보지 못했는데 복구 작업이 끝나고 보니까 이 모습 그대로 버텨 주었더라고요."

"그렇군요. 고마운 일입니다."

어느새 300년 된 송 앞에 다다랐다. 소나무 결을 만지던 태하가 작게 내뱉었다.

"생각보다 크지 않은데 대견하네요. 혼자 이겨 내려면 고생했을 텐데."

"뭐, 운이 좋았겠죠."

"그랬을 수도 있고. 소설을 하나 만들자면, 사실 이 소나무가 보통내기가 아니라 감히 태풍도 접근할 수 없었던 걸 수도 있죠."

"네?"

"해와 바람 이야기 아십니까? 강함보다 더 센 건 부드러움이라고, 이 소나무에겐 화려한 굴곡이 강함을 이겨 내는 버팀목이 되었을 수도 있겠네요."

태하는 설핏 웃고 발을 뗐다.

"이야기를 만들어 주면 이 소나무에게도 서사가 생기는 거니까 사람들의 시선을 끌 수 있죠."

"아, 좋은 생각입니다. 이 섬의 나무들에게 서사가 생기면 더욱 의미가 있을 것 같습니다."

"투숙객을 상대로 이벤트를 진행하셔도 되고요."

지배인은 앞서 걸어가는 태하를 보다가 감탄을 하며 따라갔다. 그저 회장 아들에 망나니라는 소문만 들었던 터라 의심을 했는데 직접 보니까 정반대였다. 선천적으로 고귀한 자태에 범접할 수 없는 아우라가 풍겼다. 눈빛은 날카롭고 매사 쉽지 않은 남잔데 의외로 감성적인 면도 있었다. 괜히 김석윤 회장 아들이 아니었다.

"마스터 키는 제가 가지고 있어서 건물은 아까 보셨던 한 곳만 사용하실 수 있습니다."

선착장 앞에서 태하를 마주 보고 선 지배인과 직원은 그에게 카드를 건넸다.

"그럼 저흰 말씀하신대로 내일모레 다시 모시러 오겠습니다."

태하는 겸사겸사 쉬고 가려고 이틀 뒤에 오라고 했지만 지금 생각하니 다 귀찮게 느껴졌다. 그렇다고 말을 바꾸는 것도 피곤한 일이라 놔두었다.

"먹을 건 알아서 해결하신다고 해서 레스토랑에 식재료만 넣어 두었습니다."

"술만 있으면 됩니다."

"양주, 와인, 맥주 다 있지만 조금만 드십시오. 몸 상하십니다."

"네네. 저 어린애 아니니까 그만 가 보세요."

태하는 먼저 몸을 돌려 걸어갔다. 그를 보던 지배인과 직원은 침을 꿀꺽 삼켰다.

"우리 이러다 잘리는 건 아니겠죠?"

"회장님이 시키셨으니까 뭐, 별일 있겠나."

"그래도 속은 거 아시면 가만있지 않을 것 같은 분이라……."

"우리가 속인 건 아니지 않나. 마침 일정이 겹친걸 뭐. 설마 그렇다고 어쩔 사람은 아닌 것 같으니 우린 이틀 뒤에 오자고.

자네, 휴대폰 꺼 놨지?"

"물론이죠."

두 남자는 태하가 사라진 곳을 한참이나 바라봤다.

오후 4시. 해가 서쪽으로 기울었다. 손목시계를 내려다본 태하는 바닷가를 좀 더 걷기로 했다.

정말로 아무도 없는 섬. 무인도. 책에서나 봤지 정말로 무인도에 가 볼 거라곤 생각도 못했다. 물론 집도 있고 먹을 것도 있으니 정확히 말해 사람이 없는 섬일 뿐이지만.

오픈하면 이렇게 조용하진 않을 테니 이번이 마지막일 것이다. 태하는 호주머니에 손을 넣은 채로 한참을 걸었다. 그러다 앞에 있는 것을 보고 걸음을 멈추었다. 커다란 밀짚모자를 쓴 채 무릎을 모으고 앉아 있는 여자. 바다를 바라보며 망부석처럼 미동도 없는 여자. 그리고 주마등처럼 스쳐 지나가는 아버지와 형, 직원들의 어딘가 이상했던 행동.

태하는 어이없다는 듯 짧은 숨을 내뱉으며 모래사장에 앉아 있는 여자를 노려보았다. 여행을 다녀온다며 나가고선 사흘째 아무런 연락이 없었다. 그런데 이 섬에 있었다니.

얼마나 오래 앉아 있었는지는 모르겠지만 여자가 몸을 움직였다. 그리고 인기척에 밀짚모자를 손으로 잡아 올리며 옆으로 고개를 들었다. 눈이 마주쳤다. 멍하니 바라보던 여자의 눈이 휘둥그레 커졌다.

"태하 씨."

"연지우."

일어날 생각을 못 하고 태하를 바라보던 지우가 겨우 정신을 차리고 바닥에서 일어났다. 민소매 다크블루 원피스를 입은 지우의 살색이 희고 고왔다. 밀짚모자를 벗어 손에 든 지우의 기다란 머리카락이 바람에 흩날렸다.

하, 태하는 지우를 비웃으며 휴대폰을 들었다. 고객님이 전화를 받을 수 없어, 이런 음성만 쏟아지는 지배인과 직원의 번호를 지우고 범주에게 전화를 걸었다.

—네, 사장님.

"지금 여기로 좀 와야겠어."

—저 지금 보라카이인 거 모르십니까?

아 맞다, 휴가 갔지. 태하는 신경질적으로 전화를 끊고 제 머리를 헝클었다.

"아아악!"

갑자기 소리를 내지르는 태하의 목소리에 깜짝 놀란 지우는 괜스레 몸이 움츠러들었다.

"여, 여긴 어떻게 온 거예요?"

"내가 할 말이야. 네가 왜 여기 있어."

"저야, 아……."

말을 하던 지우는 김석윤 회장이 이곳으로 휴가를 보낸 이유를 깨달았다.

'아버님이 일부러 그러신 거구나.'

지우는 제 입술을 살짝 깨물며 고개를 아래로 숙였다. 태하는 몸을 획 돌리고 걸어갔다. 그가 가는 모습을 보던 지우는 한 발짝 내딛다 멈추었다.

여기 있는 사흘 동안 지우의 머릿속을 떠나지 않던 남자였다. 자고 일어나 눈을 감는 순간까지 머릿속을 어지럽히던 남자. 꿈속에서도 만나던 남자. 바다를 보고 앉아 있는 순간에도 제 마음을 점령하던 남자. 그리워하던 이를 눈앞에 마주하자 심장은 정처 없이 뛰었다. 그리고 이곳엔 둘만 있었다.

내내 고민했다. 자신을 이렇게 싫어하는 남자와 내년까지 견딜 수 있을까. 제 욕심 때문에 이 남자를 미치게 하는 건 아닐까. 아버지의 대선 때문에 억지로 묶어 두는 건 못할 짓이 아닐까.

하지만 그럴수록 제 마음만 깨닫게 되었다. 꿈이라도 좋았다. 그저 환상일지라도, 잠시만이라도 그와 함께 있고 싶었다. 단 하루만이라도 그를 마주 보고 싶었다. 그런데 그가 나타났다.

어쩌면 자신에게 주어진 마지막 기회일 수 있었다. 그의 사랑까진 바라지도 않았다. 단지 살얼음 같은 이 관계가 조금이라도 좋아질 수 있다면, 자신을 경멸하는 눈에서 조금은 이해하는 눈으로 바뀌게 할 수 있다면 썩은 동아줄이라도 잡고 싶었다. 아니, 이해도 바라지 않는다. 그저 잠시만이라도 대화할 수 있다면 그걸로 만족했다.

지우는 태하의 뒤를 따라갔다. 선착장까지 간 그는 배가 한 척도 없는 걸 보고 분노하며 몸을 돌렸다. 그리고 무섭도록 지우를 노려보았다. 휴대폰으로 어딘가 바쁘게 전화하지만 통화가 되는 곳은 한 군데도 없었다. 아버지도, 형도 전화를 받지 않았다.

"아마 내가 전화할 때까진 오지 않을 거예요. 내 전화 받을 때 배 띄운다고 했거든요."

태하는 지우를 죽일 듯이 바라보다가 발을 뗐다. 또다시 그의 뒤를 조용히 뒤따랐다.

"언제까지 따라다닐 생각이야."

잠시 멈칫하던 지우가 손가락으로 건물 쪽을 가리켰다.

"나도 여기서 머물러요."

차분한 목소리에 태하는 할 말을 잃은 듯 어이없이 바라봤다.

"어서 와요. 무인도는 처음이죠?"

"하! 지금 뭐 하자는 거야. 말도 없이 사라지더니 이젠 또 천연덕스럽게 말을 걸어?"

"우리 둘뿐이잖아요. 당신은 당황한 상태고. 내가 도움이 될 수 있다면……."

"이러려고 몰래 나간 거군. 예전부터 알았지만 너 진짜 대단하다. 아버지, 형을 어떻게 구워삶아서 이런 짓까지……."

태하는 지우를 한심하기 짝이 없는 눈으로 바라보고 빌라로 갔다.

또 오해한다. 지우는 자신을 경멸하는 그의 눈을 보며 괴로우면서도 함께 있고 싶은 마음이 드는 스스로가 미웠다. 그의 눈에 비친 자신은 천박하고 이리저리 빌붙는 박쥐로 보이는 것 같았다.

멀어지는 태하를 슬픈 눈으로 바라보던 지우는 제 가슴에 손을 얹으며 욱신거리는 통증을 가라앉히고 발을 옮겼다.

태하는 건물 중 제일 앞에 있는 곳에 카드를 대고 문을 열었다. 밖에 서 있는 지우를 보지도 않고 안으로 들어가 버렸다.

“아아.”

지우는 제 카드를 내려다보며 난처한 얼굴로 향했다. 띠리릭, 문이 열리고 지우가 들어오자 안에서 씩씩대고 서 있던 태하가 설마 하는 표정으로 몸을 돌렸다.

“너 여기 써?”

“네.”

태하는 곧장 다가와 문을 열고 나갔다. 쾅 닫힌 문에 그녀의 심장도 함께 떨어졌다. 나간 문을 바라보던 지우는 옅은 숨을 쉬고 안으로 들어왔다. 안은 매우 넓고 아늑했지만 칸막이만 되어 있을 뿐 독립적인 공간이 없었다.

반 층 위로 올라가면 침대와 테이블이 있지만 어디든 눈을 돌리면 볼 수 있는 위치였다. 천천히 걸어 소파에 앉은 지우는 제 손을 맞잡으며 초조하게 기다렸다.

“저러다 밖에서 잔다고 하면 어쩌지.”

감기 걸릴 텐데, 회사 일로 바쁜 사람인데 괜히 건강이 나빠지면 곤란했다.

"차라리 내가 나가는 게 낫겠어."

지우가 소파에서 일어서던 찰나 문이 열렸다. 안으로 들어오는 태하를 보며 지우는 또 망설였다. 무슨 말을 해도 그는 오해를 하기 때문에 말 한마디 내뱉는 것도 쉽지 않았다. 더군다나 이런 실내 공간에서는 더욱 긴장이 되었다. 밀폐된 공간의 공기가 가뜩이나 긴장한 사람을 더욱 압박하는 것 같았다.

태하의 얼굴을 보니 잘못 말하면 큰일이 날 것만 같았다. 지우도 잘은 모르지만 분위기로 봐서 그도 이런 상황이 올 줄 모른 것 같고 이곳에 연지우가 있을 거라곤 꿈에도 몰랐던 것 같다. 그리고 많은 건물 중에 한 곳만 사용하게 될 줄도 몰랐을 것이다.

태하는 죽일 것 같은 얼굴로 지우에게 다가와 섰다.

"내가 왜 이런 상황에 놓이게 되었는지 설명해 봐."

난감해하는 지우의 얼굴을 보며 태하는 잡아먹을 듯이 그녀를 노려보았다. 그러던 그가 거친 숨을 내쉬며 안으로 발을 옮겼다.

"당장 사람 불러. 지금 간다고."

수영장이 놓인 테라스로 걸어가는 태하의 뒷모습을 바라보던 지우는 시선을 아래로 내렸다.

"싫어요."

단호한 목소리에 태하가 몸을 돌려 황당한 얼굴로 바라봤다. 지우는 다시 눈을 들어 그를 보았다.

"안 가요."

"연지우."

"여기 내가 먼저 왔어요. 그러니까 가려면 당신이 가요."

"내 전화는 안 받잖아! 빌어먹을 너희들 장난에!"

버럭 소리를 지르는 태하가 무서웠지만 지우는 제 손을 꼭 쥐었다.

"안 믿겠지만 난 당신이 오는 줄 모르고 있었어요. 당신이 화나는 상황인 건 이해하는데 그게 내 잘못은 아니에요."

지우는 안으로 걸어가 벽장 안쪽에 놓인 자신의 캐리어를 들고 나왔다.

"태하 씨가 여기 써요."

"갈 데도 없잖아!"

나가려는 지우의 뒤통수로 태하가 외쳤다.

"다른 동은 다 잠겨 있는데 어디를 가겠다는 거야."

지우가 몸을 돌려 태하를 보았다.

"그럼 같이 있어도 되겠어요? 태하 씨는 날 벌레 보듯 하는데 내가 같은 공간에 있으면 견딜 수 있겠느냐고요."

"뭐?"

"걱정 말아요. 프런트하우스에 간이 휴게실 있더라고요. 거기서 머물면 돼요."

"거기도 잠겼어."

태하는 제 머리를 흐트러뜨리며 연신 숨을 내쉬었다.

"2층 레스토랑만 열려 있고 네가 말한 공간은 다 잠겨 있었어. 아까 점검 때 돌아다니며 다 봤는데 거길 안 가 봤을까."

"아……."

그럼 난처했다. 그곳을 생각하고 나가려고 했는데 잠겨 있다면 정말로 갈 곳이 없었다. 바닷가에 카바나 같은 곳도 한여름엔 괜찮지만 6월 말은 아침저녁으로 추웠다.

"그냥 여기 써. 너라고 별수 있나. 감기 걸리면 나만 욕먹을 텐데."

태하는 포기했는지 지친 목소리로 내뱉고 욕실로 들어갔다. 멍하니 서 있던 지우는 저절로 새어 나오는 한숨을 내쉬었다.

5

야상곡

어제만 해도 혼자 머물기에 굉장히 넓다고 생각한 공간이 오늘은 비좁게만 느껴졌다. 서로가 멀찍이 떨어져 있고, 충분히 넓게 빠진 구조임에도 지우는 피할 공간이 없는 이 객실이 답답했다.

지우는 반 층 위의 침대에, 태하는 아래층 소파에 앉아 침묵을 이어 갔다.

읽을 도서를 가져온 지우는 침대에 앉아 책을 읽고, 태하는 소파에 몸을 기대어 눈을 감고 있었다. 지우는 배가 고팠지만 일어설 분위기가 아니라 눈치만 보고 있었다. 이렇게 장시간 같은 공간에 머문 적은 없어서 그녀는 어쩔 줄 몰라 하며 책장만 넘겼다. 글씨는 눈에 들어오지도 않는데 말이다.

배 속에서 배고프다고 아우성치는 소리가 태하에게 들릴 것만 같아 지우는 책을 덮고 누워 이불을 머리끝까지 뒤집어썼다.

차라리 잠을 자자.

잠이 올 리가 있나. 배가 고픈 것보다 긴장된 마음 때문에 정신은 더욱 또렷해졌다. 태하가 뭘 하는지 궁금했지만 이불을 들어 바라볼 용기가 나지 않았다.

한참을 뒤척이다가 언제 잠이 들었는지 눈을 떠보니 날이 밝아 있었다. 침대에서 일어난 지우는 아래층을 보았다. 태하는 소파에 없었다.

지우도 옷을 갖춰 입고 밖을 나왔다. 문을 열자마자 파도 소리가 들려왔다. 오늘도 하늘이 맑고 날씨가 좋았다. 어제 저녁을 먹지 못해서 지우는 레스토랑으로 발걸음을 옮겼다.

천천히 계단을 올라가던 지우는 주방 쪽에서 나는 소리에 얼굴을 돌렸다. 태하가 프라이팬에 무언가를 볶고 있었다. 한참 집중하던 태하는 지우가 가까이 다가오자 힐끔 보고 다시 하던 일을 계속했다.

"밥도 안 먹고 살았나. 식재료가 다 그대로더라."

"그냥 조금씩……."

지우는 태하가 끓이는 수프 향에 하던 말을 멈췄다.

"양송이랑 브로콜리 있기에 내 마음대로 끓였어. 넌 먹기 싫으면 다른 거 해 먹어."

"나도 같은 걸로 먹을게요."

"그러든가."

그는 무심히 내뱉었지만 지우는 한결 마음이 밝아졌다. 먹는 것 가지고 차별할 사람은 아니지만 저렇게 말이라도 해 주는 그가 고마웠다. 솜씨를 보니 요리도 잘하는 것 같았다.

"집에서 하도 먹질 않아서 몰랐는데, 요리 잘하네요."

"귀찮아. 굳이 내가 하지 않아도 되는 걸 할 필요가 있나."

잠시 멀뚱히 서 있던 지우가 어색함을 못 이기고 말을 걸었다.

"샌드위치 먹을래요?"

마침내 태하가 지우를 정면으로 바라봤다.

"넌 매번 그것만 먹어? 밥을 먹어, 밥을."

"요리 잘 못해요. 샌드위치가 제일 잘할 수 있는 거라서."

지우는 부끄러운 듯 얼굴이 붉어졌다. 태하는 한심스럽게 바라보다가 그녀에게서 시선을 돌렸다. 한참 채소를 볶던 태하는 밥솥에서 밥을 퍼서 함께 버무리며 볶았다.

"그럼 넌 계란 프라이나 해."

지우는 고개를 끄덕이고 냉장고를 열어 계란 세 개를 가져왔다. 남는 프라이팬을 달구고 기름을 두른 다음 계란을 깨트렸다. 어느 정도 익은 게 보여 뒤집으려는데 마음처럼 되지 않았다.

"연지우! 뭐 해. 왜 다 터트려."

급히 다가온 태하는 노른자가 터져서 삐져나온 프라이를 보며 지우를 노려보았다. 당황한 얼굴로 그를 보던 지우가 뒤집개로 흘러나오는 노른자를 막으며 소심한 방어를 했다.

"됐어. 넌 가서 앉아 있어. 아무것도 하지 마."

무서운 얼굴로 협박하는 태하에게 겁을 먹은 그녀가 고개만 끄덕이고 식탁으로 갔다. 그런 지우의 모습을 황당한 얼굴로 바라보던 그의 입가에 저도 모르게 미소가 스쳤다. 한심하고 바보 같고 마음에 드는 구석이 하나도 없는데 묘하게 엉뚱해서 웃음이 나왔다. 늘 도도하고 차갑기만 한 여자였는데 허당미를 보이자 모순되게 느껴졌다.

식탁엔 양송이 수프와 아스파라거스를 곁들인 볶음밥, 터지지 않고 탱글탱글 살아 있는 계란 프라이, 구운 소시지가 놓였다. 태하가 음식을 식탁으로 옮기자 앉아 있던 지우도 수저와 포크를 가져와 놓았다.

식사는 조용했고 서로 먹는 데 집중했다. 어제만 해도 물어 죽일 듯이 노려보던 태하가 자신을 마주 보고 먹는 것 자체가 신기한 일이었다.

"맛있어요. 정말로."

침묵 속에서 지우가 먼저 말을 꺼냈다. 어쩐지 눈을 마주칠 수가 없어서 테이블만 바라봤다.

도저히 이길 수가 없네. 뭐든 나보다 뛰어나서 나 좀 봐 달라고 할 만한 것이 없어.

속으로 말을 삼킨 지우는 이 섬으로 여행 온 뒤 처음으로 든든한 아침을 먹었다.

"설거지는 내가 할게요. 그건 잘해요."

나름 씩씩한 목소리로 말한 지우는 비워진 접시들을 빠르게 모아들고 당차게 걸어갔다.

"으아!"

갑자기 제 발에 걸려 넘어지면서 접시가 바닥으로 쏟아져 와장창 깨졌다.

"괜찮아?"

급히 다가온 태하가 지우를 살펴보다가 바닥에 산산조각 난 접시들을 보았다. 지우는 자꾸만 반복되는 실수에 아찔해졌다. 평소엔 잘만 걷는데 왜 하필 지금 발이 꼬여서 넘어졌는지 스스로에게 화가 났다. 아까부터 모든 것이 부자연스럽고 실수투성이였다.

그를 힐끔 보자 태하는 굳은 얼굴로 깨진 접시들을 보았다. 지우는 창피해서 눈을 질끈 감았다. 한동안 정적이 흐른 후 태하는 지우의 팔을 잡아끌어 식탁 의자에 앉혔다.

"넌 그냥 아무것도 안 하는 게 낫겠다. 뭘 하려고 하지 마."

대놓고 무시하는 말이지만 저지른 게 있으니 할 말이 없었다. 조금이라도 잘 보이고 싶어서 어필하려고 했는데 사고만 쳤으니 저절로 한숨이 쏟아졌다.

"네."

지우는 시무룩하게 대답하며 고개를 푹 숙였다. 태하는 창고에서 빗자루를 가져와 깨진 접시를 쓸어 담아 따로 비닐봉지에 넣어 묶었다.

"저거 새 접시인데 네가 깼다고 지배인에게 보고해라. 정확히 네 개."

"네."

"그리고 접시 전부 새로 교체하라고 해."

"네. ……네?"

대답하던 지우가 눈을 들어 태하를 보았다. 허리에 손을 두른 태하는 접시 하나를 들어 위아래로 움직였다.

"접시로 팔 운동할 일 있어? 너무 무겁잖아. 가볍게 들고 움직여야 깨질 위험도 덜하지. 이건 너무 무거워. 네가 부주의했지만 접시 자체가 깨지기 쉬운 재질인 것도 있어."

태하는 깨진 접시를 담은 봉투와 빗자루를 들고 창고로 향했다. 그리고 식탁에 남겨진 다른 그릇들도 부지런히 옮겨 주방 싱크대로 가져갔다. 물소리가 나고 달그락거리는 소리가 들렸다. 가만히 앉아 있던 지우는 더는 실수하는 일이 없길 바라며 태하에게 다가갔다.

"난 뭐 할까요?"

"그걸 왜 나한테 물어. 네가 알아서 해. 갇혀 있으면서 뭘 할지 생각도 안 한 거야?"

여전히 말 참 밉게 한다. 상처 주는 말만 골라서. 하지만 그의 말도 일리가 있었다. 혼자 있길 원해서 와 놓고 어느새 그에게 의지하고 있었다.

"건물 뒤쪽 숲길은 안 들어가 봤는데……."

잠시 머뭇거리던 지우는 살짝 고개를 저었다. 뒤돌아 나온 지우는 터덜터덜 빌라로 걸어왔다. 어차피 혼자였는데 뜬금없이 그에게 의지하는 건 맞지 않았다. 태하가 잠시라도 편하게 있으려면 자신이 피해 있는 게 나았다.

지우는 에코백에 선글라스, 카디건, 책, 물 등을 넣어 들고 나왔다. 모자는 역시 창 넓은 밀짚모자가 최고였다. 민소매 셔츠에 청바지를 입고 쏟아지는 햇빛을 맞이했다.

"오늘은 숲을 들어가 볼까."

지우는 이 섬에 온 뒤 숲을 들어가지 못했다. 그렇게 깊진 않았지만 어쩐지 소나무가 우거진 숲길이 무섭게 느껴졌다. 그래서 주로 바닷가 근처를 산책하고 숲은 눈으로 보기만 했다. 어차피 리조트를 오픈하면 숲도 개방할 텐데 문제점은 미리미리 고쳐야 하니 오늘은 들어가 보자.

용기를 낸 지우는 소나무 두 그루가 양쪽에 서서 허리를 굽히고 안내하는 숲으로 들어갔다. 숲은 시원하고 생각보다 아늑했다. 숲이라고 해서 독일의 검은 숲처럼 빽빽한 건 아니었다. 구부러진 소나무가 뒤엉켜 조화를 이루고 하늘은 생각보다 뻥 뚫려 있었다.

길은 먼지가 나지 않는 흙으로 덮여 있어 걸을 때마다 폭신폭신한 느낌을 주었고, 소나무 숲은 아기자기하고 산책에 안성맞춤이었다. 이제부터 여기 있는 동안 매일 와야겠다는 생각이 들었다.

생각하니 신기했다. 어제만 해도 들어올 생각을 못 했는데 오늘은 어디서 용기가 난 건지 이젠 아무렇지도 않은 일이 되었다. 지레 겁먹고 용기 내지 못했다면 이런 아늑한 풍경을 볼 수 있었을까.

지우는 문득 몸을 돌려 왔던 길을 되돌아봤다. 순간 그녀의 눈이 휘둥그레 커졌다. 태하가 천천히 걸어오고 있었다. 호주머니에 손을 넣은 채 느린 걸음으로 걸어왔다. 어제 입었던 슈트가 아닌 캐주얼 한 셔츠에 린넨 바지가 그와 잘 어울렸다.

붙박이처럼 서 있는 지우의 앞까지 온 태하가 마주 보고 섰다. 말없이 자신을 바라보고 있는 태하의 시선에 지우는 온몸이 불타오르는 것 같았다. 시선이 따가워 눈빛을 피해 버렸다.

"산책하러 왔어요?"

"네가 또 무슨 사고를 칠지 몰라서."

그 말에 지우는 옅은 숨을 내쉬며 태하를 슬쩍 보았다. 그는 먼저 발을 떼며 앞으로 걸었다. 지우도 가만히 같은 간격을 유지하며 따랐다.

정오가 가까워지자 숲길 사이로 햇살이 비처럼 스며들었다. 나무가 내뿜는 상쾌한 향에 지우는 긴장된 마음이 조금씩 풀렸다.

한참을 말없이 걷던 그들은 오래된 소나무 앞에 섰다. 정확히는 태하가 보고 있는 소나무 곁에 그녀가 다가와 섰다.

"나무가 참 예쁘게 휘어졌네요."

나직한 목소리에 태하가 고개를 돌려 지우를 바라봤다. 그녀는 가만히 나무를 올려다보았다.

"300년 된 나무래."

"300년이나 됐대요? 그렇다면 정말 보통내기가 아니겠어요. 그 긴 세월을 견디며 버티려면."

"버틴 건지, 이긴 건지는 모르지."

나무를 보던 지우도 얼굴을 돌려 그를 보았다. 눈이 마주쳤다.

"이겼다고 생각하진 않아요. 이렇게 부드러운데 이길 생각이었다면 꺾였거나 더 두꺼워졌을 것 같아요."

"이기지 않았으면?"

태하를 보던 지우는 싱긋 웃으며 얼굴을 다시 나무로 돌렸다.

"나무에게 이야기를 입혀 보자면 이 나무는 비바람을 맞으며 제 스스로를 변화시켰을 거예요. 어쩔 땐 왼쪽으로, 그러다가 오른쪽으로. 그렇게 부드러운 마음씨니까 강한 바람도 마침내 굴복하고 인정한 것 아닐까요."

태하를 힐끔 본 지우는 그의 얼굴이 차가워지자 자신이 또 무슨 실수를 저질렀나 걱정이 되었다. 그의 기분에 따라 마음이 시시각각으로 변했다.

"여기 더 있을 거예요?"

"어."

"그럼 난 피해 줄게요."

지우는 먼저 몸을 돌려 걸어갔다. 태하의 시선이 오래도록 그녀를 뒤따랐다. 그녀가 안 보일 때쯤 다시 나무를 보았다.

"잘 아는 것처럼 말하지 마. 넌 철저히 위선적인 여자잖아. 아니, 이것도 가식인가."

태하는 날카로운 눈빛으로 나무를 노려보았다.

가식, 위선.

하지만 그런 것으로 치부하기엔 마음이 불편했다.

"그런데 말이야. 그게 다 무슨 소용이지."

보름 내내 머릿속을 울리던 두통이 말끔히 사라졌다는 걸 깨달았다. 단 하루 만에.

어두워진 바닷가를 앞에 두고 휴대폰 플레이어에선 쇼팽의 '녹턴'이 흘러나왔다. 조용한 밤의 분위기, 서정적이면서 신비로운 감성을 지닌 밤의 음악.

카바나에 앉아 쏟아지는 햇볕을 피하던 지우는 해가 서쪽으로 기울자 카디건을 입고 바닷가 앞으로 나왔다. 모래밭에 앉아 하염없이 바라보고 있노라니 해는 완전히 저물었다. 그리고 밀물 때라 멀찍이 빠졌던 바닷물이 시간의 흐름 만큼 다가왔다.

아까부터 컨디션이 좋지 않아 그녀는 이만 일어나야겠다고 생각했다. 그런데 일어나고 싶어도 좀처럼 몸이 말을 듣지 않았다. 숙소에 태하가 있을 거란 생각 때문인 것도 있지만 몸에 기운이 빠져 납덩이로 누르는 것처럼 힘이 나지 않았다.

아무래도 그를 지나치게 신경 쓰다 보니 다시 몸살이 온 것 같다. 숲속에 있을 때만 해도 잘 못 느꼈는데 숲에서 나오자 몸이 으슬으슬 떨렸다.

"여기서 뭐 해."

귓가에 들리는 태하의 목소리에 지우는 천천히 고개를 들었다. 잔뜩 화가 난 얼굴로 쏘아보는 그를 보자 그녀는 다시 심장이 쿵쿵 뛰었다. 매번 그를 화나게 만드는 존재가 자신이란 생각에 가슴이 저릿하게 아파 왔다.

"여태 여기 있었어?"

"아, 일어나려고 했는데."

자세를 고쳐 손을 바닥에 집던 지우는 현기증에 몸을 일으키지 못했다. 잠시 머릿속을 어지럽히던 증상이 사라지자 천천히 일어섰다.

"가요."

한 걸음을 내딛은 지우는 태하가 팔을 잡아 이마에 손을 얹자 눈을 크게 뜨며 그를 봤다.

"열나잖아!"

"괜찮아요."

별일 아니라는 듯 담담히 말하는 그녀의 얼굴은 말과 다르게 괜찮지 못했다. 태하는 저절로 나오는 한숨을 내쉬며 소리를 버럭 질렀다.

"제 몸 하나 건사하지 못하면서 무인도에는 어쩌자고 온 거야! 너 정말 이렇게 대책 없이 행동할래?"

"태하 씨."

화를 내는 태하에게 괜히 미안해져 지우의 눈망울이 흔들렸다.

"몸이 이 지경인데 여태 밖에 있으면 어떡해!"

"내가 있으면 당신이 불편해하잖아요."

"그럼 밖에서 자려고 했어?"

"당신 잠들면……."

후우, 화를 참는 숨소리가 지우에게도 들렸다. 지우는 두려운 눈망울로 그를 보았다. 자신의 머리카락을 거칠게 흐트러뜨리던 태하는 그녀의 손을 잡고 앞장섰다. 얼떨결에 따라가는 지우는 제 손을 꼭 잡고 있는 그의 손에 시선이 갔다. 몸이 떨려서 그런지 그의 손이 따뜻하게 느껴졌다.

빌라로 온 태하는 그대로 지우를 침대로 데려가 앉혔다.

"프런트 건물 가서 비상약 있나 보고 올 테니까 옷 벗어. 너 열 많이 난다."

태하는 지우의 이마를 짚어 본 뒤 계단을 내려가 곧장 나갔다. 그가 나가자 긴장이 풀린 지우는 그대로 쓰러지듯 침대에 누웠다. 열이 난다고 하지만 몸은 점점 더 추워져 지우는 이불을 뒤집어쓰며 웅크렸다.

얼마나 시간이 지났을까. 지우의 어깨를 두드리며 깨우는 소리에 서서히 눈을 떴다.

"땀 봐. 내가 옷 벗으랬잖아."

"……네."

몸을 일으켜 보려 했지만 말을 듣지 않았다. 축 처진 지우를 보던 태하가 한숨을 내쉬며 그녀를 안아 일으켰다. 그리고 지우의 셔츠 단추를 빠르게 풀며 벗겼다. 속옷까지 단숨에 벗긴 태하는 청바지도 마저 벗겼다. 그의 손에서 순식간에 사라지는 옷가지가 침대 옆에 떨어졌다.

"비상약은 없고 타이레놀 한 통만 있더라. 일단 이거라도 먹어."

실오라기 하나 걸치지 않은 여자의 몸을 보며 감탄할 여유가 없었다. 몸을 제대로 못 가누는 그녀의 정신을 깨워 약을 먹이는 것도 보통 일이 아니었다.

"정신 차려 봐. 약 먹고 자."

하아, 지우는 자꾸만 같은 숨을 반복하여 내쉬며 떠지지 않는 눈을 겨우 떴다. 그리고 입안으로 들어오는 알약을 가까스로 삼켰다.

"물도."

물을 마시는 것도 힘겨웠다. 입가에서 떨어지는 물이 그녀의 가슴에 닿아 젖어 갈 때마다 피부의 감각이 일제히 일어났다.

"추워요."

흐릿한 눈빛으로 신음 소리에 가까운 말을 내뱉은 지우는 태하가 일어서자 엄마 잃은 아이마냥 불안하게 올려다봤다.

"아래층 옷장에서 덮을 것 가져올게."

"……같이 있어요. 태하 씨. 나랑 같이 있어 줘요."

지우가 태하의 옷깃을 잡았다. 그리고 애원하는 눈빛으로 바라봤다.

"싫어."

단호한 목소리에 지우는 서글픈 미소를 띠며 살짝 고개를 끄덕이고 잡은 옷을 놓았다. 그리고 쓰러지듯 침대에 누웠다.

"미안해요."

침대 밑으로 누군가 자신을 끌어당기는 것처럼 온몸이 푹 꺼지는 것 같았다. 지우는 이불을 목까지 끌어당기며 눈을 감았다. 그때 갑자기 이불이 들춰지며 침대 옆이 묵직해졌다. 태하가 지우의 몸을 끌어 품에 안았다.

"아무 힘도 못 쓰는 주제에 남자 보고 옆에 있어 달라고 해? 내가 무슨 생각을 하는 줄 알고."

태하의 온기가 느껴져 지우는 몸을 돌리려고 했지만 그가 몸을 꽉 안는 바람에 움직일 수가 없었다.

"넌 뭘 바라는 거야."

"……태하 씨가 날 미워하지 않길 바라요."

"연지우."

"난, 난…… 당신을 좋아해요. 아주 오래전부터……."

지우는 온몸이 떨리는 감각을 느끼면서도 말을 했다. 몸이 아프니 사람이 용감해지는 건지 그녀는 오랫동안 마음 깊은 곳에 감춰 두었던 진심을 내보였다.

"그냥…… 내 마음이니까 뭐라 하지 마요……."

따뜻한 온기가 제 몸을 감싸자 지우는 서서히 잠이 들었다.

"늘 당신뿐이었어요. 그땐…… 그게 최선이었어요. 지키려면. 난……."

멀어지는 의식에 그녀는 옅은 숨을 내쉬었다.

"……미안해, 오빠."

불현듯 정신을 차리고 눈을 뜬 지우는 사방이 어두워 당황했다. 깜깜한 어둠이 시야를 가득 채워 한 치 앞도 보이지 않았다.

갑자기 덜컹거리는 소리와 동시에 지우가 앉았던 자리에 구멍이 생기며 아래로 빠졌다. 빨려드는 낙하 속도에 지우는 눈을 질끈 감았다. 이대로 바닥에 떨어진다면 온몸이 부서지고 산산조각날 것 같았다.

차라리 잘된 건가. 이대로 죽는 것도 나쁘지 않아.

그렇게 마음을 먹으니 편해졌다. 그래서 팔을 활짝 펴서 그대로 중력의 힘을 느꼈다.

탁, 지우의 팔을 잡는 힘에 아래로 끌려가던 지우의 몸이 대롱대롱 매달렸다. 그리고 아래로 끌던 힘은 어느새 사라지고 그녀의 발아래 바닥이 느껴졌다. 가만히 눈을 들어 제 팔을 잡은 힘을 보았다.

아무도 없을 줄 알았는데, 누구도 자신을 잡아 주지 않을 거라 생각했는데. 절대 잡아 주지 않을 거라 생각했던 사람이 제 팔을 꼭 잡고 간절한 얼굴로 바라보고 있었다.

왈칵 눈물이 쏟아졌다.

"흐흑."

지우는 잠결에 눈물을 흘리며 눈을 떴다. 주변은 여전히 어두웠지만 작은 전등 불빛이 느껴졌다. 그리고 옆에 누운 태하가 자신을 보고 있다는 것을 깨달았다.

황급히 몸을 일으키던 지우는 아무것도 입지 않았다는 것을 알고 급히 이불로 몸을 가렸다.

"무슨 일이……."

제 머리를 쓸어 올리며 고개를 옆으로 돌린 지우는 태하와 눈이 마주치자 굳은 듯 움직이지 못했다.

"괜찮아?"

"네, 네."

"원래 그렇게 아플 땐 정신을 못 차리나?"

"네? 내가 무슨 실수라도……."

말을 하던 지우는 태하가 몸을 일으켜 앉으며 그녀를 빤히 바라보자 입을 다물었다. 그가 손을 들어 지우의 뺨을 손끝으로 닦았다.

뒤늦게 눈물이 흘렀다는 걸 느낀 그녀가 제 손으로 자국을 닦아 내며 흔들리는 눈망울로 이리저리 둘러보았다.

"나한테 오빠라고 하더군."

지우가 당황한 얼굴로 바라봤다. 태하는 지우의 얼굴을 뚫어지게 바라봤다. 서로의 시선이 만나 피할 수 없었다.

"넌 정말 알 수 없는 여자야. 이젠 내가 혼란스러워. 네가 어떤 여자인지 점점 더 모르겠어. 만약 이런 것까지 의도했다면 난 또 이용당하는 거겠지."

"……."

"더 자. 아직 2시도 안 됐어."

"내가 얼마나 잠든 거예요?"

"다섯 시간 정도 잤나. 악몽을 꾸는지 계속 울더라."

지우는 흔들리는 눈빛을 아래로 내리며 입술 끝을 물었다.

"한참 땀 흘리더니 이젠 좀 괜찮은 것 같네. 땀 때문에 옷이 흠뻑 젖어서 벗긴 거니 오해하진 마."

"고, 고마워요."

"이불로 그렇게 감출 것 같으면 나한테 같이 있어 달라고 하면 안 되지."

침대에서 일어선 태하는 이불을 꽁꽁 감싸고 있는 지우를 보며 어이없다는 듯 웃고는 계단을 내려가 밖으로 나갔다. 그가 나가자 지우는 참았던 숨을 한꺼번에 내쉬었다. 옷이 전부 벗겨진 것도 충분히 당황스러웠지만 정신을 잃는 와중에 했던 말이 떠올랐다. 미쳤구나, 연지우.

으슬으슬 떨리던 몸은 약 기운 때문인지 한결 나아졌다. 무겁게 짓누르던 몸도 가벼워졌다. 지우는 가만히 이불을 내리며 침대에서 일어섰다.

옷을 입으려면 아래층 옷장으로 내려가야 했다. 알몸으로 계단을 내려오는 것이 어쩐지 부끄러웠지만 가능한 생각하지 않으려 빠르게 내려왔다. 서둘러 속옷을 챙겨 욕실로 들어간 지우는 샤워기를 틀며 숨을 내쉬었다.

아파서 제정신이 아닌 탓에 일을 저질렀지만 점차 마음이 편해졌다. 차라리 그가 알게 되어 홀가분했다. 그리고 꿈속에서 자신을 잡아 주었던 태하를 보고 눈을 떴던 터라 그녀는 이제 한 가지만 생각하기로 했다.

태하를 마음껏 사랑하기로 마음먹었다. 나중에 그에게 버려지더라도 후회하지 않도록 그에게 마음을 다하기로.

샤워를 마친 지우는 옷을 입고 나왔다. 아직도 태하가 들어오지 않아 지우는 빌라 밖으로 나왔다.

빌라 앞에 놓인 벤치에 앉아 있는 태하의 뒷모습이 눈에 들어왔다. 깜깜한 바다 저편을 바라보며 그림처럼 앉아 있는 모습마저 설레고 좋았다.

지우는 천천히 발을 옮겨 그에게 다가갔다. 어두운 바닷가에 불빛 하나 없는 밖에서 의지할 곳은 태하뿐이었다.

태하의 옆에 앉으며 시선을 바닥으로 내렸다. 그의 시선이 느껴졌다.

"왜 나왔어. 너 아직 열 있어. 더 자."

"다 들었잖아요."

지우도 눈을 들어 그를 보았다. 그리고 부드럽게 미소 지었다.

"아까 한 말, 거짓말 아니에요."

"연지우."

"나 태하 씨 좋아해요. 많이."

지우는 막상 그 말을 내뱉자 눈망울이 촉촉해졌다. 눈물은 흘러내리지 않는데 울 것 같은 얼굴로 시선을 내렸다.

"너."

"같은 마음이길 바라는 건 아니에요. 그냥…… 어릴 때부터 난 항상 당신을 마음에 두고 있었다는 걸 믿어 줬으면 좋겠어요."

"믿어달라고? 거짓말을 하려면 좀 그럴듯하게 해. 네가 마음에 둔 사람은 형이었잖아. 잊었어?"

"아주버님은 좋은 사람이지만 내가 좋아하던 사람은 태하 오빠였어요."

태하가 벌떡 일어나 소리를 질렀다.

"이젠 네가 무슨 말을 했는지도 기억 못 하는 거야? 아니면 기억하고 싶지 않은 거야! 정말로 너한텐 그게 아무것도 아니야?"

지우의 어깨를 붙들어 흔들던 태하는 급히 손을 떼며 제 이마를 쓸어 올렸다. 그의 눈동자가 거칠게 흔들렸다.

"됐다. 어차피 지난 일이야."

지우는 안타까운 눈으로 그를 보며 간절한 고백을 가슴 속에 삼켰다. 상처 받은 눈과 배신당한 마음. 그의 진심과 애정을 버리고 얻은 위선과 가식. 그에게서 사라질 수 없는 기억.

"나에게 한 번만 기회를 줘요."

"뭐?"

"당신을 사랑해도 용서해 줄 기회."

지우도 벤치에서 일어서며 그를 똑바로 올려다보았다.

"나에게 사랑을 주지 않아도 괜찮아요. 날 사랑하지 않아도 돼요. 다른 여자 만나도 돼요. 약속한 것처럼 1년 뒤 이혼하자고 해도 좋아요. 그냥, 밀어내지만 말아 줘요."

"미쳤군."

그때 지우가 다가와 태하의 허리를 안았다. 그녀의 머리가 그의 가슴에 닿았다. 아직 완전히 열이 내리지 않아 몸이 뜨거웠다.

"난 매번 감정을 감추며 살았어요. 그래야 한다고 스스로를 가두고 상처를 줬어요. 이젠…… 싫어요. 감추고 싶지 않아요."

지우는 서서히 안았던 팔을 풀었다. 잔뜩 굳은 그의 얼굴과 마주하자 찌릿한 심장의 고통과는 다르게 미소가 피었다.

"집에 가면 정원에 핀 꽃을 가꾸고 또 매일 식사를 차려 줄게요. 요리는 박 집사님이 하시니까 난 그냥 내놓기만 할게요. 해 달라고 조르지 않을게요. 그마저도 싫으면 반신욕 물이라도 채워 넣을게요. 그러니까……."

갑자기 태하가 지우의 허리를 와락 끌어안아 당겨 그녀의 몸이 뒤로 꺾였다. 그의 팔에 의지한 채 동그랗게 뜬 눈동자가 태하를 담았다. 태울 듯 뜨거운 눈빛을 마주하자 그녀의 심장이 한껏 경직되었다.

"감당할 수 있겠어?"

"네?"

"난 어릴 때 네가 알던 김태하가 아니야. 다정함을 바라지 마."

지우의 입가에서 옅은 숨이 새어 나왔다. 그리고 천천히 고개를 저었다. 그리고 그의 목에 팔을 감아 얼굴을 가까이 가져왔다.

"바라지 않아요."

입술이 닿았다. 부드럽고 촉촉한 입술 끝이 떨어졌다.

"널 망가뜨릴 거야."

참았던 눈물이 뺨을 타고 떨어졌다. 고개를 끄덕였다. 태하의 팔이 지우의 허리를 더욱 꽉 안았다. 그리고 다른 손이 그녀의 얼굴을 감쌌다. 시선이 닿는 곳을 느끼던 지우는 눈을 감았다. 감은 눈꼬리로 눈물이 흘렀다.

지우의 입술에 닿은 태하는 가만히 그녀를 자극했다. 부드럽게 입술을 빨아들이던 그는 그녀를 가르며 안으로 들어왔다. 고른 치열을 훑고 말랑한 혀를 휘감아 당겼다. 가쁜 숨을 내쉬며 그를 받아들이는 그녀의 몸이 떨렸다. 온몸으로 신경을 곤두세우고 있다는 걸 태하도 느꼈다.

끈적이는 키스를 한 건 처음이었다. 거칠고 아프고, 짓누르는 키스가 전부였다. 이렇게 눈물이 날 정도로 부드럽고 아련한 키스가 꿈처럼 아득한 지우는 쉽게 그의 팔을 놓지 못했다.

"그날 이후로 내내 몸이 아팠어요. 왜 아픈지 몰랐는데 이젠 알겠어요."

"연지우."

"사랑해요. 태하 오빠."

왜 그랬는지는 모르겠다. 지우의 고백에 총을 맞은 듯 충격을 받은 것도 아니었다. 그런데 그녀의 고백에 태하는 자신의 다짐을 버리고 지우를 안았다. 처음 그녀가 태하의 서재에 들어와 충동적으로 안았을 때와는 달랐다. 결단코 그때와는 자신의 마음이 같지 않았다.

그렇다고 하여 다짐을 무시할 생각도 아니었다. 한 번 더 지우를 안으면 스스로를 통제할 수 없을 것 같았다. 이제 다시 그녀의 몸을 만난다면 이젠 절제하지 못하고 몸의 노예가 될 것만 같았다. 그래서 무조건 지키려고 했다. 이 다짐을 끝까지 이어 가려고 했다.

분명한 건 이 밤에 지우는 외로워 보였고, 예뻤다. 여우에게 홀린 것처럼 다짐은 흰 연기처럼 사라져 버리고 머릿속은 갖고 싶다는 생각만 가득했다. 자신의 아래에서 희고 고운 피부를 드러내며 사내의 욕정을 받아 내는 연약하고 작은 여자가 전부였다.

"오빠……."

그래, 그 오빠란 말이 자꾸만 마음을 조종했다. 그 말에 마음이 약해지고, 어느 순간 어린 시절로 돌아가 있는 것만 같았다.

더욱 달아오른 몸은 불덩이처럼 뜨거웠다. 달뜬 숨과 풀어진 눈빛으로 태하를 바라보는 지우는 그의 어깨를 잡고 한 번도 놓지 않았다.

다정하길 바라지 말라면서 태하는 눈물이 날 정도로 정성 들여서 애무했다. 그의 손과 입술이 닿는 곳마다 꽃이 피어나듯 온몸의 감각이 일제히 일어났다. 제 안으로 들어온 그의 남성을 힘겹게 받아들이자 신음 소리가 커졌다.

그의 어깨를 잡은 손에 점차 힘이 들어갔다. 몸을 움직이던 태하는 제 행위에 뇌쇄적으로 변하는 지우의 눈동자를 보며 입술을 집어삼킬 듯 키스했다. 지금은 미칠 듯이 서로를 원했다.

태하가 사정하려 몸을 드는데 지우가 그의 허리를 팔로 감고 힘을 주었다.

"있어 줘요."

거친 숨을 내쉬며 말을 하는 지우를 가볍게 무시한 태하는 거듭 몸을 빼려고 했다.

"제발."

"연지우."

그의 분신이 지우의 몸 안으로 들어왔다. 그건 이제까지 느껴 본 적 없는 쾌락이었다. 드디어 그를 온전히 받아들인 느낌이었다.

둘 다 거친 숨을 내쉬며 한참을 멈춘 듯 그대로 있었다. 먼저 정신을 차린 태하가 팔을 들어 지우를 내려다보았다. 그의 눈빛이 뜨거웠다. 곧 제 머리를 쓸어 올렸다. 태하는 화가 나면 곧잘 머리카락을 쓸어 올리거나 흐트러뜨렸다.

"내 실수야. 확실하게 했어야 했는데."

"내가 원했잖아요. 당신 잘못 아니에요."

"그러다 정말 애라도 생기면 감당 못 해."

잠시 머뭇거리던 지우는 옆으로 고개를 돌리며 그의 시선을 피했다.

"당신한테 책임지라고 하지 않을 거예요."

"너무 무책임한 말이지 않아? 아기가 생기면 그건 다른 문제잖아."

지우가 다시 눈을 돌려 태하를 보았다. 그리고 서글프게 웃었다.

"나, 아이 갖지 못해요."

"뭐?"

"예전에 산부인과 검사하다가 알게 됐어요. 생리가 너무 불규칙해서 검사했더니 자궁근종이 있다면서 당장 수술하자고요. 근종 절제술을 했고 그때 의사가 그랬어요. 난 자궁 내막이 얇은 데다가 배란 장애도 있고, 나팔관도 유착이 된 불임의 조건들만 골라서 갖고 있다고."

태하도 놀랐는지 굳은 얼굴로 지우를 보았다. 그녀는 부드럽게 웃으며 팔을 들어 그의 얼굴을 쓸어내렸다.

"혹시 몰라서 검사도 했지만 불임이라고 했어요. 그러니까 아기 문제로 당신을 귀찮게 하진 않을 거예요."

"연지우."

"그러니까 지금은……."

지우가 태하의 목에 팔을 감아 당겼다.

"내게 주어진 시간을 소중하게 쓰고 싶어요. 당신을 원 없이 사랑하고 싶은 마음뿐이에요."

이렇게 적극적인 여자였나 싶을 정도로 지우는 태하에게 제 감정을 모두 쏟아 내고 있었다. 그런데 그게 싫지 않았다. 유리 상자 안에 갇힌 듯 차갑고 무미건조한 모습만 보다가 눈동자에 생기를 가득 안고 발그레 붉어진 얼굴을 보자 그의 기분도 좋았다. 다시 입술이 닿았다.

"아프진 않아?"

"전엔 정말 아팠는데 오늘은 하나도 안 아파요."

지우의 말에 태하는 잠시 머뭇거렸다.

"사실 난 네가 처음인 줄 몰랐어."

아아, 지우는 싱긋 웃으며 고개를 끄덕였다.

"알았다면 안 했을 거야."

"그건 내 인생에 몇 없는 행운이었어요."

태하는 가만히 그녀를 응시했다. 그런 말을 들을 줄은 몰랐는지 그의 눈빛이 복잡했다. 지우는 그와 같이 있다는 게 아직도 믿기지 않아서 미소가 사라지지 않았다.

"너무 좋아요. 이렇게 오래도록 오빠와 있는데 아직도 날이 밝지 않아서."

협탁에 놓인 휴대폰을 들어 시간을 확인한 태하는 곧 고개를 돌렸다.

"새벽 4시야."

"아직도 시간이 많다."

지우가 활짝 웃으며 눈을 감았다.

"……그리고 오빠란 소리 좀 어떻게 하면 안 되나."

"왜요?"

"너한테 오빠란 소리 듣는 건 좀……."

감았던 눈을 뜬 지우가 그를 보았다. 어쩐지 그가 당황스러워하는 것 같았다. 이런 모습을 보는 게 얼마 만인지 그녀는 새삼 가슴이 떨렸다. 슬쩍 미소를 띄웠다.

"오빠라고 부르면 당신이 가까워진 것 같아서 난 좋은데."

뭐라 할 생각도 없었기에 태하는 그대로 고개를 끄덕였다.

"쇼팽이 여러 형식의 야상곡을 지었을 때 어떤 느낌이었을까 상상해 본 적이 있어요."

태하는 지우의 옆으로 누워 머리를 괴고 바라봤다.

"오늘 밤 난 신비롭고 조용한 밤의 정취를 느낀 것 같아요. 이 순간이 바로 신비로운 밤의 모습인가 봐요. 이렇게 행복한 적이 있었나 싶을 정도로 특별해요."

"연지우."

"이 밤에 나에게 다정했고, 내 전부였던 당신이 서울로 돌아가면 예전처럼 차가워질지 모르지만, 난 이제 무섭지 않아요."

지우는 자신을 바라보고 있는 태하에게 고개를 돌려 그의 입술에 짧은 입맞춤을 했다.

"내가 귀찮게 쫓아다녀도 내치지만 말아 줘요."

"지우야."

"떠나올 땐 죽고 싶을 정도로 고통스러웠는데 돌아갈 땐 희망이 생겨서 좋아요. 여행 오길 잘했어."

스르르 감기는 지우의 눈을 오래도록 바라보고 있던 태하는 서서히 몸을 일으켜 앉았다. 가만히 잠든 지우를 보았다. 손을 들어 그녀의 얼굴을 쓰다듬었다.

아름답고 매혹적인 여인. 첫사랑. 그래서 깊이 파인 상처. 차라리 조금만 덜 좋아했다면 배신감도 덜했을까. 어릴 땐 그렇게 원했는데도 가질 수 없었는데, 마음을 버리고 증오를 채웠더니 그녀가 손에 닿았다. 이런 운명의 장난이 구역질 나지만 역시 또 거부하지 못하고 받아들이고 있는 자신을 발견한다.

내 안의 모든 분노를 지우에게 쌓고 그로 인해 방황했던 세월이 남아 있는데 이제 와서 아무렇지 않게 그녀를 취할 수 있을까. 정략결혼의 희생양이 되는 걸 알면서도 결국엔 거부하지 못하고 그녀를 받아 준 건 아직도 자신의 마음속에 알량한 희망이 남아 있었던 것일까.

"대체 내게 왜 그랬어. 왜 날 이토록 증오하게 만들었어."

아픈 지우가 잠결에 한 말이 떠올랐다. 최선, 지키려면. 그 말을 듣는 순간 심장이 쿵 내려앉았다. 하지만 그것도 계산된 말인지도 모르지. 어쨌든 지금 지우는 자신의 힘이 필요하니까 무슨 말인들 못 할까 싶었다.

그런데 아픈 와중에 내뱉은 그녀의 말이 그의 가슴을 뒤흔

드는 건 그게 또 거짓이 아닌 것 같았기 때문이었다.

"확실한 건 넌 끝내 날 뒤흔든다는 거야. 이렇게 증오하는데도 말이야. 네 말 한마디에 천국과 지옥을 오가. 이런 정신 나간 놈이 또 있을까."

한참 동안 잠든 지우를 바라보고 있던 태하는 그녀에게 닿았던 손끝을 털어 내며 몸을 일으켰다.

6

어린이 정경, 꿈

태하가 지우를 처음 만난 건 열두 살 때였다. 그전엔 아버지 석윤을 통해 이름만 알고 있는 정도였는데 지우의 어머니가 세상을 떠나고 마음이 쓰인 석윤이 그녀를 집으로 초대했다.

무신과 집 안으로 들어오는 어린 지우를 보고 태하는 첫눈에 반했다. 또래답지 않게 차분한 품성과 초승달처럼 파리한 얼굴에 동그란 눈, 오뚝한 코, 피부색처럼 핑크빛을 띠는 입술이 그의 시선을 끌었다.

어머니가 돌아가신 충격에 빠져나오지 못한 듯 그녀는 내내 공허한 눈동자였다.

"난 김태하야."

어린 태하는 첫 만남부터 지우가 마음에 쏙 들었다. 그래서 자주 놀러 오라고 했다. 다음에 오면 재밌게 놀자며 그녀의 손을 잡고 흔들었다. 마음대로 행동하는 태하가 별로였는지 그녀의 이마가 살짝 구겨졌다. 그래서 태하는 더 활짝 웃으며 그녀의 머리카락을 흐트러뜨리며 일부러 장난을 쳤다. 지우의 얼굴은 점점 더 굳어지고 옆에 있던 석윤은 애가 곤란해 하지 않냐, 하면서 나무랐지만 그는 뭐가 좋은지 자꾸만 웃음이 나왔다.

"너 피아노 좀 친다며? 다음에 올 땐 누가 더 잘 치는지 내기하자. 나보다 잘 치기 쉽지 않거든."

자존심을 건드렸나. 집에 오고 처음으로 지우의 눈동자가 빛났다. 태하를 보며 고개를 끄덕이는 그녀의 얼굴에 결연한 의지가 담겨 있었다. 너 따위는 반드시 이길 거라는 의지.

김석윤 회장과 민주신 여사는 기본적으로 지우를 예뻐했다. 아들만 둘인 집에서 예쁘고 귀여운 여자애는 모든 사람들의 이목을 끌었다. 어느덧 집으로 방문하는 횟수가 많아지면서 지우는 첫날 차가웠던 얼굴 표정에서 조금씩 부드러운 느낌으로 변해 갔다.

경쟁하듯 피아노를 연주하며 둘은 조금씩 가까워졌다. 태하의 연주 실력을 보고 놀랐는지 그녀의 눈동자에 의외라는 느낌이 담겼다. 하지만 그녀는 모를 것이다. 그녀와의 공감대를 만들고 싶어서 열심히 연습하고 연주했다는 것을.

그녀는 베토벤의 비창을 듣더니 눈물을 글썽였다. 실수한 것도 없는데 지우가 울어서 태하도 적잖이 당황했다. 알고 봤더니 연주가 좋아서 울었던 것이다.

태하는 점점 더 지우가 마음에 들었다. 별것 아닌 일로 눈물을 글썽이는, 사실은 심성이 여린 아이라는 걸 알게 되자 호감이 깊어졌다.

"말할 수 없는 비밀의 피아노 배틀 알지? 진 사람이 이긴 사람 소원 들어주기다."

어떻게 평가할 거냐며 불신의 눈으로 바라보는 지우는 심판으로 태주를 데려오자 고개를 끄덕였다.

뭐야. 나한테는 매번 툴툴 대면서 형한테는 싹싹하네.

한참 듣던 태주는 지우가 이겼다고 말하곤 룸을 나갔다. 태하는 소원이 뭐냐고 했다. 다신 아는 척 하지 말라고 하려나. 그녀가 말했다.

"계속 피아노 연주해 줘."

지우의 말을 듣고 어깨를 으쓱하며 나도 바쁜 사람이라고 둘러댔지만 사실 그 말이 그의 마음을 울렸다. 그 무렵 태하는 하고 싶은 것과 해야 하는 것 사이에서 갈등을 느끼기 시작하던 참이었다. 피아노를 전공으로 할 건 아니었지만 뭐든 아버지의 회사에서 일하는 건 싫었다. 자유롭게 원하는 일을 하며 살고 싶었다.

그런데 이 집에서 태어났으면 응당 회사에서 일해야 한다는 걸, 부모 잘 만나 마음껏 누리고 살았으면 그에 합당한 책임도 져야 한다는 걸 어릴 때부터 교육 받아 온 태하는 현실과 이상 사이에서 괴리감을 느꼈다.

지우가 피아노를 연주해 달라고 해 주니 그게 참 고마웠다. 누군가의 부탁으로 하고 싶은 걸 조금씩 할 수 있는 것도 의미가 있다고 생각했다. 그래서 지우에게만은 이 피아노를 계속 해서 들려주고 싶었다.

식물을 재배하는 걸 소일거리로 삼았던 적도 있었다. 어릴 때부터 태하는 유독 바깥에서 노는 걸 좋아했고 흙을 만질 때 행복함을 느꼈다. 자연스럽게 식물 재배로 이어졌고 중학생이 되었을 땐 웬만한 원예 전문가보다 많이 알 정도로 능숙하게 작업했다.

그리고 그 무렵 지우를 마음에 담았던 태하는 그녀에게 어울리는 꽃을 발견했다. 그녀를 보면 생각나는, 갖고 싶은 마음만큼 달콤하고 아름다운 꽃, 이름마저 신비로운 꽃. 지우에게 주고 싶어 정원에 한 아름 심었다. 그녀에게 주려고. 오직 지우를 생각하며.

어느덧 4년을 알고 지내면서 그는 점차 몸으로 느꼈다. 태하는 지우에게 미쳐 있었다. 피아노를 치는 그녀가 좋았고, 아름다운 그녀가 좋았고, 갖고 싶었다.

"나 이번 주말에 오빠 집에 갈 거야. 아버지가 회장님 만나서 할 이야기가 있대."

"그래? 잘됐다. 너 자전거 탈 줄 알아?"

"조금."

"좋아."

지우가 집에 방문했을 때 태하는 그녀를 데리고 나갔다. 그녀의 아버지, 무신의 눈빛이 거슬렸지만 그저 원래부터 자신을 마음에 들지 않아 했던 사람이라 치부했다.

경호원들을 따돌리고 빠져나온 태하는 지우의 손을 잡고 기차역으로 향했다. 춘천으로 향하는 기차를 타다가 중간에 가평에서 내렸다. 그리고 또 한참을 걸었다. 걷는 동안 한 번도 손을 놓지 않았다.

가을 단풍에 물든 북한강 산책로와 가로수는 둘만의 공간을 만들어 주었다. 정해진 코스가 있지 않았다. 그저 발길 닿는 대로 움직일 뿐이었다. 태하는 지우와 함께 있는 그 순간이 신비로워 누구에게도 방해 받고 싶지 않았다. 옆에서 나란히 걷고 있는 지우는 태하가 하자는 대로 따라가고 한 번도 불평하지 않았다.

말을 하지 않았을 뿐 지우도 자신과 같은 마음이라 생각했다. 그랬으니까 손을 잡아도, 경호원을 따돌리고 여행을 와도 별다른 말을 하지 않은 것이리라.

태하는 그녀의 머리카락이 제 어깨에 닿을 때마다 심장이 일렁였다. 바람결 따라 드러나는 고운 피부와 가느다란 목선, 물결을 머금은 눈망울과 입술은 내내 그의 시선을 끌고 놓지 않았다. 저도 모르게 향하는 손길을 인내심으로 막았다.

소중하고 애틋하니까 손끝 하나라도 닿으면 안 되었다. 작은 솜털조차. 그에게 지우는 절대적이었다. 웃으라면 웃고, 꿇으라면 꿇을 수 있는 여자였다.

오래도록 길을 걷고 자전거를 타고 가을날의 정취를 느끼다가 해가 저물어서 집에 들어오자 집안사람들은 사색이 돼서 다가왔다. 여태 뭐 하다가 이제 오냐는 말부터 경호원을 따돌리고 돌아다니면 안 된다는 말까지 연이은 꾸중과 질책을 들었지만 태하는 뭐가 좋은지 실실 웃었다. 그리고 그것이 마지막이었다. 지우와 태하가 오랜 시간 함께 있었던 건.

이듬해 태주가 스무 살이 되자마자 지우는 그의 정혼자로 발표됐다. 집안 어른들끼리는 이미 오래전부터 논의해 오던 일이었고 태주가 정식 후계 수업을 밟게 되었을 때 못을 박은 것이다.

포기하기가 쉬운 건 아니었다. 어느 남자가 사랑해 애달아 마음 졸이던 여자를 다른 남자가 차지하는 걸 두고 볼 수 있을까. 아버지 석윤에게 찾아가 말리고 싶었다. 그 결정을 물러 달라고.

하지만 상대는 그의 형, 태주였다. 자신보다 배는 뛰어나고 모든 면에서 지우에게 어울릴 만한 남자라는 걸 태하도 부인할 수 없었다.

고등학생이 되면서 태하는 지우를 멀리했다. 학교에서 봐도 가볍게 인사만 나누고 그마저도 무시할 때가 많았다. 지우가 집에 오는 날도 확연히 줄어들었다. 태주와 관련된 일이 아니면 오지 않았다. 그러니 자연스럽게 피아노를 연주할 일도, 꽃을 심을 일도 없어졌다. 그녀가 오지 않으니까 그 일들이 모두 무의미했다. 그렇게 좋아하던 것들이 아무것도 아닌 일들이 됐다.

하지만 멀리한다고 해서 마음까지 멀어지는 건 아니었다. 기를 쓰고 보지 않았지만 어쩌다 보게 되는 그 순간이 그렇게 행복하고 아쉬울 수 없었다. 보고 있으면 좋고, 더 보고 싶고, 안고 싶은 마음이 들었다. 마음속 감정이 극단적으로 치달을수록 현실의 그는 더욱 차갑게 행동했다.

반면 지우는 달랐다. 정혼자가 생겼어도 이전과 다름없이 태하를 보면 예쁘게 웃으며 먼저 다가왔다. 오히려 전보다 더 친근하게 말을 걸었다. 그녀의 행동이 자꾸만 그를 흔들었다.

하루에도 수십 번 고민하고 고개를 내저었다. 그러던 중 태하는 지우의 문자를 받았다. 연습실로 와 달라는 내용이었다.

연습실 문을 열고 들어간 태하는 연습하고 있는 지우를 보았다. 지우는 그가 온 줄도 모르고 피아노 연주에 집중하고 있었다. 가만히 문에 기대서서 그녀의 연주를 들었다.

태하는 지우를 보자 감추었던 감정이 다시 솟아오름을 느꼈다. 이대로 형의 여자가 되게 하긴 싫었다. 그녀는 제 것이어야 했다.

"어땠어?"

지우는 태하가 온 걸 이미 알고 있었는지 연주가 끝나자 고개도 돌리지 않고 물었다. 숨을 길게 내쉬며 마음을 가라앉힌 태하가 천천히 다가갔다. 의자에 앉아 있던 지우가 몸을 돌려 태하를 올려다보았다. 그리고 또 아름답게 웃는다.

"이번 콩쿠르에 나갈 곡이야."

지우는 피아노를 전공으로 꿈을 향해 나아가고 있었다. 그 무렵 이미 피아노 천재, 최연소 국제 콩쿠르 대상이라는 타이틀이 따라오던 여자였다.

"괜찮아."

건조하게 말하는 태하가 마음에 들지 않는지 지우는 입술을 삐죽거렸다. 그 말 하려고 불렀어, 라고 물어본 태하에게 지우가 말했다.

"나한테 화난 거 있어? 요샌 오빠 웃는 걸 본 적이 없어."

이런 말을 하는 의도가 궁금했다. 웃어 주길 바라는 건가. 무표정이 싫은 건가. 아니면 정말 모르는 건가.

죽을힘을 다해 인내하고 참았는데 자신도 모르게 지우의 머리카락에 손이 닿았다. 그녀의 기다란 머리카락을 쓸어내리며 스치듯 얼굴에 닿았다. 보드라운 피부에 손이 닿자 본능이 끓어 올랐다. 당장 끌어당겨 입술에 닿고 싶은 유혹을 정신력으로 버텨 냈다.

주먹을 힘껏 쥐며 본능을 숨기고 아래로 손을 내렸다. 지우의 눈동자에 담긴 자신은 분명히 빛나고 있었다.

이대로 품에 안을까.

"열심히 해. 이번 콩쿠르는 해외 실력자들도 많이 참가한다며."

몸을 돌렸다. 그녀에게서 시선을 떼었다. 더 이상 이곳에 있을 수 없었다. 그러면 정말로 위험할 것 같다. 무거워진 몸을 이끌고 성큼성큼 문가로 걸어가는 태하의 등 뒤로 지우의 목소리가 들렸다.

"이번 콩쿠르, 런던에서 해. 와 줄 수 있어?"

"내가 거길 왜 가."

"오빠가 와 주면 잘할 수 있을 것 같아."

그 말을 듣지 말았어야 했다. 태하는 오빠가 와 주면 잘할 수 있을 것 같다는 그녀의 말에 이성보다 몸이 먼저 움직였다. 정말로 하루 꼬박 비행기를 타고 런던에 찾아갔다. 미치면 뭐든지 할 수 있다는 말이 이해됐다. 고작 콩쿠르 하나 보겠다고 한국에서 런던으로 찾아가는 미친놈이 바로 자신이었다.

그런데 고민할 여유가 없었다. 자신 덕분에 잘할 수 있다면 이 정도는 얼마든지 감수할 수 있었다.

지우는 훌륭하게 해냈고 그 대회에서 경쟁자들을 제치고 대상을 거머쥐었다. 스포트라이트가 그녀를 향했다. 반짝반짝 빛나고 모두에게 사랑받는 여자가 그의 마음을 쥐고 흔들었다. 태하를 만난 지우는 많이 기뻐했다. 수상까지 한 덕에 한껏 들떠 있었다.

"오빠가 와 줘서 정말 좋아. 고마워."

저녁을 사 주고 지우가 머무는 숙소까지 데려다준 태하는 돌아서지 못하고 그녀가 머무는 건물 밖에서 밤을 지새웠다. 미치면 비행기 타고 런던으로 날아가는 것은 물론, 뜬눈으로 밤을 새울 수 있고 하루 종일 서성일 수도 있다는 것도 알게 되었다.

지우가 머무는 층쯤을 올려다보며 그녀를 그리워하고, 지우가 연주했던 선율을 생각했다. 새벽녘의 어스름이 사라지고

동이 틀 무렵, 태하는 결심했다.

부모님에게 가서 말할 생각이었다. 지우를 마음에 두고 있다고. 그녀 역시 같은 마음이라고. 그러니 형과 지우의 결혼을 없던 일로 해 달라고. 그것만 해 주면 뭐든지 하겠다고.

두 사람이 한국으로 들어온 뒤 곧바로 지우의 콩쿠르 우승 기념 파티가 열렸다. 예비 며느리를 위한 김 회장의 지시였다. 누가 봐도 그녀를 인정하는 것이고, 다른 누구도 넘보지 못하도록 못을 박는 자리였다. 재벌가 자제들을 비롯해 영향력 있는 사람들이 다수 파티에 참석했고 지우는 그 자리에서도 단연 빛났다.

이런 파티를 기획한 아버지가 원망스러웠지만 태하는 인내했다. 파티가 끝나고 정식으로 말씀드리기로. 그래서 지우를 찾아다녔다. 아버지를 보기 전에 그녀에게 먼저 말할 생각이었다.

오래전부터 널 좋아해. 너도 같은 마음일 거라 생각해. 그러니까 나를 믿어 줘.

한참 찾던 태하는 지우가 정원 한쪽에서 또래 여자와 같이 있는 것을 보고 다가가다 의도치 않게 대화를 엿듣게 되었다.

"회장님이 아주 예뻐 죽더라. 지우 넌 좋겠다. 그런 시부모님이 어디 있니? 예비 며느리를 위해 파티를 여시고."

"그래. 이제 태주 오빠 마음만 얻으면 되는데, 쉽지 않네."

"김태주는 워낙 철벽이잖아. 만나는 여자를 본 적이 없어."

"난 태주 오빠도 태하 오빠처럼 감정을 쉽게 들키는 사람이면 좋겠어."

"아, 맞다. 요즘 태하 오빠가 너한테 엄청 들이댄다며. 소문이 파다해. 너 좋아서 아주 절절맨다더라."

"태하 오빠는 사람이 참 진실해. 정말 애절하게 날 바라봐."

"그런데 형과 결혼할 여잔데 그래도 되나?"

"상관없어. 태하 오빠는 이용하기 좋은 사람이야. 감정 쓰레기통처럼."

"그게 무슨 말이야."

"필요할 때 부르면 언제든 달려올 남자. 웃으면 좋아하고, 찡그리면 안절부절못하는 남자. 계산된 행동인 줄도 모르고 애달아 하는 남자. 이용당하는 줄도 모르고 다 해 주는 남자야. 나도 그런 사람 한 명쯤 두고 싶어."

"너 누가 들으면 어쩌려고 그래."

"아무도 없네, 뭐."

"그럼 태하 오빠는 뭐가 되냐. 그 오빠 만나 보려는 여자가 줄을 섰는데도 너만 바라보는데."

"그러니까 말이야. 콩쿠르에 와 달라니까 정말로 왔어. 멍청이. 진짜 바보 같아."

"너 그러다 태하 오빠가 고백하면 어떡할 거야?"

"그 사람은 그렇게 못 해. 형을 이길 자신이 없거든. 그럴 마음도 없고. 지금처럼 계속 끙끙 앓다가 절로 숨길 거야. 그러니까 적당히 받아 주고 힘들 땐 기대면 돼. 지금처럼."

"와, 김태하를 두고 그렇게 말하다니. 지우 너, 이렇게 대담

한 줄 몰랐어."

"사람들은 내가 그저 말 잘 듣는 어린아이인 줄 알아. 나도 목표와 야망이 있는데 말이야."

"그럼 지금 네가 가장 바라는 건 뭐야?"

"지금 내 소원은…… 태주 오빠가 날 바라봐 주는 거야. 그래야 돼."

태하는 구역질이 날 것 같은 기분에 황급히 자리를 벗어났다. 아무렇지 않은 얼굴로 목소리 한 번 변하지 않고 건조하게 말하는 지우에게서 달아날 수밖에 없었다. 바로 뛰쳐나가 네가 어떻게 나한테 이럴 수 있냐고 따졌어야 했는데 그러지 못했다. 따져서 뭐 하겠는가. 오히려 비참함만 더해지는 꼴이었다.

어쩌면 예정된 수순 같은 거였을지 모른다. 이렇게 버려질 거라는 비극적인 예감. 그녀를 취할 수 없다는 본능적인 직감. 그녀는 내 여자가 될 수 없다는 사실을 저버리고 용기를 냈던 결과였다. 과한 욕심, 잘못된 용기, 그래서 그 후유증은 생각보다 컸다.

지우가 자신을 그렇게 생각할 줄 몰랐다. 미소를 지을 땐 기뻐서, 새침하게 노려볼 땐 속상해서 짓는 자연스러운 감정이라고 생각했는데 모든 게 계산된 행동일 줄은 몰랐다. 그 정도로 셈이 밝은 여자라는 게 믿어지지 않으면서도 귀로 들은 말이 머릿속을 윙윙 울렸다.

예뻐서 저도 모르게 눈길이 갔다. 가만히 웃는 모습이 고와서 눈을 뗄 수 없었다. 피아노 연주 소리에 귀를 멀어 몸을 돌릴 수 없었다. 어느새 그녀에게 깊이 빠져 이 잔인한 고통을 마주하자 태하는 정신을 차리지 못했다. 찢어질 듯 아픈 심장의 울림이 그를 다치게 했다.

태하는 졸업 후 미국 대학으로 입학하여 몇 년간 집을 떠나 있었다. 한국에 있기 싫었고, 가족들과 마주치는 것도 고통이었다. 어느 누굴 봐도 맨 정신으로 대화를 나눌 수가 없었다. 그만큼 그에게 첫사랑은 열망이자 고통, 열병이자 아픔이었다.

눈을 뜬 태하는 방금 전 꾼 꿈에 미간을 찌푸렸다. 그러다 제 옆에 누워 자고 있는 지우를 보았다. 섬에서 돌아온 후 지우는 허락도 없이 태하의 침실로 들어왔다. 베개를 옆에 놓고 같이 자자며 싱긋 웃었다.

태하는 일어서 침실을 나와 현관문을 열어 가만히 정원을 걸었다. 흐드러지게 피었던 꽃은 여름비에 대부분 져 버렸다.

일주일 내내 비가 오더니 오늘은 멈췄다. 그동안 한껏 빗물을 마시고 자란 정원 나뭇잎과 풀잎이 상쾌한 공기를 내뿜었다. 깜깜한 밤은 정원 가로등 불빛에 가만히 모습을 드러냈다.

잘 꾸지 않던 꿈이었는데 이따금 한 번씩 등장해 마음을 괴롭혔다. 그런 날은 기분이 현저히 다운되고 잠을 이루지 못했다.

한 달째 한 공간에서 잠을 잤다. 그만큼 지우를 안은 횟수도 많아졌다.

우려했던 일이 현실이 되었다. 그사이 자신은 지우의 몸을 미친 듯이 파고들었고 사정을 봐주지 않았다. 아쉬워지면 그새를 못 참고 또다시 안았다. 갈증 나는 샘물을 마신 것처럼 더욱 심해지고 끊을 수 없게 됐다. 그것이 독약임을 알면서도.

그런데도 지우는 싫다는 말 한마디를 하지 않았다. 언제, 어느 공간에서 일을 벌여도 당연하다는 듯이 받아 주었고 심지어 태하가 머뭇거릴까 봐 사랑한다는 말을 버릇처럼 내뱉었다.

태하는 제 허리를 안아 오는 여자의 손길을 느끼고 생각에서 벗어났다.

"깼어?"

"오빠가 없어서요."

이젠 대놓고 오빠라고 부른다. 둘이 있을 땐 오빠란 말이 참 자연스럽게 나왔다. 그동안 부르고 싶어서 어떻게 참았나 싶을 정도였다.

"없어도 잘 자야지. 습관 들이지 마."

"오빠 없을 땐 깨어 있으면 돼요. 잠이 안 올 땐 이렇게 건죠, 뭐."

"팔 치워 봐."

지우가 태하의 몸을 꽉 안고 있어서 움직이기 불편했다. 말 잘 듣는 아이처럼 그의 말에 지우는 팔 힘을 풀었다.

"덥죠? 밤이라 시원할 줄 알았는데 덥네요."

그사이 태하가 몸을 돌려 지우의 허리를 당겨 안았다. 동그래진 눈동자를 보던 태하의 시선이 그녀의 입술을 향했다. 발그레한 얼굴과 촉촉한 입술이 그를 유혹했다. 얇은 가운을 입은 채 맨몸을 드러낸 그녀는 한껏 여물어 있었다.

"무슨 일 있어요? 얼굴빛이 안 좋아요."

"연지우."

"네."

"내가 만약 여기서 네 가운을 벗기고 안으면 욕할 건가?"

잠시 그를 바라보던 지우가 손을 들어 태하의 얼굴을 감쌌다.

"그걸 왜 나한테 물어요?"

"거부하면 안 할 거니까."

지우의 얼굴에 웃음꽃이 피었다. 그러더니 발꿈치를 들어 그의 입술에 입을 맞췄다.

"아쉽네요. 꽃들이 한창 예뻤을 때 안겼다면 진짜 황홀했을 것 같은데."

"꽃밭에서 하길 원하는 거야?"

황당한 얼굴로 바라보던 태하가 피식 웃었다. 그러더니 키스를 했다.

언제나 몸이 떨렸다. 아찔한 키스를 하고 나면 지우는 온몸이 흐느적거리며 기운이 빠졌다. 그런데 그의 욕구를 받아 주려면 더 많은 기운과 힘이 필요했다.

지금은 그가 멈췄다. 그의 팔에 의지하여 가쁜 숨을 내쉰 지우는 뜨거운 눈빛을 피해 어두운 정원으로 눈을 돌렸다. 아, 갑자기 생각이 났는지 지우가 다시 눈을 맞췄다.

"어릴 때 정원에 심었던 꽃, 이름이 뭐였어요?"

"어떤 거."

"나도 잘 몰라요. 무슨 꽃을 심었는데 오빠가 나중에 알려준다고 했어요. 꽃 피면 나 준다고."

아아, 태하는 생각이 났는지 고개를 살짝 끄덕였다. 그러더니 지우를 안았던 팔을 풀고 텃밭으로 걸어갔다. 그의 손길이 닿았던 몸이 부르르 떨렸다.

섬에서 돌아온 다음 날, 태하는 한참 예쁘게 피던 장미 옆에 봉선화 모종을 심었다. 한 달 전에 심은 봉선화는 줄기를 곧게 뻗고 하나둘 꽃을 피우고 있었다.

봉선화 뒤쪽으로 간 태하는 다리를 구부리고 앉아 양파 줄기처럼 생긴 작고 도톰한 잎을 쓰다듬었다. 분명 올봄에 피었던 것 같은데 장미와 다른 꽃들에 가려져 눈여겨보지 않았다. 꽃 색깔이, 꽃잎이 피었는데 궁금하지 않았다. 그보단 두 배나 크고 화려한 장미에 시선을 빼앗겼다.

태하의 옆에 쪼그리고 앉은 지우는 태하가 만지는 잎을 바라보았다.

"무슨 색이었는지 기억나?"

"글쎄요. 하얀색?"

"그래. 하얀색도 있었고 진보라와 파란색도 있었어."

"그랬어요?"

양파 뿌리처럼 구근이 불룩한 모습을 보며 꽃을 상상하는 건 어려웠다.

"잎 사이로 꽃대가 올라오면 하나둘씩 몽우리가 생기고 꽃이 펴. 그리고 아래로 흘려보내면서 거품처럼 소담하게 피어나."

"이름이 뭔데요?"

태하는 흙 속에서 살짝 올라온 동근 구근을 만졌다.

"비가 많이 와서 지금은 촉촉한데 신경 써야 돼. 겨울에도 마르지 않게. 마르면 구근이 갈라져서 다음 해에는 꽃이 피지 않을 수도 있거든."

오랫동안 그렇게 앉아서 작고 도톰한 식물을 바라보던 태하는 다시 입을 열었다.

"작년 가을에 심었어. 얘는 가을에 심어서 겨우내 뿌리 내리다가 봄에 꽃이 펴."

태하가 일어서 무릎 주변을 털었다.

"내년엔 못 볼지도 모르겠네."

태하는 혼잣말을 하듯 툭 내뱉고 안으로 들어갔다. 그가 들어간 곳을 바라보던 지우도 천천히 발을 옮겼다.

전부 다 줄 것처럼 사랑을 쏟아 내다가도 어느 순간 냉정하게 변하는 태하를 보는 게 하루 이틀은 아니었다. 심장이 쓰리게 아파도 털어 버리고 다가갔다. 애초부터 바라는 게 없으니 그의 차가움도 견딜 수 있었다. 정말로 내년엔 그를 못 볼 수도 있으니까 지금 온 마음을 다해 사랑하고 싶었다.

안에 들어와 벽시계를 보니 3시. 태하는 침실에 없었다. 방에서 나와 고개를 들어 2층을 보았다. 무슨 안 좋은 일이 있는 것 같은데. 좀 전에 얼굴빛이 하얗게 질려 있었다.

올라가 볼까, 말까 발을 이리저리 옮기며 몇 번을 망설이다가 부엌으로 들어갔다. 포트에 물을 끓이고 재스민 찻잎을 망에 넣었다. 보글보글 끓는 뜨거운 물을 찻잔에 따르고 망을 위아래로 흔들었다. 잠시 후 물에 색이 들었다.

지우는 찻잔을 트레이에 받치고 2층으로 올라갔다. 노크를 하고 서재 문을 연 지우는 얼굴을 빼꼼 내밀었다. 태하는 서재 의자에 몸을 기대고 앉아 고개를 뒤로 젖힌 채 눈을 감고 있었다.

가만히 걸어와 데스크 위에 재스민 차를 놓은 지우는 한동안 그를 바라봤다. 오늘은 컨디션이 안 좋은 것 같으니 그만 사라져 주는 게 좋을 것 같다.

"난 잠이 안 올 때 이 차를 마시면 좀 낫더라고요. 내일 출근하려면 조금이라도 잠을 청해 봐요."

몸을 돌려 걸어가던 지우가 문고리를 잡았다.

"히아신스."

태하의 목소리에 몸을 돌린 지우가 그를 바라봤다. 그는 여전히 눈을 감은 채 입을 열었다.

"그 꽃 이름이 히아신스야."

"아아."

"너 주려고 했던 꽃. 너 닮은 꽃."

눈을 뜬 태하가 고개를 돌려 지우를 보았다. 가슴이 떨렸다.

"기억하네요. 그땐 패랭이꽃을 닮았다고 했는데."

"그래."

"히아신스. 꽃 이름 예뻐요."

"꽃도 예뻐."

태하의 입가에 스치듯 미소가 생겼다. 찰나였지만 지우는 심장이 아찔하게 떨렸다. 그가 웃는 걸 보는 게 믿기지 않아 눈망울이 촉촉해졌다.

"꼭 피었으면 좋겠어요. 잘 견뎌서 봄에……."

후두두. 저도 모르게 눈물이 쏟아져 지우는 황급히 문을 열고 서재를 나왔다. 내년엔 보지 못한다고 생각하니 마음이 아팠다. 침실로 내려온 지우는 문에 기대앉아 울었다.

히아신스. 그땐 히아신스처럼 그에게 예쁜 소녀였구나. 그런데 이젠 독이 든 여자가 된 거구나.

무릎을 끌어안고 하염없이 울었다. 왜 감정을 감추었을까. 진작 드러냈다면 그가 많이 예뻐해 줬을 텐데.

아니, 사실은 잘 알고 있었다. 태하가 누구보다 자신을 마음에 두고 애달아 했다는 걸 알았다. 그는 언제든 자신을 아껴주고 사랑해 줄 준비가 되어 있었다. 알면서 배신을 한 건 자신이었다. 그러니 이런 고통을 받아도 할 말이 없었다.

그런데 지금 이렇게 고통 받을 줄 알았다면 그러지 말걸. 이렇게 그의 아내가 될 줄 알았다면 고통스럽게 배신하지 말걸. 당장 앞날이 어떻게 될지 몰라도 태하를 택할걸. 자신을 보며 마음을 숨기지 못하던 그에게 진심을 담아 말해 줄걸. 이렇게나 당신을 사랑하고 있다는 걸 알려 줄걸.

7
달빛

정원 텃밭에 앉아 잎이 저버린 히아신스를 바라보던 지우는 안에서 박 집사가 휴대폰을 가지고 나오는 것을 보았다.

"지우 씨, 전화 왔습니다."

"고마워요."

지우는 굽혔던 몸을 펴고 일어서 휴대폰 화면을 확인했다. 세나였다.

"안녕하세요."

—언니, 잘 지냈어요?

"그럼요. 세나 씨는 몸 괜찮아요? 입덧 심하다고 그러던데."

—며칠 전부터 나아졌어요. 이젠 잘 먹어요.

"잘됐다. 아주버님께 맛있는 것 많이 사 달라고 해요."

—네. 그러고 있어요. 언니, 혹시 이번 주말에 바빠요?

지우는 잠시 스케줄을 생각했다.

"다음 주부턴 공연 연습으로 어떻게 될지 모르지만 이번 주는 괜찮아요."

—그래요? 그러면 이번 주에 자원봉사 함께 가실래요?

"자원봉사요? 어디서 하는데요?"

—다 다른데 저와 태주 씨는 아동 복지 시설로 가요. 꽤 규모가 큰데 아기부터 청소년까지 다양하고요. 아마 서방님도 저희 쪽으로 합류하실 것 같아요.

"그럼 저도 갈게요. 좋은 일 하는데 당연히 가야죠."

—그럼 담당자한테 말해 둘게요.

"시간 되면 자주 참여하도록 할게요."

—네. 저희 쪽에서도 그렇게 할 생각이에요. 아시겠지만 재작년 송년의 밤 행사 때 태주 씨가 제대로 뒤집어 놔서 이제 연말 행사 대신 평소에 봉사를 하는 걸로 대체할 거예요.

지우의 입가에 잔잔한 미소가 피었다.

"저도 들어서 알고 있어요. 자선 활동도 세나 씨가 직접 기획한다면서요. 세나 씨는 홑몸도 아닌데 참 부지런하네요. 첫 아기면 걱정되잖아요."

—이제 안정기에 들어서 괜찮아요. 그리고 전 가서 몸 쓰는 일은 안 할 거예요. 그건 태주 씨 시키려고요.

"네. 참! 언제 한 번 우리 집에도 놀러 와요."

—아! 그럼 이번 주말에 봉사 끝나고 집들이 겸 잠시 들려

도 될까요?

“네. 전 상관없어요.”

—와, 신난다. 그럼 주말에 뵈어요.

통화를 종료한 지우는 만면에 미소를 띄우고 정원을 바라봤다. 옆에서 듣고 있던 박 집사가 눈썹을 씰룩거리며 씩 웃었다.

“좋은 일 있습니까?”

“네. 주말에 봉사 활동 가기로 했어요.”

“그것 때문에 좋은 건 아닌 것 같은데요.”

지우는 제 얼굴을 만지며 동그란 눈으로 박 집사를 바라봤다. 박 집사는 웃음기를 지우지 않고 정원을 둘러보았다.

“어디 금이라도 찾으십니까? 꽤 오랫동안 바라보고 있어서 뭐 하시나 궁금했는데.”

“아아, 그냥 꽃 찾고 있었어요.”

“무슨 꽃이요?”

지우는 텃밭을 가리키며 눈을 돌렸다.

“히아신스요.”

“꽃이 하나도 없네요?”

“네. 이미 져 버려서 못 찾고 있어요. 진짜 아쉬워요. 꽃 피었을 때 왜 못 보고 지나갔는지.”

“내년에 또 피겠죠.”

지우는 잠시 박 집사를 바라보다가 설핏 웃었다.

“그랬으면 좋겠어요. 잘 버텨서 내년 봄에도 봤으면…….”

지우는 뒷말을 삼키며 싱긋 웃었다. 그러다 박 집사가 등허리를 두드리는 것을 보았다.

“허리 아프세요?”

“네. 요새 소화가 잘 안 되고 등 쪽이 뻐근하더라고요. 잠을 잘못 잤나 봅니다.”

“병원 가 보세요. 아니, 이참에 몇 주 휴가 가세요.”

“그러잖아도 다음 주에 휴가 잡아 놨습니다. 가장 더운 8월 초에 홀로 집안일을 하셔야 할 것 같습니다.”

“저 어린애 아니에요. 푹 쉬세요.”

지우는 살짝 미소를 지으며 두 손을 맞잡았다.

“이참에 요리 도전해 보죠, 뭐. 전 잘하는 요리가 없어서 배워야 해요. 제 걱정은 마시고 푹 쉬세요. 얼굴색이 안 좋으신데 제 생각엔 몇십 년 동안 쉬지도 않고 일을 하셔서 그런 것 같아요. 꼭 검진도 받아 보세요.”

“네. 알겠습니다.”

박 집사는 활짝 웃고 먼저 안으로 들어갔다. 천천히 따라가던 지우는 휴대폰 진동이 울려 들여다보았다.

〈오늘 저녁 밖에서 먹자.〉

태하의 문자다.

〈부부 동반 식사 자리가 있어. 이따 정 실장 보낼 테니까 차

타고 와.〉

〈네. 알겠어요.〉

부부 동반으로 만나야 하는 자리면 신경을 써야 할 것 같다. 안으로 들어가는 지우의 발걸음이 빨라졌다.

범주가 운전하는 차를 타고 회사 앞으로 가자 태하는 웬일인지 나와 있었다. 차가 앞에 서자 범주가 내려서 그와 자리를 교체했다.

"앞에 타."

"정 실장님은요?"

"오늘은 우리 둘이 움직일 거야."

지우는 고개를 끄덕이고 조수석으로 이동했다. 태하가 운전하는 차를 타는 건 처음이었다. 분명 업무 때문에 만나는 자리일 텐데 그와 단둘이 차를 타고 밖에서 누군가를 만난다는 사실이 설레었다.

진짜 아내 같았다. 여전히 그의 마음속에 들어가진 못했지만 적어도 무늬만 아내 노릇을 하던 전과는 달랐다. 마음가짐이 다르니까.

예전처럼 차 안의 침묵이 어색하지 않았다. 지우는 슬쩍 눈을 돌려 태하를 보았다. 잘생긴 얼굴에 슈트가 잘 어울리는 그를 보자 저절로 미소가 지어졌다.

"오늘은 누굴 만나는 거예요?"

"SJ화학 공찬영 사장 부부. 이번에 배터리 업체 공개 입찰 때 SJ화학이 선정되었거든. 그래서 밥 한 번 먹기로 했어."

"네."

"나이가 우리랑 엇비슷하니까 그렇게 어색하진 않을 거야."

약속 장소에 도착한 지우는 직원의 안내에 따라 안으로 들어갔다. 한여름이라 그런지 밖은 무더웠고, 6시인데도 대낮처럼 환했다.

룸 안으로 들어가자 미리 나와 있던 SJ화학 사장 부부가 일어섰다.

"지우야!"

살짝 고개를 숙이던 지우가 자신을 부르는 여자의 목소리에 눈을 들었다.

"윤주야."

"이게 얼마 만이야! 기지배, 너무 반가워."

"두 사람, 아는 사이입니까?"

태하의 말에 지우는 살짝 고개를 끄덕이며 윤주를 보며 밝게 웃었다.

"윤주가 중학교 마치고 미국으로 유학 가서 그 뒤 소식이 끊겼었거든요. 친한 친구였는데 헤어지게 되어서 속상했어요."

윤주는 지우를 보다가 놀란 얼굴로 태하를 바라봤다. 그리고 다시 지우에게 눈을 돌렸다. 두 여자의 눈이 마주쳤다. 지우는 그녀의 눈빛이 무엇을 의미하는지 알 것 같아 옅은 한숨을 내쉬며 고개를 끄덕였다.

“아내와 아는 사이인 줄 알았으면 좀 더 편한 자리에서 만나도 괜찮을 뻔했습니다.”

“어떻게 결혼하셨어요?”

앞뒤 잘라먹고 묻는 윤주의 질문에 태하의 시선이 윤주에게 닿았다.

대한민국에서 태하와 지우의 결혼에 대해 모르는 사람이 없는데 어떻게 결혼했냐고 물으니 대답하기가 어려웠다. 옆에 앉은 공 사장이 대신하여 말을 했다.

“이해해 주세요. 아내가 미국에서 쭉 살다가 이번에 한국에 들어오게 되어 사정을 잘 모릅니다.”

“괜찮습니다.”

태하는 윤주를 보며 덤덤히 말했다.

“오래전부터 알고 지낸 사이였는데 작년에 결혼하게 되었습니다. 더 궁금한 거라도 있습니까?”

“아, 아뇨. 그건 저도 아는데……. 두 분이 결혼한 게 참 신기해서요. 가끔 보면 인연이란 게 정말 있는 것 같아서. 저와 제 남편도 전혀 접점이 없는데 이 사람이 유학 생활하다가 아파서 병원에 실려 왔을 때 거기서 실습하던 저를 만나 결혼까지 하게 되었거든요.”

앞에 앉은 공 사장과 윤주는 사이가 좋아 보였다. 사랑해서 결혼한 부부의 모범을 보였다. 서로를 보며 미소 짓는 것만으로도 행복해지는, 신혼 초기의 정석이었다.

지우는 앞에 앉은 윤주를 보며 부드럽게 웃었다. 어릴 때 유일하게 속마음을 터놓던 친구였다. 다른 친구들과 달리 지우를 배경과 결부시켜 보지 않고 그 자체로 봐주는 아이였다. 그래서 지우도 윤주와 친해져 많은 이야기를 나눴다. 그러다가 윤주가 미국으로 유학을 간 뒤로 소식이 끊겼다.

저녁 식사를 하고 잠시 화장실에 들른 지우는 윤주가 반갑게 포옹하여 다시 인사를 나눴다.

“이렇게 만나게 될 줄 누가 알았겠어.”

“정말. 너 미국으로 유학 가고 연락해 보려고 시도했는데 여의치 않더라.”

“미국으로 유학간 지 얼마 안 되어 아빠 사업이 망했어. 빚 청산한 뒤 가족 모두 내가 있는 미국으로 이민 오고 아등바등 살다 보니 연락을 못 했어. 미안해.”

“아니야. 이제라도 만나게 돼서 기뻐, 윤주야.”

“난 네 소식 가끔 들었어. 콩쿠르 수상에 굴지의 필하모닉 협연까지, 내 친구 너무 멋지더라. 아, 너희 아버지는 이제 대선 후보이신 거야?”

“조만간 당 내 경선 치르면 아마도 그럴 것 같아.”

윤주는 잠시 지우를 보더니 다시 그녀를 감싸 안았다.

“김태하 씨와 결혼을 하다니, 이게 무슨 운명의 장난이니.”

“윤주야.”

“남편은 알아?”

지우는 씁쓸하게 웃으며 고개를 저었다.

"지금도 겨우 그 사람 붙들고 있는 거야. 내 욕심 때문에."

"욕심은 무슨! 그때도 지금도 네 뜻이 있기는 하니. 전부 잘난 네 아버지 때문이잖아."

"어쩔 수 없잖아. 이렇게 태어난걸. 내 자리가 이런 걸 어떡해."

윤주는 지우를 안았던 팔을 풀며 눈을 마주 보았다.

"이제라도 말해. 더는 감추지 마."

"아니야. 나 요즘 행복해. 정말 원 없이 오빠를 사랑하고 있어. 그동안 감춰 왔던 거 모조리 다 꺼내서 표현하는 중이야."

"그때 너 얼마나 아팠니. 그렇게 말하고 나서 며칠을 앓았잖아."

"윤주야. 생각해 보니까 그때 내 나이가 열여섯 살이었더라. 지금 생각하면 어떻게 그런 생각을 했을까 후회되지만 그 당시 내겐 그 세상이 전부였어."

"지우야."

"지금 생각해 보면 참 어리석은데 말이야."

"그래도 네 아버지가 너무 했어. 난 그렇게 생각해. 너한테 어쩜 그렇게 해."

"그런데도 난 여전히 아버지의 사랑이 목마르다? 정말 내가 생각해도 난 멍청이야."

씁쓸한 기분에 윤주는 아무런 말도 하지 못했다. 잠시 두 여자 사이에 침묵이 흘렀다.

"윤주 넌 이제 한국에 머무는 거야?"

"아니. 난 가을쯤 다시 출국해. 이번에 전문의 과정 들어가."

"그럼 남편과 떨어져 지내는 거네?"

"그 사람은 한국에서 해야 할 일이 있으니 어쩔 수 없지. 하지만 우린 떨어져 지내도 한결같아. 보고 싶으면 비행기 타고 오면 되니까."

"맞아. 그러네. 윤주 넌 잘 살고 있는 것 같아서 보기 좋아. 이제 계속 연락하고 지내자."

"그럼 나야말로 영광이지. 곧 퍼스트레이디가 될 수도 있는데."

지우는 다시 윤주를 꼭 안았다. 오랫동안 잊고 지내던 친구를 만나 그녀의 눈망울이 촉촉이 젖었다.

레스토랑 앞에서 서로 인사를 나눈 후 태하와 지우는 주차장까지 나란히 걸었다. 어쩐지 말이 없는 그녀를 내려다보던 태하가 고개를 앞으로 돌렸다. 친구를 만나고 나서 급격히 힘이 없어진 걸 느꼈다. 요즘 계속 텐션을 올리며 재잘거리던 지우였는데 시무룩해 있는 모습을 보자 허전한 감이 들었다.

"어디 가고 싶은 곳 있어?"

지우가 눈을 들어 태하를 올려다보았다. 무슨 뜻으로 하는 말인지 묻는 얼굴이었다.

"아직 8시밖에 안 됐으니까. 날도 더운데 어디 들렀다 갈까 하고."

"그럼 한강 갈까요? 그래요, 한강 가요. 야경 보면서 걷고 싶어요, 오빠랑 같이."

먼저 차로 향한 태하가 조수석 문을 열었다.

"가자."

그를 보던 지우가 살며시 미소 지었다. 그리고 고개를 끄덕였다.

차 안에 잔잔히 흘러나오는 클래식 선율이 그들의 귓가를 간지럽혔다. 슈만의 어린이 정경이 흘러나왔다.

"히아신스, 인터넷으로 찾아봤어요."

태하는 운전을 하며 고개를 주억거렸다.

"예뻐요."

지우가 살짝 웃었다.

"구근이 양파처럼 생겨서 꽃이 예쁠까 의심했거든요. 근데 생각해 보니까 백합 같아요. 백합도 기다란 대와 줄기 사이에 한 떨기 봉오리가 더욱 돋보이는 거잖아요."

"잘 아네."

"나 공부 많이 했어요. 오빠가 꽃 좋아하니까 나도 자주 찾아봤어요."

지우의 미소를 바라보던 태하의 시선이 그녀의 치맛자락에 닿았다. 하얀 원피스가 히아신스와 많이도 닮아 있었다. 순백의 여신. 그리고 달콤한 향내가 났다. 차 안이 그녀의 향기로 채워졌다. 태하는 조금씩 울리는 심장의 소리가 커질까 봐 숨을 길게 내쉬었다.

한강은 더워서 피신 나온 사람들로 인산인해였다. 가로등 불빛에 의지한 깜깜한 밤이지만 작은 텐트를 친 사람들부터 공을 차는 어린아이들, 야간 사이클 동호회 인원들의 줄 이은 자전거 행렬 등으로 북적였다. 태하와 지우는 사람들이 많아서 자연스럽게 어깨를 부딪쳤다.

"날을 잘못 잡았나 봐요."

"됐어. 북적해서 좋아."

나란히 걷는 두 사람의 보폭이 맞아떨어졌다. 오른발, 왼발이 짝을 맞춰 움직이는 게 신기한 지우가 계속 제 발등을 내려다보다가 그의 얼굴로 시선을 돌렸다. 눈이 마주쳤다. 언제부터 보고 있었는지 모르겠지만 태하는 시선을 피하지 않고 바라봤다.

"저녁 식사 자리가 별로였나?"

"네?"

"어쩐지 좀, 평소답지 않아서."

아아, 지우는 고개를 끄덕이더니 곧 가로저었다.

"뜻밖이어서 그래요. 그 자리에서 그리웠던 친구를 만날 줄은 몰랐어요."

갑자기 태하의 손끝이 지우의 뺨에 닿아 그녀는 눈을 동그랗게 뜨고 바라봤다.

"울 것 같아."

태하의 낮은 목소리를 듣던 지우는 설핏 웃었다.

"어릴 때도 같은 말 했던 거 알아요?"

"그랬나."

"곧 울 것 같은데 눈물은 흐르지 않아서 신기하다고 했어요."

태하는 어깨를 으쓱하며 지우에게서 손을 거두고 제 바지 주머니에 손을 넣었다. 잠시 강바람을 느끼며 걸었다. 바람이 불 때마다 머리카락을 훑고 지나갔다.

"넌 어릴 때 기억을 꽤 잘 기억하고 있군."

한참 만에 태하가 말을 꺼냈다.

"그런 편이죠."

"연지우."

태하가 걸음을 멈추고 지우를 불렀다. 그의 부름에 그녀도 발을 멈추고 마주 보았다.

"왜 그랬어?"

이런 상황에선 마냥 단순했으면 좋겠다. 그의 뜻을 알아채지 못하고 얼굴 두껍게 물어볼 수 있다면 얼마나 좋을까. 그런데 태하가 무슨 뜻으로 묻는 건지 잘 알아서 더욱 마음이 아팠다.

"17년 전 파티에서 네가 했던 말 다 들었어."

말을 하면서 태하의 표정도 굳었다. 다신 생각하고 싶지도 않은 기억이지만 묻지 않을 수 없었다. 그런데 그녀는 태하가 다 알고 있었다는 사실에 놀라지도 않고 덤덤하게 고개를 끄덕였다.

지우는 가만히 손을 들어 그의 옷깃을 쓸어내리다가 움켜잡았다. 그녀도 감정이 복받치는지 손끝을 떨었다.

"당신이 날 마음에 두고 있었으니까요."

"뭐?"

"당신이 날 계속 좋아하게 두면 안 됐으니까."

태하는 답답한지 제 머리카락을 쓸어 올렸다. 숨을 길게 내쉬었다.

"알아듣게 얘기해."

"나 나쁜 년 맞아요. 오빠 말처럼 가식과 위선으로 가득한, 필요에 따라 이용할 수 있는 그런 여자예요."

지우는 옷깃을 잡았던 손끝을 놓았다. 아래로 떨어지는 그녀의 손을 태하가 붙잡아 당겼다.

"넌 항상 앞뒤가 안 맞아. 좋아했다며. 오래전부터 좋아했다고 했잖아. 그런데 내가 마음에 두는 건 또 안 된다고?"

태하를 올려다보는 지우의 눈가가 촉촉해졌다. 그리고 그의 손을 놓았다.

"맞아요. 내 말은 앞뒤가 안 맞아요. 그래서 당신이 더 혼란스러워하는 것도 잘 알아요."

"지우야."

울먹이던 지우가 입꼬리를 쓱 올리며 미소를 보였다.

"과거의 일은 이만 묻어 두죠. 당신을 괴롭혔던 일이고, 나를 아프게 했던 일이라 다시 꺼내는 건 힘들어요."

씁쓸하게 웃어 보이던 지우가 먼저 몸을 돌려 한 걸음 걸어갔다. 그녀가 가는 모습을 지켜보던 태하는 복잡한 심정에 제 머리를 흐트러뜨렸다.

처음으로 머릿속을 훑고 지나가는 생각이 있었다. 그때 지우에게 사정이 있었을지도 모른다는.

태하는 굳은 얼굴로 그녀를 따라갔다. 지우가 아팠을 때 내뱉었던 말들이 그의 머릿속을 지나갔다. 지키려고. 무엇을?

한참 걷던 지우가 몸을 휙 돌리며 활짝 웃었다.

"한강 좋네요. 매번 차 타고 가면서 슬쩍 보거나 TV로 보던 게 전부였는데 직접 와서 보니까 생각보다 더 좋아요. 시원하고 재밌고."

"시원하기는 하네."

"다음에도 또 올래요?"

지우의 목소리가 청량하게 들렸다. 바람결에 나부끼는 머리카락이 태하에게도 넘어올 것만 같았다. 그 역시 이상한 설렘을 느꼈다. 살랑살랑 부는 봄도 아닌 무더운 여름이건만 그의 마음속에 자그마한 싹이 트인 것 같은 느낌이 들었다. 이 감정이 굉장히 낯설고 오랜만이라 태하는 본능적으로 방어하고 있지만 파도처럼 계속 물결치는 지우의 목소리, 표정, 몸짓이 그의 견고했던 벽을 어느새 바닥까지 허물고 있었다.

"그래."

지우는 두 팔을 위로 뻗으며 아이처럼 좋아했다. 그러더니 태하에게 와서 팔짱을 끼며 그의 어깨에 제 머리를 기댔다.

"실은 하고 싶은 거 굉장히 많아요."

"말해 봐."

"예전처럼 오빠와 함께 자전거도 타고 싶고 남산에 올라가서 열쇠고리도 걸어 보고 싶고, 맛집 탐방도 해 보고 싶어요. 전국 유명지도 돌아다니고 싶고 번지점프도 해 보고 싶어요."

줄줄이 말하는 소리를 황당하게 듣고 있던 태하가 웃음을 터트렸다. 가만히 보던 지우의 눈에서 눈물이 흘렀다.

"왜 이러지."

황급히 제 눈가를 훔치는 지우의 눈시울이 자꾸만 붉어졌다. 어릴 때 이후 태하가 저렇게 웃는 건 처음이었다. 그런 웃는 얼굴을 보는 게 가슴 떨리게 좋아서 저도 모르게 눈물이 흘렀다.

"지금은 또 왜 울어."

"오빠가 웃는 게 좋아서요."

태하는 지우를 바라보며 옅은 숨을 내쉬고 그녀의 볼을 타고 흐르는 눈물을 손끝으로 닦아 주었다.

"그만 울어."

지우는 눈물을 닦으며 고개를 끄덕였다.

"안 울어요."

한숨을 내쉰 그가 한강으로 고개를 돌렸다. 그녀가 울자 괜스레 그의 마음도 일렁였다.

집으로 오는 차 안에서 태하는 간간이 지우를 바라봤다. 피곤했는지 지우는 차 안에서 잠이 들었다. 집 앞에 주차하고 나서도 그는 그녀를 깨우지 않고 오래도록 바라보았다.

태하의 눈빛이 짙어졌다. 집으로 오면서 내내 생각했다. 그토록 원망하고 증오했던 감정이 신기루처럼 녹아내리고 그 자리를 안타까움이 차지했다. 한 달 내내 쾌락의 노예가 되어서 증오의 감정이 가려진 건지는 모르겠지만 그는 예전처럼 지우에게 분노하지 않았다.

그렇다고 해서 아무렇지 않은 건 아니었다. 왜 이렇게 될 수밖에 없었는지, 왜 자신은 그렇게 사랑했던 여자를 미워했는지, 이 상황이 쓰렸다. 사랑과 증오가 한 끗 차이라면 증오 역시 사랑이었던 것일까. 오래전부터 자신을 좋아했다면 지우는 대체 무슨 생각으로 그런 말을 했을까. 결국 처음으로 돌아갔다. 근본적인 의문.

곤히 자고 있는 지우의 얼굴을 손끝으로 어루만지던 태하는 번뇌에 휩싸였다. 찾아야겠다. 지우가 그렇게 말할 수밖에 없었던 이유. 그게 필요했다. 지우는 꺼내고 싶어 하지 않지만 알아야겠다.

북적거리는 복지 시설은 아이들의 웃음소리로 가득 찼다.

아주 갓난아이부터 고등학생들까지 다양했다. 시설은 다양한 아이들이 들어왔다. 미혼모 자녀부터 학대를 받아 가정과 격리가 되어 온 아이들, 가출 청소년까지 사정과 이유도 여러 가지였다.

오전부터 복지 시설의 이불 빨래와 요리, 음식 나눠 주기, 아이들과 놀아 주기 등을 하며 바쁘게 움직이던 자원봉사자들은 잠시 휴게실에 앉아 간식을 먹었다. 회사에서 제공하는 샌드위치와 주스, 샐러드를 먹으며 수다를 떨었다.

태하는 조금 전까지 태주와 이불 빨래를 하다가 초등학생 남자애들이 매달려 싸움을 거는 바람에 같이 놀아 주느라 휴게실에 늦게 들어왔다. 범주가 다가와 주스를 건넸다. 주변을 두리번거리던 태하가 물었다.

"지우는?"

"사모님은 아이들한테 피아노 연주해 주고 계십니다."

"아직도?"

"네. 애들이 놓아 주지를 않네요."

범주는 혀를 내두르며 어깨를 으쓱했다. 태하는 주스를 만지작거리다가 놀이실 쪽으로 향했다. 창틀 너머로 보이는 방들을 훑어보던 그는 피아노 소리가 흘러나오는 방 앞에 멈춰 섰다.

"언니, 또요, 또!"

"전 '나무의 노래' 듣고 싶어요!"

"난 '네잎클로버' 요!"

"내가 먼저야! 아줌마, 난 '작은별' 좋아해요. 그거 클래식이죠?"

남자애가 아는 척하며 말하자 옆에 있던 아이들이 타박했다.

"그건 '반짝 반짝 작은별' 이잖아. 동요지!"

"아냐! 우리 엄마가 클래식이랬어!"

지우는 티격태격하는 아이들을 바라보다가 건반에 손을 얹고 모차르트의 변주곡을 연주했다. 그러자 아이들 입에서 어어, 하는 소리가 들렸다.

"성준이 말이 맞아. 모차르트 곡에 가사를 붙여서 만들었어."

"언니 피아노 진짜 잘 쳐요!"

"맞아. 천사가 치는 것 같아요."

"우웩, 천사가 다 얼어 죽었냐. 아무나 천사야."

성준은 목을 잡고 토하는 시늉을 했다. 지우는 싱긋 웃으며 동작을 멈췄다.

"사실 아줌마도 천사란 말 듣는 거 좀 무서워. 천사는 사람이 아니잖아. 그치?"

성준은 할 말이 없어져 입을 얼버무렸다. 그녀가 부드럽게 웃었다.

"성준이는 아줌마한테 뭐라고 불러 주고 싶어?"

"그냥 피아니스트요."

지우는 잠시 성준을 물끄러미 바라봤다. 그러더니 손을 들어 아이의 머리카락을 쓰다듬었다. 그리고 환하게 웃었다.

"그래. 성준이 말이 정답. 아줌마는 피아니스트야."

"언니 피아니스트예요?"

"그게 뭐야?"

옆에 있는 여자아이가 묻자 성준이 또 타박했다.

"피아노 연주하는 사람. 그것도 모르냐?"

"모를 수도 있지!"

"바보네 완전."

여자아이는 성준의 말에 점점 얼굴이 붉으락푸르락 변했다. 아이들을 접하는 게 낯선 지우는 상황이 점점 험악하게 변하자 식은땀이 흘렀다. 봉사하러 와서 싸움 붙이는 건 아닌지 모르겠다.

"바보라고 하는 사람 누구냐."

놀이실 문을 열고 들려오는 목소리에 아이들의 고개가 일제히 돌아갔다. 지우는 태하의 목소리가 들리자 구세주를 만난 것처럼 순식간에 밝아졌다.

태하는 안으로 들어오더니 울 것 같은 여자아이의 머리를 쓸어 주었다. 그러더니 성준을 보며 씩 웃었다.

"피아노에 대해 좀 아는 것 같으니까 아저씨랑 내기할래? 누가 더 많이 아는지."

"조, 좋아요!"

지기 싫은 성준은 태하의 제안을 흔쾌히 받아들였다. 태하는 피아노 의자에 앉은 지우를 보며 옆으로 물러나라고 손짓했다. 의자에 앉은 그는 성준을 보며 씩 웃었다.

"아저씨가 치는 곡을 네가 맞추는 거야."

"그건 나한테 너무 불리하잖아요! 아저씨가 아는 곡만 치면 불공평해요."

"그럼 한 번은 내가 치는 곡 제목을 네가 맞추고, 한 번은 네가 부르는 제목을 내가 연주하고."

"좋아요."

"네가 지면 저 아이한테 미안하다고 사과해."

"내가 이기면요!"

"네가 원하는 거 사 줄게."

성준의 눈빛이 빛났다.

내기는 꽤 오래갔다. 성준은 생각보다 음악에 대해 많이 알고 있었다. 태하가 쉬운 곡 위주로 연주한 것도 있었지만 초등학교 2학년 아이가 알기 힘든 클래식 곡을 알고 있었다. 마찬가지로 태하도 성준이 문제 내는 제목에 대해 한 번도 틀리지 않고 연주했다. 성준은 동요 곡의 제목을 냈는데 그는 귀신같이 연주했다.

"이번엔 내 차례야."

태하는 회심의 미소를 짓더니 피아노 건반에 손을 올렸다. 느린 선율과 여린 음의 조화. 지금 이 순간 가장 잘 어울리는 곡.

"어어, 나 이거 아는데!"

성준은 제 머리를 쥐어 잡으며 생각하느라 애썼다. 어디서 들어 봤던 곡인데 제목이 생각나지 않았다.

"5, 4, 3, 2……."

아이들이 카운트다운을 했다. '으아, 잠깐만!' 이라고 외치던 아이는 결국 답을 말하지 못했다.

"사과해!"

아이들이 일제히 말했다. 얼굴이 잔뜩 붉어진 성준은 찡그린 얼굴로 태하를 째려보더니 여자아이에게 다가갔다.

"미안해."

잔뜩 풀이 죽은 성준은 억울함을 꾹꾹 눌러 담으며 사과했다.

"괜찮아."

여자아이도 고개를 새침하게 돌리며 대답했다. 성준이 고개를 돌려 태하를 보았다.

"그거 제목이 뭔데요."

태하는 다시 연주를 하며 성준을 보고 지그시 웃었다.

"어린이 정경. 트로이메라이라고 하지."

"아! 나 아는데!"

성준은 그제야 생각이 났는지 더욱 울부짖었다. 아이들은 키 큰 아저씨가 들어와 여러 가지 곡을 연주하자 그에게 관심을 보였다.

"또 쳐 주세요!"

"뭐 쳐 줄까."

태하는 아이들을 돌아보며 빙그레 웃었다. 그리고 지우에게 밖으로 나가라는 손짓을 했다. 지우도 여기서 아이들과 노는 게 좋았다. 그런데 하루 종일 피아노만 치고 있을 순 없어서 멈추려고 했는데 아이들이 놓아주지 않아 곤란하던 참이었다.

지우는 놀이실 문을 열다가 뒤를 돌아봤다. 아이들과 스스럼없이 말하는 태하가 돋보였다. 솔직히 나가기 싫었다. 좀 더 그의 피아노 소리를 듣고 싶었다. 아주 오래전에 들었던 선율. 그런데 지금 아니면 집에 갈 때까지 영영 나가지 못할 것 같았다. 문을 닫은 지우는 안에서 들려오는 소리에 급히 몸을 돌렸다.

“와, 이건 무슨 노래예요?”

“이건 아저씨가 가장 좋아하는 곡이야.”

“되게 좋아요. 아저씨 피아노 잘 친다.”

안에서 들리는 소리에 지우는 놀란 눈으로 그의 등을 바라봤다. 드뷔시의 달빛.

지우의 심장이 몰랑몰랑 아지랑이 피어오르듯 간지럽게 일렁였다. 그가 달빛을 연주한다. 지우는 집중을 하며 듣고 있는 아이들을 바라보다가 발을 떼었다.

“오빠의 선율은 하나도 안 변했구나. 예전 그대로야.”

오래전에 들었던 피아노 선율이 그대로 박제되어 흘렀다. 취하듯 선율에 빠져들었던 그 시절 어린 지우는 그렇게 태하를 마음에 품었다. 그가 연주하는 달빛을 들으며 사랑을 키웠다. 저렇게 피아노 연주하는 걸 좋아하는데도 여태 감추고 살았을 그가 안타까웠다. 다시 돌아왔으면 좋겠다. 어릴 때 자신을 아껴 주고 있는 힘껏 마음을 보여 주었던 그때의 태하가 그리웠다.

하지만 이것 역시 벌 받는 거겠지. 그를 배신했던 결과로 받는 벌.

긴 봉사를 마치고 복지 시설을 나올 땐 모두가 나와서 배웅을 했다. 특히 놀이실에서 함께 있었던 아이들은 태하와 지우에게 달라붙어 떨어지지 않았다. 담당자들에 의해 겨우 떨어진 아이들이 울음을 터트리자 태하가 팔을 벌렸다. 아이들이 일제히 달려가 그에게 안겼다.

“에구, 이 녀석들.”

밝게 웃으며 아이들 한 명 한 명 머리를 쓰다듬어 주는 태하를 보던 사람들은 놀라움을 금치 못했다. 차갑고 냉정하기만 하던 김태하 사장이 아이들을 꿀 떨어지는 눈으로 보는 걸 직접 목격하자 입을 다물지 못했다.

함께 봉사 활동을 왔던 직원들은 태주와 태하가 남아 있으니까 머뭇거리며 가지 못하고 있었다. 보다 못한 범주가 그들에게 어서 가서 쉬라는 말을 하며 돌려보냈다. 그래도 부회장님과 사장님 다 계신데, 라며 발을 떼지 못하던 직원들은 태주와 태하가 차에 올라타자 그제야 움직였다.

“사장님, 댁으로 가실 거죠?”

범주가 운전석에 타며 룸미러로 뒷좌석을 보았다. 태하는 땀으로 젖은 셔츠 소매를 걷으며 고개를 끄덕였다.

“정 실장님도 오늘 저희 집에서 놀다 가실래요?”

“네?”

“오늘 아주버님이랑 형님도 저희 집에 잠깐 들를 거예요. 집들이 겸.”

"말씀은 고맙지만 전 오늘 고된 노동을 했기 때문에 집에 가서 쉬고 싶습니다."

"아, 그렇겠네요. 죄송해요. 제가 눈치가 없었어요."

"아닙니다. 그리고 거긴 제가 낄 자리가 아닙니다."

범주가 서글서글하게 웃자 지우도 부드럽게 미소 지었다.

"정 실장님은 이미 가족이신데요."

범주는 룸미러로 다시 한번 씩 웃었다. 말이라도 그렇게 해 주는 것과 아닌 건 천지 차이였다.

"감사합니다."

"아, 정 실장. 아까 내가 적은 목록은 바로 준비되는 대로 보내 줘."

"네, 알겠습니다."

지우가 돌아보자 태하는 한쪽 눈썹을 슬쩍 올렸다.

"아까 성준이가 갖고 싶었던 물건이 뭐였는지 알아?"

"글쎄요."

"피아노래."

"피아노요?"

"그 녀석, 피아노를 꽤 쳤나 봐. 그런데 부모님 다 사고로 돌아가셔서 그 뒤로는 손 놓고 있었던 것 같아."

성준에게 그런 사연이 있다는 것도 몰랐지만 태하가 알고 있다는 것이 더 놀라웠다.

"거기 놀이실 피아노가 조율을 안 했는지 소리가 이상하더라. 성준이에겐 좀 좋은 피아노가 필요할 것 같아."

"그러네요."

"그리고 기왕 주는 거 성준이 녀석만 주면 안 되잖아. 아까 복지 시설에 있는 아이들 뭐 갖고 싶어 하는지 알아 놨거든."

"직접 다니면서 물어봤어요?"

태하가 지우를 빤히 바라봤다. 그리고 고개를 갸웃거렸다.

"그럼 누굴 시켜. 다 각자의 일로 바빴는데."

지우는 놀란 눈으로 태하를 바라봤다. 그의 눈동자가 점점 얇아졌다.

"무슨 뜻이야?"

"네?"

"내가 정 실장 시켰을 줄 알았어?"

생각을 들켜서 지우는 급격히 얼굴이 붉어졌다.

"아, 아니. 아이들이 많았으니까 일일이 묻기는 힘들지 않았을까 해서……."

무척 당황해하는 지우를 보던 태하가 피식 웃었다.

"나도 몰랐어. 내가 아이를 좋아하더라."

"아, 그렇구나."

"성준이 녀석은 좀 더 키워서 후원해 볼 생각이야. 재능이 있는데 환경 때문에 썩히긴 아깝잖아."

"네. 나도 신경 쓸게요."

"그리고 거기 있는 아이들은 오늘 내가 본 이상 그냥 두기가 힘들어. 정 실장, 아까 형이 장학 재단을 고려한다고 했지?"

"네. 시일이 걸릴 것 같긴 하지만 체계적으로 준비해서 안건 올린다고 하셨습니다."

태하는 휴대폰을 들어 전화를 걸었다.

"어, 형. 집에서 말하겠지만 아까 재단 이야기. 응. 그래. 이따 다시 얘기하자."

태하가 통화하고 있는 걸 옆에서 바라보던 지우는 가슴을 찡하게 울리는 통증에 급히 창문으로 고개를 돌렸다.

저렇게 생기가 넘치는 태하의 모습을 보는 것이 오랜만이라 참 설레었는데, 그가 아이를 좋아한다는 말에 억장이 무너졌다. 왜 자신은 아무것도 그를 기쁘게 해 줄 수 있는 게 없는지. 처음부터 우리는 정말 인연이 아니었던 걸까. 그랬기에 어릴 땐 자신이 그를 외면했고, 그 벌로 이젠 아이를 가질 수 없는 몸이 된 걸까.

"피곤해?"

태하의 목소리에 지우는 울컥한 마음을 달래며 고개를 끄덕였다. 말을 하면 울음이 터질 것 같아 눈을 감고 머리를 시트에 기댔다.

한 달 동안 수없이 관계를 맺어도 아무런 변화가 없었다. 불임이란 걸 알고 있었지만 혹시나 하는 마음도 있었다. 이렇게 사랑하는데 어쩌다 생길 수도 있지 않을까. 물론 태하는 펄쩍 뛰겠지만 아이가 생겼으면, 하는 마음이 들기도 했다.

그런데 역시 신은 야속했다. 제게서 거둬 간 것은 확실히 돌려줄 생각이 없어 보였다. 괜한 기대감을 갖지 않도록 애초에 싹을 틔우지 않게 했다.

차가 움직일 때마다 지우의 마음도 함께 흔들렸다.

정원부터 집 안 구석구석을 구경하느라 시간 가는 줄 모르고 있던 세나가 시계를 보았다.

"늦었으니까 시켜 먹죠."

그녀의 제안에 지우가 동의했다. 고개를 돌리자 태주와 태하의 동공이 흔들리는 것을 보았다. 세나는 잠시 그들을 한심스럽게 흘겨보다가 휴대폰을 들었다.

"있는 집 사람들은 꼭 티를 낸다니까. 봐 봐요. 앱을 켜면 이렇게 많은 배달 업체들이 나온다고요."

"믿을 수 있는 겁니까?"

태하가 불신의 눈으로 물었다. 형제 중 바깥 음식에 제일 예민한 게 태하였다. 입이 고급이어서 아무 음식이나 먹지 않는 걸 알던 지우는 가만히 그의 어깨를 토닥였다.

"다 사람들이 먹는 음식이에요. 가끔 먹는다고 죽지 않아요."

"서방님, 먹고 나면 나중에 막 생각나고 또 먹고 싶으실걸요?"

세나는 앱을 켜고 화면을 바쁘게 움직였다. 지우가 다가와 함께 바라봤다. 태하는 고개를 절레절레 저으며 드레스룸으로 걸어갔다.

"난 씻을 테니까 알아서 시켜요."

거실 소파에 나란히 앉은 셋은 태하의 말을 들은 척도 하지 않았다.

"이런 것도 파네."

태주는 신기한 듯 세나의 휴대폰을 유심히 바라봤다.

"일단 치킨은 기본으로 시키고, 보쌈 종류도 시키죠. 보쌈 좋아하세요?"

"네. 전 먹는 건 대부분 안 가려요. 요리를 못해서 그렇죠."

지우가 싱긋 웃으며 세나를 보자 그녀도 활짝 웃었다.

"태주 씨한테 들으니까 서방님이 요리를 잘하신다면서요. 막 시키고 그러세요."

"네. 뭐……."

지우는 슬쩍 웃으며 휴대폰으로 시선을 돌렸다. 태주가 주의를 주는 눈빛으로 세나를 바라보자 그녀도 아, 하며 입을 다물었다. 그러다 다시 입을 열었다.

"누구든 요리를 잘하는 사람이 책임지는 게 맞다고 봐요. 꼭 여자가 할 필요도 없고, 잘하는 사람이. 우리 집은 제가 요리를 잘해서 주로 하거든요. 물론 그것도 거의 드물지만."

"맞아요. 우리 집은 박 집사님이 요리를 잘해서 그분 음식을 먹고 있죠."

지우가 밝게 웃으며 말하자 세나는 약간 마음이 놓였다. 태하와 지우의 사이를 대충은 알고 있어서 혹시라도 그녀가 상처를 받았을까 걱정이 되었다.

그래도 섬에서 돌아온 후 예전보다는 관계가 호전되었다는 이야기를 들었는데 아직 불편한가.

"그런데 세나 씨 임신했는데 이런 것 먹어도 되나요?"

"당연하죠. 날것 종류랑 몇 가지 주의할 음식만 조심하면 돼요."

"이젠 입덧 안 해요?"

"네. 오히려 너무 먹고 싶은 게 많아서 탈이에요. 이러다 살 찔 것 같아요."

"당신은 살 좀 쪄야 돼. 이게 뭐야. 뼈밖에 없어."

"그럼 뚱뚱해도 예뻐할 거죠?"

그 말에 태주가 세나의 머리를 끌어 품에 안았다.

"말이라고."

"와. 닭살은 집에 가서 떨어."

샤워를 하고 나온 태하는 태주의 말에 투덜거렸다. 태주는 아랑곳하지 않고 세나를 더욱 꼭 안았다.

"싫어. 좋은 거 티 좀 내겠다는데 왜 방해해."

"우리는 동방예의지국 사람인 거 몰라? 다른 사람을 배려하라고."

"배 아프면 너도 해."

태주의 도발에 태하는 말문이 막혔다. 그리고 지우를 바라봤다. 지우는 난처한 듯 애매하게 웃다가 시선을 돌렸다. 그때 태하의 향기가 덮쳐 오더니 지우의 입술에 닿았다. 입술에 닿은 찰나의 순간 아찔한 향기가 지우의 코끝을 자극했다.

태하는 가벼운 입맞춤 뒤 태주를 보고 씩 웃었다.

"못 할 줄 알았어?"

"네 이놈. 어디 신성한 공간에서 입을 맞춰."

"왜 못 해. 내 집인데."

"나한테는 예의 어쩌고 하면서 배려는 어디다 팔아먹었냐."

"배 아프면 형도 해."

태하는 다시 한번 더 지우의 입술에 입을 맞췄다.

"맛있다."

그 말에 얼굴이 붉어진 건 지우였다. 화르륵 타오른 지우가 귀여운 태주와 세나는 슬쩍 일어섰다.

"안 되겠네요. 자리를 피해 드려야지."

"피하긴 뭘 피해요. 순순히 진 걸 인정하지?"

"그래. 네가 이겼다, 인마."

"우리가 졌어요. 하하, 서방님이 최고예요."

세나는 엄지를 척 올리고 태주를 끌었다.

"2층 방 잠시 써도 되죠? 우리도 좀 씻고 올게요."

"아, 아니……."

지우가 세나를 부르려 했지만 그녀는 태주를 데리고 잽싸게 2층으로 올라갔다. 그들이 올라가자 정적이 흘렀다. 갑자기 입을 맞추니 당황한 것도 있었지만 씻고 나온 태하의 향기가 너무 자극적이어서 순간 정신을 잃을 뻔했다.

아직도 소파에 자신을 가두고 바라보고 있는 태하의 시선이 느껴져서 지우는 고개를 아래로 내렸다.

"나도 좀 씻을게요."

"연지우."

태하의 손이 지우의 목덜미를 감싸며 받쳤다. 눈을 동그랗게 뜬 지우가 약한 힘으로 그의 가슴을 밀어냈다.

"위, 위에……."

쪽. 입술이 닿았다.

"씻는다잖아."

"오빠."

가슴을 밀어내던 손은 이미 아무런 힘도 쓸 수가 없었다.

"너 아까 왜 울었어."

"언제요?"

"차에서."

지우는 흔들리는 눈빛으로 태하를 바라봤다. 깊게 일렁이는 눈동자를 보자니 다시 심장이 쿵쿵 뛰었다.

"안 울었어요."

입술이 닿았다. 금방 물러날 줄 알았는데 태하는 더 깊게 파고들었다. 그녀의 윗입술을 훑으며 빨아들이다가 입술을 가르며 혀를 밀어 넣었다. 수줍게 숨어 있는 그녀의 혀를 옭아매고 휘어 감았다. 얼굴을 옆으로 꺾어 더 깊이 들어올수록 그녀의 얼굴은 점점 더 붉어졌다. 가쁜 숨을 내쉬는 그녀의 숨소리가 그의 귓가를 자극했다.

코앞에서 얼굴을 들이밀고 지우의 몸에 바짝 붙은 태하는 멀어질 생각이 없는 듯했다.

"운 건 아니에요. 그냥, 내가 못나 보여서."

"왜?"

지우는 머뭇거렸다. 그걸 어떻게 말해.

"말 안 하면 안 놔줘."

딩동—

"어, 배달 왔나 봐요."

태하를 밀치고 일어나려는 지우는 그가 꿈쩍도 않고 버티자 원망스럽게 바라봤다.

"이따가 말해 줄게요. 지금은 손님도 있으니까 나중에요."

그가 한쪽 팔을 열어 주자 그 틈에 쏜살같이 벗어난 지우는 현관으로 달려갔다. 그녀가 가는 모습을 지켜보던 태하는 자세를 고쳐 잡고 앉아 손을 턱에 괴었다. 그러던 그가 불현듯 작은 탄성을 내질렀다. 그는 미간을 찌푸리며 제 머리카락을 쓸어 올렸다. 실수했다.

잠시 후 양손에 비닐을 들고 현관 안으로 들어오는 지우를 보고 다가갔다. 태하는 그녀의 손에 있던 것을 잡아들고 부엌으로 가져갔다.

"내 말에 마음 쓰지 마."

부엌으로 걸어가는 태하의 뒷모습을 바라보던 지우의 눈망울이 촉촉해졌다. 그가 알아차렸다. 부엌 끝에서 태하가 뒤를 돌아보았다.

"네 탓 아니야."

"오빠."

"아이를 좋아하는 건 그냥 내 취향인 거지, 그게 아이를 원하는 것과는 별개란 소리야."

"알아요."

"그리고 앞날이 어떻게 될지도 모르는 관계에서 섣불리 생명을 갖는 건 조심해야 할 일이야."

가만히 태하의 말을 듣던 지우가 옅은 숨을 내쉬었다.

"우리가 사이좋은 부부였어도 당신의 말이 그랬을까요?"

시선을 맞추지 못하고 고개를 돌려 버리는 지우를 보던 태하가 고개를 끄덕였다.

"당연하지. 아이가 생기는 건 그리 간단한 게 아니잖아."

태하는 몸을 돌려 부엌으로 들어갔다. 그 자리에 남아 있던 지우는 제 가슴에 손을 얹어 톡톡 두드렸다. 그가 무슨 뜻으로 하는 말인지 안다. 심지어 자신을 위로해 준다고 나름 덤덤하게 꺼낸 말인 것도.

하지만 여기서 자신이 아무렇지 않을 수 있을까. 제 몸에 문제가 있어서 아이를 갖지 못하는 건 비참할 뿐이었다. 그걸 극복하기란 쉽지 않다.

식탁엔 배달 음식 여러 가지가 놓여 있었다. 그들은 느지막한 시간까지 음식을 먹으며 대화를 나누었다.

"서방님, 배달 음식도 먹을 만하죠?"

"누가 못 먹는다고 했습니까. 믿을 수 있는지 모르니까 그렇죠. 그리고 형수님 임신했는데 좋은 것만 먹어야죠."

"어머, 제 생각해서 그러신 거예요? 그러지 않으셔도 돼요.

평소엔 이런 거 먹지도 못해요."

세나는 태주의 눈치를 살피다가 씩 웃었다.

"아버님 계신데 치킨, 보쌈 시키면 좀 그렇잖아요."

태주와 세나는 김석윤 회장 본가에서 함께 살고 있었다. 한창 신혼인데 굳이 본가로 들어온다고 해서 석윤과 태하, 모두가 반대했지만 정작 두 사람은 적극적으로 들어가겠다고 했다.

"아버님 혼자 계시는데 너무 외로우시잖아요. 저희가 들어와야 덜 심심하시죠. 그리고 아이 태어나면 돌봐 주실 분이 필요한데 그때 아버님 손 빌리려고 그래요."

세나가 당차게 말하자 감동 받은 석윤은 본가의 별채 한 동을 곧바로 비워 주고 내부 인테리어를 싹 바꿔 주었다. 사실 같이 살긴 하지만 아침 식사 시간 이외에는 마주칠 일이 적었다. 그마저도 조찬 모임으로 빠지고 나면 횟수는 드물었다.

"세나 씨는 정말 대단해요. 일도 척척 해내고, 여러 가지로 부러운 점이 참 많아요."

지우가 부드럽게 웃으며 말하자 세나는 손을 내저었다.

"아니에요. 저야말로 언니가 부러운걸요. 부드럽고 잔잔하면서도 강인한 내면이 느껴지거든요. 아까 슈베르트 연주는 정말 최고였어요. 1열에 앉아서 듣게 되어 정말 영광이었어요."

"그건 그저 제가 제일 잘하는 게 그거라서, 다른 건 잘 못해요."

"하나라도 그런 재능을 가지고 사람들을 감동시키는 건 정말 부러운 거예요. 전 재능이 없어요. 유일하게 잘하는 게 끈질김? 그거 하나로 버텨 온 거예요."

말하면서도 웃겼는지 세나는 태주를 보며 부끄럽게 웃었다. 태주는 그저 세나를 보며 고개를 끄덕여 주고 머리를 쓰다듬어 주며 그녀의 말을 지지해 주었다.

지우는 그들을 보던 시선을 내리며 부드럽게 미소 지었다. 그녀의 모습을 바라보던 태하는 식탁에 놓인 음식을 정리했다.

"슬슬 정리하죠."

재활용품을 정리하고 씻을 접시는 씻으며 각자 바쁘게 움직였다. 태주와 태하가 재단 이야기를 하러 2층 서재로 올라가자 지우와 세나는 정원으로 나가서 밤공기를 맞았다.

"정원이 너무 예뻐요. 정말 별세계에 온 것 같아요."

세나는 정원을 둘러보며 활짝 웃었다.

"태하 씨가 정원 관리를 참 잘해요. 여기 나무들, 지금은 꽃이 진 것도 많지만 꽃나무들 모두 태하 씨가 직접 심고 관리한 거예요."

"들었어요. 서방님이 참 재능이 많으세요."

"네. 태하 씨는 못하는 게 없어요. 요리도 잘하고 이런 것도, 심지어 피아노도 잘 쳐요. 어릴 땐 자전거도 참 잘 탔는데.

학교에서 농구나 테니스를 치면 운동장 스탠드에 여학생들이 주르륵 앉아서 구경하고 그랬어요. 진짜 멋있었거든요."

"하하."

갑자기 세나가 빵 터지며 웃자 지우가 고개를 돌려 바라봤다. 세나는 웃음 가득한 얼굴로 지우를 보았다.

"꼭 팬 같아요."

"네?"

"언니가 서방님 말하는 게 스타와 팬 같다고요. 자랑할 게 그렇게 많으세요? 전 태주 씨가 멋지고 좋은 사람인 건 알지만 같이 살다 보니까 단점도 발견하거든요."

아아, 지우는 멋쩍게 웃으며 두 손을 맞잡았다.

"아마 세나 씨는 아주버님과 이미 끈끈한 정이 있기 때문일 거예요. 단점을 발견해도 넘길 수 있을 정도의 애정과 믿음 말이에요. 그게 진짜 부부 아니겠어요?"

"언니는 아니란 말인가요?"

목소리는 다정했지만 지우는 어쩐지 그 말이 불편했다. 세나는 잠시 지우를 빤히 바라보더니 옅은 숨을 내쉬었다.

"제가 언니와 서방님 사이를 잘 안다고 할 수 없지만 두 분은 서로를 바라보기만 하세요. 단점도 보여 주고 싸우기도 하고, 그러다 화해할 수도 있어야 해요."

"그런데 전 그게 잘 안 돼요. 태하 씨에겐 화내고 싶지 않아요. 전 그럴 자격이 없어요."

"언니."

세나는 가만히 지우의 손을 잡았다. 희고 고운 손가락이 세나의 손에 들어왔다.

"그럼 더 잘된 거 아닌가요? 화낼 것도 없고 좋기만 하다면 평생 연애 감정으로 살 수 있는 거니까 서방님이 도리어 복을 받으신 거죠."

"그럴까요?"

"서방님은 특별한 사람을 아내로 맞이한 거예요. 특별함은 독보적이고 유일하다는 말 아닐까요. 다른 사람이 비집고 들어올 공간 같은 건 없다는 말이죠."

가만히 세나의 말을 듣던 지우가 설핏 웃었다.

"고마워요. 그렇게 말해 줘서."

"이 집 남자들의 특징이 뭔지 아세요? 한 여자에게 꽂힌다는 거예요. 솔직히 여자를 만날 기회가 얼마나 많겠어요. 여태 그랬고 앞으로도 그럴 거고. 그런데 서방님이나 태주 씨나 다른 여자들에겐 눈길도 주지 않잖아요."

"아주버님은 그럴지 모르지만 태하 씨는……."

지우는 말을 하다 말고 입을 다물었다. 수많은 여자와 염문설을 뿌리고 여자가 수도 없이 바뀐다는 걸 누구에게 들었지. 직접 본 것이 아닌 기사와 사람들의 가십에 의한 소문일 뿐이었다.

아니, 사실은 어떤 여자를 만나든지 상관없다. 그 여자들에게 진심으로 대한 적이 없다는 걸 알고 있었다. 만약 한 번이라도 진심이었던 여자가 있었다면 그에게 계약서를 들이밀며 결혼하자고 말하지 못했을 것이다.

"제가 감히 누군가의 연애 상담을 할 주제는 아니지만 서방님에겐 시간이 조금 필요한 것 같아요. 그러다 보면 곧 알게 될 거예요. 자신이 누굴 원하는지."

"세나 씨."

"사실은 누구보다 뜨겁고 다정다감한 사람이죠? 오늘 아이들 대하는 것만 봐도 알 수 있어요."

"네."

지우는 잠시 생각하다가 세나를 보며 빙그레 웃었다.

"맞아요. 그걸 제가 참 좋아했어요. 한발 먼저 다가와 주고, 말 걸어 주고 웃어 주고, 장난쳐 주고."

말을 하던 그녀의 눈가에 눈물이 고였다.

"그런 태하 씨를 잊을 수가 없어요."

세나는 눈물을 글썽이는 지우의 등을 쓸어내리며 다독였다. 정원 주변을 둘러보던 세나가 아, 하고 밝게 웃으며 지우를 바라봤다.

"혹시 봉숭아 물 들여 본 적 있어요?"

"네?"

세나는 싱긋 웃더니 지우의 손을 잡고 한참 흐드러지게 핀 봉선화 밭으로 갔다.

작은 사기그릇 안엔 붉은 꽃잎과 초록색 풀잎이 들어가 있었다.

"예전엔 백반을 넣었는데 별로 좋지 않다는 말이 있어서 그냥 소금만 넣을게요."

굵은 소금을 넣은 세나는 둥근 밀대로 빻기 시작했다. 옆에 앉아 세나가 하는 모습을 지켜보던 지우도 옅은 미소를 지었다.

"어릴 때 어머니가 해 주던 게 생각나네요."

"그렇죠. 봉숭아 물은 뭐니 뭐니 해도 어릴 때 둘러앉아 하는 게 제맛이죠."

"이제 제가 할게요."

지우는 세나가 찧던 밀대를 받아 한참 동안 찧었다.

"재밌어요."

지우는 간만에 신경을 집중해 무언가를 했다.

"뭐 해?"

갑자기 태하의 목소리가 들려 지우는 얼굴을 들었다. 두 남자가 부엌으로 들어왔다.

"봉숭아 물 들이려고요. 그런데 세나 씨는 임신 중이라 못 한대요."

"아, 그럼 저 대신 태주 씨가 하면 되겠어요!"

"뭐?"

태주도 적잖이 당황한 얼굴로 세나를 바라봤다. 웬만한 건 다 들어주지만 손톱을 물들이는 건 좀 오버 아닌가. 그러자 세나의 얼굴이 급격히 시무룩해졌다.

"전 하고 싶은데 못 하고 있어요. 진짜 하고 싶은데……."

그녀의 얼굴을 보자 태주는 다시 고질병이 도졌다. 도저히 고쳐지지 않는 병.

"알았어. 내가 대신 할게."

세나가 다시 활짝 웃었다.

"그 대신 새끼손가락 하나."

그래도 좋은지 세나는 고개를 크게 끄덕였다. 지우의 눈도 자연스레 태하에게 향했다. 자신에게 쏠린 눈을 보고 태하는 기겁하며 손을 내저었다.

"절대 안 해. 형! 제정신이야? 그러고 회사 가면 참 좋겠다, 어?"

"그래서 하나만 하잖아. 너도 하나만 해."

"절대 싫어."

고개를 절레절레 내젓는 태하를 보던 지우가 제 손을 내밀었다.

"그럼 나한테 해 줘요."

"맞아요. 이건 꼭 상대가 있어야 돼요. 잘 보세요."

세나는 태주의 손가락을 가져와 곱게 즙이 난 봉선화를 조금 집어 새끼손톱 위에 올려놓았다. 그리고 미리 잘라놓은 비닐을 덮어 감싸고 굵은 실로 묶었다.

태주의 손을 들어 보이는 세나를 살짝 노려보던 태하는 포기한 듯 자리를 잡고 앉았다.

"아버지가 보시면 기겁을 하겠네. 형 이러는 거 임원들은 알려나 몰라."

"알면 어때. 내가 아내를 위해 하겠다는데 누가 뭐래."

"와, 저 팔불출."

카리스마 넘치던 김태주 맞나. 태하는 고개를 저으며 지우의 손가락을 잡았다. 가느다랗고 기다란 손가락이 손안에 잡혔다. 멍하니 손을 바라보는 태하를 힐끔 보던 세나가 자리에서 일어섰다.

"어머, 시간이 벌써 이렇게 됐네. 11시 다 되어 가요. 우린 이만 가야겠어요. 태주 씨, 저 피곤해요."

"그래. 얼른 가서 쉬자."

태주는 세나의 말에 반사적으로 일어섰다. 태하에게 잡혔던 손을 뺀 지우가 따라 일어섰다.

"나오지 마세요. 대문 잘 닫고 갈 테니까 봉숭아 물 예쁘게 들이세요."

지우가 현관 앞까지 나오자 세나는 뒤를 돌아 손을 내밀었다. 지우가 맞잡았다.

"오늘 너무 재밌고 고마웠어요. 세나 씨 덕분에 에너지 얻었어요."

"에이, 제가 한 게 뭐가 있다고요. 좋은 연주 들려준 답례예요."

현관에 나란히 서 있던 지우와 태하는 태주가 세나를 끌다시피 데려가며 겨우 헤어졌다. 안으로 들어온 지우는 봉숭아 물 들이는 걸 깜박 잊고 습관처럼 거실을 지나쳤다.

탁, 손이 잡혀 지우가 돌아봤다. 태하는 그녀의 손을 잡고 부엌으로 향했다.

"봉숭아 물 안 들여?"

"아, 맞다. 방금 그거 하다 나왔지."

지우는 머쓱하게 웃으며 의자에 앉았다. 옆자리에 앉은 태하는 조금 전과 같은 자세로 지우의 손가락을 잡았다.

"몇 개나 해?"

"음, 전부 다요."

그녀의 말에 태하는 고개를 끄덕이며 손가락을 고쳐 잡았다. 하나씩 올리고 비닐로 덮어 실로 묶는 동안 부엌 안은 고요했다. 이렇게 오랫동안 손을 잡고 여자의 손가락에 무언가를 해 주는 태하를 보는 게 신기했다. 지우는 그의 손길을 느끼며 손가락을 들여다보았다.

"봉숭아 물 들여 본 적 있어?"

갑자기 정적을 뚫고 태하의 목소리가 들렸다. 지우는 시선을 들어 그를 보았다. 그는 비닐을 묶는 것에 집중하고 있었다.

"네. 어릴 때 몇 번. 첫눈 올 때까지 남아 있으면 소원이 이루어진다고 해서 열심히도 들였었죠."

"그래서 소원이 이루어졌나."

"아뇨."

지우는 멋쩍게 웃으며 어깨를 으쓱했다.

"왜 소원이 안 이루어졌는지 알아?"

"글쎄요."

"손톱에 눈이 닿지 않았기 때문이야."

"정말요? 난 그건 몰랐어요."

눈을 동그랗게 뜨며 진지하게 듣는 지우가 귀여워서 태하는 옅은 미소를 지었다.

"바보야. 그걸 믿니."

"그래도 너무 예쁜 주문이에요. 첫눈이 닿아야 이루어진다는 건."

태하의 손에 의해 지우의 손가락에 점점 많은 비닐이 올라갔다.

"연주회 있다면서 봉숭아 물 들여도 돼?"

"아, 맞다. 연주회."

놀란 듯 잠시 멍하니 태하를 바라보던 지우는 이내 고개를 끄덕였다.

"괜찮아요. 피아노 연주만 완벽하면 문제없어요."

"대단한 자신감이네."

한동안 그가 하는 모습을 지켜보던 지우가 나직이 말했다.

"이번엔 꼭 소원이 이루어졌으면 좋겠어요."

"무슨 소원?"

다 됐다, 태하는 지우의 열 손가락에 모두 비닐을 씌우고 아래로 내렸던 눈을 들어 그녀를 보았다. 눈이 마주치자 그녀는 살포시 웃었다.

"당신이 날 사랑해 주는 것이요."

황당한 얼굴로 바라보던 태하는 자신의 이마를 손으로 짚으며 숨을 내쉬었다.

"소원은 그런 걸 비는 게 아니야. 좀 더 크고 원대한 걸 빌어야지."

"내겐 그게 가장 큰 소원이에요."

"지우야."

"소원이 참 많은데 그중 한 가지만 고르라면 난 그것밖엔 없어요."

지우는 옅은 숨을 내쉬며 아쉬운 웃음을 흘렸다.

"너무 집요하죠? 그래도 어쩔 수 없어요. 내세울 게 이것밖엔 없네요."

의자에서 일어선 지우가 손가락을 흔들며 활짝 웃었다. 식탁에 놓여 있는 걸 치우려는데 태하가 팔을 잡았다.

"그럼 지금 당장 이루고 싶은 소원 있어?"

"지금요?"

태하가 잡은 손목이 뜨거웠다. 더워서 그런 건 아니었다. 알 수 없는 열기에 지우는 가만히 고개를 끄덕였다. 지금이면 그가 들어줄 수도 있을 것 같았다.

"달빛 연주해 줘요."

"뭐?"

"드뷔시 달빛이 듣고 싶어요."

"소원 말하라 했더니……."

태하는 헛웃음을 지으며 고개를 끄덕였다.

"아이들한테도 들려줬는데 너한테 못 들려줄까."

"아, 기대된다."

지우는 먼저 2층으로 뛰어가서 피아노 의자를 빼 주고 뚜껑도 열어 주었다. 그 모습이 귀여워 태하는 저도 모르게 그녀의 머리카락을 흐트러뜨렸다.

막상 의자에 앉은 태하는 한동안 건반만 바라보았다. 좀 전에 복지 시설에서는 잘만 연주하던데.

태하를 힐끔거리며 바라보던 지우가 피아노에 손을 올렸다. 손가락 끝을 비닐로 묶은 터라 빠질까 봐 그녀는 조심스럽게 건반을 눌렀다. 그 모습에 얼핏 미소를 지은 태하가 그녀의 손 위로 겹쳤다. 가만히 손을 빼자 그의 손가락이 건반을 부드럽게 두드렸다.

크고 기다란 손가락은 겉모습만 그럴싸한 게 아니라 피아노와 어우러져 제 위치를 찾은 것처럼 잘 어울렸다.

어두운 밤 호숫가에 비친 달빛과 부드러운 바람, 일렁이는 물결의 잔상을 그의 손에서 느꼈다. 조용히 연주하던 태하가 절정으로 치닫을 때는 풀밭까지 바람결이 나부끼는 것처럼 파장을 일으켰다.

태하가 연주하는 달빛을 듣던 지우는 마음 깊숙이 들어찬 소리에 가만히 그의 허리를 안았다. 막상 연주를 시작한 태하는 그녀의 몸이 닿아도 멈추지 않았다.

그가 연주를 끝내자 연습실 안은 고요했다. 너른 어깨에 머리를 기대고 눈을 감은 지우는 진심이 담긴 그의 피아노 소리를 계속 되뇌었다.

"좋다."

"소원 성취했어?"

지우는 눈을 뜨고 그를 바라보며 고개를 끄덕였다.

"내 독주회에서 달빛 들었죠?"

"그래."

"오빠가 달빛을 가장 좋아해서 저도 그 곡이 제일 좋아요. 열네 살 땐가. 그때 듣고 처음인데 여전하네요. 여전히 최고예요."

"그렇게 말해 줘서 고맙다. 사실 긴장했거든. 전공자 앞에서 연주하는 건 아이들과는 천지 차이니까."

태하의 입에서 고맙다는 말이 나왔다. 지우는 아스라이 떨리는 심장 소리를 감추며 웃어넘겼다.

"또 쳐 달라고 하면 화낼 거예요?"

"이미 사고 쳤는데 이제 와서 뭘 더 못 하겠어. 뭔데?"

"말할 수 없는 비밀 영화에 나왔던 연탄곡 기억나요? 그거 같이 치고 싶어요."

"너 봉숭아 물 들이고 있는 중 아니었나."

음, 지우는 잠시 손가락을 바라보더니 사무용 책상으로 가서 손가락을 덮고 있는 비닐을 모두 빼 버렸다. 손끝이 붉게 물들었지만 지우는 티슈로 물기를 닦고 태하에게 왔다.

"밑에 아직 더 있어요. 이따 다시 해 줘요."

태하는 엉뚱한 행동을 하는 지우가 자꾸만 눈길을 끌어 저도 모르게 고개를 끄덕였다. 그녀는 예쁘게 웃으며 태하의 옆에 앉았다.

지우가 먼저 시작하자 그 뒤로 태하가 나눠서 쳤다. 그와 그녀의 손이 엇갈리며 바쁘게 움직였다. 작은 실수엔 키득키득 웃으며 넘어갔고 오른쪽 건반과 왼쪽 건반을 사이좋게 나눠서 연주했다. 간간이 손이 교차하여 움직이는 것까지 이미 맞춘 것처럼 자연스러웠다. 서로의 호흡이 물결처럼 흘렀다.

어린 시절이 떠올랐다. 태하가 피아노 치는 것을 보던 지우가 다가와 모차르트 밤의 여왕 아리아 부분을 연주하자 곧바로 그가 화음을 넣었다. 세상에서 가장 황홀했고 뜨거웠던 연주가 아직도 그녀의 기억 속에 남았다.

연주가 끝나자 태하는 참지 못하고 그녀에게 입을 맞췄다. 허리를 휘감아 눌러 피아노 위로 그녀의 몸이 닿아 쿵 소리를 냈다. 깊고 진하게 파고드는 그의 입술을 지우도 그대로 받아들이며 목을 끌어안았다.

"인정하지. 네 입술은 매번 나를 유혹해. 이젠 그만해야지 몇 번을 다짐해도 어느새 너를 품에 안고 있다고."

그의 목에 둘렀던 팔을 더욱 힘주어 붙든 지우가 그의 귓가에 속삭였다.

"나도 마찬가지예요."

"너는 지금……."

태하는 말을 하다 말고 숨을 길게 내쉬었다. 사실은 느끼고 있었다. 그녀의 사랑이 제 생각보다 크고 깊다는 걸. 그래서 불확실한 마음을 가지고 그녀를 대할 때마다 어딘지 죄를 짓는 것 같은 기분이 들었다.

지우의 얼굴을 부여잡고 키스를 퍼부을 때면 이성이 사라졌다. 촉촉하고 도톰한 입술은 달콤한 과즙을 먹는 것처럼 맛있었다.

연습실의 업무용 책상 위에서 한바탕 일을 치르고 나른한 여운을 즐기던 태하의 목소리가 낮게 갈라졌다.

"봉숭아 물 다시 들여 줄게."

거친 숨을 내쉬던 지우도 가만히 고개를 끄덕였다.

"당신도 해 볼래요?"

열기에 젖은 눈으로 바라보는 지우의 눈동자를 거부할 수 없었다. 태하가 가볍게 키스했다.

"그래."

모르겠다. 미친 짓이라고 생각했는데, 조금 전까지만 해도 그건 제정신이 아니라고 생각했는데 지금은 아무래도 좋았다. 손가락이 그 지경이 되어도 상관없을 정도로 그녀가 원하는 걸 들어주고 싶었다.

8
겨울바람

사장실로 들어오던 태하는 데스크 위에 쌓인 결재판을 보고 범주를 돌아봤다.

“월요일인데 이렇게 쌓였다고?”

“네. 금요일에 저녁 모임 있으셔서 이른 귀가를 하셨죠? 그 동안은 주말에 나와서 일을 했기 때문에 괜찮았지만 이번 주는 봉사 활동으로 나오지 못하셨지 않습니까.”

“아니, 이제 웬만한 건 정 실장이 처리해. 그럴 수 있잖아.”

범주가 억울한 눈빛으로 태하를 바라봤다.

“작년에 사장님 며칠 안 나오실 때 제가 급한 대로 결재했다고 불같이 화낸 건 잊으셨습니까?”

“내가 그랬나.”

태하는 머쓱한 얼굴로 고개를 돌리고 데스크에 쌓인 결재판을 보았다. 일찍 퇴근하고 집에 가고 싶었는데 안 도와주네.

"그런데 손가락에 그건 무엇입니까?"

범주는 태하의 왼쪽 새끼손톱이 붉게 물든 것을 보며 제 눈을 의심했다.

"매니큐어는 아닌 것 같은데."

"어떤 것 같아?"

태하는 범주에게 손가락을 들어 보이며 확인하듯 물었다. 그의 동공이 불안하게 흔들리는 걸 보니 자책하는 중인 것 같았다. 범주는 한동안 태하를 보더니 흠흠 목소리를 가다듬었다.

"봉숭아 물을 들인 것 같습니다."

"그걸 묻는 게 아니잖아."

"누가 봐도 사모님과 같이 한 것 같은데 어떤 것 같으냐고 물으십니까?"

"그래. 그러니까 나 이상하게 보여?"

범주는 순간 웃음이 터질 뻔했다. 겨우 새끼손톱 하나 물들인 걸로 눈치를 보고 있는 태하가 귀엽게 느껴졌다. 어깨를 으쓱하던 범주는 들고 있던 태블릿을 두드리더니 태하에게 내밀었다.

"사모님과 사이가 좋으시구나. 그런 생각을 했습니다."

범주를 노려보다가 태블릿을 받아들고 보던 그의 눈이 커졌다.

"이게 뭐야."

"두 분 금요일에 한강에 가셨습니까?"

인터넷 기사에 자신과 지우가 한강을 걷는 모습이 찍혀 있었다. 꽤 여러 차례 찍힌 것 같은 사진이었다. 'JK전자 김태하 사장과 그의 아내 연지우 씨의 한강 데이트'라는 기사 제목으로.

연예인도 아닌데 이렇게 이슈가 되는 건 아무래도 지우의 아버지 연무신 대표의 대선과 관련이 있는 것 같았다.

"사진이 왜 이 모양이야. 파파라치하면서 찍을 거였으면 잘 좀 찍지."

"고소할까요? 사생활 침해 및 유출 혐의로 충분히 걸고넘어질 만합니다."

"됐어. 피곤하게 뭘 그래. 그냥 경고 정도로 끝내."

범주는 투덜대는 태하를 보며 슬쩍 웃었다.

지난 6월 섬에서 돌아온 후 태하가 부쩍 달라졌다. 여전히 까칠하고 차가웠지만 지금처럼 자신의 피해에도 무난히 넘어간 건 처음이었다. 이런 일이 생기면 사정 봐주지 않고 납작하게 빌 때까지 밟던 태하였는데 제 사진이 사방에 퍼졌는데도 평온했다.

거기에 요즘 꼬박꼬박 집으로 들어갔다. 어쩌다 야근을 하거나 모임 때문에 늦는 날엔 전에 없던 성질까지 부렸다. 두 사람은 분명 섬에서 가까워진 것 같았다. 매일 집으로 들어간다는 것 자체가 확연히 달라진 점이었다. 그 이전이라면 어디 가능한 일인가.

저렇게 티를 내면서 자신은 아무 일 없는 것처럼 냉정하게 말했다. 본인만 모른다. 주변인을 비롯해서 회사 내 가까운 임원들까지 그가 달라졌다는 걸 느끼는데 태하만 끝까지 모른 척했다.

"그러니까 봉숭아 물 들인 걸 직원들이 보더라도 크게 숙덕거리지 않을 거란 뜻입니다. 오히려 좋은 이미지가 쌓이지 않겠습니까."

"좋은 이미지는 필요 없고 미친놈으로나 보지 않았으면 좋겠네."

"사장님, 전보다 훨씬 좋아 보이십니다."

범주가 슬쩍 웃었다. 태하는 어색하여 괜스레 헛기침을 한 번 했다. 허리를 숙인 범주가 나가고 밀린 서류를 훑어보던 태하는 인터넷에 실린 제 기사를 떠올렸다. 전혀 생각하지 못했는데 사진이 찍힐 수도 있다는 걸 고려해야 할 것 같다.

아니나 다를까. 오전 사이에 여기저기서 문자와 전화가 왔다. 사람들은 생각보다 관심이 많다는 걸 느꼈다.

한강에서 찍힌 사진 속 지우는 정말 아름다웠다. 하얀 원피스를 팔랑거리면서 나풀거리는 그녀가 청량하고 신선했다.

일요일 아침 손톱에 예쁜 물이 든 것을 본 지우는 설레는 여고생 같은 얼굴을 했다. 저렇게 좋을까. 그런 말이 절로 나올 정도로 그녀는 하루 종일 싱글벙글 웃음꽃을 피웠다.

이렇게 잘 웃고 작은 일에도 상처를 받는 여자인데 험하게 대한 걸 생각하면 저절로 한숨이 나왔다.

또 뭘 해 주지. 이젠 어떻게 웃게 할까.

머릿속으로 이리저리 생각하던 태하는 제 머리카락을 흐트러뜨렸다. 생각하니 우스웠다. 죽일 듯이 분노할 땐 언제고 사랑한다는 말 한마디에 마음이 갈대처럼 변해 버렸다. 욕지기를 날리며 마음을 다잡고자 다짐했지만 그럴 때마다 웃는 모습에 무너져 내렸다. 거기다 안달이 나고 조급한 건 왜 그런지 모르겠다. 그녀의 마음을 전부 붙잡고 싶은 건가.

휴대폰을 뒤적이던 태하의 손이 멈칫했다. 한참을 망설이던 태하는 지우에게 문자를 했다.

〈집사님도 안 계신데 오늘 저녁 밖에서 먹을까?〉

나름 고심 끝에 보냈다. 공식적인 일이 아닌 걸로 먼저 무얼 하자고 제안한 건 처음이었다.

잠시 후 지우에게 문자가 왔다.

〈오늘은 안 돼요. 지휘자님과 저녁 먹기로 했어요. 미안하지만 오늘은 따로 먹어야 할 것 같아요.〉

서늘한 기분에 태하가 다시 문자했다.

〈지휘자 누구?〉

〈바이올리니스트 문수호 씨요. 이번에 객원 지휘자로 초청이 되어 함께하게 됐어요.〉

문수호. 지난번 지우의 연주회에서 커다란 꽃다발을 넘기던 그 남자. 누군지는 대충 알고 있었다. 그날 지우에게 다정하게 굴던 남자를 보고 화가 치밀어서 돌아섰던 일이 생각났다.

〈안 가면 안 돼?〉

치사하게, 일로 만나는 걸 가지고 따지고 들다니. 김태하 너 진짜 몹쓸 놈이구나. 넌 여자 안 만났어?

머릿속에서 자신을 신랄하게 비판하는 이성 때문에 불편했지만 태하는 문수호가 지우에게 흑심을 품고 접근한다는 생각을 지울 수 없었다.

〈이미 약속했는걸요.〉

안 간다는 말은 안 하네. 태하는 휴대폰 화면을 노려보다가 다시 보냈다.

〈어디서 봐? 식사 끝나면 데리러 갈게.〉

〈삼청동에서 보기로 했어요.〉

휴대폰을 내려놓은 지우는 고개를 갸웃했다. 무슨 급한 일 있나. 아침에 출근할 때만 해도 아무런 말 없었는데. 가급적 저녁은 같이 먹고 싶지만 예정된 선약이라 바꿀 수 없었다.

연습실에 앉아 연주곡을 살펴보던 지우는 손을 멈추고 붉은 다홍빛으로 물든 손톱을 들여다봤다.

"예쁘다."

새끼손가락에 물을 들일 때 눈을 꼭 감고 고개를 돌려 버리는 태하가 생각났다. 지우는 저절로 웃음이 나서 흠흠 목을 가다듬었다. 죽어도 하기 싫은 것 같은데 자신의 부탁에 억지로 하는 모습이 귀여우면서 안타까웠다.

조금은 기대해도 될까. 그의 마음도 조금씩 변하고 있다고.

첫눈이 올 때까지 봉숭아 물이 남아 있으면 좋겠다. 그래서 정말로 소원이 이루어졌으면.

외출 준비를 한 지우는 집을 나오며 휴대폰 기사를 봤다. 태하와 자신의 한강 데이트 사진이 찍혀 있었다.

"이것 때문에 문자한 건가."

기사에 찍힌 사진을 보던 지우가 슬쩍 미소 지었다. 잘생기고 섹시한 남자 옆에 나란히 걷는 자신을 사진으로 보는 건데도 설레고 아련했다.

부푼 마음으로 화면을 내리던 지우는 아버지 무신의 당 내 경선이 오늘 열린다는 기사를 봤다. 전화를 해 봤지만 바쁜지 무신은 받지 않았다.

〈아버지, 오늘 경선 치르시죠? 그동안 열심히 준비했으니까 좋은 결과 있을 거예요.〉

휴대폰을 가방에 넣은 지우는 정원을 걸어 나왔다. 8월은 조금만 걸어도 땀이 나는 계절이었다. 쨍쨍 내리쬐는 태양에 맞서듯 매미들도 쩌렁쩌렁 소리를 냈다. 봉선화가 예쁘게 피었다. 정원 가득 무성하게 자란 나무들이 초록빛을 뽐내며 싱그러움을 자랑했다. 정원 한쪽에 야외 수영장을 힐끗 바라보며 걷던 지우는 시원하게 수영하면 좋겠다는 생각을 했다.

대문 밖으로 나와 주차된 차로 가던 지우는 제게 다가오는 여자를 보며 발을 멈추었다. 선글라스를 끼고 있던 중년 여성은 지우를 위아래로 훑어보더니 씩 웃었다. 한눈에 봐도 평범하게 보이지 않는 이였다.

"누구시죠?"

지우의 목소리에 여자가 선글라스를 벗었다. 눈매가 아름답게 휘어진 여자가 지우를 보다가 담장을 훑었다.

"좋은 집에 사네."

한참 둘러보던 여자가 눈을 돌려 지우를 정면으로 바라봤다. 그녀가 활짝 웃었다.

"딸."

여자의 말에 지우의 눈이 커지며 눈망울이 흔들렸다. 그리고 그녀를 다시 훑어보았다.

“표정 보니까 알고 있구나. 내가 누군지.”

“무슨 말씀이신지 모르겠네요. 사람 잘못 본 것 같군요.”

지우는 여자에게서 벗어나 차 앞으로 갔다.

“연무신 씨는 잘 지내고 계시니?”

여자의 말에 지우가 몸을 돌려 바라봤다.

“뭐, 아주 잘 계시더라. TV에서 자주 보고 있어.”

여자는 싱긋 웃으며 가까이 다가왔다.

“너무 그렇게 보지 마. 어쩌려고 온 거 아니니까. 오늘 아침에 기사 난 거 보니까 내 딸이 꽤 잘 살고 있는 것 같아서 보기 좋더라.”

“이보세요. 지금 무슨 말을 하는 거예요.”

여자는 가방에서 종이를 건넸다.

“내 전화번호. 어디 가는 것 같으니까 오늘은 이쯤에서 헤어져야지. 다음에 보자.”

여자는 지우의 손에 종이를 쥐여 주고 뒤돌아 걸어갔다. 여자의 뒷모습을 바라보고 있던 지우는 그녀가 시야에서 사라지자 시선을 거뒀다. 풍성한 파마머리에 진한 향수 냄새. 60대 초반으로 보이는데도 미모가 돋보였다.

지우는 덜덜 떨리는 몸을 다잡으며 차 문을 열고 탔다. 운전을 하려고 시동을 켜는데 손이 떨려서 도저히 출발할 수가 없었다. 한참을 주저하던 지우는 결국 차에서 내려 택시를 잡아탔다.

모르는 사람이라고 치부하기엔 그녀의 얼굴이 자신과 닮아 있다는 걸 부인할 수 없었다. 지우는 점점 더 얼굴이 굳어졌다. 왜 갑자기 이 시점에 나타난 걸까. 33년 동안 있는 줄도 모르고 살았는데 아버지 대선을 앞둔 이 시점에.

"아."

지우는 갑자기 떠오른 생각에 급히 휴대폰을 들었다. 경선 결과가 떴다. 생각했던 대로 무신이 대통령 후보가 되었다. 이제 정말 아버지가 원하는 목표까지 얼마 남지 않았다. 그런데 이 불안함은 뭘까.

그때 지우의 폰에 벨이 울렸다. 무신이었다.

"네, 아버지. 방금 결과 봤어요. 축하드려요."

—그래. 전화한다는 걸 나도 바빠서 깜박했다.

"이제 정말로 꿈에 한걸음 다가가셨네요."

—아직 멀지. 그래도 이젠 좀 보이는 것 같기도 하다.

"다시 한번 축하드려요."

—그래. 너도 기사 난 거 봤다. 요즘엔 김 사장이랑 사이가 좀 나아진 것 같아서 한시름 놨다. 넌 가정을 평화롭게 하는 게 나한테 도움을 주는 거란 걸 잊지 마라.

"네. 노력할게요."

지우는 낮에 만났던 사람이 떠올라 한참을 머뭇거렸다.

—이제 선거 운동 나가면 네 도움이 필요할 수 있으니까 스케줄 잘 조절하고.

"네. 저, 아버지."

—말해라.

"저 낳아 주신 어머니요."

무신에게선 대답이 없었다. 그도 분명 들었을 것이다.

"오늘 절 찾아왔어요."

—뭐?

예상하지 못한 일인지 무신은 적잖이 당황한 것 같았다. 목소리에 다급함이 느껴졌다.

—뭐라고 했냐.

"별말 안 했어요. 그런데 저한테 번호를 주고 갔어요."

—번호 나한테 넘겨라. 네가 신경 쓸 거 없다. 넌 그 여자랑 아무런 관련 없는 거야. 낳자마자 버리고 간 여자다. 상대할 가치도 없고, 엄마라고 부를 필요도 없어.

"네. 저도 알아요. 그런데 제가 어디 사는지, 누구인지 가장 잘 아는 사람이잖아요. 혹시 아버지한테 영향을 주는 건 아닌지 걱정돼요."

답답한지 무신에게서 진한 한숨이 새어 나왔다. 잠시 정적이 흘렀다.

"아버지."

—변하는 건 없어. 넌 네 할 일을 해. 난 내 할 일을 할 테니까. 바빠서 이만 끊는다.

무심히 전화가 끊어졌지만 지우는 무신이 걱정되었다. 잠깐 봤던 그녀는 보통 여자가 아닌 것 같았다. 하긴, 핏덩이를 아무렇지 않게 팔아넘기고 갈 정도면 보통 심장은 아닐 것이다.

똑똑. 테이블 두드리는 소리에 지우가 고개를 들었다. 수호가 웃으며 맞은편에 앉았다.

"무슨 생각을 그렇게 해. 내가 몇 번이나 불렀는지 알아?"

"그랬어요? 뭐 좀 생각하느라고."

지우는 미소 지으며 마주 보았다.

"삼청동 진짜 오랜만에 와 봐. 그런데 이런 곳에서 먹어도 괜찮겠어?"

수호는 보기와 달리 국밥을 좋아했다. 지우도 딱히 가리는 음식이 없어서 흔쾌히 좋다고 했다.

"괜찮아요."

"네가 보내 준 협연곡 메일로 봤어. 라흐마니노프 피아노 협주곡 3번."

수호는 허허 웃으며 고개를 설레설레 저었다.

"과연 괴물이야, 연지우. 미치고 싶구나?"

"하하. 가끔은 미친 것처럼 연주해 보고 싶을 때가 있잖아요."

"그래서 내가 또 미칠 기회를 주려고. 그런데 아무래도 정기 연주회 특성상 40분 넘도록 한 곡으로 연주할 순 없어. 너도 알지?"

지우는 예쁘게 웃으며 고개를 끄덕였다. 두 사람의 눈빛이 마주쳤다. 그리고 동시에 손가락으로 숫자 3을 만들었다. 수호가 만족한 듯 테이블을 탕 두드렸다.

"좋아. 마음이 통했어. 3악장으로 하자. 어려운 곡이라 연습 많이 해야 할 거야."

"네."

"나도 지휘는 두 번째라 많이 긴장되거든. 실수하면 어쩌나 걱정이야."

"잘할 수 있을 거예요. 막상 시작하면 잘하시면서."

"그래도 네가 해 준다고 하니까 마음이 놓이더라. 연지우라면 믿고 맡길 수 있거든."

"저도 실수하지 않게 신경 써서 연습할게요."

"그래. 우선 밥부터 먹자. 배고프다. 넌 뭐 먹을래?"

"전 선배님 먹는 걸로 먹을게요."

수호는 손을 들어 음식을 주문했다. 물수건으로 손을 닦던 수호가 지우를 빤히 바라봤다.

"요즘 좋은 일 있니?"

지우는 제 얼굴을 매만지며 그를 보았다.

"얼굴에 혈색이 도는 것 같아. 좀 창백했잖아, 너."

아아, 지우는 살포시 웃으며 고개를 끄덕였다.

"제 인생 중 가장 치열한 여름을 보내고 있어요. 그래선지 매 순간 살아 있음을 느껴요."

가만히 지우를 보던 수호도 슬쩍 미소를 띠웠다.

"연지우의 음악적 감수성이 더 풍부해지겠는걸. 솔직히 네 선율이 좀 슬펐거든."

"그랬나요."

하하, 어색하게 웃으며 시선을 내린 지우가 테이블에 놓인 수저를 바라봤다. 숟가락과 젓가락이 나란히 짝을 맞춰 놓여 있었다.

"남편과 사이가 좋은가 보구나."

눈을 들어 바라보는 지우를 보던 수호가 씩 웃었다.

"기사 난 거 봤어. 한강에서 데이트도 하고."

"민망해요. 데이트도 아니고 그냥 잠시 산책한 건데."

"그게 데이트지, 뭐."

수호의 말에 지우는 슬쩍 웃으며 고개를 끄덕였다.

"후회하지 않으려고 노력하고 있어요. 시간이 지나서 지금을 돌아봤을 때 좀 더 표현하고 사랑하지 못했던 걸 후회하기 싫어서요."

"와, 지우 네가 이렇게 말하는 건 처음 듣는다. 남편이 그렇게 좋아?"

지우는 부끄럽게 웃으며 수호를 보았다. 그는 장난스러운 눈빛으로 그녀를 보며 입꼬리를 올렸다.

"사실 너 결혼한다고 할 때 난 좀 반대였거든. 네 남편 소문이 안 좋아서 너 고생시킬까 봐."

지우는 수호가 무슨 뜻으로 하는 말인지 알았다. 그래서 가만히 고개를 끄덕였다.

"그런데 너한테 이런 말을 들으니까 신기하다."

지우가 눈을 들어 수호를 보았다. 그녀의 눈동자가 맑게 빛났다.

"잘 모르는 사람들은 태하 씨를 그렇게 보겠지만 전 알아요. 태하 씨가 얼마나 따뜻하고 좋은 사람인지 눈에 보여요."

"그래?"

"네. 전 그걸 아니까 너무……."

말을 하던 지우의 눈망울이 촉촉해졌다. 목이 메어 다음 말을 잇지 못했다.

"무슨 말인지 알 것 같아. 나도 지금은 그렇게 생각 안 해. 예전에 그랬다는 거야."

"이러다 다시 차가워질까 봐 겁나요. 그 사람이 마음을 닫을까 봐."

"그럼 확 걷어차. 너한테 차갑게 대하면 봐주지 마. 어디 감히 우리 예쁜 지우를 울리고 그래. 나한테 데려와. 내가 아주 혼쭐을 내줄 테니까."

목소리를 높이며 변호를 하는 수호를 보던 지우가 설핏 웃으며 고개를 끄덕였다. 지우를 여동생처럼 챙겨 주는 그가 고마워서 그녀의 입꼬리가 깊게 올라갔다.

식사를 하는 동안에도 서로의 근황을 이야기하며 화기애애한 분위기가 이어졌다. 계산하고 나온 수호가 만족한 얼굴로 말했다.

"역시 이열치열이야. 난 더울 때 뜨거운 걸 먹어 줘야 살아 있음을 느껴."

"하하, 그런 것 같아요. 땀 흘리면서 잘 드시더라고요. 그런데 덥긴 하네요."

지우가 손부채질을 하며 싱긋 웃었다.

"그럼 더위도 식힐 겸 아이스크림 먹고 갈래?"

수호의 제안에 지우는 제 손목시계를 내려다보았다. 8시. 그렇게 늦은 시간은 아니었다.

"지우야."

순간 지우의 뒤에서 들리는 목소리에 뒤를 돌아본 그녀의 눈동자가 커졌다. 가까이 다가온 남자가 수호를 바라봤다.

"김태하 씨."

수호의 목소리에 태하가 살짝 고개를 숙였다.

"처음 뵙겠습니다. 문수호라고 합니다."

수호가 먼저 손을 내밀었다. 태하는 한동안 그를 보다가 손을 맞잡았다. 건장한 체격의 두 남자가 서로를 바라보는 눈빛이 사나웠다. 특히 태하는 맹수처럼 시선이 날카로웠다.

"전 처음 아닙니다."

"네?"

"이번에 제 아내와 협연을 하신다고요. 잘 부탁드립니다."

맞잡은 태하의 손아귀에 힘이 들어갔다. 수호는 태하의 눈빛에 이상한 느낌을 받으며 손을 뺐다.

"식사는 다 한 거야?"

"네. 그런데 여긴 어떻게 알았어요? 저녁은 먹었어요?"

"아니."

지우는 이 공간에 태하가 있다는 게 어딘지 낯설어 자꾸만 그를 바라봤다.

"선배님, 아이스크림은 다음에 먹어야겠어요. 태하 씨가 아직 저녁을 못 먹었나 봐요."

"그래. 알겠다. 연습 스케줄은 나중에 메일로 보낼게."

"네. 조심해서 가세요."

수호와 마주 보며 대화하는 지우를 옆에서 보는 태하의 미간이 점점 구겨졌다.

"가자."

태하는 수호에게 고개를 숙여 인사한 후 지우의 어깨를 끌어 반대편으로 걸어갔다. 수호와 대화하는 그녀를 보는 게 싫었다. 그녀가 저 남자와 있는 것도 싫었다. 삼청동을 이 잡듯 뒤졌다는 건 모르겠지. 입구부터 골목마다 간판이 새겨진 곳은 전부 돌아보던 중이었다.

지우는 태하를 말간 눈으로 보며 고개를 갸웃했다.

"정말 어떻게 왔어요?"

"오면 안 돼?"

"아뇨. 당연히 되는데, 바쁘지 않아요? 주말 동안 회사 못 나가서 업무가 밀렸을 텐데."

태하는 헛웃음을 지으며 지우를 내려다보았다. 보지도 않고 훤히 알고 있네. CCTV라도 있나.

"내가 또 한 번 집중하기 시작하면 단시간에 끝을 보지."

자화자찬하며 웃는 태하를 보던 지우도 부드럽게 웃었다.

태하가 삼청동에 와서 좋았다. 삼청동은 지우가 좋아하는 곳이었다. 혼자 조용한 골목을 걷고 있으면 고요해지며 마음이 편안해졌다. 태하와 함께 걸었으면 좋겠다고 생각했는데 우연히도 같이 길을 걷고 있다.

"저녁 아직 안 먹었다고 했죠? 그럼 밥부터 먹어야겠네요."

"됐어. 입맛이 없다."

"어디 아파요?"

"아픈 건 아니고."

한동안 태하를 힐끔거리며 바라보던 지우가 물었다.

"그럼…… 산책할래요?"

"그래."

어두운 밤 가로등 불빛이 한옥의 담장을 비추며 고즈넉한 분위기를 만들었다. 간간이 지나가는 커플들을 슬쩍 보던 태하가 지우에게 시선을 내렸다. 그녀는 무슨 생각을 하는지 바닥을 보며 걸었다. 기다랗게 내려온 머리카락과 고운 얼굴이 자신이 아닌 다른 것을 보는 게 못마땅했다.

"무슨 일 있어? 얼굴이 안 좋은 것 같은데."

지우는 제 얼굴을 매만졌다. 아까 수호에게선 좋아 보인다는 말을 들었는데 태하는 무슨 일이 있냐고 물었다.

"아버지가 당 내 경선에서 당선되셨대요. 이제 정말 대통령 후보가 되셨어요."

"그래? 잘됐군."

"네. 그거 하나만 보고 달려오신 분이니 고지가 가까워졌죠."

"그런데?"

왜 표정이 그 모양이냐는 말이었다. 지우는 난처한 얼굴로 고개를 들어 태하를 보았다. 자신을 바라보는 눈빛에 그녀는 가슴이 찡 울리는 아픔을 느꼈다.

"뭔가 좀 불안해요. 그것 때문에 계약 결혼을 한 것도 떠오르고 그것 때문에……."

지우는 말을 잇지 못했다. 원하는 것을 포기하고 그저 아버지가 요구하는 대로 살았던 시절이 떠올랐다. 말투, 품행, 심지어 배우자까지 어느 것 하나 제 뜻대로 된 게 없었다. 유일하게 피아노만이 그녀의 탈출구였다. 그렇게 인생을 속박하며 살았는데 생모의 존재가 부각되어 무신에게 나쁜 영향이 간다면 참 허망할 것 같았다. 그리고 태하를 비롯한 김석윤 회장이 자신의 출생을 알게 될까 봐 겁이 났다.

"연지우."

태하가 발을 멈추자 지우도 따라 섰다.

"이제라도 네가 우선이었으면 좋겠다. 더 이상 연 의원님 뜻대로 살 필요 없어."

"오빠."

"넌 내 사람이야. 가짜든 뭐든 법적으로 내게 속한 사람이라고. 나랑 있는 동안은 그냥 너로 살아. 다른 사람을 위해 살 필요 없어."

가만히 태하를 바라보던 지우의 눈가에 눈물이 맺혔다. 그래 본 적이 없다. 나로 산다는 것.

"연 의원님이 뜻을 이루든 이루지 못하든 그건 네 탓이 아니고 속상할 일도 아니야. 물론 그분의 성정으로 보아 어떻게든 원하는 걸 얻으려 하겠지만 안 된다고 해서 그게 네 잘못은 아니라는 거야."

"알아요."

지우는 고개를 끄덕이며 시선을 내렸다. 하지만 안다고 해도 오랜 시간 쌓인 습관은 쉽게 바뀌지 않는다.

"이거 하난 기억해. 내 아내로 있는 이상 그 누구도 널 함부로 못 해. 의원님이라도."

태하의 옷자락을 동아줄처럼 잡고 있던 지우가 가까이 다가와 그의 허리를 안으며 가슴에 기댔다. 품에 안기는 지우의 몸이 파르르 떨렸다. 태하는 손을 들어 그녀의 등을 감싸 안으며 토닥였다.

"사랑해요."

잔잔한 지우의 목소리가 태하의 귓가를 울렸다.

한옥마을의 여름밤이 가까이 내려왔다. 그는 제 품 속에 안겨 있는 여자의 사랑한다는 목소리와 찌르르 매미 우는 소리를 들으며 밤하늘에 뜬 초승달을 바라봤다. 달빛이 내린 삼청동 골목에서 태하는 심장의 진자 운동을 느꼈다.

어떻게 미워하겠어. 내가 널.

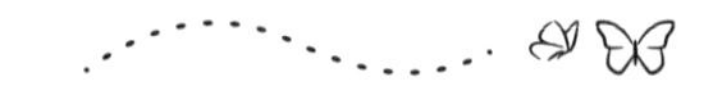

"집사님, 보고 싶었어요!"

지우는 휴가를 보내고 출근한 박 집사를 보자 달려가서 안겼다. 그녀는 지우의 얼굴을 보며 고운 미소로 어깨를 톡톡 두드렸다.

"그렇게 보고 싶으셨습니까."

"당연하죠. 박 집사님 안 계시니까 집이 허전했어요."

"사장님이 또 집에 안 들어오십니까?"

"네?"

박 집사는 심각한 얼굴로 지우를 보았다. 아, 허전하다는 말이 그런 뜻으로 들릴 수도 있겠구나. 지우는 고개를 저으며 활짝 웃었다.

"아니요. 이제 매일 들어와요."

"그럼 다행입니다. 사장님이 지우 씨 힘들게 하면 제게 말하십시오. 혼쭐을 내주겠습니다."

"네. 그럴게요."

요샌 지우를 대신해서 혼내 주겠다는 사람들이 많아지는 것 같아 지우는 설핏 웃음이 나왔다. 주변에 있는 사람들을 오래도록 만나고 싶다. 사소한 일과로 시작해서 아기자기한 보통의 날을 만들고 싶다.

"집사님, 계속 같이 있어요. 오래오래."

"그런 의미에서 오늘 병원 검진 결과 나오는 날이라 이른 퇴근 좀 하겠습니다."

"검진 받으셨군요? 잘하셨어요. 그런 날은 출근하지 마시고 전화 한 통만 해 주세요."

박 집사는 입가에 미소를 띄우며 대답했다.

"알겠습니다."

지우도 활짝 웃으며 고개를 끄덕였다.

정원으로 나온 지우는 야외 수영장 쪽으로 걸어갔다. 지난 번부터 계속 눈에 띄었는데 오늘은 기필코 물을 채워 넣으리라 다짐했다. 조금 있으면 금방 날씨가 바뀌어 수영은 꿈도 꾸지 못할 것 같았다. 마침 집에 수영장이 있는데 가만히 놔두는 건 너무 아까웠다.

한 번도 물이 채워지지 않았던 수영장 바닥은 흙이 쌓였을 뿐 깨끗했다. 지우는 창고 안쪽에서 호스를 끌어와 수영장으로 넣었다. 그리고 물을 틀어 바닥을 솔로 쓸며 닦았다. 모서리 부분에 물이 내려가는 부분이 있어 그쪽으로 물을 몰아 바닥을 청소했다. 한참 청소를 하고 나니 온몸이 땀으로 뒤덮였다.

"저한테 시키시죠."

안에서 나온 박 집사가 지우에게 다가왔다. 지우는 팔로 이마의 땀을 닦으며 하던 일을 계속했다.

"집사님보다 제가 더 어려요. 앞으로 수영장 물 채우는 일은 제가 맡을게요."

박 집사는 열심히 청소하며 물을 채우는 지우를 보다가 웃음을 터트렸다.

"덥지 않으십니까?"

"좀 더운데 여름엔 더워야 제맛이니까. 물 채우고 종일 수영할 거예요."

"금방 물 차가워질 겁니다. 다음 주면 벌써 8월 말이에요."

"네. 차가워지기 전까지만 할게요. 걱정 마세요."

"그럼 전 들어가 있겠습니다."

네, 씩씩하게 대답한 지우는 수영장 바닥을 다 청소하고 물구멍을 막았다. 그리고 수영장 벽면의 수도꼭지와 호스의 물을 동시에 받았다.

쭈그리고 앉아 물이 채워지는 모습을 바라보고 있던 지우의 얼굴이 점차 어두워졌다. 몸을 바쁘게 움직이면 괜찮은데 조금만 틈이 생기면 어제의 일이 생각났다. 지우의 머릿속에 어제 일이 떠올랐다.

전화번호만 남기고 사라졌던 어머니라는 사람은 무신과 통화를 했는지 다시 찾아왔다. 태하를 출근시키고 안으로 들어가던 지우는 자신을 부르는 소리에 뒤를 돌았다.

"남편이 아주 잘생겼네. 아, JK전자 사장이랬지?"

그녀는 지우의 대답도 듣지 않고 집 안으로 들어갔다. 황급히 다가온 지우가 그녀의 팔을 잡았다.

"걱정 마, 딸. 금방 갈 거니까."

정원을 둘러보며 안으로 들어가는 여자를 당황한 눈으로 바라보던 지우도 따라 들어갔다. 여자의 이름은 화연이었다. 화연은 1층을 이리저리 둘러보며 눈을 바삐 움직였다.

"집 좋네. 딸, 정말 잘 사는구나?"

소파에 앉아 허리를 꼿꼿이 펴고 바닥을 바라보고 있는 지우를 힐끔 보던 화연이 맞은편 소파로 와서 앉았다.

"원하는 게 뭐예요."

"애 좀 봐. 섭섭하게. 다짜고짜 원하는 게 뭐냐고 묻니. 그냥 우리 딸 얼굴 좀 보려고 왔지."

"딸이라뇨. 함부로 말하지 마세요. 전 아주머니가 있는 줄도 몰랐어요."

"아주머니? 아무리 그래도 넌 엄마라고 불러야 하는 거 아니니?"

"제게 어머니는 한 분뿐이에요."

화연은 담담히 말하는 지우를 노려보다가 한쪽 입꼬리를 올려 웃었다.

"그래. 피차 애정 없는 관계인데 이제 와서 혈연 따지는 것도 웃기지."

"얼른 용건만 말하고 가세요. 계속 있으면 경찰 부를 거예요."

"돈."

역시나. 그럴 줄 알았다. 지우는 옅은 숨을 내쉬며 화연을 바라봤다. 하고 다니는 모양새를 보면 명품으로 휘감은 귀부인 같았다. 그런 돈이 다 어디서 나는지 모르겠지만. 그녀가 이 시점에 무신과 자신에게 나타난 건 다른 게 아닐 것이다. 이번 기회에 또 크게 한몫 챙기려는 속셈이었다.

"아버지와 이미 통화한 줄로 아는데요. 직접 부탁해 보시죠."

"네 아버지 변했더라. 내가 협박도 하고 그랬는데 꿈쩍을 않더라고. 이젠 국회의원이다, 이거지."

"저도 아버지와 같은 입장이에요. 돈을 드릴 이유가 없어요."

화연은 피식 웃으며 몸을 기울여 지우에게 가까이 다가왔다.

"아가야. 이렇게 현실감이 없어서 어째. 네 아버지 연무신, 외도한 거야. 넌 혼외 자식이고. 어떻게 교묘하게 포장해도 사실이 없어지는 건 아니잖니. 위정자에게 가장 중요한 덕목이 뭔 줄 아니? 바로 도덕성."

"이봐요!"

"그런데 네 아버지는 중요하게 생각하지 않나 봐. 자기는 지지율도 높아서 그런 것쯤은 괜찮다고 생각하는지. 그런데 너도 그럴까? JK그룹 회장도 네가 혼외 자식인 거 알아?"

"당신 정말 상종 못 할 인간이군요. 이만 나가 주세요."

"내가 우리 딸을 왜 33년 동안 찾아오지 않았을까. 정말 널 위해서라고 생각하는 거야?"

지우는 몸을 부들부들 떨며 일어섰다.

"당신 같은 사람의 핏줄이라는 게 치욕스러워."

"그래그래. 그렇게 화를 내야 맞지. 넌 나한테 분노하고 이 상황을 두려워해야 하는 거야."

"착각하지 마요. 당장 내 집에서 나가요."

주먹을 움켜쥐며 눈에 핏기를 세우는 지우를 보던 화연은 씩 웃으며 소파에서 일어섰다.

"부녀가 모두 강심장이네. 좋아. 그럼 나도 맞춰 줘야지."

"협박해도 소용없어요. 당신 같은 사람 잘 아니까."

"그래? 내가 어떤 사람 같은데. 난 무서울 게 없는 사람이야. 네 아버지 아이를 임신하고 철저히 비밀로 하다가 데려온 것 보면 모르겠니?"

지우의 눈가에 핏기가 서며 붉어졌다. 온몸이 부들부들 떨렸다.

"넌 네가 훌륭한 부모 밑에서 자란 우월한 유전자 같지? 그런데 네 본성은 술집 여자와 외도한 남자 사이에서 태어난 천박한 년의 유전자라는 거야. 너야말로 착각하지 마."

"당장 나가요!"

"지금 나간다 아가야. 혹시 생각 바뀌면 언제든지 이 계좌로 넣어 주고."

테이블에 쪽지를 올려놓은 화연은 미련 없이 집을 나갔다. 혼자 남은 지우는 바닥에 털썩 주저앉았다. 무신에게 전화했지만 받지 않았다. 휴대폰을 내려놓은 그녀는 방금 전까지 집에 있었던 자신의 생모를 떠올리자 두 눈을 질끈 감았다. 말이 통하지 않고 제 욕심만 채우는 사람들, 그런 사람 중 한 명이 자신의 생모였다.

나중에 연락이 닿은 무신은 화연이 다녀갔다는 말에 사람 붙여서 오지 못하게 할 테니 걱정 말라고 했다. 그리고 절대 돈을 주지 말라고 했다. 한 번 주는 순간 더 수렁에 빠질 거라고. 물론 지우도 그럴 생각이지만 화연이 생각보다 무서운 사람이라 마음이 불안했다.

오전에 받은 물은 한낮의 햇빛에 조금씩 데워졌다. 해가 서쪽으로 기울자 지우는 맨발로 나와 수영장 물에 발을 살짝 넣었다. 더운 날씨 덕에 시원하게 느껴졌다.

박 집사는 미리 비치 타월과 간식 꾸러미를 수영장 옆 테이블에 올려놓았다. 그리고 이른 퇴근을 했다.

얇은 래시 가드를 벗어서 옆에 놓고 안으로 들어왔다. 민소매 티에 허벅지를 드러내는 짧은 반바지를 입고 수영장 안을 여유롭게 헤엄쳤다.

전부터 바라보기만 했는데 수영을 하니까 정말로 기분이 상쾌했다. 어제 느꼈던 최악의 감정이 조금 누그러들었다. 지우는 물 표면에 얼굴을 묻고 생각을 떨치려 숨을 참았다. 물에 둥둥 떠서 숨을 힘껏 참았다 내쉬면 그 순간 살아 있음을 느꼈다. 그래서 어릴 때부터 수영을 할 때면 이렇게 숨을 있는 힘껏 참았다 내쉬곤 했다. 팔을 뻗어 온몸의 힘을 빼고 물결에 내맡겼다.

그런데 어디서 나타난 건지 갑자기 물속으로 뛰어 들어온 태하가 지우를 일으켜 세웠다.

"연지우!"

"푸하!"

얼굴로 물이 흘러내렸다. 손으로 물을 닦아 낸 지우가 태하에게 고개를 돌렸다.

"너 뭐 하는 거야!"

고함을 지르는 태하의 목소리에 깜짝 놀란 지우가 아무 말도 못 하고 그를 바라봤다.

"아무도 없는 집에서 혼자 뭐 해. 위험하다는 생각은 안 해!"

화를 내는 태하의 눈빛이 거칠게 흔들렸다. 지우는 잠시 멍한 얼굴로 바라보다가 점차 입가에 호선이 그어졌다.

"내가 죽은 줄 알았어요?"

갑자기 태하가 지우를 와락 안았다.

"오빠."

"다시는 이런 거 하지 마. 아무도 없을 땐 더더욱. 아니, 앞으론 절대 하지 마."

떨리는 목소리. 태하가 떨고 있다. 지우는 그의 어깨에 손을 두르며 지그시 웃었다.

"옷이 젖었어요."

"지금 옷이 중요해?"

태하는 안은 팔을 풀며 지우를 걱정스럽게 바라봤다.

"진짜 괜찮은 거지?"

지우는 고개를 끄덕이며 활짝 웃었다.

"날씨가 더운데 놀고 있는 수영장을 보니까 아깝더라고요. 그래서 오전에 청소하고 물 받았어요."

태하는 허탈하게 웃으며 지우를 슬쩍 노려보다가 숨을 길게 내쉬었다. 이른 퇴근을 하고 집으로 들어오던 태하는 수영장 물에 둥둥 뜬 인영을 보자 등골이 오싹해져 한달음에 달려왔다. 그리고 생각할 틈도 없이 물속에 뛰어들었다. 무슨 일이 생긴 걸까 봐 무서웠다.

얼마나 급했으면 구두도 벗지 않고 그대로 들어왔을까.

지우는 태하의 젖은 옷과 신발을 보며 심장이 알싸하게 진동했다. 물에 젖은 손을 들어 태하의 얼굴을 감쌌다. 그와 눈이 마주쳤다.

"난 생각보다 강해요. 아직 소원도 못 이뤘는데 죽으면 너무 억울하잖아요."

황당한 얼굴로 지우를 보던 태하는 그녀의 이마에 꿀밤을 놨다.

"소원 그딴 거 없으면 죽을 거야? 소원 따위가 뭐라고."

"나한텐 중요하다니까요."

태하는 옅은 한숨을 내쉬며 지우를 노려보았다. 지우의 얼굴에 웃음꽃이 피어났다. 물에 젖은 지우는 촉촉하게 젖어 있었다. 심장이 내려앉을 뻔했는데 이젠 또 심장이 주체하지 못하고 떨려서 곤혹스러웠다.

물기를 머금은 지우가 햇볕에 반사되어 빛났다. 그 모습이 미치도록 아름다웠다. 당장 입을 맞추고 안고 싶은 마음이 머릿속을 점령했다. 그런 생각이 드는 스스로가 한심해서 그는 지우에게 닿았던 손을 힘주어 떼어 냈다.

"수영 더 해. 난 옷 갈아입어야겠다."

"오빠."

지우가 태하의 옷깃을 잡았다. 그리고 그의 목에 팔을 두르며 가슴을 맞대었다. 그리고 부드러운 입술에 입을 맞추고 태하를 올려다보며 싱긋 웃었다.

"내가 이렇게까지 하는데 그냥 가 버릴 거예요?"

"너 원래 이런 여자였어?"

"내가 어떤 여잔데요?"

정말 모르는 얼굴로 바라보는 지우를 보던 태하는 촉촉하게 젖은 입술에 시선을 두었다.

"이러면 난……."

태하의 팔이 지우의 허리를 당겨 밀착시켰다. 그리고 그녀의 목덜미에 손을 넣었다.

"거절 안 해."

입술이 닿았다. 부드러운 감촉이 입술 끝에 닿자 전신에 전율이 흘렀다. 눈을 감은 지우의 입가에 미소가 피었다. 젖은 티는 그녀의 실루엣을 드러냈다. 태하의 손이 지우의 가슴골을 어루만지자 그녀가 옅은 숨을 내쉬었다.

둥근 젖가슴을 움켜쥐던 손이 점점 아래로 내려가 짧은 바지에 닿았다. 그 길을 따라 그의 입술이 지우의 목선을 훑으며 내려왔다. 복부에 닿는 물결이 아른아른 간지럽혔다. 지우의 바지 지퍼를 내린 태하가 그녀의 다리를 들어 제 허리에 두르며 수영장 벽에 가뒀다.

태하의 손길에 이미 한껏 달아오른 지우는 풀어진 눈으로 그를 응시했다. 그러다 그의 셔츠 단추를 천천히 풀었다. 그의 탄탄한 가슴골이 드러났다. 황홀한 몸이 얼른 보고 싶었다.

물에 젖은 셔츠는 잘 벗겨지지 않았지만 지우는 최선을 다해 미션을 수행했다. 그러더니 그의 어깨에 자잘한 키스를 했다. 간지러운 입술의 감촉이 그의 귓가에 닿았다.

"미쳤나 봐. 당신이 너무 좋아요."

태하의 귓불을 치아로 살짝 깨물자 그의 팔에 힘이 들어갔다.

"자꾸 날 자극하면 너만 힘들어져."

"마음대로 해요."

반쯤 말려 올라간 티와 벗겨지다시피 벌어진 바지를 걸친 여자가 눈앞에서 유혹했다.

"좋아."

태하의 몸이 지우를 덮쳤다.

이제는 마주 앉아 식사를 하는 게 낯설지 않았다. 어느새 한 식탁에서 밥을 먹는 것이 자연스러워졌다. 그리고 그것에 대해 둘 중 누구도 언급하지 않았다. 철천지원수처럼 겸상도 하기 싫어했던 태하가 지우와 함께 식사하고 있다. 그동안 수많은 몸의 대화를 나눴으니 밥을 먹는 일쯤은 아무렇지도 않을 수 있지만 두 사람은 어느 순간 부부의 순리대로 행동하고 있었다.

"다음 주부터는 단원들과 함께 연습할 거예요."

지우가 젓가락으로 콩나물무침을 들며 말했다. 맞은편에 앉아서 국을 뜨던 태하가 미간을 찌푸리며 고개를 들었다.

"다 같이?"

"네. 지휘자님이 다음 주부터 시간이 된다고 해서 그때부터 하게 됐어요."

지우는 입속으로 콩나물을 넣으며 오물거렸다. 국을 뜨다가 얼음이 되어 버린 태하는 한동안 된장국을 노려보며 감정을 가라앉혔다.

"한 번 연습하면 얼마나 걸리지?"

"두 시간 넘게 걸리겠죠. 그러다 공연 날이 가까워지면 거의 하루 종일 하지 않을까요?"

태하의 얼굴이 점점 굳어졌다. 또 이런 마음이다. 분명 일로 만난 사이고 그런 것도 이해 못할 만큼 꽉 막힌 사람은 아닌데, 그녀가 다른 남자와 마주 보고 있다는 사실만으로 심장이 쿵쾅거리며 오싹해졌다. 그렇다고 하지 말라고 할 수도 없는 노릇이고. 이래저래 홀로 애태우는 상황이었다.

이렇게 구차한 감정을 느끼는 게 수치스러운데도 아이러니하게 절박했다. 그동안 지우에게 차갑게 굴고 버려 두었던 날들이 떠올라서 감히 제 기분을 내세울 수도 없었다. 그렇기에 그저 바라보는 수밖에는 방법이 없었다.

"연습 끝나면 바로 연락하고."

"왜요?"

갑자기 왜냐고 물어보면, 태하는 지우의 질문에 말문이 막혔다. 말간 얼굴로 바라보는 지우를 보자 그는 저절로 한숨이 나왔다.

"원래 그러기로 하지 않았나. 공식적인 일정에 대해선 알려 주기로. 연주회 연습도 공식적인 일정이니까 연락해. 괜히 오해 쌓이지 않게."

태하는 다급히 아무 말이나 둘러댔다. 연락해야 하는 당위

성을 최대한 포장하며.

가만히 고개를 끄덕이던 지우가 작게 내뱉었다.

"오해……."

지우의 시선이 아래로 내려갔다. 오해하기 싫다는 말이다. 그런데 그 단어에 지우는 가슴 한구석이 알싸하게 아팠다. 태하를 오해하게 만든 건 바로 자신이고 그로 인해 그가 힘들어하고 자신을 증오하던 것도 사실이었다. 이미 지은 죄가 있는 지우는 그 말에서 자유롭지 못했다.

내려앉은 눈꺼풀을 바라보던 태하는 숟가락을 내려놓고 양팔을 테이블 위로 올려 교차했다.

"난 오해하는 걸 세상에서 제일 싫어해. 왜 그런지는 네가 잘 알지."

"태하 씨."

"내 문제일 수도 있어. 아내를 좀 더 믿지 못하고 오해를 한다는 건. 하지만 내가 널 믿지 못하게 된 것도 결국엔 네가 한 말 때문이야."

"알아요."

지우의 얼굴이 어두워졌다. 그녀는 이 말만 나오면 표정이 굳었다.

"그때 우리 집 정원에서 네가 한 말, 내 오해인가?"

"그건……."

지우는 입을 열다 다시금 다물었다. 그리고 고개를 저었다.

"아무리 생각해도 모르겠어. 날 좋아했다면서 왜 그런 말을 했을까."

태하의 눈빛이 날카롭게 느껴져서 지우는 또다시 눈길을 피했다.

"요 몇 달 너랑 지내면서 난 참 혼란스러워. 내가 알던 네가 정말 너인지, 아니면 모르고 있던 네가 진짜 너인지."

"당신은 잘못한 거 없어요. 다 내 책임이에요."

지우의 눈망울은 점점 더 촉촉해졌다. 눈가에 물기가 찼다. 태하는 긴 한숨을 내쉬었다.

"넌 절대 말해 주지 않을 거고, 그렇다면 난 궁금해도 결코 알지 못하겠지. 그래, 그건 넘어간다고 치자. 하지만 앞으로도 그러는 건 싫어. 또 이런 일이 생기면 우린 끝이야."

"네."

"그러니까 오해하지 않도록 시시콜콜한 것도, 하물며 점심으로 뭘 먹을 건지도 나눠."

단호한 목소리에 지우는 태하를 바라보다가 살짝 미소를 지으며 대답했다.

"연습 끝나면 바로 연락할게요."

태하는 그제야 얼굴을 풀고 젓가락을 들었다. 물끄러미 그를 바라보던 지우는 불현듯 떠오른 생각에 눈을 크게 떴다. 정말 그럴까. 믿음을 주지 못하는 여잔데. 하지만 이 모습은 누가 봐도 관심 같은데. 착각일까.

지우는 태하에게서 눈을 거두며 숟가락을 들어 국을 떴다. 자꾸만 그에게 기대하게 된다. 이미 많은 걸 나누고 험악한 벽을 허물었지만 지우는 여전히 그에 대한 자신이 없었다. 언제든 그가 돌아서고 차가워질 것 같아 마음이 놓이지 않았다. 그리고 그 원인에는 자신의 태도가 크게 작용했다. 그걸 알기에 충분히 행복하고 고마운 상황에서도 불안감이 생겼다. 더구나 어제 본 화연의 모습이 자꾸만 떠올라 그녀의 마음이 더욱 무거워졌다.

9

이별의 노래

찌는 듯한 더위가 한풀 꺾이고 9월도 보름이 지났다. 여전히 한낮엔 무덥지만 아침저녁으로는 선선한 바람이 불었다. 차 안에서 가로수를 바라보던 태하가 창문을 살짝 열어 바람을 느꼈다.

“더우십니까?”

조수석에 앉은 범주가 물었다.

“아니. 날이 좋아서.”

범주가 놀란 눈으로 뒤를 돌아봤다. 운전기사까지 룸미러로 태하를 바라봤다.

“잊고 있었는데 더운 여름을 보낸 다음 계절 초입엔 꼭 이런 느낌이었어. 공허하면서도 아지랑이 피어오르는 것 같은, 멈춘 시간 같거든. 아무 생각 없이 멍하니 있어도 괜찮을 것 같은 날씨."

"사장님 문과였던가요?"

"나 정 실장과 같은 반이었던 거 잊었어?"

"그렇죠. 분명 이과인데 이 소녀 감성은 뭡니까?"

어이없는 얼굴로 범주를 노려보던 태하는 곧 창문으로 고개를 돌렸다. 그리고 다시 입가에 미소를 띄웠다.

회사 앞에 차가 멈추고 문이 열리자 빠르게 내린 태하는 건물 안으로 들어갔다. 약간의 거리를 두고 범주가 뒤따랐다. 출근 시간이라 내부는 직원들로 북적였다.

그런데 태하가 들어가자 홍해 가르듯 양쪽으로 길이 났다. 예전보다는 조금 부드러워졌다는 소문이 있지만 아직 직원들은 태하를 보면 몸을 사렸다. 그럼에도 불구하고 기본적으로 돋보이는 외모와 비율 때문에 저절로 시선이 가는 건 어쩔 수 없었다.

앞서가는 태하의 뒷모습을 바라보던 직원들은 자기들끼리 흥분하며 수군거렸다. 사장님이 달라졌다느니, 손톱에 봉숭아 물 들인 거 봤느니, 저런 남자를 남편으로 둔 사모님이 부럽다느니 하는 대화들을 나누며 얼굴이 붉어져 탄성을 내질렀다.

태하가 엘리베이터 안으로 들어가자 아무도 타지 않고 머뭇거렸다. 생각에 빠져 있던 태하가 밖에서 대기하는 직원들을 보았다.

"타세요."

그제야 직원들이 하나둘 엘리베이터에 올랐다. 먼저 내리는 직원들이 태하에게 꾸벅 인사를 할 때마다 태하도 고개를 살짝 숙이며 답했다.

"요즘 직원들 사이에서 사장님이 자주 회자된다고 합니다."

직원들이 모두 내리고 둘만 남게 되자 범주가 말했다. 태하는 범주의 말을 듣는 둥 마는 둥 생각에 잠겼다.

"봉숭아 물 들인 게 아무래도 컸나 봅니다."

'봉숭아 물'이란 말에 태하가 생각에서 깨어나 범주를 돌아봤다.

"뭐?"

"사장님 손톱에 봉숭아 물을 실제로 확인하려고 직원들끼리 내기도 한답니다."

허, 태하는 허탈한 웃음을 짓더니 자신의 새끼손톱을 내려다봤다. 다홍빛 물이 절반 정도 선명했다. 그걸 보던 그의 입가에 희미한 미소가 번졌다. 범주가 놀란 눈으로 태하를 유심히 바라봤다. 그의 눈빛이 이상하여 태하가 눈썹을 꿈틀거렸다.

"왜 그래?"

"요즘엔 제가 알고 있던 사장님이 맞는지 가끔 헷갈릴 때가 있습니다."

그때 엘리베이터 문이 열려 태하는 밖으로 나왔다. 따라 나오는 범주가 다급히 물었다.

"혹시 어디 저 모르는 질병이 있다거나, 심경의 변화가 있으신 겁니까?"

"그런 게 어디 있어. 있으면 제일 먼저 말할 테니까 염려 마."

사장실로 들어오자 먼저 출근한 현성이 일어서 인사를 했다. 손을 들어 대답한 태하는 집무실 안으로 들어와 재킷을 벗어 옷걸이에 걸었다. 범주가 어느새 태블릿을 들고 들어왔다.

"사장님, 복지 시설 물품 모두 배송 완료되었답니다. 성준이는 이미 선물 받은 피아노로 연습 중이고요. 여기."

데스크에 카드를 올려 놓였다.

"성준이가 보낸 겁니다. 어제 김 대리가 우편으로 받았답니다."

"그래?"

태하는 데스크에 놓인 카드를 보자 슬쩍 웃었다.

"귀여운 녀석."

태하는 데스크에서 카드를 들어 봉투를 열고 속지를 꺼냈다.

김태하 아저씨.

피아노 고맙습니다.

(인사하라고 시설장님이 하도 뭐라고 해서 할 수 없이 써요.)

다음에 또 피아노 배틀 해요. 그땐 안 질 거예요.

열심히 레슨 받고 연습해서 본때를 보여 주겠어요. 기대하시라!

저번 주부터 레슨 누나가 오는데 아줌마가 소개시켜 준 사람이래요.

믿을 수 있는지는 모르겠지만 일단 믿어 볼게요.

그럼 진짜 쓸 말 없으니까 이만.

p.S 아저씨가 우리 아빠보다 잘생겼어요.

이건 아빠한테는 비밀이에요. 죽어서도 말하면 안 돼요.

속지를 다시 봉투에 넣은 태하가 범주를 돌아봤다.

"레슨? 성준이가 레슨을 시작했나."

"모르셨습니까? 사모님께서 봉사 활동 다녀온 이후 바로 선생님 붙이셨습니다. 듣기로는 한국대 학생이라고 하던데요."

태하는 잠시 생각하다가 슬쩍 웃었다. 말하지 않아도 알아서 성준을 챙겨 주고 있던 것도 감동이고, 예쁜 마음씨를 알리지 않은 것도 기특했다. 이럴수록 빠져드는 건 자신이라 이성을 잡으려고 하지만 매번 실패하고 본능에 충실한 짐승이 되어 버린다.

9월이 되자 지우는 매우 바빠졌다. 10월에 있을 연주회 연습과 아버지 연무신 대표의 대선 홍보 활동에 동참하는 자리가 한두 번씩 늘어나면서 태하보다도 바빴다. 어느 날은 자신보다 늦게 들어오기도 하고 먼저 나가기도 했다.

〈지금 캠프 모임 끝났어요. 이제 연습 가요.〉

태하의 휴대폰에 문자가 왔다. 바쁜 와중에도 지우는 매번 어디에 있는지, 무얼 하는지 빠지지 않고 알려 주었다. 한 번 다짐을 받았더니 그녀는 충실히 지키고 있었다.

하지만 그럴수록 더 궁금해졌다. 지우가 태하를 배신하면서까지 지켜야 했던 게 뭘까. 아직도 말하지 못하고 속으로 삭여야 하는 이유가 뭘까. 한참 생각을 하던 중 범주가 들어와 스케줄을 이야기했다.

"사장님, 오늘 오후에 SJ화학 공찬영 사장님과 미팅 있습니다. 저녁엔 상공회의소에서 하는 리튬 이온 배터리 선정 결과 보고 회의에 참석하셔야 합니다."

"알겠어."

공찬영 사장을 떠올리자 지우와 친했던 그의 부인이 생각났다. 중학교 때까지 친하게 지냈다는 친구.

태하는 데스크에 펜을 톡톡 두드리며 생각했다. 그때 인터폰이 울렸다.

—사장님, 안내 데스크에 손님이 찾아왔다고 합니다.

"손님?"

—네. 사모님 어머니시라는데…….

어머니? 태하의 미간이 구겨졌다.

"요즘 안내 데스크 직원들은 외부인에 대한 확인 절차도 없이 보고하나."

—죄송합니다. 알아서 조치하겠습니다.

어머니라니. 태하는 기가 막힌 얼굴로 자리에서 일어섰다. 연무신 대표가 위협적이긴 한가 보다. 이런 황당한 사람들도 생기는 것 보면 대선이 가까워지긴 한 것 같다. 태하는 생각을 털어 버리고 서류로 시선을 돌렸다.

SJ화학 공 사장이 회의실로 들어오자 태하도 일어서서 악수를 나눴다.

"이렇게 뵙게 되어 반갑습니다."

"네. 괜히 번거롭게 저희 회사로 오시라고 한 것 같습니다."

"아닙니다. 당연히 저희 쪽에서 와야죠. 이번에 JK전자와 협업한다는 소식에 회사 주가가 눈에 띄게 올라갔습니다. 이게 바로 JK전자의 힘 덕분입니다."

공 사장은 기분이 좋은 듯 얼굴에서 미소가 떠나지 않았다. 공 사장과 함께 온 직원의 발표를 보며 추후에 연구소와 협업하는 내용까지 계획을 진행해 나갔다.

"선정이 되어 하는 말이지만 전 SJ와 협업하게 된 것을 다행으로 여깁니다. 오랜만에 젊고 유능한 CEO를 만난 것 같아 일할 맛도 납니다."

태하의 말에 공 사장은 다시 시원하게 웃었다.

"저도 JK와 협업하게 되어 이게 꿈인가 싶습니다. 믿어 주시니 더 좋은 시너지를 내도록 노력하겠습니다."

"네. 시간이 되면 오늘 저녁을 같이 하려고 했는데 저녁에 스케줄이 있어서 다음에 잡아야 할 것 같습니다."

"저도 오늘은 아내와 약속이 있어서 들어가 봐야 합니다."

공 사장은 서글서글한 웃음을 지으며 자리에서 일어섰다.

"부인과 사이가 무척 좋으신 것 같습니다."

"아내가 조만간 미국으로 가서요. 같이 있는 시간이 짧기만 합니다."

아아, 태하는 고개를 끄덕이다가 손을 내밀었다.

"제 아내와 친한 것 같아 반가웠는데 금세 헤어진다니 아쉽군요. 아내가 섭섭해할 것 같습니다."

"그렇지 않아도 윤주가 걱정하더군요. 김 사장님 부인께서 요즘 많이 힘들어하는데 같이 있어 주지 못해서 속상하다고요."

"제 아내가요?"

태하는 처음 듣는 소리에 얼굴이 굳었다. 요즘 지우가 힘들어하는 걸 본 적이 있었나. 공 사장도 태하의 표정이 안 좋아지자 급하게 수습했다.

"제가 잘 몰라서 그럴 수도 있습니다. 아내가 워낙 남 일을 자기 일처럼 여기는 사람이라 별것 아닌 일에도 관심을 가지는 경향이 있습니다."

"네. 알겠습니다. 다시 또 연락드리죠."

공찬영 사장과 헤어지고 집무실로 들어온 태하는 괜스레 마음이 불편하여 집무실을 서성였다. 공 사장의 말이 자꾸만 머릿속을 흔들었다. 지우와 관련된 말은 그냥 넘기지 못하는 병에 걸린 것 같다.

똑똑. 범주가 들어왔다.

"사장님, 상공회의소로 이동하셔야 합니다."

태하는 범주를 보며 고개를 끄덕이고 재킷을 들어 나갔다.

집에 가면 지우에게 무슨 일이 생겼는지 물어봐야겠다고 생각했다.

회사 로비로 내려온 태하는 안내 데스크 직원이 다가오는 것을 보고 걸음을 멈췄다. 그가 종이를 내밀자 범주가 대신 받았다.

"아까 로비로 찾아왔던 사람이 주고 간 겁니다. 버릴까 했는데 혹시나 해서요. 자꾸 사모님 성함을 부르며 자기가 어머니라고 우겨서 난감했습니다."

"그 사람 한 번만 더 찾아오면 허위 사실 유포로 경찰에 신고하고 박 변호사 불러."

태하는 옆에 서 있는 범주에게 말하고 걸어갔다. 직원은 자기가 들은 것처럼 고개를 끄덕이고 허리를 숙였다.

"이 종이는 어떡할까요."

"뭘 물어. 버려."

간만에 냉정한 태하의 모습을 보고 범주는 제 손에 들린 종이를 봤다. 자신이 알기로도 지우의 어머니는 오래전에 돌아가셨다고 들었다. 그런데 이런 사람이 나타나다니.

저녁 일정까지 마친 태하가 집으로 들어오자 10시가 넘어 있었다. 피곤한 몸으로 현관으로 들어서는데 부엌에 있던 지우가 나왔다.

"왔어요? 피곤하겠다. 저녁은 먹었어요?"

"음, 나 신경 쓰지 말고 하던 일 해."

"잠깐만."

지우는 태하의 팔을 끌어 부엌으로 들어왔다. 식탁엔 여러 가지 밑반찬과 조리의 흔적들이 어지럽게 널려 있었다.

"이게 다 뭐야?"

"오늘 연습이 일찍 끝나서 집에 와서 반찬 좀 만들어 봤어요. 나 요즘 박 집사님께 요리 배우거든요."

활짝 웃으며 말하는 지우를 빤히 보던 태하가 그녀에게서 눈을 돌려 반찬을 보았다.

"박 집사님이 하시는 게 낫지 않겠어? 너도 바쁘잖아."

"나도 요리 좀 배워야 하니까요."

"먹을 순 있는 거지?"

"치, 당연하죠. 한번 먹어 봐요. 집사님이 알려 준 레시피대로 한 거예요."

지우는 젓가락을 가져와 멸치볶음을 집어 태하의 입속에 넣어 주었다. 오물오물 씹던 그가 가볍게 고개를 끄덕였다.

"맛있어."

태하가 칭찬하자 지우의 얼굴에 웃음이 가득했다. 그녀는 반찬통 뚜껑을 덮으며 테이블과 싱크대에 놓인 조리 도구를 정돈했다.

"걱정했는데 다행이에요. 내일은 국에 도전해 보려고요."

바쁘게 움직이는 지우를 보던 태하는 머릿속을 맴돌던 생각을 고민했다. 멀쩡하게 있는 사람에게 괜한 말을 꺼내는 건 아닐까 생각했다.

"나 옷 갈아입을게."

"도와줄까요?"

지우가 다가와 태하의 옆에 섰다. 그동안 태하가 출퇴근할 때 옆에서 수발을 들더니 이젠 습관처럼 움직였다. 그 모습이 예쁘기도 하지만 짠해 보이기도 해서 그녀의 머리카락을 흐트러뜨렸다.

"됐어. 넌 설거지나 해."

지우는 또 밝게 끄덕이고는 싱크대로 가서 물을 틀었다. 고개를 갸웃하며 부엌을 나온 태하는 드레스룸으로 오면서도 생각을 멈추지 않았다.

너무 멀쩡한데. 친구는 지우의 어떤 면을 보고 힘들어한다고 했을까. 그녀가 자신에게는 일부러 보여 주지 않는 건가.

서둘러 샤워하고 나온 태하가 부엌으로 들어왔다. 설거지를 하는 지우의 왜소한 등이 보였다. 가까이 다가간 태하는 그녀의 허리를 감싸 안았다. 바디 워시 향이 풍겨 오자 지우의 입가에 자연스레 미소가 번졌다.

"다 씻었어요?"

"음."

잘록한 허리 아래로 손을 넣은 그가 셔츠를 끌어올리며 복부를 매만졌다.

"간지러워요. 나 이것만 하고요."

"해. 방해 안 할게."

그러면서 손은 벌써 가슴께로 올라와 몽글몽글 매만졌다.

"요새 바쁘지?"

"네. 아무래도 하루가 모자랄 정도예요."

"그럼 요리는 하지 마. 너보고 밥 내놓으라고 안 할 거야."

"그래도 할 줄은 알아야죠. 이 나이 먹도록 할 줄 아는 요리가 샌드위치 말고 없는 게 좀 창피해요."

"그럼 내가 해 줄게."

지우는 여전히 바쁘게 그릇을 씻으며 방긋 웃었다.

"네."

태하의 손이 속옷을 젖히고 맨가슴을 어루만지자 지우가 약하게 몸을 틀었다.

"하지 말라니까."

"신경 쓰지 말라니까."

손끝으로 볼록 솟은 정점을 자극하자 지우가 앓는 소리를 냈다.

"별일 없어?"

"하아, 무슨 일이요?"

"그냥, 아무 일이나."

"매……번 보고하잖아요. 아앗."

가슴을 자극하던 손 중 하나가 배꼽 아래로 쓸고 내려와 바지 안으로 들어갔다. 지우는 작은 손짓에도 무너지려고 했다.

"무슨 일 있으면 말해."

그의 손가락이 깊숙하게 들어오자 더는 안 되겠는지 지우가 수도꼭지를 잠갔다. 그리고 고무장갑을 벗어 놓은 뒤 그의 손을 잡았다.

“손 좀 빼요.”

“싫어.”

태하의 입술이 지우의 목덜미를 훑었다. 가슴과 배꼽 아래를 자극하던 손길도 더 집요해졌다. 젖가슴을 힘껏 움켜쥐고 살살 돌리다가 정점을 꼬집었다. 그와 동시에 밑에서도 손가락으로 그녀의 안을 자극했다.

“공찬영 사장 부인이 곧 있으면 미국으로 다시 나간다는데, 알고 있어?”

“……네.”

태하의 목소리는 변화가 없었다. 지우만 그의 손길에 정신을 차리지 못하고 있었다.

“섭섭하겠네.”

지우는 말도 못 하고 몸을 떨었다. 그만 괴롭혀야겠다는 생각이 들어 태하는 천천히 몸에서 손을 뺐다. 그리고 지우의 몸을 돌려 자신을 보게 했다. 겨우 손짓에 눈이 풀어져 버린 그녀를 보자 금세 욕구가 차올랐다.

붉어진 얼굴과 열기에 찬 눈동자로 응시하는 지우를 보며 태하는 최대한 인내했다. 이제는 원하면 언제든 가질 수 있는 여자. 자신의 손길에 온몸이 녹아내리는 여자. 발그레 붉어진 얼굴과 촉촉한 핑크빛 입술로 유혹하는 여자. 내 아내. 내 것.

“섭섭하지만 어쩔 수 없죠. 내 욕심 때문에 징징대거나 투정을 부릴 수는 없는 거잖아요.”

"좀 그래도 되지 않아? 친구가 아니면 나한테라도."

잠시 그를 올려다보던 지우가 웃으며 고개를 끄덕였다. 그리고 태하의 목에 팔을 둘러 가까이 닿았다.

아까 셔츠 안으로 손을 넣어 가슴을 만졌던 터라 그녀의 옷이 엉망진창으로 올라가 있었다. 손길에 흐트러진 지우가 아찔하게 섹시했다.

"위로해 줘요."

"연지우."

"지금 나 투정 부리는 거예요. 계속 해 달라고 조르는 중……."

뒷말은 태하의 입술에 막혔다. 강한 힘에 지우의 허리가 뒤로 꺾였다.

깜깜한 밤. 잠든 태하를 한참 동안 바라보던 지우가 서서히 몸을 일으켰다. 침대에서 발을 내리고 일어선 그녀는 가운을 걸치고 침실 밖으로 나왔다. 부엌에서 물을 마신 그녀는 의자에 살짝 걸터앉았다.

바쁘게 몸을 움직이거나 그와 열락에 빠질 땐 생각에서 잠시 벗어나다가도 조용해지고 아무 일도 하지 않을 땐 금세 머릿속을 잠식했다.

지우는 마음이 불안하여 현관 밖으로 나왔다. 정원을 거닐며 깜깜한 밤하늘을 올려다보았다. 그러다 히아신스가 심어진 밭에 다가가 쪼그리고 앉았다. 구근이 튼실한 것이 잘하면 내년 봄에 꽃을 볼 수 있을 것 같다. 이번 겨울을 잘 이겨 낸다면.

요즘 화연 때문에 지우는 스트레스로 신경이 곤두섰다. 무신이 접근 금지 명령을 신청했다지만 그녀는 아랑곳하지 않았다. 그런 게 먹히는 사람이 아니었다. 오케스트라 연습실 앞에서 기다리기도 하고, 집 앞으로 찾아온 적도 여러 번 있었다. 그때마다 경찰에 연행되어도 특정 혐의가 없어 잘도 빠져나왔다.

화연은 돈을 요구하는 것도 있었지만 무신과 지우를 불안하게 하는 데도 흥미가 있는 듯 보였다. 당장이라도 상대 진영에 찾아가서 퍼트릴 것처럼 말하다가도 선심 쓰듯 돌아서고, 기자들에게 폭로할 것처럼 겁을 주다가도 언제 그랬냐는 듯 화사하게 웃고 말았다.

간을 보며 사람을 말려 죽일 셈이든가. 원하는 돈을 갖고야 말겠다는 의지든가.

한 번은 물었다. 대체 얼마를 원하느냐고. 화연은 50억을 요구했다. 물가 상승률을 고려하여 그 정도는 받아야 하지 않겠느냐고.

그런 돈이 없다고 말해 봤지만 그녀는 피식 웃어 버렸다.

"부자 남편 뒀는데 뭐가 어려워. JK그룹에게 50억은 아무것도 아니지."

그녀의 대답을 듣고 지우도 더는 상대할 가치가 없다고 생각했지만 갑자기 찾아와 신경을 거슬리며 온통 헤집어 놓는 화연 때문에 스트레스가 극에 달했다. 그래서 생각할 틈을 주지 않으려고 더욱 바쁘게 움직였다.

무신에게 고민을 토로했지만 그는 무슨 생각인지 대수롭지 않게 여겼다. 화연이 무신에겐 찾아가지 않는지, 그는 차갑게 내치지 못하는 지우를 나무랐다.

"터트리라고 해. 그럴 수 없는 여자다. 넌 뭐가 무서워서 벌벌 떠는 거냐."

화연은 보기보다 무섭고 얕보면 안 되는 여자라고 간곡히 애원하고, 대책을 마련해야 한다고 요청했지만 무신은 공약 사항과 대선 캠프를 꾸리는 일 등으로 지우의 말을 들을 생각이 없었다. 그의 머릿속에는 온통 대선뿐이었다.

아무리 훌륭한 공약을 세워도 도덕적이지 않는 사람은 국민들이 받아들이지 않는다는 말도 했다. 무신에게 욕먹을 것을 각오하고 말이다.

"하루의 실수였다. 내가 그 여자를 사랑하고 몰래 살림을 차려서 일을 벌였다면 도덕적이지 못하지. 하지만 그날은 내 인생에서 지워 버리고 싶을 만큼 수치스럽고 다시 생각하고 싶지도 않은 과거야. 그러니 만약 밝혀진다면 떳떳하게 말할 생각이다. 난 핏덩이였던 너를 지금껏 키웠고 아버지로서의 책임을 다 했으며, 한 치의 부끄러움도 없다고. 내가 부끄러워해야 할 사람은 오직 최민영, 죽은 내 아내밖에 없다고."

무신에게 지우는 아예 고려할 필요도 없는 사람이었다. 처음이나 지금이나 그에게 자신은 그저 장애물, 기껏해야 JK그룹 아들을 남편으로 둔 딸일 뿐이었다. 밝혀지면 그녀가 받게 될 상처와 사람들의 시선, 눈초리, 수군거림은 물론 김석윤 회장과 태주, 태하가 알게 되는 건 관심 밖이었다.

무신은 그렇게 자신의 상황을 모면한다지만 지우는 달랐다. 술집 여자 사이에서 태어난 혼외 자식에 천박하게 돈을 노리는 여자의 딸이었다. 아무리 피아니스트 연지우 자체만으로 비추어지게 한다고 해도 따라오는 꼬리표는 평생 지워지지 않을 것이다. 그리고 무엇보다 태하와 그의 집안사람들이 알게 되어 받게 될 차가운 시선은 감히 상상하기도 싫었다.

겨우 애틋해졌는데 태하가 다시 차가워질까 봐 숨을 쉬는 것도 힘들었다. 그의 앞에서는 최대한 내색하지 않으며 웃는 모습만 보여 주었는데 그럴 때마다 그 뒤엔 지금처럼 괴로움이 몰려왔다. 출생 자체가 불완전한 결점투성이 여자라는 사실이 그녀의 심장을 아프게 울렸다.

지우는 히아신스 앞에 앉아서 한참을 울었다.

임원 회의를 마치고 집무실로 들어온 태하는 셔츠 단추를 두어 개 풀며 의자에 앉아 바로 업무를 진행했다. 이번 년도 들어 업무량이 배로 늘어났다.

전반기 매출이 흑자로 전환하여 하반기부터는 순이익을 얻게 되었다. 사장으로 취임 후 회사의 영업 이익이 늘어났고, 휴대폰뿐 아니라 가전 분야에서도 경쟁 기업을 능가하는 새 모델이 연이어 출시되면서 소비자의 긍정적인 반응을 이끌어 냈다. 이러한 성과를 보고 받는 자리에서 태하의 얼굴이 내내 굳어 있었다.

잠시 펜을 톡톡 두드리며 생각하던 태하는 범주를 불렀다.

"정 실장, 나 오늘은 볼일 보고 바로 들어갈 테니 이후 스케줄 잡지 마."

"네. 최 기사 대기하라고 할까요?"

"아니. 내 차 쓸 거야."

밖으로 나가던 범주가 다시 몸을 돌려 태하를 보았다.

"무슨 고민 있으십니까?"

"어?"

"아까 회의 내내 표정이 안 좋으셔서요. 만족스러운 보고를 받았는데 얼굴이 굳어 있어서 임원들이 불안해합니다. 잘못한 게 있는 줄 알고."

"아니야. 나 신경 쓰지 말라고 그래. 언제부터 날 그렇게 신경 썼다고 그래, 다들."

"마음에 안 들면 들 때까지 다시 써 오라고 하던 건 잊으셨습니까? 보고서도 토씨 하나 틀리지 않고 완벽해야 하고, 프레젠테이션 발표할 때도 어눌하면 그 자리에서 신랄하게 비난하지 않으셨습니까."

"그건 직원으로서 당연히 갖춰야 할 덕목 아닌가. 뭐 새삼스럽게."

"그러니까 오늘 프레젠테이션은 분명 나무랄 데가 없었는데 표정이 안 좋으니 임원들이 긴장한단 말입니다."

"만족, 아주 대만족이었다고 전해. 꼭 전해."

"네."

범주는 쿡쿡 웃으며 나갔다. 나간 문을 노려보던 태하가 고개를 돌려 서류를 보았다. 그러던 그의 얼굴이 다시 굳어졌다.

지난밤, 잠에서 깬 태하는 옆에 지우가 없다는 걸 알고 몸을 일으켰다. 이리저리 지우가 있는 곳을 찾던 그는 정원 한쪽에 쪼그리고 앉아 울고 있는 걸 보았다. 소리가 날까 봐 숨을 죽이며 어깨를 들썩이는 그녀를 보자 피가 바닥으로 모조리 빠지는 느낌이 들었다. 남몰래 울고 있는 지우를 보고 당장 달려가 따져 묻고 싶었다.

왜 울고 있느냐고. 무슨 일이냐고.

걸음을 옮기려던 태하는 멈칫했다. 그에겐 한없이 밝게 웃으며 세상 근심 없어 보이던 여자가 자신이 없는 곳에선 저렇게 울고 있다. 그렇다는 건, 자신과 관련이 있다는 말이었다.

또, 감추려고 한다. 진실을 묻고 거짓으로 대하려고 한다.

느지막이 침실로 들어온 지우는 옆으로 돌아누워 가늘게 숨을 내쉬었다. 눈을 떠 그녀의 등을 바라보았다. 오래도록 잠을 이루지 못하고 숨을 죽이던 그녀는 해가 어스름히 뜰 때 완전히 일어나 침실을 나갔다.

태하도 덩달아 뜬눈으로 밤을 새웠다. 잠을 잘 수 없었다. 처음에는 화가 났는데 오전 내내 생각하고 내린 결론은 지켜보자는 심정이었다. 언제까지 비밀로 하고 감출 수 있는지.

이번엔 자신도 섣불리 판단하고 결론짓지 않을 준비가 되었다. 그녀가 하는 말에 크게 흔들리지 않을 준비.

〈오늘 저녁은 내가 할게.〉

회사 건물을 나오며 태하는 지우에게 문자를 했다. 지우에게서 곧장 답문이 왔다.

〈정말요? 그런데 왜요?〉

〈자랑하려고. 너보다 요리 잘한다고.〉

〈그건 이미 아는데 뭐. 그래도 정말 기대돼요. 오늘 일찍 들어갈게요.〉

〈천천히 일 보고 와.〉

마음이 복잡해진 태하는 집으로 와 주차를 하고 나왔다. 대문 앞으로 걸어가는데 낯선 여자가 앞을 가로막았다.

“김태하 사장님?”

이 집에 사는 사람이 김태하라는 걸 많이들 알고 있으니 그렇게 부를 수 있지만 태하는 가까이 다가오는 여자에게서 본능적으로 거부감이 들었다.

여자는 활짝 웃으며 반갑게 인사했다.

“뵙기가 굉장히 힘드네요. 내가 회사로 여러 번 찾아갔는데.”

태하는 바지 주머니에 손을 넣고 여자를 빤히 바라봤다. 그의 눈빛에 여자는 어색한 웃음을 지으며 손을 내저었다.

“아니, 내가 중요하게 할 말이 있어서 그런 건데 들어 보지도 않으세요? 들으면 아주 깜짝 놀랄 만한 건데.”

여자의 입에서 나오는 목소리와 말투, 모든 것이 태하의 신경을 거슬렸다.

천박. 두 단어로 그 여자에 대한 평가가 내려졌다.

태하가 아무런 말 없이 서서 바라보고만 있자 여자는 조급해졌는지 다시 싸구려 미소를 지었다.

“그래도 내가 김 사장님보다 나이가 많은데 어른에 대한 공경심이 없네. 내가 누군 줄 알고.”

드디어 태하의 입에서 옅은 숨이 나왔다. 그리고 느린 동작으로 재킷 안쪽에서 휴대폰을 꺼내 번호를 눌렀다.

“112죠. 내 집 대문 앞에 이상한 여자가 지키고 서 있습니다. 요즘 이 동네 치안이 엉망이군요. 외부인이 이렇게 쉽게 동네를 들어와도 되는 겁니까."

태하의 목소리에 여자는 놀란 눈으로 양손을 흔들었다. 나 이상한 사람 아니에요, 입 모양으로 말하면서.

"1분 내로 오지 않으면 경찰서장에게 직접 연락하겠습니다."

전화를 끊은 태하가 다시 느긋한 동작으로 휴대폰을 재킷 안에 넣었다. 그리고 대꾸도 없이 문으로 걸어갔다.

"나 연지우 생모야! 못 믿겠으면 지우에게 직접 물어봐도 좋아!"

태하가 걸음을 멈추고 뒤를 돌아 여자를 바라봤다. 여자는 이제 노골적으로 비웃으며 숨을 길게 내쉬었다.

"아니면 연무신 대표에게 물어봐도 좋고."

그녀의 입꼬리가 어긋나게 올라갔다. 붉은 립스틱이 화려하게 휘었다. 태하의 얼굴이 점점 더 차가워졌다.

"말을 하면 듣지를 않아. 자꾸 내 말 무시하는데, 이러면 나도 곱게 나올 수가 없어."

백에서 종이를 꺼낸 여자가 다가와 태하의 재킷 왼쪽 가슴 부위에 꽂고 톡톡 두드렸다.

"궁금하면 연락해요. 난 경찰 오기 전에 가야겠다."

여자는 화려하게 뒤를 돌며 태하가 왔던 길로 걸어갔다. 그녀가 가는 모습을 눈으로 좇던 태하는 가슴 부위에 꽂힌 종이를 꺼내 펼쳤다.

출생의 비밀, 궁금하지? 내 번호야. 010—1234—8282

종이를 힘껏 구긴 태하의 주먹에 힘이 들어갔다. 집 안으로 들어온 태하는 재킷을 벗어 쓰레기통에 구겨 버렸다.

부정하려고 해 보지만 문 앞에서 봤던 여자의 얼굴과 지우의 얼굴이 엇비슷하게 닮아 있었다. 모르고 지나쳤다면 몰랐겠지만 의식을 하니 비슷한 점이 보였다. 태하는 제 머리를 쓸어 올리며 연신 숨을 내쉬고 거실을 서성였다. 혼란스러운 마음은 지우에 대한 불신인지 안타까움인지 좀처럼 가라앉지 않았다.

이전 기억이 또 스멀스멀 떠올랐다. 이건 태하에게 트라우마와 같았다. 지우가 뭔가를 감추고 가면을 쓰려고 한다는 걸. 그에겐 그것이 평생 사라지지 않을 불안감이었다.

혼란스럽고 불편한 감정이 증폭되어 그의 안을 좀먹듯이 잠식할 것 같아 태하는 고개를 세게 젓고 부엌으로 향했다. 목이 타서 시원한 물이 시급했다.

부엌으로 들어서던 태하는 식탁에 기대어 복부를 붙잡고 웅크리고 있는 박 집사를 보자 급히 다가갔다.

"집사님!"

박 집사는 식은땀을 흘리며 고통스럽게 찡그렸다. 부르지도 못하고 신음 소리만 내며 복부를 움켜쥐는 모습에 태하는 등골이 서늘했다.

"사, 사장님……."

"집사님, 언제부터 그랬어요? 아니다. 일단 병원으로 갑시다."

태하는 119를 불렀다. 불안한 호흡과 확장된 동공을 보니 금방이라도 무슨 일이 생길 것 같았다.

"조금만 힘내세요. 구급차 불렀으니까 정신 놓지 말고."

박 집사가 이 지경이 될 때까지 뭐 했나 싶은 마음에 태하는 자책했다. 어머니도 안타깝게 보냈는데 박 집사마저 허무하게 보내긴 싫었다.

전화를 받고 병원으로 곧장 달려온 지우는 수술실 앞에 서 있는 태하를 보자 눈물이 왈칵 쏟아졌다. 벽에 기대어 눈을 감은 채 이마에 손을 짚고 있는 태하를 보자 심장이 쥐어짜듯 아파 왔다. 가만히 다가가 그의 어깨에 손을 얹었다. 인기척에 그가 고개를 돌렸다.

"집사님은 괜찮으신 거예요?"

"모르겠어. 수술하는 중이니까. 복부 대동맥류라는데, 자세한 건 수술 끝나 봐야 알 것 같다."

"내 탓이에요. 요즘 집사님 계속 몸이 안 좋아 보였는데 내가 세심하게 신경 쓰지 못했어요."

눈물이 가득 고인 지우는 혹여나 박 집사가 잘못될까 봐 몸이 떨렸다. 왜 진작 같이 병원에 가지 않았는지 후회되었다. 소중한 사람을 또 놓치게 될까 봐 눈망울이 크게 흔들렸다.

"너도 계속 바빴잖아. 그리고 박 집사님은 원체 다른 사람에게 기대지 않는 분이셔. 네가 신경 썼다고 달라지진 않았을 거야."

"그래도……. 건강 검진 결과도 물어보지 않고, 이렇게 아프실 동안 난 뭐 했는지."

지우는 입술 끝을 깨물며 울음이 나는 걸 힘껏 막았다. 우는 것 자체가 죄를 짓는 것 같아 최대한 참아 보려고 했지만 마음처럼 쉽지 않았다.

잠시 지우를 내려다보던 태하는 한숨을 내쉬며 머리를 벽에 기댔다. 유난히 박 집사를 잘 따르는 그녀였다. 만약 박 집사가 잘못되기라도 하면 지우가 받을 충격이 상당할 듯했다.

태하는 안개가 낀 듯 뿌옇게 가려진 미래에 머리가 지끈거렸다.

한 시간 정도의 시간이 흐르고 수술실에서 의사가 나왔다. 그는 태하를 보고 다가왔다.

"수술은 잘 끝났습니다. 곧 파열될 정도로 부풀어 올라 있어서 조금만 더 늦었으면 큰일 날 뻔했습니다. 그전에 발견하셔서 천만다행입니다."

"그럼 생명엔 지장 없는 겁니까?"

"네. 이 트리플에이 같은 경우는 대동맥이 파열되지만 않으면 대부분 살 수 있지만 시간이 지체되면 사망하게 됩니다. 자칫 위험할 수 있었는데 하늘이 도왔습니다."

"일단은 안심해도 되겠습니까?"

"경과를 더 지켜봐야겠지만 수술은 성공적으로 끝났습니다. 한 시간 정도 회복실에 있다가 병실로 옮기겠습니다."

의사는 고개를 숙여 인사하고 걸어갔다. 태하와 지우는 동시에 숨을 내쉬었다.

"정말 다행이에요."

아직도 목소리가 떨리는 지우는 자신의 눈에 맺힌 눈물을 손으로 털어 냈다. 태하도 긴장된 자세를 풀었다. 조금 전엔 피가 마르는 심정이었는데 수술이 잘 끝났다는 말을 듣자 온몸의 기운이 빠지는 것 같았다.

지우를 힐끔 보자 그녀는 눈물을 닦고 태하를 올려다보았다. 손을 들어 그녀의 뺨에 묻은 자국을 닦았다.

"저녁 해 주려고 했는데, 다음에 해야겠다."

지우는 고개를 끄덕이며 태하를 감싸 안았다. 그리고 손을 들어 그의 등을 토닥였다.

"오빠 덕분에 박 집사님이 사셨어요. 저녁 해 주려고 일찍 퇴근하지 않았다면 박 집사님 정말 큰일 날 뻔했어요. 선견지명이 있었나 봐요."

태하는 숨을 길게 내쉬며 지우를 끌어안았다. 일찍 귀가하던 차에 네 생모를 만났다고 말하면 무슨 반응을 보이려나. 이른 귀가 덕에 천국과 지옥을 오간 기분이었다.

"난 정말 아까는 심장이 멎는 줄 알았어요. 피는 안 섞였지만 내겐 어머니와 같은데 너무 무서웠어요."

지우의 목소리를 듣는 태하는 다시금 가슴이 답답해지는 걸 느꼈다. 대체 어느 틈에 말해야 할까. 아니, 사실 간단했다. 낳아 준 사람이 따로 있느냐고 물어보면 끝인 일이다.

그런데 왜 물어보지 못하는 거지. 지우가 그런 천박한 여자의 딸이라는 걸 인정하기 싫어서? 아니면 생모가 있었으면서 여태 속여서? 그것도 아니면 자신에게 말하지 않아서?

모두 아니다. 물어보지 못하는 건 지우가 자책하며 마음을 닫을까 봐 두렵기 때문이었다. 멍청이처럼.

수술실 앞에서 내내 생각했다. 생모의 출현으로 지우의 안색이 좋지 못하다면 그녀 역시 밝히는 걸 두려워하기 때문이라는 것, 자신에게 터놓지 못하는 걸 보면 알리고 싶지 않다는 뜻이었다. 그래서 혼자 끙끙 앓고 있던 것 같다.

생각이 닿으니 연무신 대표에게 분노가 일었다. 상황이 이 지경이 되도록 아버지란 사람은 왜 손 놓고 있는 건지 알 수가 없었다. 분명 이 일은 지우보다 그녀의 아버지가 더 민감하게 받아들일 사건이었다. 그런데도 내버려 두고 있다. 그녀를 안은 태하의 팔에 힘이 들어갔다.

"숨 막혀요."

지우의 목소리에 태하는 잔뜩 힘을 준 팔을 풀었다. 자신도 모르게 얼굴이 무섭게 굳어 있었다.

"괜찮아요?"

걱정스러운 얼굴로 바라보는 지우의 눈동자를 보자 태하는 한숨이 나왔다.

가급적 본성을 드러내지 않고 지켜보려고 했는데 이젠 그럴 수 없다. 알게 된 이상 그녀를 내버려 둘 수가 없다.

배신감 같은 건 없어진 지 오래였다. 생모가 따로 있는 혼외 자식이라는 사실이 충격적임에도 그녀에게 배신감이 들지 않았다. 오히려 지우가 걱정되었다.

어느새 그에겐 지우가 모든 감정의 중심이었다. 슬픔도 분노도, 감정을 이루는 근간에는 그녀가 존재했다. 그렇다면 남은 건 하나뿐이다. 있는 힘을 다해 지켜 내는 것.

이젠 그 이유가 충분했다. 더 이상 부정하지 못했다. 더는 외면할 수 없다.

다시 사랑이라는 걸. 아니, 처음부터 끝나지 않았다는 걸 깨달았다.

10

피아노 협주곡 3번

수술 경과가 좋아서 박 집사는 금세 의식을 회복했다. 건강 검진 때 복부 초음파로 대동맥에 이상이 있다는 소견이 있었는데 일하다 보니 잊게 되었다고 했다. 그렇게 갑자기 부풀어 오를 줄은 몰랐고 급하게 통증이 와서 연락도 못 하고 있었다고.

지우가 특실로 들어가자 박 집사와 대화를 나누던 태하가 고개를 돌려 보았다. 막바지 연습이 늦게 끝나 병실에 오니 밤 10시가 되었다.

"몸은 좀 괜찮으세요?"

"당연하죠. 제가 또 건강 빼면 시체잖습니까."

"건강하긴 뭐가 건강해요. 건강 검진에 이상 있다고 나왔으면 얼른 말을 해야지 그게 뭡니까."

의자에 앉은 태하가 박 집사를 보고 타박했다. 그도 좀 전에 퇴근하고 병실에 들러 박 집사에게 계속 잔소리 중이었다.

"앞으론 일주일에 두 번만 오세요. 그마저도 힘들면 격주로 해요."

"저 쌩쌩합니다."

"제 생각도 같아요. 이제 연세도 있으신데 무리하지 마세요. 오실 때도 놀러 온다고 생각하고 편하게 오세요."

애절한 목소리에 박 집사는 옅은 숨을 내쉬며 미소를 지었다.

"오늘은 뭐 하고 지내셨어요?"

"아무것도 안 하고 가만히 앉아만 있으려니 좀 쑤셔서 죽겠습니다. 연습은 잘 끝나셨습니까."

"네. 오늘이 마지막 연습이었어요. 참, 영상 찍었는데 보실래요?"

박 집사가 고개를 끄덕이자 지우는 침상에 걸터앉아 그녀에게 휴대폰을 보여 주었다.

"그럼 두 사람 얘기하고 있어. 나 전화 좀."

태하는 휴대폰이 울려 병실 밖으로 나갔다. 지우는 연주회 연습 영상을 박 집사와 감상했다.

"공연 관계자가 찍어 줬어요. 연주회에 직접 모시고 싶었는데 아쉬운 대로 이렇게 보세요."

"지금도 좋습니다."

오케스트라 단원들과 합을 맞추는 지우의 연주를 듣던 박 집사가 고개를 돌려 그녀를 쳐다봤다. 영상을 모니터하며 집중하는 그녀의 옆선을 눈으로 훑던 박 집사는 가만히 지우의 머리카락을 쓸어내렸다. 손길에 지우가 고개를 돌렸다.

"지우 씨, 옆에 있어 줘서 고마워요."

"그게 무슨 말씀이세요?"

"사장님 성격이 전과 다르게 부드러워진 것도 지우 씨 덕분이에요. 그래서 참 고맙습니다."

"그건 제가 더 고맙죠. 지금까지 태하 씨 옆에서 묵묵히 지켜 주셔서 너무 감사해요."

"지우 씨는 사람이 참 고와요. 계속 그렇게 사장님 옆에 있어 주세요."

박 집사의 잔잔한 목소리에 지우는 눈시울이 붉어졌다. 친아버지도, 낳아 준 어머니도 주지 않는 사랑을 피 한 방울 섞이지 않은 박 집사는 아낌없이 드러내었다. 그녀는 서글픔과 애절함이 동시에 드는 복잡한 감정을 안고 박 집사의 어깨에 머리를 기댔다.

"오래 사셔야 해요. 제 소원이에요."

통화를 종료하고 병실 문을 열던 태하는 박 집사의 품에서 눈물을 흘리는 지우를 보고 걸음을 멈췄다. 손잡이를 잡은 그의 손에 힘이 들어갔다.

서울시향 정기 연주회에는 많은 관객들이 모였다. 최근 국내외에서 높은 인기를 구가 중인 두 사람, 연지우와 문수호의 협연 소식에 구름 인파가 모였다. 객석의 제한이 있어서 다 들이지 못하는 아쉬움이 많을 정도였다.

지우가 연주하는 시간은 긴 프로그램 구성 중 15분 정도의 한 토막인데 사람들은 그 잠깐의 연주를 들으러 모였다. 지우는 2부 구성의 마지막 곡으로 배정되었다. 라흐마니노프의 피아노 협주곡 3번 3악장이 피날레를 장식하기에 적합하기도 했다.

고난도의 곡이지만 들을 때마다 희열을 느끼는 곡이었다. 오늘 지우는 빨간 탑 드레스에 올림머리를 하여 가느다란 목선이 아주 잘 드러났다. 등장부터 시선을 사로잡아 객석에서 탄성이 흘러나왔다.

허리를 숙여 인사하고 피아노 앞에 앉았다. 지우의 시선이 살짝 객석을 향했다. 연주회 전 태하에게서 문자가 왔다.

〈조금 늦을 수도 있어. 미안.〉

미리 와서 연주하는 거 들어 주지. 지우는 섭섭했지만 내색하지 않았다. 질척거리는 건 절대 하지 말자고 다짐했기에 늦는다고 해서 투정 부리지 말아야 했다.

수호의 신호 아래 연주가 시작됐다. 곧 지우의 순서였다. 악단의 호흡에 맞추어 지우의 연주가 시작되었다. 그녀는 어느새 모든 잡념을 잊고 손을 움직였다. 라흐마니노프의 감성과 자신의 스타일이 접목된, 화려하면서도 부드러운 흐름을 유지했다.

오랜 시간 연습한 만큼 최고의 연주를 들려주고 싶었다. 모든 사람에게 자신의 라흐마니노프를 쏟아붓고 싶었다.

미쳐도 좋아. 지금 이 순간은 선율에 모든 걸 맡겼다. 이곳이 공연장이 아니라 벼랑 끝이고 마지막 건반을 누르는 순간 몸이 떨어져도 여한이 없도록 혼신의 힘을 다했다. 선율을 취했다.

지휘가 끝을 맺자 잠시 정적이 흘렀다. 지우의 이성이 서서히 돌아오자 수호가 다가오는 모습이 보였다. 의자에서 일어서 그의 손을 잡았다. 잠시 어지럼증이 몰려와 숨을 죽이던 지우가 객석으로 몸을 돌렸다.

"와아!"

그제야 객석의 소리가 귓가에 들렸다. 귀가 멍할 정도로 큰 환호와 박수 소리에 지우의 눈가에 금세 눈물이 맺혔다.

"최고였어."

옆에 서 있던 수호가 작게 속삭였다. 지우는 미소로 보답하며 다시 객석을 향해 허리를 숙였다.

연주회가 끝나고 홀 안은 사람들로 붐볐다. 사람들에게 둘러싸인 지우는 그들의 축하 인사를 받으며 화답했다. 그러면서도 그녀의 눈은 계속 주변을 훑었다. 끝날 때까지도 못 온 건가.

"지우야!"

앞에서 윤주가 다가왔다. 지우의 입가에 환한 미소가 번졌다.

"너무 멋졌어. 라흐마니노프 잘 모르는데 그냥 최고구나, 그런 느낌이 들었다니까. 감명 깊게 잘 들었어."

"고마워. 남편은 같이 안 왔어?"

"응. 신랑은 오늘 일이 바쁘다고 끝나고 데리러 온다고 했어."

지우는 잠시 윤주를 바라봤다. 너무 반갑고 좋아하는 친구인데 이제 곧 미국으로 간다는 사실에 마음이 시큰거렸다.

"출국이 언제라고 했지?"

"사실 지난주에 갔어야 했는데 네 연주는 듣고 가야 할 것 같아서 한 주 미룬 거야."

"그럼 이번 주말에 가는 거야?"

아쉬워하는 지우의 얼굴을 보자 윤주는 활짝 웃으며 손을 잡았다.

"이제는 서로 뭐 하고 사는지 알았으니까 자주 보자. 내가 한국에 자주 나올게."

지우는 말도 못 하고 고개만 끄덕였다. 곧 공찬영 사장이 데리러 오자 윤주는 인사를 하고 멀어졌다. 공허한 느낌에 잠시 팔을 쓰다듬던 지우는 쓸쓸함을 지우려 몸을 돌렸다.

그때 뒤에서 안아 오는 팔과 제 앞에 보이는 커다란 꽃다발을 보자 눈물이 왈칵 쏟아졌다. 아주 크고 예쁜 꽃다발이었다.

천천히 꽃다발을 받은 지우의 몸이 떨렸다.

이전 독주회와 상황이 오버랩 되며 지우는 눈물을 펑펑 흘리고 말았다. 놀란 태하의 목소리가 귓가에 들렸다. 곧이어 그가 그녀의 몸을 돌려 품에 안았다.

"이렇게 눈물이 많은데 그동안 어떻게 참았어?"

지우는 꽃다발을 끌어안으며 얼굴을 그의 가슴에 기대었다. 태하는 한 손을 들어 그녀의 머리를 천천히 쓰다듬었다. 주변 인파들의 눈이 자신들에게 쏠린다는 걸 알았지만 내버려 두었다.

지우는 한참을 울다가 겨우 진정했다. 오래도록 그렇게 포옹하고 있으면서도 사람들이 볼 거란 생각을 못 했는지, 뒤늦게 이성이 돌아온 지우가 황급히 태하의 몸을 벗어났다. 아니, 벗어나려고 했지만 그가 다시 당겨 안아 모두의 시선을 받았다.

"다른 사람이 보면 내가 울린 줄 알겠다. 예전 일 복수하는 건가?"

지우의 귓가에 속삭이며 쿡쿡 웃는 태하가 얄미워 그녀는 그의 가슴을 때렸다. 태하가 팔을 풀어 지우의 얼굴을 두 손으로 감쌌다.

"넌 어째 울어도 예쁘니."

태하는 손가락으로 지우의 눈가를 훑었다. 손에 물기가 묻어났다.

"라흐마니노프 최고였어."

지우의 눈시울이 다시 붉어졌다.

"전부 다 들었으면 더 좋았겠어. 아쉽더라."

"왔었군요."

"당연하지."

쪽. 갑자기 지우가 발꿈치를 들어 태하에게 입을 맞췄다. 요녀석, 그런 눈빛으로 바라보는 태하의 뒤에서 목소리가 들렸다.

"지우야, 수고했다."

"수호 선배님."

태하는 거슬리는 동작으로 천천히 몸을 돌렸다. 그의 옆엔 여자가 서 있었다. 태하의 눈빛이 더욱 날카로워졌다. 지우에게 대시해도 안 되니까 그새 다른 여자에게 돌아선 건가. 그나마 다행이지만 태하는 수호의 태도가 한없이 가볍게 느껴졌다.

수호가 옆에 서 있는 여자를 끌어 지우에게 소개시켜 줬다. 그 여자는 지우를 보더니 환하게 웃으며 악수를 했다.

"수호 씨가 입에 침이 마르도록 칭찬을 해서 도대체 얼마나 잘하기에 그러나 했는데 오늘 보니까 확실히 알겠어요. 지우 씨 정말 멋졌어요."

"감사합니다."

수줍게 웃는 지우와 여자를 보던 태하의 미간이 구겨졌다. 이 무슨 막장이야. 문수호라는 자는 대체 무슨 생각을 하는 거야.

"문수호 씨는 사고가 굉장히 자유분방한 것 같습니다."

"네?"

"아무리 요새는 개방적인 세상이라지만 이건 좀 아니라고 봅니다."

태하의 눈빛이 죽일 듯이 날카로워서 수호는 점점 더 어리둥절한 표정으로 그를 바라보았다. 지우는 태하의 표정이 안 좋다는 걸 눈치채고 황급히 그들을 바라봤다.

"선배님도 오늘 너무 잘하셨어요. 이젠 지휘자 타이틀이 참 잘 어울려요."

"고맙다. 나중에 밥 한번 먹자."

네, 환하게 웃으며 손을 흔든 지우는 그들이 등을 돌려 멀어지고 나서야 태하를 보았다. 그의 얼굴이 예사롭지 않았다. 눈빛이 무서웠다.

"갑자기 왜 그래요?"

"너 말이야. 문수호와 가까이 지내지 마."

"네? 왜요?"

"보면 모르겠어? 바람둥이잖아."

태하를 빤히 바라보던 지우의 입가에 서서히 미소가 피었다. 그리고 시선을 내려 입꼬리를 올렸다.

"누가 할 소리를. 바람둥이는 당신이죠."

그의 눈빛이 점점 더 험상궂게 변했다. 그런데 지우는 하나도 무섭지 않았다. 지금만큼은.

"만났던 여자가 한 트럭을 넘는다면서요. 이 여자 만나면서 동시에 저 여자 만나던 거, 다 알아요."

입술을 삐죽이는 지우를 기가 막힌 얼굴로 바라보던 태하는 그녀의 어깨를 꽉 잡았다.

"잘 들어. 나 여자 안 만났어. 정확히 안 만난 건 아니지만 더러운 짓은 안 했어."

말할수록 불리하여 태하는 거칠게 숨을 내쉬었다.

"아무튼 난 그래도 결백해. 그런데 저놈은 뭐야. 대놓고 다른 여자를 만나? 너한테 치근덕거리더니."

"누구요. 수호 선배님이 나를요?"

"그럼 너지 누구야."

화가 난 목소리로 쏘아보는 태하가 귀여워서 지우는 웃음이 사라지지 않았다.

"그러니까 수호 선배님이 내게 마음이 있으면서 동시에 다른 여자를 만난다고 생각한 거죠? 내게는 인사까지 시키고."

하하, 지우가 드디어 소리 내어 웃었다. 한참 웃는 그녀를 노려보던 태하가 지우의 허리를 당겨 힘주어 안았다. 그 바람에 들고 있던 꽃다발이 바닥으로 떨어졌다.

"웃지 마."

"웃기잖아요. 오빠가 그런 생각을 한다는 게. 천하의 김태하가 말이야."

"연지우."

코앞까지 다가온 태하의 눈빛이 곧 잡아먹을 듯 강렬했다. 지우는 웃음을 애써 참으며 그의 목에 팔을 둘렀다.

"잘 들어요. 문수호 선배는 이미 결혼한 남자고 아까 옆에 있던 여자는 아내 분이에요."

지우의 차분한 목소리에 태하의 얼굴이 점점 멍하게 굳었다.

"애가 둘이나 있고 수호 선배는 아내 없인 못 사는 남자예요."

태하는 기가 막힌 얼굴로 황당하게 바라봤다. 그의 얼굴이 조금 붉어진다는 걸 지우는 봤다.

"다른 남자가 내게 대시하는 게 싫어요?"

"당연한 거 아니야? 넌 결혼한 여자야. 내 아내고."

"당신은 다른 여자 만나는 거 괜찮고 나는 안 돼요?"

"그건……!"

할 말이 없어진 태하는 괜스레 지우의 눈동자를 노려보았다. 자꾸만 당황하고 얼굴이 붉어지는 그가 귀여웠다.

쪽. 부드러운 입술이 닿았다.

"괜찮아요. 오빠가 누굴 만나든 상관없어요. 난 그래도 당신이 좋으니까."

말이 끝나기 무섭게 태하가 입을 맞추었다. 새기듯 빨아들였다. 다짐하듯 물어뜯었다. 오래도록.

침실로 들어오면서도 내내 입술이 떨어지지 않았다. 지우의 빨강 드레스는 지퍼가 내려가자 금세 스르륵 땅으로 떨어졌다. 목 언저리에 자국을 내며 키스를 하던 태하는 지우의 속옷

안으로 손을 넣어 도톰한 엉덩이를 움켜쥐었다.

"나 일단 좀 씻을게요."

"괜찮아. 땀 냄새 안 나."

집요하게 파고드는 입술을 겨우 떼어 내고 지우가 눈을 들어 태하를 보았다. 얼굴을 보자 지우는 금세 붉게 물들었다. 그의 눈빛이 열망에 잠식되어 짙게 드리워졌다.

"화장도 지워야 하고, 찝찝해요."

싫다는 말에 태하는 그녀를 만지던 손을 거뒀다. 제 손길에 속옷만 남겨진 채 여문 여체가 눈앞에 있는데 참아야 하는 건 굉장한 인내심을 요했다.

"우리 씻고 천천히 해요. 시간 많으니까."

지우는 살포시 웃음을 날리고 욕실로 들어갔다. 혼자 남은 태하는 더워진 몸을 식히려 한참을 애써야 했다.

시간이야 많았다. 하지만 지금 당장 차오르는 욕정은 어쩌라고. 태하는 괜한 허전함에 욕실 문을 노려보았다.

나이트가운을 입고 나온 지우는 태하가 눈도 마주치지 않고 씻으러 들어가자 옅은 미소를 지었다.

다른 건 몰라도 하나는 확실했다. 그는 연지우의 몸을 사랑했다. 적어도 육체관계에 있어서는 그를 안달 나게 할 수 있었다.

침대에 앉은 지우는 욕실을 바라봤다. 한껏 웃던 그녀의 입꼬리가 서서히 내려왔다.

그런데 만약 육체의 즐거움이 사라지면 어떻게 되는 거지.

지금 자신이 겪고 있는 문제까지 이해해 줄 수 있을까. 천박한 여자의 딸이라는 걸 그가 받아들일 수 있을까.

요 며칠 화연이 찾아오지 않았다. 내내 지우를 시달리게 만들던 그녀가 어쩐 일인지 모습을 보이지 않았다. 연주회장에도 찾아와서 시끄럽게 굴면 어쩌나 걱정했는데 다행히 그런 일은 일어나지 않았다.

혹시 화연이 태하에게 찾아가진 않을까. 자신에게서 어떠한 수확이 보이지 않으면 그에게, 석윤에게, 그러다 상대 후보에게 찾아갈지도 몰랐다. 그렇게 되면 어쩌지. 하루라도 빨리 그에게 말하는 게 나을까.

말했을 때 그가 어떤 반응을 보일지 예상이 되지 않았다. 화연을 한 번이라도 본다면 그녀가 어떤 여자인지 단번에 파악할 텐데, 그런 여자의 딸인 자신을 이해할 수 있을까.

불안함에 긴 한숨을 내쉰 지우는 시선을 돌렸다.

욕실에서 나온 태하는 침대로 다가와 헛웃음을 지으며 걸터앉았다. 두 다리를 아래로 내리고 옆으로 쓰러져 누운 지우가 잠들어 있었다.

"연지우."

어깨에 살짝 손을 얹어 흔들어도 그녀는 대답이 없었다. 태하는 계속 허탈한 웃음이 나와 한참 동안 그대로 앉아 잠든 지우를 바라봤다.

잠이나 편하게 자라는 생각에 그녀의 다리를 들어 침대 위로 올렸다. 뒤척거리며 옆으로 돌아누운 지우의 가운이 반쯤 벗겨져 맨가슴이 훤히 보였다.

"가운을 입지나 말던가."

입에서 절로 투덜대는 목소리가 흘러나왔다. 어깨 너머로 벌어진 가운 깃을 오므리고 그녀가 깔고 있는 이불을 살살 빼내어 덮어 주었다. 그리고 옆에 누워 머리를 괴고 잠든 얼굴을 바라봤다. 피곤했는지 지우는 정말 깊이 잠이 들었다. 이렇게 곤히 자는데 깨우고 싶지 않았다.

"잘 자라. 옆에 있는 놈은 죽든 말든 신경 쓰지 말고."

심술이 나서 그녀의 볼을 살짝 꼬집었다. 흐음, 잠결에 콧소리를 낸 지우가 손을 뻗었다.

그리고 무의식적으로 태하의 옆구리에 닿자 옷깃을 꼭 잡았다. 마치 아이가 아빠 손을 놓지 않으려고 붙들고 있는 느낌이었다.

가만히 손을 떼어 맞잡았다. 깍지 끼워 제게 당긴 태하는 가느다란 손가락에 입을 맞추었다.

"오빠……."

정말 습관성이다. 지우는 잠결에도 오빠를 수없이 불렀다. 오늘만이 아니다. 평상시에도 깊이 잠들면 꼭 잠꼬대로 '오빠'를 부르며 꿈을 꾸는 듯했다.

"너한테 오빠는 약일까 독일까. 그걸 모르겠어. 네 꿈속의 오빠는 널 슬프게 하는 건가."

꽉 잡은 손에 계속해서 입을 맞췄다.

연주회장에서 공찬영 사장 부인, 윤주를 만났다. 지우를 보러 가기 전 먼저 마주친 그녀는 태하를 보더니 알은체를 하며 다가왔다.

"오늘 지우 연주 너무 좋았죠? 중학생 때는 바로 옆에서 듣고 그랬는데 그때보다 선율이 더 풍부해졌어요."

"네. 그렇더군요."

"그날 남편이 김태하 사장님을 만나고 온 뒤 그러더라고요. 자기가 실수한 것 같다고."

"뭘 말입니까?"

"제가 지우가 걱정된다고 했던 걸 말했더니 김 사장님 표정이 안 좋더라고요."

아아, 태하가 살짝 고개를 끄덕였다. 윤주는 손목시계를 내려다보고 다시 그를 봤다.

"오늘은 금방 가야 해서 시간이 없고요. 한 번 뵈었으면 좋겠어요."

"왜 그러시죠?"

"음, 지우에 관한 이야기예요. 아주 오래전 비밀. 사장님을 배신했던 이유."

"서윤주 씨."

"그 비밀을 아는 사람은 아마 저밖에 없을 거예요."

"제게 왜 그런 말을 하는 겁니까."

"궁금하지 않으세요? 지우가 왜 힘들어하는지. 예전에 왜 그렇게 했는지. 사장님은 남편이니까 아셔야 할 것 같아서요."

"비밀을 다른 사람을 통해 듣는 걸 좋아하지 않습니다."

"사실 저도 이게 맞는 건지 잘 모르겠어요. 그러니까 사장님이 선택하세요. 괜한 상심에 휩쓸릴 것 같으면 이대로 묻으시고 그래도 진실이 알고 싶으면 연락 주세요."

바람같이 사라진 윤주의 뒷모습을 보던 태하는 심장이 쿵쿵 울렸다. 그동안 지우가 꽁꽁 감춰 두고 말할 수 없었던 비밀을 알게 된다는 마음 때문일까.

태하는 잠든 지우의 머리카락을 쓸었다. 그는 작게 숨을 내쉬었다.

쉽지 않다. 모든 일이 쉽지 않았지만 이번 한 해는 유독 마음이 힘들다. 어머니가 돌아가셨을 때 느꼈던 감정이 최고일 거라고 생각했는데, 여러 가지 감정이 마음을 복잡하게 만들었다. 분노와 회한, 기쁨과 슬픔 등의 감정이 그의 심장을 울렸다.

이제 태하는 지우가 과거에 자신을 두고 했던 말이 진심이 아니라는 것쯤은 알고 있다. 단지 그 이유가 궁금할 뿐. 사실 그마저도 묻으라면 묻을 수 있었다. 이미 자신의 마음은 그런 것과는 별개로 확고했기 때문이다.

하지만 지금도 지우를 불안하게 만드는 것이 과거와 관련되어 있다는 생각을 지울 수 없다. 과거의 일을 모른다면 결국엔 또 지금을 감추게 되는 것이었다. 그것만은 싫었다. 태하는 지우의 얼굴을 손끝으로 쓸어내리며 손바닥 안에 감쌌다.

"그래도 전진. 무섭다고 피하다간 지금의 시간마저 놓친다는 걸, 이젠 알아."

11

말할 수 없는 비밀

윤주를 다시 만난 건 연주회 다음 날 오전 태하의 집무실에서였다. 전화를 건 태하에게 윤주는 친절하게 회사로 찾아가겠다고 했다.

태하는 범주에게 아무도 들이지 말라고 전한 뒤 윤주를 마주 보고 앉았다. 윤주는 짧은 커트 머리에 키가 크고 늘씬했다. 강인한 눈매와 생기 넘치는 피부는 그녀의 야무진 성격을 보여 주었다. 여러모로 지우와는 다른 듯하지만 그녀의 버팀목이 되어 줄 수 있을 정도로 믿음직스러운 여자란 생각이 들었다.

윤주는 잠시 맞잡은 제 손을 내려다보더니 시선을 들어 태하를 보았다.

"전 김태하 사장님을 오래전부터 알고 있었어요. 그러니까 정확히는 중학교 입학을 하고 지우와 알게 되면서부터요."

"네."

"지우의 교실로 자주 찾아오셨던 거 기억나세요? 여학생들이 난리가 나서 선생님들이 매번 통제하느라 진땀을 뺀 것도 기억나요."

"서윤주 씨, 본론만 말하면 좋겠습니다."

"아뇨. 아셔야 해요. 지우가 어떤 마음으로 사장님을 보고 있었는지 자세히 알아야 이해돼요."

윤주의 단호한 목소리에 태하는 계속하라는 뜻으로 고개를 끄덕였다.

"지우는 사장님 이야기를 자주 했어요. 하나부터 열까지, 하루의 일과 중에 김태하 이름을 듣지 않은 시간은 수업 시간뿐이었어요. 지우는 피아노 연습을 하다가도 꼭 사장님과 연결시켰죠. 하도 그 이름을 많이 들어서 지겨워진 제가 그랬어요. 그렇게 좋으면 사귀자고 말해 보라고."

그 말에 태하가 윤주를 바라봤다.

"그런데 쉽게 사귀고 헤어져서 관계를 소원하게 만들고 싶지 않다고 했어요. 자기는 김 사장님을 오래도록 보고 싶대요. 계속 친하게 지내며 같이 피아노도 연주하고 놀러 갈 수 있는 사이였으면 좋겠대요."

윤주는 헛웃음을 지으며 시선을 돌렸다.

"순수했죠. 아니지, 사실은 그 나이 때의 당연한 행동이었을 거예요. 그런데 지우는 평범한 환경의 여자아이가 아니었어요. 그때 겨우 열다섯 살이었는데 정혼자가 생겼잖아요."

"알고 있습니다."

"지우에게는 한 가지 약점이 있어요. 바로 아버지. 자기 아버지 말을 거역하지 못해요. '김태주 말고 그의 동생 김태하를 좋아해요' 그 한마디를 끝내 못 했죠. 왜냐하면 그분은 지우가 김태주 씨와 결혼하기를 원했으니까요."

태하는 답답한 마음에 넥타이를 느슨하게 풀었다. 알고 있는 얘기지만 다시 상기시키려니 그에게도 힘든 기억이었다.

"그래도 사랑의 감정을 어떻게 막겠어요. 정혼자가 생겼지만 지우는 예전과 다름없이 김 사장님을 대했죠. 오히려 더 적극적이었을 거예요. 간절했거든요. 사장님이 전과 다르게 차가워지고 멀어진다고 느낀 건지 지우는 더욱 애달아 했어요."

"……."

"사랑의 크기, 사람마다 다르지만 지우의 사랑은 점점 그 경계를 넘으려고 했어요. 나날이 사장님을 갈구하고 원했죠."

"그건 나도 마찬가지입니다. 지우도 알고 있었어요. 내 감정이 보통 이상을 넘어간다는 걸 지우가 몰랐을 리 없습니다."

윤주는 고개를 끄덕이며 옆머리를 귀 뒤로 넘겼다.

"그러니까 런던 콩쿠르 때 사장님 보고 와 달라고 했겠죠. 제정신이면 그런 말 못 하잖아요."

"윤주 씨, 사실 그때의 일은 내게 그다지 좋은 기억이 아닙니다. 넘어가죠."

"그때 지우 말이에요. 사장님에게 고백하려고 했었어요. 자꾸만 멀어지려는 사장님을 붙들고 싶어서 미친 사람처럼 런던까지 오라고 한 거죠. 아버지 말을 거역 못 하는 지우가 그 정도까지 마음을 다잡았어요."

그건 태하도 몰랐는지 놀란 눈으로 윤주를 보았다. 그땐 지우보다 제 감정에 취해 있을 때였다. 그녀가 자신을 마음에 두고 있다는 생각은 했지만 그런 심정으로 보고 있는 줄은 몰랐다.

"잠깐이라도 올라오길 기다렸대요. 그런데 끝내 그러지 않으셨죠. 건물 아래에서 머물던 사장님이 동틀 무렵 돌아갈 때까지 지우도 밤새 창가에 앉아 바라보고 있었거든요."

윤주의 얼굴이 서서히 굳었다.

"지우는 인생에서 처음으로 용기를 냈을 거예요. 아버지에게 말해야겠다는 용기. 그런데 차라리 감정을 드러내지 말아야 했나 봐요."

윤주는 태하가 알지 못하는 이야기를 시작했다.

17년 전.

런던에서 콩쿠르가 끝나고 귀국한 지우는 들뜬 발걸음으로 집에 들어왔다. 마침 무신이 거실에 나와 있던 참이라 지우는 밝게 웃으며 그에게 다가갔다.

"아버지, 저 우승했어요."

평소 콩쿠르에서 상을 타면 격한 환영 인사까지는 아니더라도 늘 축하한다, 고생했다 정도의 답은 들었는데 무신은 무심한 얼굴로 지우를 노려보고 있었다. 그리고 지우가 앞에 서자 그녀의 뺨을 힘껏 내리쳤다.

눈앞에 번개가 친 듯 번쩍이는 섬광이 보였고, 뺨엔 붉은 생채기가 났다. 자신의 뺨을 감싼 지우는 놀란 눈으로 무신을 바라봤다.

"핏줄은 못 속인다더니, 대체 무슨 짓을 하고 다니는 거냐!"

아버지, 너무 놀라서 입 밖으로 나오지 못한 말을 머금고 멍하니 바라보는 지우에게 무신은 노여운 목소리로 쏘아붙였다.

"태하를 런던으로 불러서 뭘 어쩌려고 했냐."

무신은 제 손에 들고 있던 사진들을 지우의 앞에 던졌다. 날아가며 바닥에 떨어진 사진 속엔 태하가 콩쿠르에 찾아온 사진, 숙소 아래에서 머문 사진 등이 고스란히 찍혀 있었다. 덜덜 떨리는 몸으로 사진을 보던 지우가 고개를 들었다.

"네 정혼자는 김태주야. 처신 똑바로 해라."

"아버지, 전 태하 오빠가 좋아요."

지우는 제 나름대로 용기를 내어 의지를 피력했다. 하지만 무신은 한심스럽다는 듯 노려보더니 지우의 말은 들을 가치도 없다는 것처럼 혀를 찼다.

"네가 JK그룹 아들과 결혼을 하는 건 오직 아비의 지원을 위해서다. 네 감정 따위가 중요한 게 아니야. 태주와 태하, 둘

중에 누가 차기 회장이 되겠냐. 누가 보아도 보장된 위치와 능력을 갖춘 태주가 되지 않겠니."

"아버지, 그래도 전……."

"어정쩡한 둘째 놈보다 확실한 첫째가 낫지. 그게 결국 널 위해서도 좋은 선택일게다. 네 출생을 만회하는 일이니까."

지우는 무신의 민낯을 보게 되었다. 그는 탐욕과 출세의 야욕, 그리고 자신을 도구로만 생각했다. 알고는 있었지만 이렇게 적나라하게 들을 줄은 몰랐다. 겨우 중학생인 딸을 출생 운운하며 성인 남자와 짝을 지어 주려고 했다.

그런 생각이 들자 지우는 가슴이 문드러졌다. 대체 언제쯤이면 아버지 마음에 드는 딸이 될 수 있을까. 언제쯤 그에게 인정받을 수 있을까.

"회장님께 말하겠어요. 아버지가 이런 생각을 가지고 계신 줄은 그분도 모르실 거예요."

무신은 지우를 바라보더니 무정하게 비웃었다. 그 미소가 왜 그리 마음을 아프게 하는지 모르겠다.

"네가 이 집에서 살고 있는 건 내 피가 섞여서가 아니야. 그저 먼저 간 사람에 대한 예의였을 뿐이다."

새어머니에 대한 추억을 떠올리면 지우는 평생 순종해도 모자란다고 생각했다. 밖에서 낳아 온 자식을 지극정성으로 보살피고 친딸처럼 아껴 주었으니 지우에겐 은인이었다.

"이대로 너를 내쳐도 사실 난 거리낄 것이 없어. 여전히 네가 내 딸이라는 걸 받아들일 수 없다."

무신이 연속해서 말을 할 때마다 지우는 가슴에 비수가 꽂히는 것처럼 숨 쉬는 게 힘들어졌다. 결국 당신이 저지른 일 때문에 내가 존재하는 건데 왜 그 사실은 묻으려고 하냐고 말하고 싶었다.

하지만 어릴 때부터 아버지, 어머니 말을 들으며 착한 아이로 살아온 지우는 누군가에게 버려진다는 것이 견디기 힘들었다. 태어날 때부터 생모에게 버려졌다는 것을 들은 다섯 살 이후 지우는 늘 트라우마에 시달렸다. 조금만 미운 짓을 하면 금방 버려질 것 같아 착한 아이, 말 잘 듣는 아이로 자랐다.

무엇보다 지우는 비수를 꽂는 말을 하는 무신을 사랑했다. 한 번도 정을 주지 않는 무심한 아버지였지만 그녀에겐 피붙이고 기둥이었다. 그 기둥은 떠내려가지 않기 위해 붙잡아야 하는 절박한 지푸라기였다.

"네가 내 뜻을 무시하고 네 고집대로 하겠다면 난 이 순간부터 너를 내 호적에서 파낼 생각이다. 피아노든 뭐든 네게 들어가는 지원을 끊는 건 물론이고 더 이상 이 집에서 살 수 없을 거야."

역시 무신은 지우의 생각대로 그녀를 협박했다. 그녀는 심장을 압박하는 답답함과 호흡 곤란에 가슴을 두드렸다. 얼굴이 붉어지고 숨을 내쉬기 힘들어하는데도 무신은 무심히 바라보고만 있었다.

"다른 건 다 아버지 뜻대로 할게요. 제발 태하 오빠 옆에만 있게 해 주세요."

"아직도 정신을 못 차렸구나. 네겐 선택권이 없다. 이미 어른들이 정한 사안이고 넌 그대로 따르면 되는 거야. 다 필요에 의해 결정한 거니 더는 토 달지 말거라."

"아버지!"

"태하 말이다. 고등학생이 계집질을 하고 다닌다며. 학업 태도도 불성실하고 심심하면 애들을 팬다지?"

지우는 덜덜 떨리는 몸으로 무신을 보다가 다리가 후들거려 결국 주저앉았다. 있지도 않은 이야기를 만들어 내는 무신의 무서움에 치가 떨렸다. 이젠 태하까지 건드리려는 속셈이다.

"말도 안 돼요."

"그럼 이건 어떠냐. 결혼할 상대가 있는 정혼자를 건드리는 놈. 형의 여자가 탐이 나서 계속 집적거리고 수작을 부리는 놈."

"아버지 정말……."

"이건 없는 얘기가 아니지. 김태하 그 자식이 널 애태우는 건 나도 진작 알고 있었다. 미친놈. 감히 형의 여자를 탐내?"

두 눈에서 나오는 건 눈물인데 피가 흐르는 기분이 들었다. 가슴을 쥐어짜는 고통과 태하가 자신 때문에 소문에 휩싸일까 봐 무서웠다.

"결혼한 것도 아니고 그저 집안에서 결정한 것뿐이에요. 태하 오빠가 잘못한 건 하나도 없어요."

"그래. 참 잘 어울리는구나. 형의 여자를 탐하는 놈이나 정혼자가 있으면서 그의 동생에게 추파를 던지는 너."

그런 취급을 받는 게 싫었다. 태하도 자신도 그런 취급을 받을 만큼 잘못하지 않았다. 그저 서로를 마음에 담은 게 전부였다. 그런데 무신이라면 얼마든지 말로 사람을 베어 버릴 수 있었다. 그동안 곁에서 무신의 행동을 보고 자란 지우는 그가 정말로 위험한 소문을 낼 것 같아 겁이 났다.

바닥에 엎드려 피를 토해 내듯 울고 있는 지우를 무심하게 보던 그는 후, 작은 숨을 내쉬었다.

“당장 태하를 떼어 내. 그리고 지금처럼 계속 착하게 살아. 그게 네가 이 집에서 살 수 있는 유일한 길이다. 난 두 번은 말하지 않는다.”

“아버지!”

“철없고 어리석은 한때의 감정은 빨리 정리할수록 좋다. 지금은 좋아 죽을지 몰라도 결국 한순간이야.”

“태하 오빠 마음을 어떻게 막아요. 안 돼요. 전 못 해요.”

“김 회장이 네 콩쿠르 우승 기념 파티를 연다는구나. 그전까지 마음 정리해. 안 그러면 너도 태하도 똑같이 손가락질 받게 될 거다. 나락으로 떨어지고서 연애질을 하든 말든 그건 상관 않으마. 그땐 이미 내 자식이 아니니까.”

윤주의 이야기를 들은 태하는 소파에서 벌떡 일어섰다. 그의 두 주먹에 힘이 들어갔다. 윤주를 노려보고 있는 태하의 심장이 미친 듯이 뛰었다.

"말이 됩니까? 고작 열여섯인 여자애한테 아버지가 할 말이 냔 말입니다!"

태하는 매서운 눈빛을 돌리며 테이블을 죽일 듯이 노려보았다.

"제게 어떡하면 좋겠냐고 했어요. 방법을 모르겠다고. 그리고 그때 그 아이가 선택한 방법은 잔인했어요. 하지만 지우를 마음에 둔 사장님을 가장 쉬우면서도 확실하게 내칠 수 있는 방법이었죠. 저도 거기에 동참했고요."

"서윤주 씨!"

태하가 고함을 질렀다. 누구 하나 막아 주지 않고 지우를 나락으로 몰았다. 그의 생각을 읽었는지 윤주가 안타까운 얼굴로 일어섰다.

"막을 수 없었어요. 지우에겐 필사적이었고 간절했으니까요."

"말도 안 됩니다. 내게 말을 했어야죠. 사실대로 말하고 문제를 풀어 나갔어야죠!"

"겨우 고등학생이요? 만약 사실대로 말했다면 사장님은 길길이 날뛰었을 거고 파장이 일었겠죠. 운이 좋아 정혼이 취소될 수도 있었겠죠. 그리고 지우는 아버지에게 버림받았을 거고요."

"하아, 이게 무슨……."

"지금 지우가 많이 힘들어요. 겨우 그때의 일을 마음속에서 지웠다고 생각했는데 생모가 나타나서는 자꾸 협박을 한대요. 지우의 트라우마를 자꾸 건드려요. 사장님에게 버려질까 봐 매일 불안에 떨고 있어요."

윤주는 그가 생모 이야기를 듣고도 놀라지 않는 걸로 보아 이미 그녀의 존재를 알고 있다고 생각했다. 알면서 기다려 준 건가. 아니면 내버려 둔 건가. 무엇이든 지금 그가 매우 분노하고 있다는 건 확실했다.

"고귀한 척, 깨끗한 척 유난을 떨며 갈라놓고는……."

눈동자가 붉어진 태하가 윤주를 돌아봤다.

"다시 나랑 결혼을 시킨 겁니까, 그 미친 영감이?"

"그래서 저도 레스토랑에서 만났을 때 믿기지 않았어요. 도저히 제 상식으로는 이해되지 않아서."

"연지우는 그걸 또!"

하, 태하의 입에서 연신 헛숨이 터져 나왔다. 제 머리카락을 쓸어 올리는 그의 눈동자가 정처 없이 흔들렸다. 자신에게 계약서를 들이밀며 결혼을 요구하던 지우가 떠올랐다.

넌 대체 무슨 심정으로 결혼하자고 한 거니.

한동안 흔들리는 몸으로 이리저리 서성이던 태하가 윤주를 봤다.

"알겠습니다. 윤주 씨도 말하기 힘들었을 텐데 이야기해 줘서 고맙습니다."

윤주는 태하가 겨우 인내하며 말한다는 걸 느꼈다. 옅은 한숨을 내쉬며 그를 바라보던 윤주는 고개를 숙이고 집무실을 나갔다.

곧이어 범주가 급히 들어왔다. 여자의 얼굴을 봐서는 안의 분위기가 심상치 않았기 때문이다. 잔뜩 화나 있을 거라고 생각했는데 태하는 의외로 차분했다. 데스크에 기대어서 무언가를 생각하고 있었다.

범주는 방해하지 않으려고 다시 몸을 돌렸다.

"정 실장."

"네?"

"내 장인어른이 말이야. 대통령이 되면 안 되겠어."

도통 이해할 수 없는 말을 하는 태하를 보던 범주는 그가 지금 매우 분노하고 있다는 것을 깨달았다. 차분한 게 아니었다. 조금만 건드려도 폭발 직전이라는 걸 오랜 경험으로 눈치챘다.

"오늘 오후 스케줄 모두 비워."

"네, 알겠습니다."

재킷을 입은 태하는 데스크에 풀어 놓았던 시계를 찼다. 냉기를 풍기는 태하가 범주를 지나쳐 갔다. 실로 아주 오랜만이었다.

운전하는 내내 태하는 점점 더 화가 치밀어 올랐다. 우리 집안을 쉽게 본 건 그렇다고 쳐도 지우에게 한 짓은 도저히 용서할 수 없었다. 정말 무서운 게 뭔지 그 늙은 영감이 아직도 모르는 것 같았다.

무신은 선거 사무실 안에 있었다. 태하가 왔다는 비서의 말에 직접 집무실 밖으로 나온 무신은 그를 보며 격하게 환영했다.

"자네가 이곳까지 웬일인가. 바쁜 양반이 뭘 이곳까지 직접 찾아오고 그러나. 밖에서 편안히 봐도 되는데."

아무런 말 없이 자신을 보고 있는 태하의 눈빛이 심상찮아 무신은 사무실에서 일을 하고 있는 사람들에게 잠시 자리 좀 비워 달라고 했다. 사람들은 무신의 말에 썰물처럼 빠져나갔다.

"안으로 들어가지."

무신이 팔을 안으로 뻗으며 태하에게 사람 좋은 웃음을 지었다. 태하가 앉은 소파 앞 테이블엔 물을 마시다 만 유리컵이 놓여 있었다. 그의 맞은편에 앉은 무신을 찬찬히 훑어보았다.

두 다리 위에 팔을 기대어 제 손가락을 맞잡으며 숨을 고르던 태하의 시선이 천천히 무신에게로 향했다.

"어릴 때부터 느끼긴 했습니다. 연무신 의원님은 절 싫어했죠. 왜 그럴까 생각해 본 적도 있지만 어느 순간 지워 버렸습니다. 싫어하는 사람에게 억지로 맞출 필요가 없다는 걸 알았죠."

"그게 무슨 소린가. 내가 자넬 싫어하다니. 말도 안 되네."

"전 도무지 모르겠습니다. 본인 딸에 대한 기본적인 애정과 믿음도 없으면서 이 나라는 어떻게 이끌어 갈 생각인 건지."

태하의 말에 무신의 안색이 굳었다. 뭔가 안다는 느낌이었다. 무신은 자신을 날카롭게 바라보는 태하에게 반감이 들었다.

"장인에게 하는 말이 예의가 없군. 말을 가려서 했으면 좋겠네만."

예의란 말에 태하의 입에서 실소가 나왔다.

"한 가지만 여쭙겠습니다. 대체 지우는 왜 거둔 겁니까. 핏줄도 부정할 만큼 싫어하면서 여태 연지우를 붙들고 있는 이유 말입니다."

"자네가 뭔가 오해하는 게 있나 본데……."

"오해! 오해!"

드디어 태하의 입에서 고함이 터져 나왔다.

"술집 여자와 외도하여 아이를 낳은 연무신 의원님을 제가 오해하고 있다고 말하는 겁니까? 아니면!"

당장 무신의 멱살을 잡아 주먹을 날리고 싶은 걸 참느라 태하의 손이 부들부들 떨렸다.

"딸이 평생 비밀로 간직해야 하는 일을 제가 알게 된 걸 말하는 겁니까."

"김 서방. 지금 무슨 말을 하는 건가."

무신의 입에서 '김 서방'이라는 말을 듣는 것만으로도 소름이 돋았다. 그와 가족으로 얽혀 있다는 게 끔찍했다.

"평생 비밀로 할 수 있을 거라 생각했습니까?"

"김 서방, 자네도 남자잖아. 그럼 알 거 아닌가. 그건 내 의도와 상관없이 벌어진 일이야. 그때의 실수로 난 평생 벌을 받고 있어.”

“연지우가 의원님에겐 벌입니까?”

“그렇다는 게 아니라…….”

“그런데 필요에 따라 버리면 그만인 딸이 의원님의 입지에는 꽤 도움이 되었나 봅니다. 언제든 버릴 거라고 딸에게는 겁을 주면서 정작 어떤 남자에게 시집보낼까 계산기를 두드렸을 테니까요.”

“무슨 말이 그런가.”

“그렇게 아끼던 김태주가 다른 여자랑 결혼한다고 해서 상심이 크셨겠네요. 그래서 마음에도 없는 절 끌어다 앉힌 거고요.”

“그건.”

“차라리 끝까지 전 안 된다고 하지 그러셨습니까. 그랬다면 도덕적 해이에도 양심은 살아 있구나 생각했을 텐데.”

“보자보자 하니까 말이 심하군.”

무신의 발언에 갑자기 태하가 테이블에 놓인 유리컵을 힘주어 내리쳤다. 산산조각 난 유리컵 파편과 그의 손바닥에 흐르는 붉은 피가 테이블에 뚝뚝 떨어졌다. 손에 있던 파편을 허공에 던져 버린 태하는 이성을 잃은 눈빛으로 무신을 응시했다.

놀라서 눈을 크게 뜬 무신이 일어서는 태하를 올려다보았다.

“당신 딸이 무슨 생각을 하면서 살았는지 압니까? 지우의 마음이 얼마나 타들어 갔는지, 지금도 얼마나 많은 눈물을 흘리고 혼자 마음 졸이고 있는지 알기는 하냔 말입니다."

"김 사장."

"바라보기만 해도 아까웠던 여자에게 당신은 도대체 무슨 짓을……!"

태하는 분노로 말을 잇지 못했다.

"아무것도 모르고 그저 지우를 원망하고 증오했죠. 그렇게나 원하던 여자였는데 당신 때문에 오랜 세월을 오해하고 간악한 여자라 판단했습니다. 제가 화가 나는 건 바로 그겁니다."

"김 서방, 제발 기분을 좀 풀게."

"도저히 용서가 안 됩니다. 원래 비열한 줄은 알고 있었지만 이렇게 바닥일 줄은……!"

"아니야. 내 말 좀 들어 봐."

사나운 눈동자는 금방이라도 일을 낼 것처럼 일렁였다. 무신은 태하에게 알 수 없는 공포를 느꼈다. 어릴 때부터 봤지만 무신은 태하가 보통이 아니라는 생각을 했다. 생글생글 웃으면서 마치 자신을 꿰뚫어 보고 있는 것처럼 바라볼 때마다 묘하게 기분이 상했다.

그래서 지우가 태하를 언급했을 때 더욱 반대했다. 태하를 사위로 두고 싶은 마음이 눈곱만큼도 없었다. 세월이 흘러 태하와 지우를 결혼시킨 건 100% 대선을 위한 선택이었다. 그래서 그의 말에 반박하기 힘들었다.

"알고 있었어. 두 사람 마음이 생각보다 깊다는 걸. 거기다

지우가 내 말대로 하지 않는 게 못마땅했네. 뭐든지 내 말에 따르던 아이인데 자네 일만큼은 말을 듣지 않았지. 김태주라는 보증된 남자를 두고 자네를 마음에 두는 딸이 미련하다고 생각했어."

"하, 차라리 솔직해서 훨씬 낫군요."

"그런데 결국 지우는 자네를 택했잖은가. 과정이 조금 순탄치 않았지만 이제부터라도 잘 지내면 되니 문제 될 일 아니라고 생각하네."

무신이 내뱉는 말 한마디 한마디가 태하의 심장을 파고들었다. 어릴 때부터 저런 말을 듣고 자란 연지우는 어떤 심정이었을까. 그런 주제에 아버지를 놓지 못하고, 무신이 내미는 손길을 늘 목말라했던 그 여자는 대체.

"당신은 참 쉽군요. 사람을 만나고 헤어지는 것도. 언제든 가지고 놀다 버리면 그만인 장난감처럼."

"장난감이라니. 그렇지 않네. 꼭 사랑해서 결혼하는 게 전부는 아니야. 결혼해서 살다 보면 정이 쌓이고 그러다가 사이가 좋아지는 부부도 있어. 자네도 지금 그렇잖은가."

나름 훈계와 설교를 한다고 내뱉는 무신의 말이 태하는 듣기 힘들었다. 장난감, 말 잘 듣는 인형, 꼭두각시. 이것 말고는 떠오르지 않았다.

"아버지 말씀 전합니다. 이 순간 이후 연무신 의원님에게 들어가는 정치 후원금은 더 이상 없을 거고, 향후 정치 활동에 JK그룹은 어떠한 후원도 하지 않을 것입니다."

“자네 아버지와 난 30년 지기 친구야. 그런 일로 돌아설 사람이 아닐세.”

“친구라면서 김석윤 회장님 성정을 잘 모르시는군요. 아버지는 한 번 눈 밖에 난 사람은 두 번 다시 보지 않습니다.”

그 말에 무신은 그제야 사색이 된 얼굴로 태하를 보았다. 석윤의 그러한 성격을 잘 알고 있었고 평소에도 눈여겨본 점이었다.

“아버지도 제게 들어서 이미 알고 계시고 화가 많이 나신 상태입니다. 지원과는 별개로 의원님의 혼외 자식 건에 관해서는 꼭 답변을 들을 예정이시랍니다.”

“이건 감정적으로 판단할 일이 아니야! 개인사 때문에 대의를 저버릴 순 없네!”

“누구를 위한 대의입니까. 자기 딸 하나도 지켜 주지 못하면서 무슨 대의, 지나가는 개가 웃겠습니다.”

“난 부끄럽지 않게 살아왔네. 그 일 하나를 빼면 늘 양심에 따라 올곧게 법을 지키며 살았어. 불법을 저지르고 용서 못 할 짓을 저지른 자들이 훨씬 더 많아. 난 그런 자들과는 달라.”

태하는 실없는 웃음소리를 내며 고개를 주억거렸다.

“지금껏 그런 식으로 위기를 넘기고 사람들을 회유했겠죠. 그러면 사람들은 쉽게 눈에 보이는 걸 믿었을 테니까요.”

바닥에 피가 뚝뚝 떨어졌다. 태하는 무신이 업무를 보던 책상으로 가서 티슈 한 장을 뽑아 손바닥을 감쌌다. 티슈에 금세 피가 배어났다.

"하지만 결코 아닙니다. 연무신 당신은 아버지로서도, 남자로서도, 남편으로서도, 위정자로서도 실격입니다."

"그럼 자네는 지우가 밖에서 낳아 온 딸이라는 게 온 세상에 퍼졌으면 좋겠나!"

"연세를 드셔서 그런가 자꾸 원인과 결과를 혼동하는데, 연 의원님이 대통령 후보에 나서지 않으면 퍼지지 않을 일입니다."

"김 서방!"

"지우가 걱정되었다면 애초에 조용히 사셨겠죠."

태하는 한숨을 길게 내쉬며 왼손으로 제 머리카락을 쓸어 올렸다. 분노를 넘어선 광기.

"지우의 아버지인 걸 감사하게 생각하십시오. 피도 섞이지 않은 남이었으면 지금 거기서 그렇게 멀쩡한 상태로 앉아 있진 못했을 겁니다."

몸을 휙 돌리고 문가로 가던 태하가 걸음을 멈추었다.

"당신 같은 사람은 대통령이 되어선 안 됩니다."

굳은 얼굴로 사무실을 나와 한 손으로 운전을 했다. 오른손의 상처는 손수건으로 묶어 지혈했지만 유리 파편에 깊게 베였는지 손수건이 붉게 물들었다.

태하는 집으로 향했다. 지우의 얼굴을 봐야 했다. 아니, 보는 게 두렵기도 하지만 이젠 정말 끝을 맺고 싶다. 지긋지긋한 감정에서 벗어나야겠다.

현관문 소리에 지우는 2층 계단에서 내려왔다. 방금 전 성준에게서 전화가 왔는데 올해 연말에 열리는 국내 피아노 콩쿠르에 참가할 거라고 했다. 와서 봐도 좋다고 자신만만해하던 목소리가 귀여워서 지우는 꼭 가겠노라 전했다. 태하가 들으면 좋아할 소식이라 지우는 기쁜 마음으로 계단을 내려오던 참이었다.

"오빠, 성준이가……."

말을 하던 지우는 태하의 오른손을 감은 손수건을 보고 비명을 지르며 제 입을 막았다. 손수건에 맺힌 피를 보고 경악에 찬 눈으로 다가온 지우가 덜덜 떨리는 손으로 태하의 손을 잡았다.

"이게 무슨 일이에요. 괜찮아요?"

아무런 말 없이 무심한 얼굴로 지우를 바라보고 있는 태하의 눈빛에도 그녀는 잔뜩 걱정을 담으며 그를 올려다보았다.

"이게 대체……. 병원으로 가지 왜 집으로 왔어요! 얼른 가요. 내가 운전할게요. 차 키가……."

"연지우, 너."

몸을 돌려 가는 지우를 보던 태하의 입에서 드디어 말이 흘러나왔다.

"혼외 자식이라며."

태하의 말에 지우는 온몸의 피가 굳는 것 같은 기분을 느끼며 발을 멈췄다. 그리고 뒤를 돌았다. 그의 눈빛은 무슨 생각을 하는지 알 수가 없었다. 잔뜩 흐릿한 눈동자는 곧 불어닥칠

폭풍을 암시하는 것 같았다.

"어떻게……."

"한 가지만 묻자. 나를 속이면 네 기분은 나아져?"

오빠, 작게 내뱉은 말은 그에게 닿지 못했다. 너무 놀라고 무서워서 지우는 말이 나오지 않았다.

"죽을 것처럼 고통스러웠으면서 어쩌면 그렇게 아무렇지도 않게 독한 말을 해."

낮은 목소리로 차분하게 말하는 태하가 점점 더 무서웠다. 자신을 보는 그의 눈빛이 일렁였다.

"아버지가 그렇게 두려웠어? 널 버릴까 봐 겁이 났어? 아니면 너도 아버지처럼 더 높은 자리가 필요했어?"

지우가 털썩 바닥에 주저앉았다. 태하가 모든 걸 다 알았다는 사실에 그녀는 피가 마르는 것 같았다.

"언제까지 감출 수 있을 거라 생각했어."

"미안해요."

너무 무서워서 지우의 목소리에 떨림이 그대로 묻어났다. 육안으로도 그녀의 몸이 떨리는 걸 볼 수 있었다.

"정말 미안해요. 그 말밖엔 해 줄 말이 없어요."

"연지우."

"당장 내쳐도 좋아요. 내가 어떻게 얼굴을 들어 볼 수가 있겠어요. 미안하고 또 미안해요."

바닥으로 시선을 떨어뜨리는 지우를 보던 태하의 눈동자가 짙게 그을렸다.

"할 말이 그것뿐이야? 네가 나한테 할 말이 고작 그것뿐이냐고!"

태하의 고함 소리에 지우는 심장이 덜컹 내려앉는 것 같았다.

"왜 나한테 먼저 말하지 않았어! 17년 전도, 네 출생도 모두 비밀로 하고 또 숨기려고. 매번 그렇게! 왜 날 믿지 않아!"

"오빠……."

울컥한 마음에 태하의 목소리도 떨렸다. 지우는 찢어질 듯이 아픈 심장의 진동을 느끼며 눈물을 쏟았다.

"너한테 난 뭐야. 그냥 네 욕정을 푸는 상대야? 쾌락만 주고 기분 좋게 해 주면 그만인 사람이냐고."

"아니에요."

지우는 아픈 눈을 들어 태하를 보았다. 그러다 거실 바닥에 피가 한두 방울 떨어지는 걸 보고 기겁을 하며 다가왔다.

"일단 병원으로 가요. 치료하고 그 뒤에 다시……."

"언제까지 외면할래!"

"오빠."

"이번에도 피할 생각이야? 넌 날 왜 이렇게 비참하게 만들어!"

고함 소리에 지우는 태하의 옷자락을 붙들었다. 쏟아지는 눈물만큼 눈동자가 흔들렸다.

"그럼 어떡해……. 난 근본도 없는 여자의 딸이고, 아버지는 날 사랑하지 않는데. 내 부끄러운 과거를 오빠에게 어떻게 말해.”

그녀의 목소리가 아프게 흘러나왔다. 물기가 섞인 음성은 처절했다.

“연지우.”

“고아가 되거나 평생 술집에서 살 뻔했는데, 그래도 아버지가 거둬 줘서 좋은 집에서 어머니 사랑받고, 피아노도 칠 수 있었어. 오빠는 모를 거야. 그게 얼마나 절박하고 간절한지.”

지우는 눈물이 가득 고인 눈을 들어 태하를 보았다. 파르르 떨리는 입술과 눈동자에 눈물을 머금었다.

“나 때문에 누군가 다치는 게 싫어. 오빠가 나 때문에 이상한 소문이 나는 것도 싫고, 나 때문에 사람들의 왜곡된 시선을…….”

와락. 태하가 지우를 끌어안았다. 왼팔로 그녀를 품에 안았다. 그러자 지우의 눈가에 고여 있던 눈물이 꼬리를 타고 내려왔다.

“그래도 말했어야지. 그 정도도 감당 못 할 거였으면 애초에 널 마음에 품지도 않았어.”

“오빠.”

“한 번만 믿어 보지. 조금 무서워도 기다려 보지.”

미안해, 작은 목소리가 품에서 흘러나왔다. 그리고 떨리는 그녀의 몸이 작게만 느껴졌다. 그녀의 눈물에 태하는 심장이 찢어질 것 같은 아픔을 느꼈다.

“아니야. 내가 미안해. 너에 대해 잘 모르면서 안다고 착각했어. 네가 어떤 마음으로 날 바라봤는지, 어떤 환경에서 자랐는지 하나도 몰랐으면서 내 감정만 내세웠어."

태하는 지우를 힘주어 안았다.

"얼마나 외로웠니. 혼자서 감당하려고 얼마나 애를 썼어."

태하의 말에 지우는 마침내 참았던 울음이 터졌다. 그의 품에서 하염없이 울었다. 그동안 들킬까 봐 마음 졸였던 것, 그를 배신하며 내내 괴로워했던 것 등이 떠올라 눈물을 그칠 수가 없었다.

"네가 그런 여자가 아닌 걸 잘 알면서 그저 보이는 대로 행동했어. 나야말로 그런 인간이었어. 널 믿지 못했나 봐."

지우는 태하의 품에서 연신 고개를 저으며 오열했다.

"내가…… 믿음을 주지 못한 거야. 내가……."

목소리에 점차 힘이 빠지더니 지우의 어깨에 축 늘어뜨린 태하의 몸이 느껴지자 그제야 지우가 얼굴을 들어 그를 보았다. 몸에 힘이 하나도 들어가지 않았다. 눈을 감고 그녀의 어깨에 기댄 태하를 보자 그제야 지우는 그가 피를 많이 흘렸다는 것을 깨달았다.

"오빠. 정신 차려 봐. 오빠!"

등골이 오싹해지며 전신에 피가 거꾸로 솟았다. 지우는 쓰러지는 그를 소리쳐 불렀다.

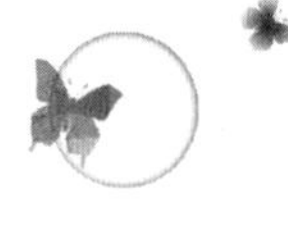

12

사랑의 꿈

수액이 태하의 손등으로 들어가자 간호사가 양을 조절했다. 옆에서 지켜보고 있던 지우는 꿰맨 뒤 붕대로 감긴 태하의 오른손을 보았다. 최 박사는 태하의 혈압을 재고 다시 풀며 가방 안에 넣었다.

"혈압은 정상입니다. 피를 좀 많이 흘린 상태라 쇼크가 올 뻔했는데 다행히 안정을 찾은 것 같아요."

"정말 감사해요."

태하가 쓰러지자 어쩔 줄 모르던 지우는 태주에게 전화를 걸었다. 소식을 들은 그는 최 박사를 보냈고 곧 가겠다고 말했다. 최 박사는 같이 온 의사와 태하를 침실로 옮겼고 유리에 깊게 파인 오른손의 상처를 봉합했다.

"앞으로 이런 일들이 종종 있을지 모르니 주치의 연락처는 저장해 두세요."

"네. 조심해서 가세요."

대문 앞까지 따라 나간 지우는 다시 침실로 들어왔다. 몸을 떨며 숨을 죽이던 지우는 그제야 숨을 길게 내쉬었다. 그리고 침대로 다가가 걸터앉았다.

태하가 쓰러질 때는 땅이 꺼지는 것처럼 아득해지고 무서웠는데 지금은 걱정이 되었다. 모든 걸 다 알게 된 그가 자신을 차갑게 내칠 줄 알았는데.

아까는 정신이 없어서 느낄 겨를이 없었는데 사실을 알게 된 그가 얼마나 암담하고 깊이 상처 받았을까 마음이 아팠다. 온몸이 바늘에 찔린 것처럼 시렸다.

손이 왜 이렇게 되었는지 물을 새도 없었지만 알 것 같았다. 왜 전화를 안 받느냐며 윤주에게서 뒤늦게 전화가 왔고 자신이 전부 말했다고 이야기했다. 지우가 괴로워하는 걸 더는 두고 보지 못하겠다면서. 아마 네 아버지에게 찾아갔을지도 모른다고 말했다.

무신에게 전화하고 싶었지만 지우는 어떻게 말을 해야 할지 몰라 걸지 못했다. 잘못하면 여태 쌓아 왔던 그의 커리어를 한순간에 무너뜨릴 상황이었다. 또, 자신에게 화를 내며 분노할 아버지 목소리를 듣는 게 힘들었다.

인터폰이 울려 생각에서 깨어난 지우는 침실을 나갔다. 김석윤 회장과 태주가 화면에 보였다. 지우는 가슴을 쓸어내리며 숨을 길게 내쉬었다. 태하가 이해한다고 해서 석윤까지 마찬가지인 건 아니었다.

그들이 안으로 들어올 때까지 조마조마한 마음으로 기다리던 지우는 현관문이 열리고 안으로 들어서는 석윤을 보자 심장이 철렁 내려앉았다. 그를 본 이래 가장 차갑고 서늘한 눈빛이었다. 안으로 들어온 석윤은 한동안 고개를 푹 숙이고 서 있는 지우를 보더니 침실로 향했다. 뒤이어 들어오는 태주도 말없이 석윤을 따랐다.

후우, 숨을 길게 내쉬며 그들을 따라 들어가는 지우는 연이은 상황에 심장이 벌렁거렸다. 긴장된 탓인지 아랫배가 알싸하니 아팠다.

석윤과 태주는 태하를 보며 말없이 서 있었다. 그들의 시선이 태하의 오른손에 가 있었다.

“이 자식은 나이가 들었는데도 여태 경각심이 없어. 지가 아직도 질풍노도 사춘기인 줄 알아.”

석윤의 한숨 섞인 목소리에 태주도 가만히 고개를 끄덕였다.

“최 박사님이 출혈에 비해서는 찢어진 강도가 깊지 않다고 하셨어요. 피부 조직이 손상되었을까 봐 걱정했는데 다행이에요. 며칠 쉬면 괜찮아질 것 같으니 걱정 마세요.”

“그래야겠지. 회사엔 휴가로 처리해. 괜히 다쳤다는 말 나오지 않게.”

“네.”

한동안 태하를 바라보던 석윤은 몸을 돌리고 문가에 서 있는 지우를 보았다. 그녀는 얼굴도 못 들고 고개를 숙이고 있었다.

"할 말 있지 않니."

"죄송합니다."

지우는 두려운 눈으로 석윤을 올려다보았다. 진심으로 아껴주고 친아버지처럼 잘해 주었던 분을 배신했다는 생각에 지우는 가슴이 미어졌다.

"정말 죄송해요."

"뭐가 죄송하단 말이냐. 네가 혼외 자식인 걸 말하는 거냐, 아니면 태하와 계약 결혼을 한 걸 말하는 거냐."

지우의 눈동자가 커지며 흔들렸다.

"아, 아버님. 전……."

너무 무서워 말도 제대로 나오지 않았다. 가슴이 답답해지고 눈앞이 캄캄해졌다. 한 번 눈 밖에 난 사람은 두 번 보지 않는 석윤을 잘 알고 있는 터라 지우는 절로 심장이 내려앉았다.

"어떤 벌을 내리든 달게 받을게요. 가족들을 기만하고 거짓으로 대한 건 어떤 말로도 용서를 구할 수 없어요. 죄송하고 송구스러운 마음뿐이에요. 죄송합니다."

"그래. 난 네가 정말 예뻤어. 그래서 더 잘해 줬고 신경 썼다. 이런 식으로 뒤통수 맞을 줄은 몰랐지만 사실 난 네가 혼외 자식인 건 상관없다. 그건 네 의도와는 무관한 거니까 네 책임이 아니지."

"죄송해요."

"하지만 계약 결혼 문제는 다른 이야기야. 네 책임이다."

두려운 마음에 눈물도 떨어지지 않던 지우는 책임이라는 말에 눈시울이 붉어졌다. 그래서 고개를 끄덕였다.

"마음 같아선 여기 있는 김태주랑 김태하까지 싹 다 묶어서 내다 버리고 싶어. 다 알고 있었으면서 감쪽같이 숨긴 너희들 모두 용서하기 힘들다."

지우는 덜덜 떨리는 몸을 애써 다잡으며 있는 힘을 다해 버텼다.

"그래서 내년엔 이혼할 생각이었냐. 네 아버지 대선만 끝나면 미련 없이 도장 찍을 생각이었어!"

"아버님."

"사업적으로 만난 전략적 결혼이라도 이혼은 쉽게 꺼내는 거 아니다. 그런데 너희들은 이혼을 동네 아이 부르듯 쉽게 말하는구나. 결혼이 장난이야!"

한 번도 고함을 지른 적이 없던 석윤이 화를 내자 지우는 눈물을 뚝뚝 흘렸다. 그의 말이 전부 맞아서 할 말이 없었다. 석윤은 한동안 분노를 가라앉히려는 듯 숨을 길게 내쉬었다.

"기회를 주마. 선택해라. 네 아버지를 선택할지, 아니면 네 남자를 선택할지."

지우는 그렁그렁 눈물이 맺힌 눈으로 석윤을 올려다보았다.

"네 아버지에게 그 어떤 후원도 하지 않을 거다. JK그룹은 이 순간 이후부터 연무신을 인정하지 않을 거야. 그렇다는 건 너와 네 아버지를 보호하지 않을 거라는 말이다."

"아, 아버님."

"연무신이야 그동안 쌓아 온 인맥으로 어떻게든 버티겠지만 넌 다를 거다. 후폭풍은 감당해야지. 내 아들을 가지고 장난쳤으면 그 정도는 감당해라."

지우는 아무 말도 못 하고 고개만 끄덕였다.

"태하를 택한다면 그동안의 모든 일을 덮고 소문도 나지 않게 막아 줄 거야. 대신 네 아버지와의 인연을 끊어라. 나는 더 이상 네 아버지를 받아 줄 수 없으니 네가 우리 집안사람으로 남고 싶으면 연무신을 버려."

놀란 얼굴로 바라보는 지우를 보던 석윤은 성큼성큼 걸어 침실 문을 열었다.

"이번 주 내로 답해 주길 바란다. 네 생모가 상대 캠프에 터트릴 것 같으니 그전에 생각 정리해. 그래야 우리 쪽도 대비할 수 있으니까."

미련 없이 나가 버린 석윤의 등을 보던 지우의 볼을 타고 눈물이 흘러내렸다. 가까이 다가온 태주는 한숨을 내쉬며 그녀의 어깨를 톡톡 두드렸다.

"아버지가 지금은 화가 많이 나셨어. 그건 비단 이번 일뿐만이 아니라 예전 내 일까지 알게 되셔서 그런 거니까 자책할 거 없어. 나도 아버지를 최대한 진정시켜 볼게. 지우, 넌 태하 깨어나는 거 잘 지켜보고 마음 단단히 해. 네가 무너지면 안 돼."

"정말 죄송해요. 그때도 지금도…… 죄송할 일만……."

"오늘까지만 지우라고 부를게. 지우야, 그동안 연 의원님 뜻에 따라 사느라 힘들었잖아. 아버지가 선택지를 주셨지만 내 생각은 달라. 이제라도 네 생각대로 해. 그게 제일 중요해. 아버지 뜻도, 연 의원님 뜻도, 태하 뜻도 아닌 네 뜻대로."

태주는 손으로 얼굴을 가리고 눈물을 흘리는 지우를 안타까운 눈으로 바라보다가 침실을 나갔다.

뒤늦게 그가 나갔다는 걸 깨닫고 밖으로 나갔지만 석윤과 태주는 이미 가고 없었다. 배가 점점 더 욱신거렸다. 지우는 배를 움켜쥐며 숨을 길게 내쉬었다.

하루를 꼬박 잠들어 있던 태하가 눈을 뜨고 주변을 훑었다. 오른손의 이물감에 팔을 들어 보니 손이 붕대로 감겨 있었다. 눈을 돌려 보던 태하는 왼편에 앉아 자신을 내려다보고 있는 지우와 눈이 마주쳤다.

"깼어요?"

그녀를 보자 태하는 정신을 잃기 전 나눴던 대화가 생각났다. 왼팔을 들어 가만히 지우의 얼굴에 손을 댔다. 제 얼굴에 닿은 태하의 손을 맞잡은 지우는 눈을 꼭 감고 손바닥에 입을 맞췄다.

"울지 마."

눈물이 그렁그렁 맺힌 지우의 눈가를 손가락으로 훑은 태하는 그녀의 머리카락을 쓰다듬었다.

"죽었다 살아난 것도 아닌데 울긴."

"아프진 않아요?"

"아파."

태하는 지우의 뺨을 어루만졌다.

"마음이."

지우의 눈동자가 흔들렸다.

"그런데 신기해. 내내 가슴을 짓누르던 답답함은 이제 사라졌어. 신기루처럼 말끔히."

"미안해요."

"또 미안하다고 하네."

"오빠, 난 말이에요."

"이리 와."

손을 아래로 내려 지우의 손을 잡아당긴 태하는 품 안으로 들어오는 지우의 목덜미를 둘러안았다.

"한숨도 못 잔 것 같은데 같이 자자."

태하는 옆으로 몸을 옮겨 공간을 만들었다. 지우는 고개를 끄덕이고 옆에 나란히 누워 그의 토닥이는 손길을 느꼈다.

"가끔 생각해 보면 귀한 보물을 갖기 위한 여정이 아니었나 생각해. 원래 갖고 싶은 건 쉽게 얻어지는 게 아니잖아."

"난 보물이 아니에요. 아무것도 아니야."

"그러기엔 너무 아름다워."

지우의 머리카락을 앞으로 끌어와 살짝 입을 맞춘 태하가 눈을 들어 그녀를 보았다. 따뜻하고 애절한 눈빛에 그녀는 또 가슴이 시큰거렸다.

“네가 하고 싶은 대로 해. 연 의원도, 나도, 네가 결정해.”

태하는 다 알고 있었다. 놀란 눈으로 바라보는 지우를 보고 그가 부드럽게 웃었다.

“아버님 말씀 다 들었어요?”

“집에 오기 전에 아버지랑 통화했어. 화가 나셨기에 내가 말했거든. 그러게 왜 어린아이를 급하게 정혼시키셨냐고. 아무리 연지우가 탐났어도 가치관도 성립하지 않은 아이를 짝지어야 했냐고 뭐라고 했거든.”

“그러지 말아요. 내가 잘못한 거예요. 아버님 탓이 아닌 거 알잖아요.”

지우는 태하에게서 시선을 돌리며 옅은 숨을 내쉬었다.

“아버님은 좋은 의도로 그러신 건데, 아버지와의 우정을 한 번도 의심하지 않고 받아들인 것뿐이에요. 난 한 번도 아버님을 원망한 적 없어요. 내게 얼마나 잘해 주셨는데요.”

“나도 집에 도착하기 전엔 그 사람을 절대 용서할 생각 없었는데, 네 얼굴 보고 나니 그건 또 무슨 막장인가 하는 생각이 들더라.”

“오빠.”

“상처 받은 건 넌데 내가 무슨 자격으로 용서하고 말고 해. 정말 용서받아야 할 사람은 넌데.”

눈물이 핑 돌았다. 간신히 참았던 눈물샘이 다시 흔들렸다.

“이제는 진짜 네가 원하는 대로 살아. 그게 뭐든, 온전히 네가 선택해.”

파르르 떨리던 입가가 무너지며 지우가 눈물을 쏟았다. 그의 품에서 또다시 펑펑 울었다.

에구, 머리를 쓰다듬으며 다독이는 태하의 눈가에도 눈물이 맺혔다.

"오빠가 잠들어 있을 때 하루 꼬박 생각했어요. 어떻게 하는 게 진짜 내가 원하는 건지. 내 뜻대로 선택을 해 본 적이 없어서. 그래서 이 선택이 맞는지도 잘 모르겠어요."

"괜찮아. 어떤 것이든 다 괜찮아."

"만약 내가 이혼하자고 하면 어떡하려고요?"

"그럼 해야지, 뭐. 그게 네 선택이라면 받아들여야지."

잠시 말없이 태하를 바라보던 지우는 살짝 고개를 끄덕였다.

"사실은 내내 망설였는데 이젠 결심이 서요. 기회를 얻었으니까. 이 기회를 또다시 고민하고 어리석게 버리진 않을 거예요."

"그래. 난 네 결정을 전적으로 존중해."

"오빠, 내가 참 많이 사랑해요."

태하는 지우를 끌어 품에 안았다. 그녀의 목소리가 심장을 울렸다.

"응."

잠이 들었다가 깼을 땐 다시 날이 밝아 있었다. 두 사람 다 오랫동안 숙면을 취했다. 긴장이 풀려서 그런지 지우는 좀처럼 일어나지 못했다. 태하는 몸을 일으켜 침실을 나왔다.

내내 낯선 기분에 휩싸였다. 죽일 듯이 미워하던 여자와 사랑을 나누고 점차 친해졌음에도 어딘지 깔끔하지 않은 감정 때문에 온전히 마음을 살필 수 없었다. 하지만 지금은 온종일 두근거렸다. 그녀의 생각과 마음을 전부 가졌다고 생각해서인지, 드디어 오해가 풀려서인지 태하는 새신랑이 된 느낌이었다.

오래전부터 서로를 바라보고 있던 그 기억이 거짓이 아닌 아련한 추억이었고, 지우가 용기를 내어 다가와 준 것도 새삼 그를 설레게 만들었다. 그녀의 마음속이 김태하로 가득 찼다는 생각에 가슴이 찡했다.

벅찬 감정과 동시에 그녀에게 잘 보이고 싶은 마음이 간절해졌다. 조금이라도 밉보이면 이혼하자고 할 것 같아 말 한마디 내뱉는 것도 조심스러웠다. 그냥 평소처럼 대해도 전혀 문제없는데 그는 지금, 지우가 머무는 런던 숙소 아래에서 밤을 새우던 열여덟 살로 돌아가 있었다.

"일단, 밥을 하자."

자주 쓰는 손을 다치는 건 불편한 일이었다. 꿰맨 손바닥이 아물지 않아 한 손으로 쌀을 씻다 보니 동작이 더뎌졌다.

"뭐 해요?"

부엌 입구에서 자신을 바라보고 서 있는 지우가 눈을 동그랗게 뜨며 물었다.

“깼어?”

태하가 급히 뒤를 돌아 지우를 봤다. 그녀를 보자 심장이 다시 미친 듯이 뛰기 시작했다.

“더 자. 박 집사님도 안 계시니까 내가 요리해 주려고.”

빤히 바라보던 지우가 살며시 웃으며 다가왔다.

“마음은 고마운데 손에 물 닿으면 안 돼요. 오빠는 여기 앉아 있어요.”

겨우 전기밥솥에 쌀을 얹은 태하는 지우의 손에 이끌려 의자에 앉았다. 원대한 계획은 아니지만 그녀를 기쁘게 해 주려고 한 계획이 실패로 돌아가자 태하는 김이 빠졌다. 마주 보고 앉은 지우는 식탁에 팔을 올려놓고 그에게 몸을 기울였다.

“내가 다 해 줄 거예요. 씻는 거, 입는 거, 먹는 거 다.”

“나 반신불수 아니거든?”

태하의 말에 지우가 입꼬리를 올리며 웃었다. 그 모습에 또 심장이 쿵.

“손 나을 때까지만이에요.”

“얼른 실밥을 풀든가 해야지. 겨우 한 손 다친 건데.”

“그래서 내가 해 주는 게 싫다는 말인가요?”

“아니, 그렇다는 게 아니라…….”

지우는 싱긋 웃으며 톡톡 손뼉을 쳤다.

“우선 밥부터. 뭐 먹고 싶어요?”

“할 수 있는 요리 있어?”

"김치볶음밥은 할 줄 알아요. 좋아해요?"

태하도 식탁 가까이 몸을 기울이고 지우를 마주 보았다.

"네가 해 주는 건 다 좋아."

"그럼 샌드위치는 어때요?"

태하가 피식 웃었다.

"그것도 좋고."

눈빛이 달라졌다. 조금씩 그의 마음이 바뀌고 있다는 건 느꼈지만 지금은 확실히 알 수 있었다. 이 사람이 진심을 다해 바라보고 있다는 걸. 지우는 심장의 진동을 느끼며 마주 보고 웃었다.

지우가 요리하는 동안 태하는 앉아서 바라봤다. 요리를 많이 해 보지 않은 티가 고스란히 났다. 양파 하나를 써는데도 온 신경을 기울였다. 그런 데다가 태하가 뒤에서 지켜보고 있자 더욱 긴장됐다. 한껏 움츠러든 채로 김치를 잘랐다. 간단한 칼질도 쇠심줄을 끊어 내듯 힘겨웠다.

"그, 칼을 좀 길게 잡아. 그리고 한 손은 김치를 잘 붙들고."

네, 건성으로 대답하며 칼질에 신중을 기하던 지우는 결국 손을 베이고 말았다. 아얏, 황급히 다가온 태하가 지우의 손을 가져갔다. 그리고 제 입술로 빨아들였다. 얼굴이 붉어진 지우가 그의 입속에 들어간 손가락을 뺐다. 입술 안이 뜨거웠다.

"불안해. 넌 손이 생명이잖아. 있어 봐."

태하는 거실로 나가더니 잠시 후에 밴드를 가지고 돌아왔다. 손가락에 붙여 주면서도 힐끔 보았다.

"시작했으니까 끝을 볼 거예요. 걱정 말고 앉아 있어요."

태하는 불신이 가득한 얼굴로 고개를 살짝 끄덕였다. 지우는 다시 숨을 길게 내쉬며 요리를 재개했다. 알맞은 크기로 썬 김치와 양파, 햄 등을 프라이팬에 넣었다. 중간 중간 휴대폰에 뜬 레시피를 보며 바쁘게 움직이는 지우를 보는 태하의 입꼬리가 올라갔다.

"오늘 안에 먹을 수 있는 거지?"

그럼요, 라고 말해야 하는데 대답하지 못했다. 이미 낮 2시를 한참 넘었고, 재료 손질만 끝났지 본격적인 건 시작도 하지 못했다.

"아, 설탕 조금 넣어야지."

이리저리 찬장을 열며 양념통을 찾던 지우를 보고 태하가 다가왔다.

"머리 조심."

다친 손으로 그녀의 머리를 감싸 안으며 위 칸의 찬장을 열었다. 그리고 양념통 중에 '설탕'이라고 쓰여 있는 통을 꺼냈다. 갑자기 다가온 태하가 자신의 머리를 손으로 감아 지키자 그녀의 가슴이 쿵쿵 뛰었다. 태하가 양념통을 건네자 지우는 붉어진 얼굴로 받았다.

"고마워요."

이제는 가지 않고 아예 벽에 기대서서 바라보고 있는 태하가 신경 쓰여 지우는 등허리에 땀이 흘렀다.

"의자에 앉아 있으면 안 될까요? 집중이 안 돼요."

"불안해서 앉아 있을 수가 없다."

치, 지우는 그를 살짝 흘겨보며 설탕을 살살 뿌려 김치와 재료들을 들기름에 볶았다. 그래도 한참 볶아 재료들이 익기 시작하니 나름 고소하고 맛있는 냄새가 났다.

"맛있겠죠?"

지우가 활짝 웃으며 태하를 바라봤다. 아까부터 그녀를 뚫어지게 바라보고 있는 시선이 신경 쓰여 지우는 일부러 더 활기차게 말했다.

"그래."

"왜 자꾸 봐요."

지우가 마침내 그의 눈을 마주 보았다.

"예뻐서."

슬쩍 웃음을 흘리던 지우가 다가와 그의 뺨에 가볍게 입을 맞췄다. 태하는 이제 지우의 허리를 안으며 그녀의 어깨에 턱을 갖다 댔다.

"예쁜 내 아내."

지우가 살짝 고개를 돌려 이번엔 그의 입술에 입을 맞췄다.

한참 볶으니 김치가 먹음직스럽게 익었다.

"자, 이제 밥만 넣으면 끝."

밥솥으로 가려면 태하가 안은 팔을 풀어 주어야 했다.

"좀 놔요."

"못된 놈인 나를 선택해 주고 계약서까지 쓰면서 붙잡아 줘서 고마워."

태하는 그녀를 더욱 꼭 안으며 얼굴을 지우의 어깨에 묻었다. 어쩐지 그의 목소리가 떨리는 것 같았다. 지우는 가만히 서서 태하의 목소리를 들었다.

"내 모진 말 듣고도 다가와 줘서, 한주희 때문에 속상했을 텐데 참아 줘서."

"내가 오빠를 붙들 수 있었던 게 뭐 때문인지 알아요?"

지우가 몸을 돌려 그를 마주 보았다. 가까이 다가온 얼굴을 두 손으로 잡아 눈을 마주했다.

"다른 여자들에게 잘해 주지 않았거든요."

부드럽게 눈웃음을 지으며 입술 바로 앞까지 다가온 그녀가 사르르 눈을 감았다.

"얼마나 많은 여자를 만났는지는 중요하지 않아요. 진심이 아니었으니까."

태하는 고집스레 입을 맞추지 않고 버텼다. 그래서 지우가 먼저 그의 목에 팔을 감고 가슴을 부딪쳤다.

"그것도 결국엔 내가 상처를 줘서 그렇게 변한 건데, 난 오빠가 한 여자에게 정착하지 않고 방황하길 내심 바랐어요. 진짜 못됐죠? 그러니까……."

"밥은 이따 먹자."

태하의 잠긴 목소리에 그녀의 눈시울이 붉어졌다. 지우가 먼저 입술을 부딪쳤다. 그는 인덕션 불을 끄고, 그녀의 허리를 휘어 감았다.

"너부터."

그 말이 끝나기가 무섭게 태하는 지우의 입술을 탐했다. 참았던 욕망과 간절한 소망, 오랜 시간 가슴속에 가둬 둔 진심이 그의 손길에 묻어났다.

태하는 침대 위에 지우를 눕히고 위에서 바라보았다.

“한 손으로 괜찮겠어요?”

가만히 묻는 지우의 목소리에 태하가 입꼬리를 올렸다.

“충분하지.”

태하는 한 손을 지우의 셔츠 안으로 살며시 밀어 넣었다. 입술을 맞부딪치는 와중에 안으로 넣은 손은 그녀의 물컹한 가슴을 움켜쥐었다가 살살 돌렸다.

“넌 가슴이 참 예뻐.”

손길에 금세 눈빛이 풀어진 지우가 귓가에 속삭이는 태하의 목소리를 흘려들었다. 한 손으로 셔츠와 속옷을 한번에 위로 올려 벗긴 태하는 눈처럼 희고 고운 피부를 잠시 바라보았다.

“넌 몸도 참 예뻐.”

귓가에 속삭이던 입술이 그녀의 목덜미를 타고 내려오며 어깨와 쇄골에 자국을 남겼다. 매끄러운 살결과 달콤한 체향이 그의 눈동자를 흐리게 만들었다. 왼손으로 젖가슴을 매만지며 입술로 나머지 한쪽 가슴을 희롱했다. 혀끝으로 유실을 건드리고 뾰족 솟아오른 끝을 잘근잘근 씹어 부풀리게 만들었다.

지우의 입에서 나오는 신음 소리가 침실을 울렸다. 그녀는 가벼운 터치에도 자지러지며 몸을 부르르 떨었다. 이렇게 조금 더 진한 손길이 닿으면 그녀는 시트를 움켜쥐며 눈물을 흘렸다. 배꼽 아래의 옷가지도 어느새 그의 손에 벗겨져 사라진 지 오래였다. 가느다란 다리와 신비로운 여성의 중심을 눈으로 보던 태하는 입술을 내려 그녀의 아랫배를 핥았다.

"나도 널 갖고 싶었어. 이 작은 몸에 날 박아 놓고 온종일 흔들고 싶었다고."

아랫배를 지분대던 그가 검은 수풀을 헤집으며 보드라운 음핵으로 잠입했다. 태하가 이동할 때마다 지우는 한층 더 짙은 숨소리와 떨림으로 고개를 연신 내저었다.

"네 안은 어떨까. 안도 너처럼 예쁠까. 날 얼마나 받아들일까."

벌써 따뜻한 액체를 내뿜는 지우를 만족스럽게 바라보던 태하는 허벅지 안쪽부터 발끝까지 입술을 쉬지 않고 핥았다.

"전부 다 빨아들일 거야. 네 몸에 있는 건 모두."

오빠, 그 말밖에 내뱉지 못하던 지우가 시작도 전에 절정을 맛보고 축 늘어졌다.

"안 돼. 난 아직 시작도 못 했다고."

눈물을 흘리며 풀어진 눈동자로 고개를 끄덕이는 지우가 너무 예뻤다. 그녀는 어떤 상황이든 참고 기다리는 해바라기 같았다. 태하가 오기만을 기다리는 꽃. 영혼까지 사랑스러운 내 아내. 피아노 선율마저 야릇한 내 여신. 달콤한 향기를 내뿜는 내 히아신스.

지우의 다리 사이로 태하는 잔뜩 성을 내는 제 것을 집어넣었다. 파르르 떨리는 살갗과 촉촉이 젖은 그녀의 내벽이 태하를 부드럽게 감쌌다. 자신을 열렬히 환호하며 맞이하는 지우의 안이 배고프고 굶주린 사내의 욕정을 부추겼다.

좁은 길과 압박하는 강도, 모든 것이 딱 맞아떨어지는 찰떡궁합. 다만 아쉬운 건 자꾸만 그녀를 울린다는 것.

"좋은데 왜 우는지 모르겠어."

말도 못 하고 쾌락을 그대로 받아들이는 지우의 얼굴이 너무나 예뻤다. 발그레한 살결에 촉촉한 입술과 젖은 눈빛, 핑크빛 입술 사이로 흘러나오는 야한 음성이 그를 멈추지 못하게 했다. 사정감 따위가 중요한 게 아니었다. 죽는 한이 있더라도 그녀를 미친 듯이 흡입하고 모두 정복해야 속이 시원할 것 같았다.

안으로 깊이 넣을 때면 자석이 붙는 것처럼 착 달라붙었다. 잠깐 멀어지면 허전함에 안달이 났다. 출렁이는 예쁜 가슴을 입안에 넣어 물고 빨며 그녀를 정복해 나갔다. 매번 그녀와의 관계는 이렇게 오래도록 끝나지 못하고 아쉬움에 끝을 맺지 못했다. 그녀가 힘들 걸 알면서도 태하는 멈추지 못했다.

"큰일이야. 매번 네 앞에선 이성이 멈춰 버려. 미친놈이 돼."

결국 김치볶음밥은 저녁이 되어서야 맛을 보았다. 오래도록 사랑의 여운을 느끼며 침대에서 머물던 태하는 배고프다는 지우의 말에 겨우 침실을 나왔다.

지우는 재료를 데우고 밥을 넣어 볶다가 김 가루까지 솔솔

뿌린 볶음밥을 접시에 담아 식탁에 놓았다.

"그럴싸하네."

"맛도 완벽했으면 좋겠다."

어느새 두 사람의 입가엔 시시각각 미소가 피어났다. 바라보고만 있어도 괜스레 웃음이 났다. 옆에 앉아 손수 숟가락으로 떠서 그의 입속에 넣어 준 지우는 맛 평가를 기다렸다.

"완벽까진 아니지만 먹을 만해."

지우도 한입 떠서 먹었다.

"그래도 요리는 내가 해 줄게."

"왜요?"

"내가 더 잘하니까."

왠지 못마땅했지만 맞는 말이라 지우도 고개를 끄덕였다.

"손 다 나으면 해 줘요. 그때까진 맛없는 내 요리 먹고."

"네 요리가 맛없다는 건 아냐. 단지 내 요리가 더 낫다는 거지."

"얄미워."

지우는 눈을 흘기며 새침하게 눈꼬리를 내렸다. 태하는 그녀의 머리카락을 흐트러뜨리며 짧은 입맞춤을 했다.

그 뒤로도 지우는 계속 그의 입속에 밥을 넣어줬다. 한 손은 쓸 수 있는데도 굳이 그녀가 모든 걸 해 주었다.

지우가 설거지하는 동안 전화를 받은 태하의 안색이 살짝 굳었다. 마침 설거지를 하고 나온 지우가 거실 소파에 앉아 있는 그의 옆으로 왔다.

"네. 알겠습니다."

전화를 끊은 태하는 지우를 바라봤다.

"무슨 일이에요?"

"고화연 씨가 상대 후보에게 폭로했나 봐. 최근에 계속 고화연 씨를 지켜보고 있었거든. 결국 일을 저지른 것 같다."

"그 사람을 알고 있었어요?"

"우리 집에 찾아왔었어. 박 집사님 병원에 실려 간 날."

지우는 놀란 눈으로 태하를 올려다보았다. 꽤 오래전부터 알고 있었는데 여태 물어보지 않고 기다려 줬다는 생각에 그녀는 괜스레 마음이 아팠다.

"그럼 그 사람이 나한테 찾아오지 않은 것도……."

"너한테 가는 건 철저히 감시했거든. 아마 경호원들에게 막혀서 접근 자체가 불가했을 거야."

"난 전혀 못 느꼈어요."

그가 또 입을 맞추곤 씩 웃었다.

"당연하지. 우렁 각시는 원래 그런 거거든."

"우렁 각시?"

살포시 웃던 지우의 눈빛이 곧 흐릿하게 변했다. 수치스러운 일을 모두 드러내고도 괜찮을 수 있는 것이 신기했지만, 밑바닥을 보여 주어 그가 전부 알게 된 것은 매우 부끄러웠다.

"끝까지 기대를 저버리지 않고 일을 벌이네요. 그 사람은 정말 상식과 기본이 통하지 않아요."

"네 생모인 것과는 별개로 법적인 조치를 취할 예정이야.

혹시 넌 다른 의견이라면 말해도 좋아."

고개를 가로저은 지우는 소파에 몸을 기댔다.

"핏줄의 정이 있느냐는 질문이라면, 내 대답은 절대 아니라는 거예요. 그 사람은 나와 아무 관련 없고 내 어머니도 아니에요. 그렇게 생각해요. 우리 어머니가 직접 아이를 낳을 수 없어서 신이 타인의 몸을 빌려 생명을 내려 준 거라고."

"그렇게 생각해?"

"내 어머니는 영원히 한 분이고, 지금은 박 집사님이 그 자리를 대신하고 있어요."

"네 생각이 그렇다면 나도 주저할 필요가 없겠네. 고화연 씨 문제는 절차에 따라 해결할게."

고개를 끄덕이는 지우는 또다시 찌릿한 아픔에 아랫배를 움켜쥐었다. 스트레스인지 아랫배가 자주 아파 왔다. 태하와 즐거운 시간을 보낼 땐 느낄 수 없는데 조금만 신경을 쓰면 속이 울렁거리며 몸살처럼 기운이 빠졌다.

아랫배를 쓸며 미간을 찌푸리는 지우를 보던 태하가 곧장 그녀를 안아 들고 침실로 갔다.

"스트레스야, 그거. 내가 너라도 탈이 났을 거다."

지우는 침대에 눕히고 굳이 일어나지 못하게 어깨를 누르는 태하를 올려보다가 포기하고 베개에 머리를 기댔다.

"이상하네요. 푹 잤는데도 피곤해요. 잔뜩 긴장하고 고민하던 일이 정리되어서 그런가."

지우는 잔잔한 미소를 지었다.

"오빠에게 다 털어놓고 나니까 마음이 편안해져서 그런가 봐요."

"많이 잔다고 뭐라고 안 할 테니까 푹 쉬어."

이마를 쓸어 넘겨 주는 그의 손길에 지우는 금세 잠이 들었다.

지우의 하루는 태하의 곁을 지키고 도와주는 것으로 시작했다. 음식도 먹여 주고, 대신 씻겨 주고 옷을 입혀 줬다. 단지 오른손이 불편할 뿐인데 지우는 하나부터 열까지 모든 걸 도와주었다. 보다 못한 태하가 할 일을 줘도 그녀는 어느 틈에 옆에 와서 대기하고 있었다.

"난 아내를 원하지 보모를 원한 게 아니라고."

나름 목소리를 낮게 깔고 말해도 지우는 이제 표정에 변화가 없었다. 그의 말이 전혀 위협적이지 않았다. 싱긋 웃고 또다시 바쁘게 움직이며 슈트와 넥타이도 직접 골라 주었다.

"잠깐만요. 타이는 한 손으로 할 수 없잖아요."

뭔가 신이 난 것 같다. 지우는 지금 뭔가 붕 뜬 것처럼 매사 명랑했다. 타이를 매고 나면 뽀뽀를 하는 것도 잊지 않았다. 젤을 발라 태하의 머리카락을 올려 주는 것도 그녀의 기쁨 중 하나였다. 그의 머리카락을 원 없이 만져도 괜찮은 시간이었다.

현관에서도 구두를 미리 꺼내 놓고 기다렸다. 태하의 불편한 눈빛에도 지우는 내내 웃음기를 거두지 않았다.

"오늘도 출근 잘하고 여자들에게 눈길 주지 말고, 다치지 말아요."

"알았다."

태하는 결국 허탈하게 웃으며 그녀의 머리카락을 흐트러뜨렸다. 미워할 수 없다. 자신은 이렇게 또 빠지고 만다. 처음부터, 아마도 죽을 때까지 영원히.

현관을 나오던 태하가 뒤를 돌았다.

"오늘 몇 시라고 했지?"

"2시요."

"알았어. 시간 맞춰 갈게."

대문 밖에서 범주가 기다렸다. 태하를 보내고 집으로 들어온 지우는 크게 심호흡을 하며 2층 연습실로 올라갔다. 책상에 앉아 내용을 생각했다.

"후회하지 않을 자신 있냐."

생각을 정리한 지우가 석윤에게 찾아간 날 그가 물어보았다. 네, 단호하게 대답하는 그녀를 빤히 보던 그는 고개를 끄덕였다.

"그럼 네 마음대로 해 봐."

지우는 처음으로 선택이란 걸 했다. 스스로 결정을 내리고 김 회장과 태하에게 말했다. 그리고 무신에게도 전화를 걸어 알렸다. 처음으로 내 의지대로 선택하려고 한다고. 그러니까 아버지도 알고 계시라고.

무신은 태하가 찾아간 뒤로 석윤과 만나 풀어 보려고 했지만 차갑게 돌아서는 그를 더 이상 설득하지 못했다고 한다. 하지만 그렇다고 해서 오랜 염원과 꿈을 포기할 수는 없다고 했다.

—이대로 포기하고 물러서는 건 용납할 수 없다. 왜 그런지는 지우 네가 가장 잘 알잖니. 네가 나와 연을 끊겠다면 그것도 수용해 주마. 이대로 그 집안사람이 되는 게 좋을 수도 있지. 이건 분노도 아니고 너에게 제일 나은 선택일 거라 생각한다.

무신은 지우에게 미안하다는 말 한마디조차 하지 않았다. 어쩌면 그건 당연했다. 그는 정말로 미안하지 않을 수 있으니까. 자신은 여태 그런 아버지에게 애정을 얻고자 애태운 것이니 불평을 할 생각도 없었다. 단지 안타까운 건, 피를 나눈 부모 자식 간의 정이 남보다 못하다는 서글픔이 남아 있을 뿐이었다.

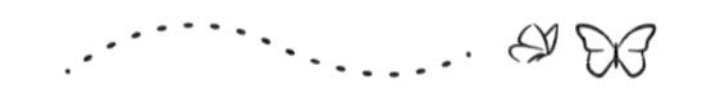

기자 회견을 예고했더니 장 내에는 기자들이 벌써부터 기사 쓸 준비를 하고 있었다. 지우는 장내를 가득 메운 기자들을 둘러보며 단상 앞 의자에 앉았다. 플래시 불빛에 잠시 눈을 감았던 그녀가 서서히 눈을 떴다.

그때 회견장 끝의 문으로 태하가 들어왔다. 시간 맞춰 온다더니 정말 딱 맞춰왔다. 그를 보며 지우는 호흡을 길게 뱉었다.

"오늘 기자 회견을 연 이유는 저에 관한 이야기를 하기 위해서예요. 앞서 다른 후보님의 캠프에서 제기된 의혹도 포함하여 말씀드리겠습니다."

"연무신 후보의 혼외 자식 설에 대해 인정하는 것입니까?"

"기자 회견에 앞서 당부 드립니다. 부디 비난은 저에게만 해 주세요."

또 한 번 플래시 불빛이 터졌고 타자 소리가 동시에 들리기 시작했다.

"저는 연무신 대선 후보의 딸입니다. 그리고 혼외 자식입니다. 제 어머니는 술집에서 일하던 여자였고 아버지는 하룻밤 실수로 원치 않는 저를 갖게 되었습니다."

말을 잇는 와중에도 플래시는 멈추지 않았다.

"아버지의 유일한 오점은 저였습니다. 저만 없었다면 아무런 결점이 없을 만큼 깨끗하게 살아오신 분입니다. 그리고 평생 속죄하는 심정으로 저를 키우셨습니다. 제가 피아니스트로 성장할 수 있게 도와주셨고 사랑을 주셨습니다."

"연무신 후보가 연지우 씨에게 협박하고 매사 억압했다는 말이 있는데, 어떻게 생각하십니까?"

"사실이 아닙니다. 아버지는 원래 냉정하고 빈틈이 없는 분이십니다. 그런 분이 여태 저를 키워 주시고 탈 나지 않게 봐 주셨다는 것은 저를 소중하게 생각했기 때문에 가능한 일입니다."

실시간 기사를 쓰는 소리가 들렸다. 지우는 잠시 말을 멈추고 가만히 심호흡을 했다.

모든 걸 안고 가기로 했다. 지우는 김석윤 회장이 제안한 선택 중 하나가 아닌 스스로 내린 선택이었다. 그래서 자신의 출생을 제 입으로 사람들에게 알리고 싶었다. 거기서 파생되는 눈초리와 비난, 험담은 결국 그녀가 가져갈 업보였다. 진실을 영원히 감출 순 없는 법이니까.

두 사람 모두를 놓을 수도 없었다. 지우에겐 무신도, 태하도 모두 소중한 사람들이었다. 무신이 자신에게 사랑을 주었든 아니든 지우는 아버지의 미래를 망치고 싶지 않았다. 어쩔 수 없는 고질병. 아버지의 애정과 따스한 눈빛이 그리운 딸의 마지막 소망이었다. 평생 한길만 보고 걸어온 아버지의 소원이 이루어지길 바랐다.

"연무신 후보께서 연지우 씨를 JK전자 김태하 사장에게 팔았다는 의혹에 대해선 어떻게 생각하십니까?"

한 기자의 질문에 지우는 잠시 태하에게 시선을 돌렸다. 그는 바지 주머니에 손을 넣은 채 그녀를 지켜보고 있었다.

태하를 놓치지 않으려면 부끄럽게 결혼을 제안했던 방법도 공개해야 한다고 생각했다. 그래야 겨우 김석윤 회장과 태하를 볼 염치가 생겼다.

"아시다시피 제 정혼자는 김태주 부회장님이었습니다. 그분과의 혼담이 깨지고 아버지는 혼란스러워하셨고 매우 분노하셨죠. 그래서 제가 김태하 사장님을 선택했습니다. 아버지는 그저 제 제안을 받아들인 것뿐이고 모든 선택과 결정은 제가 했습니다."

"그렇다면 김태하 사장님과의 결혼은 계약서에 의한 일시적인 거래라는 말이 사실입니까?"

끊임없이 쏟아지는 플래시 불빛에 지우가 잠시 겁을 먹었지만 다시금 손에 힘을 주었다.

"네. 제가 김태하 씨를 붙잡는 방법은 강제성을 띤 계약밖에 없었어요."

"잘 이해가 되지 않는군요. 연지우 씨는 아버지 때문이라고 하지만 김 사장님은 제안을 받아들일 이유가 없는데 왜 받아들인 겁니까."

"그건……."

"왜냐하면."

뒤에 서 있던 태하가 입을 열자 앞에만 바라보고 있던 기자들의 얼굴이 일제히 돌아갔다. 그리고 동시에 플래시가 터졌다. 태하는 천천히 걸어와 지우의 옆에 섰다. 그는 지우의 어깨에 팔을 두르며 기자들을 쭉 훑어보았다.

"아주 오래전부터 좋아하고 원했던 사람입니다. 거절할 이유가 있겠습니까?"

"그렇다면 계약서를 작성한 이유는 무엇입니까."

집요한 질문에 태하는 잠시 기자를 빤히 보다가 슬쩍 웃었다. 그러더니 재킷 안쪽에서 종이를 꺼내 펼쳤다.

"이건 계약서의 원본입니다. 단 한 장이고 이게 사라지면 우리 계약도 끝입니다."

태하는 종이를 반으로 갈랐다. 그리고 겹치면서 계속 반으로 찢었다.

"구실이 필요했으니까. 이 종이는 이 사람이 내 아내라는 걸 증명해 주는 수단이었으니까요."

태하는 지우의 손을 제 손안에 가뒀다.

"자세한 설명 부탁드립니다."

"연지우 씨를 아내로 맞이하기에 전 추잡한 소문도 많았고 여러모로 이 사람에게 어울리는 남자가 아니었습니다. 그러니 정화할 시간이 있어야 하지 않겠습니까. 온전한 모습으로 이 사람에게 다가갈 시간."

지우의 손을 잡은 손아귀에 힘이 들어갔다.

"변하는 건 없습니다. 연지우 씨가 어떤 사람이든 그건 제게 중요하지 않습니다. 계약서가 찢어졌으니 이혼할 일도 없고, 멀어질 이유도 없습니다. 우린 이제야 서로를 바라보고 있으니까."

"그렇다면 향후 연무신 후보의 일정에 대해선 어떤 입장이

십니까."

태하가 옆에 있어서 한결 든든해진 지우는 숨을 내쉬며 기자들을 둘러보았다.

"제 입장은 중요하지 않습니다. 전 단지 상대 후보 캠프에서 나온 발언이 그 자체보다는 왜곡된 네거티브에 초점을 맞춘 게 안타까웠을 뿐이에요. 전 비밀로 할 수 없는 것을 애써 감추기 싫었고, 사람들을 기만하기 싫었습니다. 제가 말씀드릴 수 있는 건 그것뿐입니다."

기자들이 계속 손을 들고 질문을 시도하려고 했지만 관계자가 기자 회견을 마친다고 회견장을 잠재웠다. 지우는 고개를 숙여 인사하고 태하가 이끄는 손을 따라 함께 회견장 문을 나갔다.

긴장이 풀려서 그런 탓일까. 또다시 욱신거리는 아랫배를 움켜쥐며 미간을 찌푸리던 지우가 그만 정신을 놓았다.

"지우야!"

갑자기 쓰러지는 지우를 붙잡아 품에 안은 태하의 눈이 놀란 듯 커졌다.

"사장님! 사, 사모님이 피를……."

빠르게 달려온 범주는 지우의 둔부 쪽에서 흘러나오는 피를 보고 아연실색하며 외쳤다. 태하도 창백해지긴 마찬가지였다. 다급히 지우를 안아 들고 달려가는 그의 발걸음이 빨라졌다.

13

세레나데

무신의 지지율은 대선 후보들 중 압도적으로 높았다. 지우가 혼외 자식이라는 사실이 밝혀지며 잠시 시끄러웠지만 오히려 대중은 연지우를 동정했고, 인성 바른 사람이라는 말이 퍼지며 긍정적인 반응을 주었다.

항간에 그에게 반감을 갖거나 도덕성을 의심하는 사람들도 그녀의 말로 호감으로 바뀌었다. 11월 중순경 여론 조사 기관의 수치에 따르면 이대로 대선을 치를 경우 당선될 확률이 60%를 넘었다.

캠프 사람들은 이제 됐다며 연일 상기된 얼굴로 여론 조사를 모니터링 했다. 공약 발표와 TV 토론회, 광고 홍보까지 차근차근 해결했다. 아직 선거 유세 활동이 남아 있지만 이 상태라면 매우 유력했다.

꿈에 한 발 더 다가간 것이다. 이제 고지가 멀지 않았다. 하나의 길만 보고 걸어온 무신은 결과를 목전에 두고 있었다.

그런데 전혀 기쁘지 않았다. 지지율의 절반은 지우의 기자회견 덕분이었고, 추락하던 이미지를 회복시켜 준 것도 그녀의 사연이 대중들에게 얻는 신뢰가 컸기 때문이다. 그런 지우가 병원에 누워 있다.

사람들이 모두 퇴근하고 홀로 사무실 창가에 서서 밖을 내다보고 있는 무신은 답답한 마음에 넥타이를 풀었다.

—지우 씨가 하혈을 했습니다. 돌아가신 최 여사님과 똑같은 상황입니다. 모르고 계셨어요? 지우 씨도 불임 판정을 받아 계속 힘들어했어요.

죽은 아내의 주치의에게서 걸려 온 전화였다. 지금은 지우를 전담하고 있는데 공교롭게도 두 사람 다 같은 몸 상태라고 했다.

"지우가…… 불임이란 말이오?"

—네. 여사님도 어렵게 아기를 가졌는데 유산되셨잖아요. 지우 씨도 비슷해요.

그 말을 들은 무신은 머릿속이 하얘지는 기분이 들었다. 그리고 잊었던 과거가 떠올랐다. 기억 속에서 아프게 울고 있던 아내의 모습이 보였다. 불임이었는데 기적적으로 임신이 되었고, 몸 상태가 좋지 못해 결국 유산을 하게 된 아내가 얼마나 절망하고 슬퍼했는지 떠올랐다.

그런데 지우가 아내와 같다니. 그런 건 닮지 않아도 되는데 왜 그런 것까지.

—그나마 다행인 건 하혈 당시 주변의 도움으로 병원에 신속히 도착해서 유산은 면한 상태입니다. 아주 간신히 붙어 있는 상태라 지금도 매우 위험하긴 합니다만 아직까지는 아기 심장 소리가 들립니다.

무신은 창가를 보던 고개를 돌리고 사무실을 서성였다. 그러다 머리에 손을 대며 복잡한 감정을 다스렸다. 아무렇지도 않을 줄 알았는데 전혀 아니었다. 머리에 올리던 손을 내려 바라보았다. 파르르 떨고 있는 손을 다잡고 숨을 후 내쉬었다.

임신한 줄도 모르고 있었던 건가. 어떻게 자기 몸 상태도 모를 수가 있나.

생각하던 무신은 갑자기 심장을 쥐어짜듯 울려 오는 슬픔에 눈가에 눈물이 고였다.

아내. 사랑해 마지않던 아내. 그리고 그 아내를 너무도 닮은 딸. 아내의 딸.

똑같은 상황이라는 주치의의 말에 무신은 가슴이 무너져 내렸다. 외면하고 거부하고 정을 주지 않으려고 냉정하게 대했지만 늘 웃는 얼굴로 자신을 바라보던 지우가 떠올랐다.

태하를 원한다고 하던 그때도 제게 주는 시선만은 진실하던 아이. 하지만 그런 아이에게 자신은 한결같이 차가웠다.

혼외 자식이라는 출생의 비밀이 밝혀졌는데도 자신보다 무신을 더 생각하는 지우가 받은 고통은 저리도 처절한 것이었다. 얼마나 심적으로 무너졌으면 하혈을 할까.

생각하던 무신이 사무실 문을 열고 나가려다 급히 멈춰 섰다. 무슨 자격으로 지우의 얼굴을 본단 말인가. 이제 와서 선심 쓰듯 얼굴 한 번 내비치면 끝날 일인가.

기자 회견 장소에서 피 흘리는 걸 목격한 기자들은 앞다투어 기사를 써 내려갔다. 그게 결과적으로 무신에게 동정의 표를 주는 듯했지만 생명을 담보로 얻은 대가 같아서 전혀 기쁘지 않았다. 오히려 죄책감만 더해졌다.

앞으로 대선 활동이 더 진행되면, 정말로 대통령이라도 되면 지우의 모든 이력과 배경, 생활까지 사사건건 노출될 것이다. 운이 좋아 유산을 막았다 하더라도 계속 신경을 쓰고 긴장을 늦추지 않으면 임신이 어려워질지 모른다.

문고리를 잡았던 손을 뗀 무신은 허공을 바라보며 깊은 한숨을 내쉬었다. 석윤에게 전화를 걸려고 휴대폰을 들다가 곧 멈칫했다. 그는 태하가 다친 날 이후로 무신과 어떠한 연락도 하지 않았다. 정말로 인연을 정리한 것처럼 모든 관계를 끊었다.

휴대폰 목록을 이리저리 훑어보던 무신은 곧 팔을 아래로 내리며 허공을 응시했다.

"아무도 없구나. 내 곁에."

떠지지 않는 눈을 어렵게 뜨던 지우가 뿌연 시야로 주변을 훑었다. 소독약 냄새와 형광등을 보며 병원이라는 것을 깨달았다.

"사모님! 정신이 드십니까?"

조금씩 또렷해지는 실루엣에 지우가 눈을 감았다가 다시 떴다. 박 집사가 걱정 어린 눈빛으로 바라보고 있었다.

"박 집사님."

"아이고, 이게 무슨 일이래요! 그동안 혼자서 얼마나 괴로우셨으면……."

말을 잇지 못하는 박 집사가 눈물을 훔쳤다. 지우는 박 집사를 보다가 아직도 욱신거리는 아랫배에 손을 얹었다.

"사장님 잠시 전화 받으러 나가셨습니다. 계속 옆에 계셨는데 하필……."

"괜찮아요."

살포시 웃으며 고개를 돌리던 지우는 다시 눈을 감았다.

긴 꿈을 꾸었다. 온통 암흑으로 뒤덮인 공간 속에서 탈출구를 찾기 위해 안간힘을 썼는데 도저히 보이지 않았다. 몇 날 며칠을 헤매다가 겨우 빛 한 줄기를 발견했다. 너무 아련하고 희미해서 잘 보이지 않았지만 기를 쓰고 걸어가 빛을 맞닿은 순간 정신이 들었다.

"천만다행입니다. 꽤 많은 양의 하혈을 했는데 아기가 살아 있어서. 저흰 다 기적이라고 해요."

"네?"

잘못 들었는지 지우의 고개가 돌아가 박 집사를 보았다.

"아기요?"

"지우 씨 정말 모르고 있었습니까? 임신 중이었어요. 그것도 11주나 됐다는데."

"네?"

분명 들었는데도 잘못 들은 것 같아 지우는 계속 되물었다. 어딘지 동떨어진 말을 하는 것 같아 그녀는 어리둥절한 표정으로 박 집사를 보았다. 그때 병실 문을 열고 들어오던 태하가 지우를 보고 한걸음에 다가왔다.

"괜찮아?"

"오빠. 박 집사님이, 그러니까 내가……."

태하는 의자에 앉아 지우의 손을 잡았다. 그리고 그녀의 이마를 쓰다듬었다. 지우는 점점 더 흔들리는 눈빛으로 태하에게 확인하려는 듯 눈을 맞추었다.

"임신했대. 너, 아기 가졌다고."

너무 놀라 입을 막은 그녀의 손이 파르르 떨렸다. 태하는 지우의 아랫배에 손을 얹어 살살 문질렀다. 곧 그녀의 눈가에서 눈물이 흘러내렸다.

"말도 안 돼."

손으로 눈가를 가리며 중얼거리는 지우를 안타깝게 바라보던 태하가 고개를 끄덕이며 부드럽게 웃었다.

"말 돼."

"어떻게……. 전혀 몰랐어요. 월경이 워낙 불규칙해서 그런 줄로만……."

"네가 요즘 신경 쓸 겨를이나 있었겠어? 몰랐다고 해도 이상할 게 아니야. 사실 지금도 많이 안 좋아. 자궁 내벽이 약해서 유산 위험이 크대. 다시 말하면 아기가 지금 있는 힘을 다해 버티고 있는 거나 마찬가지야."

지우는 다시 눈물을 쏟았다. 배가 아프던 게, 몸에 기운이 없던 게, 자꾸만 피곤하고 졸리던 게 다 그런 이유였다니. 아기는 계속 그렇게 신호를 줬는데 자신은 하나도 못 느끼고 있었다. 그러면서 아기가 안 생긴다며 신을 원망하고 제 몸 상태를 탓하고 있었다.

"이제 어떡해야 돼요? 하라는 대로 다 할게요."

지우의 목소리가 물기에 젖어 떨렸다.

"절대 안정. 아무 생각도 하지 말고 마음 편안히 하고 무리하지 않기."

고개를 끄덕이는 지우는 자꾸만 흐르는 눈물 때문에 두 손을 눈가에 댔다.

"울지도 말고 좋은 생각만 해. 그래야 아기가 살아."

두 사람을 바라보던 박 집사는 자리에서 일어섰다.

"전 그럼 가 보겠습니다. 사장님 출근하실 때 교대로 올 테니까 연락 주세요."

"아닙니다. 집사님도 아직 완전히 회복된 거 아닌데 무리하지 마세요. 댁에서 쉬시다가 무료해지면 마실 삼아 오세요."

태하가 박 집사를 돌아보며 강하게 말했다.

"아끼는 두 사람 다 잃기 싫습니다. 그러니까 안정 찾을 때까지는 최선을 다해 회복하세요. 그게 제가 가장 바라는 겁니다."

눈빛이 저러한데 어떻게 고집을 부릴까. 박 집사는 옅은 숨을 내쉬며 미소를 지었다.

"네네. 알겠습니다. 전 그럼 사라져 드릴 테니 두 분은 계속 사랑의 대화 나누세요."

얄밉게 문을 닫고 나간 박 집사를 보던 태하가 피식 웃으며 지우를 돌아봤다.

"저분은 처음부터 저랬어."

눈물이 그렁그렁한 얼굴로 웃으려고 노력하는 지우를 보자 그는 다시금 심장이 욱신거렸다.

"그런데 진짜 기적이나 마찬가지예요. 아직도 믿기지가 않아."

그녀의 입술에 가볍게 입을 맞춘 태하가 장난스럽게 웃었다.

"그렇게 자주 했는데 안 생기는 게 더 이상한 일이다."

또 빨개졌다. 무슨 말만 하면 붉어지면서 안기는 건 참 좋아한단 말이야.

"나 이 아기 꼭 지킬 거예요. 그러니까 협조해요."

"뭘?"

"아기 낳을 때까지 각방을 써야 할 것 같아요."

"뭐?"

"자궁에 무리 주면 안 되고 절대 안정을 해야 하는데 당연하죠."

"그렇다고 각방이라니."

"그럼 죽을힘을 다해 참든지."

말을 들으니 그것 또한 고행이 예상되었다. 하지만 각방보단 훨씬 나은 선택이었다. 태하는 입가에 얼핏 미소를 띤 지우를 황당하게 노려보다가 다시 그녀에게 입을 맞췄다.

"그 어떤 어려움이 닥쳐도 네 옆에 있는 게 제일 가벼운 고행이야."

그녀의 입가에 좀 더 깨끗한 미소가 번졌다. 그 모습이 아련해서 눈을 떼지 못했다.

"고마워. 내 아이의 엄마가 되어 줘서. 내 아이를 가져 줘서."

그녀의 얼굴을 손으로 쓸어내리며 감싸던 태하가 이마를 맞대었다.

"너 그거 알아? 밖에 눈 와."

지우는 급히 창밖으로 고개를 돌렸다. 정말로 먼지 같은 하얀 눈송이들이 날렸다. 멍하니 바라보던 지우는 뭔가 생각난 듯 제 손을 들여다봤다. 눈가에 다시 눈물이 고였다.

"남아 있어."

지우는 안타까운 얼굴로 창밖을 봤다.

"눈이 닿아야 하는데……. 오빠, 우리 잠시 병원 밖으로 나갈 수 있어요?"

"아니. 안 돼. 밖에 기자들이 있거든."

"왜요?"

태하는 잠시 머뭇거리다가 입을 열었다.

"네가 기자 회견장에서 쓰러져서 다들 관심이 높아. 거기다가……."

지우가 들으면 어떻게 생각할지 몰라 태하는 망설여졌다. 괜히 듣고 또 충격을 받으면 어쩌나 싶어서.

"장인어른이 후보직을 사퇴하셨어."

"네? 왜요?"

너무 놀라 지우의 목소리가 높아졌다. 커진 눈동자에 동공이 거칠게 흔들리더니 금세 눈물이 맺혔다.

"이제 와서?"

"응."

"내가 다 감수하고 밝힌 건데 그걸 또 엎었다고요?"

태하도 저절로 한숨이 나와 표정이 굳었다.

"그래. 이제야 네 진심을 아셨는지 오늘 아침에 발표하셨어. 그거 때문에 지금 엄청 시끄러워. 지지율 1위 후보가 사퇴했으니까."

지우는 혼란스러운 얼굴로 잠시 눈을 감고 생각했다. 마음을 가라앉히고자 노력했다. 더 이상 신경을 써서 아기를 아프게 하고 싶지 않았다. 그녀는 길게 숨을 내쉬며 호흡을 했다.

"시끄러울 만하네요. 아버지는 어쩌고 계세요?"

"모르겠어. 연락이 안 돼. 전화도 피하고 두문불출하시는 것 같아."

"네."

지우는 옅은 숨을 내쉬며 고개를 끄덕였다. 그러던 그녀는 팔을 들어 태하의 얼굴을 두 손으로 감쌌다.

"첫눈이 내렸는데 아직도 소원이 이루어지지 않았어요."

"내 소원은 이루어졌어."

태하는 자신의 왼쪽 새끼손가락을 들어 보였다. 끝에 물이 살짝 남아 있었다. 지우의 입가에 미소가 피었다.

"뭐였는데요?"

"네게 아기가 찾아오는 거. 너와 날 닮은 아이가 생기는 거."

그녀의 눈시울이 다시 붉어졌다.

"자꾸 울어서 어떡하냐. 안정을 취하라니까."

"눈물이 자꾸 나요. 그런 소원은 정말이지, 기대하지도 않았고 이루어질 수도 없을 것 같아서 난 차마 생각도 못 했어요."

"소원이니까 가장 이루어지기 힘든 걸 비는 거야, 바보야. 잘 이루어지는 거면 그걸 소원으로 빌겠어?"

"난 그 쉬운 것도 이루지 못해서 소원으로 빌었잖아요."

빤히 지우를 내려다보던 태하가 씩 웃었다.

"다 알면서."

"하나도 몰라."

태하가 웃음을 터트렸다. 그의 웃음소리가 시원하게 들렸다.

"꼭 입으로 말해 줘야 아나? 말 안 해도 알아야지."

"오빠는 나보고 시시콜콜한 것까지 다 말하라고 해 놓고."

사실 잘 알고 있었다. 태하가 어떤 마음인지 모른다면 그건 정말 바보였다. 하지만 지우는 꼭 입으로 듣고 싶었다. 그런데 태하는 웬일인지 그 말을 꺼내지 못했다. 지금도. 그의 얼굴이 조금 붉어진 것 같은데 착각일까.

태하는 꽤 오래 망설였다. 한 번도 꺼낸 적이 없는 말이었다. 생각해 보면 아주 오래전, 어릴 때부터 그런 마음이었는데 입 밖으로 내지 못했다. 꺼내는 순간 큰 혼돈을 몰고 올 것 같아서 마음속에 꽁꽁 숨겨 둔 말이었다.

커다란 금고 안에 이중 삼중으로 자물쇠를 걸어 놓은 탓에 그 간단한 말 한마디가 그에게는 여러 관문을 뚫어야 보이는 어려움이었다.

가만히 그를 바라보던 지우가 몸을 일으켜 앉았다. 그리고 침상에서 내려와 일어섰다. 아직 아랫배가 욱신거려서 얼굴을 찡그렸지만 발을 움직였다. 급히 다가온 태하가 지우를 멈춰 세웠다.

"안 돼. 너 움직이면."

지우는 살포시 웃으며 창가로 가서 작은 창문을 밀어 열었다. 그리고 손을 밖으로 내밀었다.

"연지우."

"손톱에 눈이 닿지 않아서 그런 거예요. 그러니까 아직 소원이 이루어질 수 없는 거죠."

"추워. 문 닫자."

그녀의 손을 거두려고 해도 지우는 고집스레 손을 내밀었다.

"어어? 오빠! 이것 봐! 손톱에……."

가운데 손톱에 작은 눈송이가 살짝 닿자 지우는 흥분하며 몸을 돌렸다.

와락. 지우의 몸을 끌어안고 입을 맞추는 그로 인해 몸이 꺾였다. 넘어지지 않게 허리와 어깨를 감싸 안은 그는 그녀의 입술을 파고들었다. 그의 품 안에서 남자의 향기를 느끼며 진한 키스를 주고받으며, 지우도 차츰 숨을 내쉬었다.

아련한 키스만큼이나 서로를 바라보는 두 사람의 눈빛도 깊었다.

"지우야. 이건 내가 오래도록 감춰 둔 말이야. 말을 꺼내면 큰일이 날 것 같아서 못 했어."

"알아요. 말 안 해도 돼. 다 아니까."

가만히 그녀의 이마에 입을 맞춘 태하는 귓가로 입술을 가져갔다. 그의 입술이 움직이는 곳마다 열꽃이 이는 듯 전율이 흘렀다. 그녀의 귓불을 살짝 깨문 태하가 작은 입김을 보냈다.

“사랑해.”

시간이 멈춘 듯 그의 낮은 속삭임에 지우는 움직이지 못했다. 단 세 글자. 듣고 싶었던 단어. 그의 입에서 절대 나올 리 없다고 생각했던 말.

“다시 해 줘요. 한 번만 더. 한 번만 더 들을게.”

“사랑한다. 지우야, 내가 널 아주 많이 사랑해.”

울지 않을 수 없다. 지우는 자신의 눈물에 정당화를 부여했다. 이건 아기도 들으면 울고야 말 거라고 생각했다. 그러니까 지금은 마음껏 울어도 괜찮다고.

“사랑해요, 태하 오빠.”

지우를 끌어안은 태하의 팔에도 힘이 들어갔다.

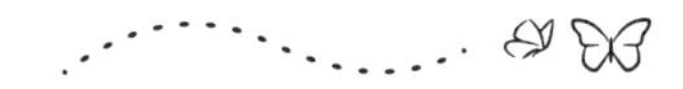

한동안 시끄럽던 나라가 안정을 찾은 건 대통령 선거가 끝난 후였다. 지지율 1위였던 연무신 대표가 사퇴한 후 정국이 혼란스러웠고, 뒤늦게 다른 대선 후보들 간의 치열한 경쟁 속에 대선이 마무리되었다.

지우도 점차 안정을 찾아 집으로 퇴원했다. 주치의는 아기가 자궁 내에 잘 자리 잡았어도 워낙 유산 위험이 높으니까 항상 조심하고 또 조심하라고 했다. 조금이라도 이상 있으면 바로 입원하라면서.

한 달 만에 집으로 들어오던 지우는 정원으로 눈길을 주었다. 화사하고 찬란했던 정원은 겨울바람과 서리에 앙상한 모습을 드러냈지만 나름대로 운치 있었다.

가만히 정원을 바라보고 있으려니 어느새 다가온 태하가 그녀의 허리를 감쌌다.

"춥다. 들어가자."

집 안으로 들어간 지우의 입에서 연신 감탄사가 흘러나왔다. 거실에 있는 커다란 크리스마스트리가 반짝였다.

"축하해요!"

거실에서 지우를 맞이하는 태주와 세나를 보고 지우가 활짝 웃으며 들어왔다.

"서프라이즈예요?"

"크리스마스, 임신 축하 기념 파티죠."

밝은 목소리로 다가오는 세나는 만삭으로 곧 예정일을 앞두고 있었다. 그때 거실 소파에서 일어선 김석윤 회장이 지우를 돌아봤다.

"그리고 며느리 복귀 기념이다."

그를 보자 지우는 허리를 숙여 인사했다.

"아버님 오셨어요."

그녀를 빤히 바라보던 석윤은 2층 계단으로 발을 옮겼다.

"지우와 얘기 좀 하고 싶은데."

태하에게 하는 말이란 걸 알아서 그도 고개를 끄덕였다. 지우는 말없이 석윤을 따라 올라갔다.

"괜찮겠죠?"

세나의 말에 태주와 태하가 동시에 고개를 끄덕였다.

"잡아먹기야 하시겠어요?"

태하는 2층 서재 쪽을 올려다보며 바지 주머니에 손을 넣었다.

서재 안에 놓인 소파에 석윤과 지우가 마주 보고 앉았다.

"몸은 좀 어떠냐."

"괜찮아요."

한동안 물끄러미 바라보던 석윤이 몸을 일으켜 지우의 옆으로 와 앉았다. 그리고 그녀의 손을 끌어가 다독였다.

"내가 너를 예뻐하는 이유가 뭔지 아니?"

그와 눈이 마주친 지우는 흔들리는 눈빛으로 고개를 살짝 저었다.

"너는 늘 나보다 한발 앞서 결정을 내리고, 결국엔 네 결정이 옳았다는 걸 깨닫게 해 주거든."

"제가 어찌 감히……. 전 아버님 발끝도 따라가지 못해요."

"그렇다면, 내 선택지가 아니라 스스로가 선택한 결과에 대해 어떻게 생각하느냐."

"글쎄요. 좋게 결론이 나서 다행이지만 그 당시엔 결과를 생각하진 않았어요. 그럴 겨를도 없었어요. 그저 아버지도 태하 씨도 포기할 수 없었던 절박함만 떠올랐어요."

"뭐, 연무신 그 자식이 허무하게 사퇴를 할 줄은 몰랐지만 넌 결국 두 사람 다 놓지 않았어. 그러니 가장 좋은 선택 아니냐. 난 그렇게 생각한다."

지우는 잠시 석윤의 말을 되새기며 다듬었다. 그러다가 눈을 들어 보았다.

"아버님, 절 용서해 주시는 거예요? 태하 씨를 아프게 하고 상처 준 것도 모자라 결혼 계약서나 들이밀었잖아요."

석윤이 허탈하게 웃었다. 잠시 허공을 바라보던 그가 나지막이 입을 열었다.

"처음에 태하와 결혼하겠다고 했을 때 조금 이상하긴 했다. 갑자기? 그런데 너희 둘, 어릴 때 친했던 건 나도 알고 있었으니까, 그 뒤에 태하가 나쁜 소문과 추문으로 덮여 있는데도 네가 태하를 선택해 줘서 난 내심 기뻤지."

"아버님."

"넌 내 딸이나 다름없어. 그런 녀석이 아들과 결혼하겠다는데 두 발 벗고 나서야지. 계약서는 괘씸했지만 그 녀석 고집을 꺾으려면 별수 없었을 거란 생각이 든다."

지우는 시선을 바닥으로 내렸다. 석윤은 자신에게 그런 사람이었다. 아버지가 아닌데 아버지 같은, 남인데 남 같지 않은 사람이었다.

"네 아버지 때문에 그랬겠지만 조금만 더 마음을 열고 나와 태하에게 의지하지 그랬냐. 그랬으면 우리가 널 외면했겠니. 무슨 수를 써서라도 지켜 주고 보호해 주었을 거다."

"네. 알아요."

지우는 옅은 미소를 띄우며 석윤을 바라보았다.

"아버님이 절 얼마나 생각해 주시는지 잘 알아요. 그래서 죄송했어요. 흠이 없는 며느리가 되고 싶었는데 좋지 못한 모습을 보여 너무 면목 없습니다."

"흠은 우리 아들이 더 많지. 그 녀석이 너한테 모질게 대하고 외면한 걸 생각하면 당장 내쳐도 모자라. 그래도 우리 못난 아들 기다려 주고 다가와 줘서 고맙다."

눈물이 그렁그렁 맺힌 지우를 보던 석윤이 어깨를 톡톡 두드렸다.

"네 어머니도 사람이 참 고왔어. 네가 그런 어머니를 쏙 빼닮아서 난 참 좋다. 연무신 그 자식도 아마 그래서 네게 마음을 주지 못한 것 같다. 널 볼 때마다 죄책감이 들어서."

지우는 말없이 고개를 끄덕이며 눈물을 흘렸다.

"태하의 아이를 가져 줘서 고맙다. 네게는 처음부터 끝까지 고맙고 감사한 일뿐이야."

"아니에요, 아버님. 저야말로 내치지 않아 주셔서 감사해요. 기회를 주셔서요."

지우를 보던 석윤은 소파에서 일어섰다.

"연무신 지금 네 어머니가 요양하던 별장에 있단다. 그 난리를 쳐 놓고 한가하게 물고기나 잡고 있더란다."

석윤은 헛웃음을 지으며 혀를 끌끌 찼다.

"그냥 알고 있으라고."

석윤은 먼저 서재를 나갔다. 가만히 앉아 있던 지우도 천천히 일어나 그를 따라갔다.

석윤과 태주, 세나는 늦은 시간까지 이야기를 나누다가 집으로 돌아갔다. 크리스마스를 앞두고 이 집이 이렇게 북적거리리라고는 생각도 못 했다. 대문까지 나와 배웅하고 사이좋게 안으로 들어가던 태하와 지우는 잠시 정원을 바라보았다.

"내년엔 얼마나 필까요?"

"아주 잘 필 거야. 네가 관심을 주니까. 관심을 주는데 싫어할 생명체는 없어."

지우는 사르르 웃으며 고개를 끄덕였다. 그녀의 어깨를 감싸고 안으로 들어가던 태하가 목과 다리 아래로 손을 넣어 안아 들었다.

"나 걸어갈 수 있다니까."

"이건 내 서비스라고. 받기 싫어?"

태하의 목에 팔을 두르던 지우가 얼굴을 가까이하고 그의 귓가에 속삭였다.

"아니. 계속해 줘요."

"얼마든지."

가볍게 입을 맞추었다. 태하에게 안겨 안으로 들어오던 지우는 불빛이 반짝이는 트리로 시선을 옮겼다.

"아직도 꿈을 꾸는 것 같아요. 오빠와 크리스마스를 함께 보내게 되리라는 것도, 트리 아래에 서서 같은 곳을 바라보는 것도 상상하지 못했어요."

가만히 크리스마스트리를 바라보던 지우가 고개를 돌려 태하를 봤다.

"소원이 있어요."

"또?"

지우는 빙그레 웃으며 끄덕였다. 그녀가 웃는 게 좋은 태하는 뺨에 자잘한 키스를 했다.

"뭔데."

"우리 아기한테 피아노 연주해 줘요."

"뭐?"

"아빠가 들려주는 피아노 소리가 아기한테는 최고일 것 같아요."

"그냥 네가 듣고 싶은 거 아니고?"

태하는 슬쩍 노려보면서도 벌써 발은 2층으로 향했다.

"물론 나도 듣고 싶고."

연습실로 들어온 태하는 지우를 옆에 앉히고 나란히 앉았다.

"뭐 듣고 싶은데?"

"아무거나."

태하는 잠시 허공을 보며 생각을 했다. 그리고 생각이 난 듯 건반에 손을 올렸다.

선율이 흘러나왔다.

슈베르트. 세레나데. 저녁의 음악. 해가 진 밤 연인의 창가 아래에서 부르는 사랑의 노래. 여인을 향한 가슴 절절한 애정의 마음을 담아 표현한 슈베르트의 노래.

그의 피아노를 듣던 지우는 눈을 감고 생각에 잠겼다. 열여섯 살, 런던 숙소에서 태하를 내려다보던 그때로 돌아갔다. 눈을 마주치는 순간마저 간절하고 애달팠던, 그의 마음이 닿길 원했던 어린 그 소녀로.

세레나데에 담긴 그의 선율을 취하며 지우는 또다시 태하에게 반했다. 가슴 벅찬 감동은 물론이고 그의 선율이 계속해서 마음속에 속삭였다.

사랑해.

연주가 끝나고 잠시 고요한 적막이 찾아왔다. 눈을 뜬 지우가 태하를 보자 그도 마주 보았다.

“사랑해요.”

왼손을 들어 그의 얼굴을 감싼 지우가 싱긋 웃었다.

“영원히 당신만을 사랑할 거예요.”

그녀를 끌어 품에 안은 태하는 숨을 길게 내쉬었다.

“고행이 맞아.”

“네?”

“널 옆에 두고 아무 짓도 못 하는 거 말이야.”

아아, 지우는 살짝 웃으며 고개를 끄덕였다.

“그렇다고 각방을 쓸 수도 없고. 앞으로 몇 달을 어떻게 참지?”

“힘들 땐 말해요. 적극적으로 도와줄 테니까.”

남 이야기하는 것처럼 아무렇지 않게 말하는 지우를 보며 태하는 헛웃음이 나왔다. 뭘 도와주겠다는 건지.

그래도 좋다. 둘이 앉아서 이런저런 이야기를 할 수 있다는 것 자체가.

서로를 원하고 마음껏 취해도 방해 받지 않는 둘만의 시간이 꿀처럼 달콤했다.

"아! 우리 아기 태명은 뭐로 할까요?"

갑자기 생각난 듯 지우가 목소리를 높였다. 두 사람은 그렇게 앉아 오래도록 이야기를 나누었다. 태명 이야기. 남자일까 여자일까. 누굴 닮았을까. 평범한 일상의 대화가 흘러나왔다. 마치 오른손과 왼손의 조화로운 피아노 선율처럼.

에필로그

소녀의 기도

크리스마스를 보내고 매일 안정을 취하며 생활하던 지우는 창으로 들어오는 햇볕을 쬐며 생각에 잠겼다. 한참 고민을 하던 지우는 태하가 잠자리에 들기 전 두 가지를 요청했다.

"그 사람을 만나 보고 싶어요. 고화연 씨."

화연은 태하의 분노를 산 대가로 철창 신세를 지게 됐다. 그가 무서운 사람이라는 걸 몰랐는지 그녀는 계속해서 회사로 찾아오고 상대 진영에도 폭로했다. 화연은 공갈 협박에 스토킹, 명예 훼손 등의 명백한 증거로 연행되어 경찰 조사를 받고 있었다. 곧 검찰에 넘겨질 거라고 했다.

화연이 왜 그렇게까지 했을까 생각하던 지우는 태하가 조사한 자료를 보고 조금은 이해가 되었다. 그녀와 사실혼 관계에 있는 조직 폭력배가 화연을 지속적으로 협박했다. TV에서 대선 후보로 나서는 무신을 본 화연이 흘러가듯 한 말을 듣고 돈을 뜯어 낼 수 있는 절호의 기회라며 화연을 위협하기도 한 모양이었다.

처음엔 지우에게, 그러다가 태하에게, 그마저도 잘 안 되자 상대 진영에 찾아갔던 게 조직 폭력배의 협박과 회유에 따라 움직인 것이었다. 그런데 화연의 말을 듣고 네거티브 전략으로 사용하려던 상대 후보는 지우의 기자 회견으로 역풍을 맞아 지지율이 급격히 하락했고 화연을 명예 훼손으로 고소했다. 화연이 잡히자 조직 폭력배는 모든 사실을 부인하며 발을 뺐다. 오랜 기간 같이 살았으면서 그녀가 불리해지자 일절 도와주지 않고 매정하게 관계를 정리했다.

태하에게 화연에 관한 말을 듣고 지우는 가슴을 찌르는 고통과 힘겨움에 내내 힘들었지만 새해를 앞두고 그녀를 만나 보고 싶었다. 처음이자 마지막으로.

"일정을 그렇게 타이트 하게 잡아도 괜찮겠어?"

"네. 대신 오빠가 곁에 있어 줘요."

"그건 걱정하지 마."

조수석에 탄 지우는 운전하는 태하를 보며 싱긋 웃었다.

접견실로 들어오던 화연은 의자에 앉아 있는 지우를 보고 떨떠름한 표정으로 머뭇거렸다.

"왜 왔니."

지우는 눈을 들어 맞은편 의자에 앉는 화연을 보았다.

"남편 능력 좋네. 경찰청 취조실에서 당당히 면담을 하고."

"당연하죠. 당신이 내 생모니까요."

화연은 담담하게 말하는 지우의 목소리에 당황한 듯 과장된 헛웃음을 지었다.

"얘 좀 봐. 네가 언제부터 딸 노릇을 했다고 이래."

"딸이어서가 아니라 피가 섞인 사람으로서의 인간적인 도의예요. 당신은 이런 일이 좀처럼 없어서 그런지 모르겠지만, 대부분의 사람들은 자기 피가 섞인 사람을 차갑게 내치지 않고 괜찮은지 관심 가져 줘요."

"병 주고 약 주니? 그럴 거면 가."

"계획하던 일이 모두 수포로 돌아가서 어떡해요? 돈 한 푼 못 받고, 같이 살던 남자한테서는 버림받고."

마침내 화연의 얼굴이 굳으며 지우를 확 노려보았다.

"전 도와주지 않을 거예요. 스스로 대가를 치렀으면 좋겠어요."

"너 대체 왜 온 거야! 복수하려고 왔니?"

"그냥 궁금했어요. 어린 핏덩이를 낳자마자 버렸을 때 정말 아무런 감정도 들지 않았을까. 왜 부인도 있는 아버지를 유혹했을까. 대체 무얼 바라고 잠자리를 한 건가, 하는."

화연은 지우를 보던 눈을 돌려 허공을 노려보았다.

"말할 의무 있어?"

"아뇨. 없죠."

화연은 입을 꾹 다물었다. 지우는 옅은 숨을 내쉬며 의자에서 일어섰다.

"전 당신이 버린 덕분에 좋은 어머니 밑에서 사랑 듬뿍 받고 자랐어요. 그래서 어쩌면 감사한 일이에요. 절 버린 거. 당신 밑에 있었으면 난 정말 시궁창에서 살았을 것 같아요."

짧게 묵례를 한 지우가 문으로 걸어갔다.

"네 아버지 연무신, 한 여자밖에 없었어. 그날도 네 아버지는 내가 자기 부인인 줄 알고 안은 거야. 술을 너무 많이 마셔서 착각했거든."

지우가 몸을 돌려 멍하니 앉아 있는 화연을 보았다. 그녀는 옅은 숨을 내쉬며 마음에 들지 않는 듯 머리카락을 쓸어 올렸다.

"가끔 우리 가게에 오는 무리들 중 한 명이었는데, 한 번도 내게 눈길 주지 않았어. 난 매번 그 사람이 올 때마다 대놓고 바라봤는데."

화연은 지나간 일에 허탈하게 웃고 어깨를 으쓱하며 지우를 바라봤다.

"지워 버리면 그만인 아이를 왜 열 달이나 품었느냐고? 날 술집 여자가 아니라 인간적으로 대해 준 건 네 아버지가 처음이었거든. 다들 내 몸을 보고 달려드는데 네 아버진 관심도 없더라. 그런 남자의 아이를 낳아 보고 싶은 철없던 마음이 첫 번째 이유."

"고화연 씨."

"뭐, 한몫 챙겨 보려던 게 제일 컸지. 대대로 판사 집안에

흠집 하나 없는 남자의 약점을 잡아 나도 팔자 한 번 펴 보려고. 그게 두 번째 이유야."

"그래서 팔자를 폈나요?"

화연이 공허하게 웃었다.

"나 같은 년은 팔자를 펴는 게 의미 없어. 남자 기 빨아먹고 사는 게 내 주특기니까 계속 이렇게 살겠지."

"그렇게 사는 거 후회되지 않아요?"

"훈계 두지 마. 네가 뭘 안다고 그래."

목소리를 높이며 화를 내는 화연을 물끄러미 바라보던 지우는 작게 고개를 끄덕였다.

"하긴, 제가 알 필요 있나요. 그건 온전히 당신이 선택한 삶인데. 스스로의 삶에 책임을 지셔야죠."

지우는 짧게 묵례를 하고 문을 열고 나왔다. 가슴 깊은 곳에 묵직한 통증이 느껴졌지만 이렇게 화연과의 인연은 끝날 것 같았다. 서로에게 애정도 없고 모정도 없는 깃털보다 가벼운 관계였다.

경찰청을 나온 지우는 태하가 운전하는 차에 타며 창밖에 시선을 두었다. 한참 그렇게 있던 지우가 태하에게 고개를 돌렸다.

"이따 아버지는 나 혼자 만날게요. 오빠는 차에서 나오지 말아요."

"왜?"

지우의 입가에 슬쩍 미소가 피었다.

"또 때려 부술까 봐."

"사랑이도 보는데 그러면 안 되지."

목소리를 가다듬으며 씩 웃는 태하가 사랑스러워 지우도 부드럽게 웃었다. 아이의 태명은 '사랑이'였다. 사랑으로 태어났으니 무엇보다 적합하다는 태하의 주장에 그녀도 동의했다.

한참을 가서 도착한 곳은 강이 흐르는 고요한 숲속 마을이었다. 차에서 내린 지우는 주변을 훑어보았다.

어머니가 질병으로 요양하던 곳이라 아홉 살 무렵에는 잠시 살던 곳이었다. 그 뒤에 한 번도 온 적이 없어 장소가 익숙하지는 않지만 아련함은 남아 있었다.

강가에서도 깊숙이 들어서 있는 집 한 채. 새어머니 소유의 별장으로 지금은 관리인이 따로 있었다.

집 근처를 머뭇거리며 훑어보던 지우는 뒤뜰에서 작업복을 입고 나오던 무신과 마주쳤다. 그는 또 낚시를 하러 가던 참인지 어깨에 낚시 가방을 든 채 터덜터덜 걸어오고 있었다.

지우의 뒤에 서 있는 태하에게 눈길을 주던 무신은 시선을 거두고 가던 길을 걸어갔다. 두 사람도 말없이 무신을 뒤따랐다.

강을 앞에 두고 낚싯대가 드리워졌다. 강물에 태양이 일렁였다. 풍경만 봐서는 고요하고 잔잔했지만 그들 사이의 분위기는 적막했다. 간이 의자에 앉아 강을 바라보고 있는 무신의 옆에 서서 몇 분째 그를 보고 있던 지우가 겨우 강에 시선을 돌렸다.

"몸은 좀 어떠냐."

한참 만에 무신의 입에서 나온 첫 마디였다. 지우는 울컥한 마음에 잠시 숨을 고르며 목소리를 가다듬었다.

"괜찮아요. 어머니 돌봐 주시던 선생님이 신경 써서 봐주고 계세요."

"그래."

또 한참의 침묵이 흘렀다.

"이만 돌아가거라. 날이 차다."

"갈 거예요."

무신이 고개를 돌려 지우를 바라보았다.

"아버지는 없다고 생각하고 살아. 너한텐 그편이 더 편할 거다. 그동안 나 때문에 얽매여서 마음대로 살지도 못했을 거 아니냐. 김 사장이 잘해 주는 것 같으니까 행복하게."

"그럴 거예요."

절대 울지 않으려고 했는데 어쩔 수 없이 눈가에 눈물이 맺혔다.

"전 아버지처럼 후회하며 살지 않을 거예요. 매 순간 사랑하며 살 거고, 사랑한다고 표현하고 살 거예요. 그래서 지나고 난 뒤 이렇게 후회하며 괴로워하지 않을 거라고요."

무신이 적막한 마음으로 지우를 보던 고개를 강으로 돌렸다.

"내게 사과 받고 싶은 거냐. 널 무심하게 대하고 사랑을 주지 않아서, 그게 내내 불만이었다고 항의하고 싶은 거냐.”

“아니요.”

지우의 목소리가 물기에 젖어 떨렸다.

“죄송했어요. 이렇게 태어나서. 제가 어머니의 딸로 태어났으면 아버지가 이렇게 속상해하지 않았을 것 같은데, 그렇지 못해서 마음대로 위로도 못 해 드려요.”

“…….”

“제가 어머니의 딸이었어도 아마 아버지는 똑같이 행동했을 거예요. 원래 그런 분이시니까. 하지만 전, 더 적극적으로 다가가고 투정도 부리고 싫으면 싫다고 소리 지르고, 그러다가 지금처럼 괴로우실 땐 안아 드릴 수 있었을 것 같아요.”

지우는 한 발 다가와서 그의 다리 위에 작은 사진을 올려놓았다. 초음파 사진이었다. 사진을 잡은 무신의 손이 떨려 왔다. 차마 고개를 들어 지우를 바라볼 수 없었다.

“전 아버지가 참 좋았어요. 냉철하게 법을 집행할 땐 최고로 멋졌고, 애절함과 미안함이 담긴 눈빛으로 어머니를 바라볼 때는 부럽기도 했어요. 나도 어머니처럼 피아노를 잘 치게 되면 예뻐하실까. 잘 웃으면 예뻐하실까. 말을 잘 들으면 눈길을 주실까.”

“그만 가.”

더 듣기 괴로운지 무신은 목소리를 높이며 고개를 돌려 버렸다. 지우의 눈꼬리를 타고 눈물이 흘러내렸다. 가만히 바라보고 있던 태하가 그녀의 어깨를 감싸며 손끝으로 눈물을 닦아 주었다.

"그만 가자. 추워."

태하의 말에 지우는 작게 고개를 끄덕이며 무신을 봤다.

"아버님이 아버지를 용서하셨어요. 두 번 다시 보고 싶지 않지만 절 봐서 아버지를 용서하시겠대요. 그러니까 마음이 괜찮아지시면 전화 한 통 넣으세요. 아버지의 유일한 벗이잖아요."

지우는 보지도 않는 무신에게 고개 숙여 인사하고 태하의 팔에 이끌려 되돌아갔다. 그녀가 가는 뒷모습에 늦은 시선을 둔 무신의 눈동자가 붉어졌다.

차 안에서 지우는 클래식을 들으며 눈을 감았다.

"괜찮은 거지?"

운전하는 내내 지우의 안색을 살피던 태하가 조심스레 물었다. 묻는 것도 조심스러웠다. 지우는 살포시 웃으며 고개를 끄덕였다.

"그럼요. 후련해요. 콩쿠르 시간에 늦은 건 아니죠?"

"충분해."

오늘은 성준이 콩쿠르에 도전하는 날이었다. 아침부터 이곳저곳 분주히 움직인 덕분에 성준의 콩쿠르 시간까지 여유롭게 도착할 수 있었다.

대회장에 도착하여 대기실로 찾아갔다. 가만히 의자에 앉아 있는 성준이 눈에 들어왔다. 다른 아이들은 서로 이야기를 나누거나 장난을 치는데 성준은 그저 구석에 앉아 손가락을 만지작거리고 있었다.

"성준아."

태하의 목소리에 눈을 돌려 그를 보는 성준의 얼굴이 환하게 빛났다. 그러더니 곧 얼굴을 굳히며 입술을 삐죽거렸다.

"여긴 뭐 하러 왔어요."

"너 응원해 주러 왔지."

태하가 성준의 앞에 앉아 그를 바라봤다.

"됐거든요. 나 그런 거 없어도 잘해요."

딴에 자존심은 높아 위로 받는 것도 익숙하지 않은 아이였다.

"당연히 알지. 그래도 내가 있으면 더 잘할걸?"

할 말이 없어진 성준의 얼굴이 조금 붉어졌다. 태하는 피식 웃으며 그의 머리카락을 흐트러뜨렸다.

"성준아. 잘 못해도 괜찮으니까 즐기면서 해."

지우의 말에 성준은 진짜 위로를 받은 듯 고개를 끄덕였다.

"당연하죠."

별거 아니라는 듯 코웃음을 친 성준이 씩 웃자 태하와 지우도 따라 웃었다.

성준은 초등 저학년부 대상을 탔다. 아이가 연주한 곡은 바다르체프스카의 '소녀의 기도'였다. 성준이 누군지 잘 모르던 사람들은 태하와 지우가 그에게 꽃다발을 주며 축하해 주는 모습을 보고 눈이 커졌다.

"피아니스트 연지우 씨 아니십니까?"

그들을 아는 사람들이 반가워하며 알은체를 하다가 성준을 보았다.

"성준 군, 피아노 본격적으로 배워 볼 생각 없나?"

사람들의 눈빛이 달라지는 걸 보자 성준도 머뭇거리며 고개를 끄덕였다. 그들에게 명함을 받으며 칭찬과 관심을 체험한 성준은 새삼 자신의 앞에 서 있는 두 사람의 위치를 깨닫게 되었다.

"두 분 다 대단한 사람들인가 봐요. 사람들 눈빛이 반짝거려요."

"옆에 있는 아줌마가 좀 대단하긴 하지. 이 아줌마랑 있으면 아무도 너를 함부로 못 할 거야."

태하는 지우를 아줌마라 부르며 성준에게 말했다. 아이도 고개를 끄덕이며 지우를 바라봤다.

"아줌마 좀 짱이에요. 심사 위원들이 아줌마한테 와서 인사해요."

"너도 열심히 하면 그렇게 될 거야."

"소원 하나만 들어줘요. 이렇게 대회 때 꽃다발 주러 와 주고, 가끔 게임 한 판 겨루고, 피아노 배틀도…… 계속해 주세요."

태하가 부드럽게 웃으며 성준의 머리를 쓰다듬었다.

"당연하지. 날 이기려면 부지런히 연습해야 할 거야."

태하가 주먹을 내밀자 성준이 똑같은 자세로 그의 주먹에 콩 부딪쳤다.

대회장 건물 밖은 산책하기에 좋은 코스로 지어졌다. 태하와 지우는 나란히 걸었다. 바쁜 일정을 끝마치고 났더니 밖은 어느새 짙은 어둠이 내려왔다. 그리고 나무마다 붉은 전구를 달아 반짝거렸다.

"춥지 않아?"

"네."

"다리 아프지 않아?"

"멀쩡해요."

살짝 고개를 돌려 태하를 올려다본 지우는 눈이 마주치자 싱긋 웃었다.

"나 소원이 있어요."

"또?"

태하는 이제 그 말에 저절로 한숨 섞인 미소가 나왔다.

"뭔데?"

"우리에게 아이가 더 있었으면 좋겠어."

약간 황당한 소리에 태하의 눈썹이 찡긋 올라갔다. 무슨 뜻이냐는 소리였다.

지우는 더 환한 얼굴로 태하의 팔에 팔짱을 꼈다.

"아까 당신 보니까 한 명 가지고는 안 되겠더라고요."

그저 웃던 태하가 지우의 이마에 살짝 꿀밤을 놨다. 제 이마를 문지르는 그녀의 어깨를 잡아 눈을 맞췄다.

"일단 한 명이나 잘 낳고 나서 말하자."

"그러니까 소원이죠."

태하는 입가에 미소를 가득 품고 가만히 그녀의 어깨를 당겨 안았다. 추운 날씨에 차가웠던 몸은 서로를 안은 체온에 금세 따뜻해졌다.

"나도 소원이 있어."

"뭔데요?"

태하가 그녀의 귓가로 입술을 가져왔다.

"지금처럼 계속 내 옆에 있어 줘."

가만히 듣던 지우가 눈을 들어 태하를 올려다보았다. 그러더니 사르륵 웃었다.

"소원은 거창한 걸 비는 거라면서요."

"나한텐 거창한 거야."

지우는 그의 허리를 안은 팔에 힘을 주었다. 태하의 입술이 바짝 다가왔다.

"사랑한다고 계속 말해 주면 들어줄게요."

그가 부드럽게 웃었다. 손을 들어 그녀의 머리칼을 쓸어내렸다.

"사랑해."

큰일 났다. 그 말을 들을 때마다 지우는 마음이 요동을 치며 눈시울이 붉어졌다.

"내 첫사랑, 마지막 사랑."

부드러운 입술이 닿았다.

"넌 내 전부야."

사랑과 애정을 담아 그대에게.

—*Fin*

작가 후기

〈선율을 취하다〉를 읽을 때 함께 들으면 좋은 BGM 목록입니다.

프롤로그. Piano Sonata No. 8 in c minor Op. 13 by Beethoven

1. Love's sorrow by Kreisler/Rachmaninoff

2. Piano Sonata No.14 in c#minor "Moonlight" Op.27—2 by Beethoven

3. La campanella by Liszt

4. 6 moments Musicaux D. 780 by Schubert

5. Nocturne In C minor, Op. posth, No.20 By Chopin

6. Traumerei Op.15—7 By Schumann

7. Clair de Lune By Debussy

8. Etude Op 25 No.11 by Chopin

9. Etude Op 10 — 3 No.3 by Chopin

10. Piano concherto No.3 by Rachmaninoff

11. secret by 말할 수 없는 비밀 OST

12. Liebesträume Op.64 by Liszt

13. Serenade by Schubert

에필로그. The Maiden's Prayer by T.Badarzewska

처음부터 피아노 선율을 떠올리며 그렸던 이야기가 끝을 맺었습니다. 각 챕터는 주제 음악에 적합하게 그리려고 노력했습니다. 마지막 책장을 덮었을 때 독자님들의 머릿속에 음률이 흘렀으면 좋겠습니다.

〈겨울을 그리다〉부터 시작해서 〈운명을 울리다〉, 〈선율을 취하다〉로 이어지는 연작이 끝났습니다. 연작이라는 건 결코 쉬운 게 아니었어요. 비슷한 세계관과 캐릭터들의 성격, 이야기의 흐름이 전혀 생뚱맞아서는 안 되기 때문에 몇 번씩 썼다 지우고 다시 쓰기를 반복하며 세 권을 마무리하였습니다. 그래도 책이 나왔을 때 책꽂이에 나란히 꽂힌 세 권을 보면 흐뭇할 것 같습니다.

연작의 주인공이었던 서재희, 윤세나, 연지우 세 명의 캐릭터는 이후의 제 글에 많은 영향을 줄 것 같습니다. 고마웠고 밉기도 했고, 짠했던 그녀들 이젠 안녕!

제 소설을 봐 주신 독자님들 항상 감사드립니다. 부족한 글

솜씨에도 재밌게 봐 주신다면 더할 나위 없이 기쁠 것 같습니다. 지금은 〈선율을 취하다〉 속 여운에서 빠져나오기 힘들지만 또 다른 이야기로 찾아오겠습니다.

세 권을 비롯해 연이어 함께 고생해 주신 봄미디어의 김지우 편집자님을 비롯한 관계자분들 모두 감사드립니다. 제가 더 잘해 주지 못해서 죄송하기도 하고요. 늘 고마웠어요.

코로나로 모두가 힘든 시기, 잘 이겨 내시고 건강하십시오.

감사합니다.

—2020년 7월 여름에,

훈 드림.